Kim Rylee

BRING MICH ANS LICHT

Die Handlung der Geschichte ist frei erfunden. Jegliche Ähnlichkeit mit lebenden oder verstorbenen Personen ist rein zufällig.

Alle Rechte vorbehalten. Jede Verwertung oder Vervielfältigung dieses Buches - auch auszugsweise - sowie die Übersetzung dieses Werkes ist nur mit schriftlicher Genehmigung der Autorin gestattet.

Kim Rylee

BRING
MICH ANS
LICHT

Bibliografische Information der Deutschen Nationalbibliothek: Die Deutsche Nationalbibliothek verzeichnet diese Publikation in der Deutschen Nationalbibliografie; detaillierte bibliografische Daten sind im Internet über http://dnb.dnb.de abrufbar.

3. Auflage

© 2016 Kim Rylee

Kim Rylee
c/o Papyrus Autoren-Club
R.O.M. Logicware GmbH
Pettenkoferstr. 16-18
10247 Berlin

eMail: kim.rylee_writer@aol.de
Homepage: www.kim-rylee.de

Lektorat/Korrektorat: Michael Lohmann, worttaten.de
Covergestaltung: ©vercodesign, unna

Herstellung und Verlag:
BoD – Books on Demand, Norderstedt

ISBN: 9783741271403

Inhaltsverzeichnis

Prolog	7
Wer ist sie?	12
Reifenwechsel	18
Erwachen	31
Beichte	35
Die halbe Wahrheit	41
Wunden	47
Der Anruf	51
Schlechte Nachricht	59
Ahnungen	62
Hoffnung	65
Alles nur Theorie?	69
Maik will raus	76
Familienbande	78
Die Übergabe	82
Nächtliche Inspektion	93
Letzte Chance	100
Gedankenaustausch	102
Knallharte Lektion	109
Scherben	120
Hilflosigkeit	123
Dunkelheit	127
Déjà-Vu	129
Gefährlicher Besuch	134
Neue Befehle	142
Brüder unter sich	146
Überraschende Erkenntnis	150
Die Suche	160
Wen das Schicksal liebt	163
Der Aufbruch	174
Verluste	180
Ankunft in ein neues Leben	182
In den Fängen des Feindes	194
Interne Ermittlungen	206

Enthüllungen	210
Hilfe aus der Vergangenheit	226
Wer ist Dr. Vera Simms?	231
Die Abreise	233
In der Mall	235
Chaos	240
Porter	249
Vater-Tochter-Gespräch	255
Für immer goldener Käfig?	260
Telefonate	266
Gewichtige Entscheidungen	270
Der Boss und sein Spürhund	273
Blick in die Vergangenheit	282
Die Büchse der Pandora	287
Schießübungen	292
Der Plan in der Hinterhand	300
Neuankömmlinge	308
Unliebsame Überraschung	312
Vergangenheit trifft Gegenwart	316
Unterstützung	320
Schrecken ohne Ende	328
Opferbilanz	335
Auf dem Revier	341
Zukunftsgedanken	346
Zwischen zwei Welten	357
Übersetzungen	*363*

Prolog

Er kniff das Auge zu, das Salz eines Schweißtropfens brannte. Sein linker Handrücken fuhr über die Stirn, um den Schweißfilm wegzuwischen. Ein lauter Seufzer presste sich aus seiner Kehle empor, während seine Linke wieder ans Lenkrad griff. Er spürte die Feuchtigkeit in den Handflächen. Die Knöchel an den Gelenken traten weiß hervor, seine Finger begannen zu schmerzen. Ein Zeichen, dass er das Lenkrad seit Längerem verkrampft umfasste.

Mitte November. In den letzten drei Tagen war es stetig kälter geworden. Dennoch schwitzte er wie im Hochsommer. Eigentlich galt er als sehr ausgeglichener, lässiger, aber zügiger Fahrer. Heute wirkte er steif. Er hatte die Arme angewinkelt und hielt die Ellenbogen fest an den Oberkörper gepresst, seine Nase klebte fast an der Windschutzscheibe. Er sah sich hektisch um. Sein Kopf schnellte nach links, dann nach rechts. Sein Blick sauste nach oben in den Rückspiegel. Dann in den Seitenspiegel. Schließlich wieder auf die Straße. Die hektischen Bewegungen wiederholten sich alle paar Sekunden.
Auf der Landstraße herrschte nicht viel Verkehr und er kam gut voran. Hinter ihm holte ein Kleintransporter zügig zu ihm auf. Am Steuer saß eine Frau. Ihr rasanter Fahrstil ließ sie noch nicht einmal den Blinker setzen, als sie zum Überholen ansetzte. Kurz zuckte sein linkes Auge, als sich ihre Blicke trafen. Dann war der Kleintransporter auch schon vorbeigezogen. Hinter sich sah er keinen Wagen mehr. Trotzdem hatte er noch immer das Gefühl, verfolgt zu werden.
Wie gern hätte er seine Frau mitgenommen. Doch die tiefe fremde Stimme am Telefon hatte es ihm untersagt. Er sollte allein kommen. Ohne Sofia. Und das Wichtigste: keine

Polizei. Sonst würden sie seine Tochter umbringen.

»Mein blonder Engel«, murmelte Benoit Legrand vor sich hin, wenn ihm ihr verängstigter Gesichtsausdruck in Erinnerung kam. Das Lösegeld hatte er in einer Sporttasche im Kofferraum verstaut. Immer wieder huschten seine Augen zum Handy auf dem leeren Beifahrersitz. Sobald es klingelte, wollte er keine Sekunde verlieren. Egal, ob das Telefonieren mit einem Handy während der Fahrt nicht erlaubt war. Schließlich ging es hier um Marlene. Sein blonder Engel. Seine einzige Tochter. Sie war doch erst siebzehn. Und das Liebste, was er auf Erden besaß. Er wollte den Gedanken nicht zu Ende denken, was passieren würde, sollte die Polizei ihm wegen dieser Lappalie anhalten. Womöglich noch die fünfhunderttausend Euro in der Sporttasche finden. Fragen stellen.

Er schüttelte den Kopf, um die Gedanken zu verscheuchen.

»Marlene. Meine Tochter. Marlene. Ich hoffe, man hat dir nichts Schlimmes angetan.« Sein Unterkiefer verkrampfte sich; er musste schlucken. Er spürte, wie Nervosität ihn bannte und kaum noch einen klaren Gedanken zuließ.

»Was wäre wenn … Nein! Das ist nicht passiert! Das wird nicht passieren. Das darf nicht passieren!« Wie ein Mantra forderte er sich unentwegt selbst zu positiveren Gedanken auf. Wie gern hätte er seine Frau jetzt bei sich gehabt! Sie hätten sich gegenseitig getröstet. Mut zugesprochen. Halt geben können.

Sein Blick wanderte zur digitalen Uhr des BMW Z3. 15.47 Uhr. Er hatte noch dreizehn Minuten. Würde er es schaffen?

»Abbiegung in achthundert Metern. Biegen Sie links ein«, plärrte die monotone Frauenstimme aus dem Navi.

Er atmete tief durch. Keine Erleichterung. Nach wie vor schien eine eiserne Faust sein Herz zu klammern. Und diese

Faust drückte unerbittlich weiter zu.

Schließlich erreichte er den Waldweg und bog ein. Noch immer kam kein Gefühl der Erleichterung auf. Vermutlich schaffte er es rechtzeitig. Benoit Legrand zuckte zusammen, als das Handy den ersten Ton von sich gab. Es spielte wieder diese Melodie. Einen Song, den er nicht kannte. Er hasste Popmusik.

Es war nicht sein Handy, man hatte ihm eines zukommen lassen. Zusammen mit einer Nachricht und einem Foto. Das Bild zeigte Marlene mit verweinten Augen. Das Make-up in ihrem sonst sauber geschminkten Gesicht war verschmiert, ihre blonden Locken durcheinander und zerzaust. Man hatte das Handy für das Foto direkt über sie gehalten. Es war nur ein Teil des Bettes zu sehen, an dem man sie mit Handschellen gefesselt hatte: das letzte Lebenszeichen seiner Tochter. Das Foto zeigte keine Hinweise auf den Ort.

Er erinnerte sich wieder mit Schrecken an den Tag, als man ihm dieses Prepaid-Handy hatte zukommen lassen.

Er las gerade die Tageszeitung. Die Rettung eines entführten zwölfjährigen Mädchens beherrschte die Schlagzeilen. Er wunderte sich, weshalb ein Entführungsfall aus Hannover in der Tagespresse von Bremen erschien. Ein Polizeihauptkommissar von einer Sondereinheit war mit dem Fall beauftragt worden und bat um Mithilfe. Die Polizei vermutete eine organisierte Verbrecherbande, die national agierte. Laut Bericht wurden zwei Männer gesucht. Einer von ihnen wurde als sehr groß, der andere als etwas kleiner und dicker beschrieben. Mehr Hinweise gab es zum aktuellen Ermittlungsstand nicht. An diesem Morgen war die Welt für Benoit in Ordnung. Er stand kurz vor einem lukrativen Geschäftsabschluss und musste innerlich schmunzeln, als er das Foto vom Polizeihauptkommissar sah. Er wirkte wie der komische Kauz aus einer amerikanischen TV-Serie, an dessen Titel er sich jedoch nicht mehr erinnerte. Er wusste nur noch, dass der Name gleichzeitig der Titel der Serie war.

Seine Sekretärin hatte das Päckchen geöffnet. Sie schien überrascht. In seiner Firma gab es für die Angestellten sonst nur Geräte von Samsung als Firmenhandy. Es machte sie stutzig, als sie das Modell einer anderen Firma in der Hand hielt. Da das Päckchen an ihren Chef adressiert gewesen war, brachte sie es ihm sofort. Sie wollte ihn nur fragen, was es damit auf sich hätte. In dem Moment, als sie ihrem Chef das Handy übergab, begann es plötzlich die seltsame Melodie zu spielen. Beide sahen sich verwirrt an. Ohne seinen Namen zu nennen, nahm er den Anruf mit einem knappen »Ja« entgegen. Die Sekretärin sah nur noch, wie sein Gesicht schlagartig weiß wurde. Sein Mund stand weit offen. Dann blaffte er sie ohne Vorwarnung an.

»Lassen Sie mich allein, Lisa!« Sein Ton war unmissverständlich und sie ließ ihn allein. Keine drei Minuten später sprang die Bürotür zum Chefzimmer auf.

»Ich bin für den Rest des Tages nicht mehr zu sprechen. Verschieben Sie alle meine Termine, Lisa!« Er rauschte an ihrem Vorzimmerschreibtisch vorbei und verschwand.

Während der Popsong weiterhin an seinen Nerven zerrte, sah er auch bei diesem Anruf keine Nummer auf dem Display. Hastig tastete seine Hand nach dem schicksalhaften Boten. Er schaute kurz zur Seite. Seine verschwitzte Hand fand endlich, was sie suchte. Dann schaute er wieder nach vorn, auf die Straße; dabei entglitt ihm das Handy und fiel zurück auf den Beifahrersitz. Sein Herzschlag setzte einen Moment aus.

»Merde!« Er trat heftig auf die Bremse. Durch den Ruck rutschte das Handy nach vorn. Er hörte das dumpfe Geräusch des Aufpralls im Fußraum, spürte die Anspannung, fischte nach dem Gerät, der nervtötende

Popsong tönte weiter. Er stieß laut den Atem aus, nachdem er das Telefon endlich zu fassen bekam. Mit zittrigen Fingern drückte er die grüne Taste.

»Ja«, schrie er entnervt das Telefon an. Ein Schweißtropfen rann über die Schläfe die Wange hinunter.

»Sie sind allein gekommen, Herr Legrand. Das ist gut.« Es war dieselbe tiefe Stimme des Mannes, der ihn bereits die letzten beiden Male angerufen hatte. Das erste Mal, als er ihm mitteilte, dass man seine Tochter entführt hatte. Das zweite Mal ging es um die Übergabebedingungen für das Lösegeld.

Diese Worte gaben ihm nun die Gewissheit; er hatte sich nicht getäuscht. Man hatte ihn die ganze Zeit über beobachtet. Obwohl Sofia ihn immer wieder gedrängt hatte, war er nun froh, ihren Bitten nicht nachgekommen zu sein. Er selbst war kaum noch in der Lage, sich zu beherrschen. Und Sofia hatte zu viel Temperament. Bestimmt hätte er sie nicht unter Kontrolle halten können, sobald sie den Entführern gegenüberstehen würden.

»Bitte. Meine Tochter … darf ich …« Weiter kam er nicht.

»Sie werden Marlene bald wiedersehen, vorausgesetzt, Sie haben das Lösegeld dabei.«

»Sicher. Natürlich. Alles, wie Sie es verlangt haben.« Seine Stimme zitterte vor Aufregung. Und vor Angst davor, dass in letzter Sekunde doch noch etwas schief gehen würde. Etwas, worauf er keinen Einfluss hatte.

»Hören Sie mir jetzt gut zu, Herr Legrand, und befolgen Sie genau meine Anweisungen. Dann steht dem Austausch auch nichts mehr im Wege. Und Sie können Ihre Tochter bald in die Arme schließen.«

Wer ist sie?

26. Januar - Heidekreis Klinikum

»Wann werden wir mit ihr sprechen können?« Der Hauptkommissar sah durch die Scheibe, während sich eine immense Wut in ihm aufstaute. Zu oft hatte er diese Bilder schon gesehen, und jedes Mal machte es ihn erneut wütend. Dieses Mal war es extrem. Da lag sie. Verkabelt an dem Gerät, das ihren Herzschlag überwachte, die linke Hand in einem Verband. Sie sah friedlich aus, wie sie ruhig im Bett lag und schlief. Doch der Schein trog. Die Hölle war ein Paradies im Vergleich zu dem, was sie durchgemacht hatte. Nur die Beruhigungsmittel ließen sie überhaupt schlafen.

»Sie hat viel erleiden müssen und ist gerade noch mit dem Leben davongekommen«, erklärte der schlanke Mann, der gerade aus dem Krankenzimmer kam, in einem fürsorglichen Ton.

»Was sie jetzt braucht, ist vor allem Ruhe. Viel Ruhe.« Der Arzt warf dem Beamten einen warnenden Blick zu.

»Sie wurde vor sechs Tagen bei uns eingeliefert und ist erst gestern Abend aus dem Koma erwacht. Wenn Sie Glück haben, wird es nicht mehr lange dauern, bis sie ansprechbar ist. Doch ich bitte Sie eindringlich, Herr Held, quälen Sie das arme Mädchen nicht zu sehr. Geben Sie ihr Zeit. Wir wissen nicht, woran sie sich erinnern wird. Sie wird psychologischen Beistand benötigen, um das Trauma zu bewältigen. Gehen Sie vorsichtig mit ihr um, damit sie nicht komplett zerbricht.«

Hauptkommissar Francis Held nickte. »Ich habe bereits eine Psychologin angefordert. Ich verspreche, dass wir behutsam vorgehen werden. Was können Sie mir über ihre

Verletzungen sagen, Doktor?«

Der Arzt schob seine schmale Brille auf der Nase zurecht, bevor er auf das Blatt Papier blickte und eine Seite auf dem Klemmbrett umschlug.

»Sie hat eine Überdehnung am linken Handgelenk sowie Blessuren, Abschürfungen und Hämatome an beiden Handgelenken, ein Hämatom am Genick und weitere im Gesicht, die jedoch schon etwas älter sind. Als sie eingeliefert wurde, war sie komatös, bedingt durch akute Dehydrierung. Augenscheinlich hatte sie in der letzten Zeit auch nichts zu essen bekommen, denn ihr Magen war leer. Wir mussten sie künstlich ernähren. Gestern Abend versuchte sie zum ersten Mal, wieder etwas zu essen. Viel konnte sie nicht zu sich nehmen. Ihr Körper ist noch sehr geschwächt. Wenn sie erwacht und etwas zu trinken verlangt, helfen Sie ihr bitte. Sie darf nicht zu schnell trinken.«

Held fuhr sich mit der Hand über seinen Bartschatten, nachdem der Arzt mit seiner Schilderung fertig war.

»Das werde ich, Dr. Zerva. Vielen Dank.«

»Ich muss weiter. Warten Sie, bis sie wach ist. Dann können Sie reingehen.« Der Arzt warf ihm einen unmissverständlichen Blick zu, und der Beamte nickte knapp. Dr. Zerva verschwand.

Obwohl die Tür zu ihrem Zimmer offen stand, begab Held sich zum riesigen Fenster und schaute hindurch. Als wäre die Zeit stehen geblieben: Das Bild, das sich ihm bot, war noch immer dasselbe.

Plötzlich begann ihr Körper zu zucken, als jagten Tausend Volt durch ihre Muskeln. Die Digitalanzeigen schlugen aus und binnen weniger Sekunden hechteten eine zierliche Schwester mittleren Alters und ein junger Pfleger in den Raum. Es herrschte ein wildes Treiben, während die Schwester versuchte, die Patientin zu beruhigen. Held fuhr sich mit den Händen durch seine Locken und beobachtete alles mit gemischten Gefühlen.

Es dauerte nur vier Minuten, dann hatte sich der Herzschlag wieder normalisiert, und der Pfleger verließ das Zimmer. Kurz darauf folgte die Schwester. Held nahm sie beiseite.

»Ist alles in Ordnung mit ihr?« Seine Sorge rang der Schwester ein professionelles Lächeln ab. Als sie nickte, entspannte er sich ein wenig und atmete hörbar aus.

»Wir haben sie wieder stabilisiert und mussten sie ein wenig sedieren. Sie dürfen jetzt noch nicht zu ihr. Erst, wenn sie aufwacht.«

»Danke, Schwester. Ich warte noch auf die Psychologin. Sie soll heute Mittag eintreffen.«

Die Krankenschwester nickte freundlich und ging zurück ins Schwestern-Zimmer.

Vorsichtshalber warf er noch einmal einen Blick durch das Fenster. Nachdem sich seine Augen von ihrem Zustand überzeugt hatten, ging er den Korridor hinunter und besorgte sich einen Kaffee aus dem Automaten im naheliegenden Aufenthaltsraum. Held ließ die junge Frau nur zum Trinken aus den Augen. Das Essen verschob er auf einen späteren Zeitpunkt. Erst einmal wollte er mit dem Opfer sprechen.

Er wartete bereits über zwei Stunden und fünf Kaffeetassen lang. Zwischendurch holte er sein Handy hervor, um zu sehen, ob jemand ihm eine SMS geschickt hatte. Unruhig trat er wieder vor das Fenster, als wollte er sich vergewissern, dass sie nicht verschwunden war.

Ihr Brustkorb bewegte sich langsam auf und ab, sie schien ruhig zu atmen. Lediglich ihre Hand zuckte zwischendurch.

Der Beamte wusste, dass es nicht leicht sein würde, mit ihr über das zu sprechen, was passiert war. Doch er wollte den oder die Täter für den Rest ihres erbärmlichen Lebens wegsperren. Diese junge Frau auf dem Krankenbett war der Schlüssel. Sechs Tage hatte sie im Koma gelegen und nun erwachte sie langsam wieder zum Leben. Das hoffte er, nachdem ihn der Anruf am gestrigen Abend aus dem Krankenhaus erreichte. Am liebsten hätte er ihr schon gestern Abend einen Besuch abgestattet, doch der Arzt riet zu dem Zeitpunkt davon ab. Sie war kaum im Stande wahrzunehmen, was um sie herum passierte.

Aber wäre sie überhaupt in der Lage, ihm zu helfen? An was würde sie sich erinnern? Es war seine Aufgabe zu verhindern, dass diese Kerle sich ein weiteres Opfer holten. Held hoffte inständig auf ihre Mithilfe.

»Hauptkommissar Held. Francis Held?«

Überrascht, seinen Namen zu hören, drehte er sich um und sah eine hochgewachsene, sehr schlanke Frau. Ihre kurzen, blonden Haare gaben ihrem Gesicht etwas Jungenhaftes; androgyne Erscheinung, ein bezauberndes Lächeln. Mit forschen Schritten kam sie auf ihn zu.

»Ja. Und Sie sind?« Er trat ihr ebenfalls zwei Schritte entgegen, bis sie sich gegenüberstanden. Sie überragte ihn um einige Zentimeter.

»Ich bin Dr. Vera Simms. Die Psychologin, die Sie angefordert hatten. Wie geht es der Patientin? Kann ich sie sehen?«

»Sehr erfreut.« Sie schüttelten sich kurz die Hände.

»Sehen Sie selbst.«

Dr. Simms verzog keine Miene, als sie die Frau auf dem Bett liegen sah, doch er bemerkte, wie sich ihre Atmung veränderte. Ihr schien das Schicksal der jungen Frau ebenfalls an die Nieren zu gehen.

»Ich hatte leider keine Zeit, mir die Akte anzusehen. Was können Sie mir über diesen Fall sagen?«

Das hatte ihm gerade noch gefehlt! Eine unvorbereitete

Psychologin.

»Wie lange sind Sie bereits auf diesem Feld tätig, Dr. Simms?«

Sie schluckte.

»Wie Sie unschwer erkennen können, bin ich nicht gerade erst mit dem Studium fertig geworden. Und dennoch bin ich nicht in der Lage, durch eine Scheibe zu erkennen, was der Patientin zugestoßen ist, und kann eine Diagnose stellen. Außerdem bin ich erst kürzlich hierher gezogen. Man hatte mir diesen Fall zugewiesen, bevor ich meine Koffer auspacken und mich einlesen konnte. Ich habe mich sofort auf den Weg hierher gemacht. Also, was können Sie mir über die Patientin sagen?«

Ihr forsches Auftreten gefiel ihm ganz und gar nicht. Starke Frauen waren nicht sein Ding. Sie hörten selten zu und wussten alles immer besser.

»Bisher nicht viel. Ihren Namen kennen wir noch nicht. Wir fanden sie in einem Keller. Ihre Hände waren mit Handschellen gefesselt und man hatte sie am Hals an die Wand gekettet. Als wir sie fanden, war sie total verwahrlost und schon so gut wie tot. Entweder mussten die Täter plötzlich abreisen oder man hatte sie absichtlich einfach zum Sterben zurückgelassen.«

Diese letzten Bilder liefen wie ein Horrorfilm vor seinem geistigen Auge ab. Er holte einmal tief Luft und sammelte sich.

»Wir wissen nicht, wie lange sie dort bereits war und ob sie sich an irgendetwas erinnert. Das herauszufinden, Doktor Simms, wird wohl Ihre Aufgabe sein.«

Die Psychologin nickte verständnisvoll.

»Meinen Sie, es gibt einen Zusammenhang mit den anderen Entführungen?«

Held zuckte mit den Achseln.

»Das können wir noch nicht mit Bestimmtheit sagen.«

Dr. Simms schürzte die Lippen. »Wann können wir mit

ihr sprechen?«

»Sobald sie erwacht ist, dürfen wir zu ihr. Dann beginne ich mit der Befragung und hoffe auf Ihre Unterstützung.«

Reifenwechsel

2. Januar - Hamburg

Marianna erwachte, als der Wecker sie mit ihrem Lieblingssong ›Wrong‹ von Depeche Mode aus dem Schlaf holte. Sie reckte sich und gähnte erst einmal. Ein kalter Windzug überraschte sie, sodass sie kurz die Decke über die Nase zog.

»Wieso ist es so kalt?«

Sie überlegte, ob sie das mollig warme Bett verlassen sollte. Nach kurzer Zeit entschied sie, den inneren Schweinehund zu überwinden und doch Joggen zu gehen. Die vergangenen Feiertage mit der Familie, verwöhnt von der Mutter mit dem vielen guten Essen, waren zu viel gewesen, da musste das Hüftgold wieder verschwinden. Da Marianna sehr schlank war und eine sportliche Figur hatte, fand sie, dass die zwei gewonnenen Kilos sofort wieder abtrainiert werden mussten. Entschlossen schlug sie die Decke zur Seite, doch sofort begann sie zu frösteln.

Es war Januar und zu dieser frühen Stunde noch dunkel. Doch in wenigen Minuten würde die Dämmerung einsetzen und das Leben in der Stadt erwachen. Die ersten Schneeflocken waren über Nacht gefallen, die Wege noch nicht geräumt. Ihr Blick schweifte über eine wunderschöne Schneelandschaft. Sie legte ihre Hand auf die Heizung. Sofort zog sie die Hand zurück, als sie den eiskalten Heizkörper spürte. Sie war verärgert.

»Das hat mir gerade noch gefehlt. Draußen haben wir Schnee und drinnen ist die Heizung kaputt. Jetzt muss ich auch noch den Hausmeister anrufen«, murrte sie. Sie beschloss, den Anruf zu verschieben, bis sie vom Joggen zurückkam. Vorher würde der Hausmeister sowieso nicht zu erreichen sein. Sie schlüpfte in ihre warme Unterwäsche, zog sich ein T-Shirt, einen Pullover und ihre Jogginghose über und überlegte, welche Laufschuhe diesem Wetter angemessen waren. Nachdem sie ihre Wahl getroffen hatte, holte sie ihren MP3-Player und verstaute die beiden Wohnungsschlüssel in der Armmanschette. Sie zog Mütze, Jacke und Schal an, band sich die Armmanschette um und sprintete die zwei Stockwerke herunter, immer zwei Stufen auf einmal. Damit begann sie ihr Aufwärmtraining. Vor der Tür atmete sie einmal tief durch, dehnte kurz ihre Beine und lief auf die andere Straßenseite, um ihre tägliche Tour durch den Park zu absolvieren.

Der Schneefall ließ bereits nach, und die letzten Schneeflocken bahnten sich gerade ihren Weg zum Boden. Noch unberührt lag die Schneedecke da, ihre Schritte knirschten im Schnee. Sie erreichte die andere Straßenseite mit dem Eingang zum Stadtpark und begann ihren Parcours.

Bei diesem Wetter sah sie nicht so viele Jogger wie sonst. Sie überlegte, ob sie Musik hören sollte, doch jetzt war ihr gerade nicht danach, und so genoss sie die reine Luft und beobachtete beim Laufen ihren Atem. Nur der ältere Herr mit seinem Pudel auf frühmorgendliche Gassi-Tour begegnete ihr. Sie nickte kurz beim Vorbeilaufen, und er grüßte sie mit einer knappen Handbewegung zurück, bevor er seine Arme wieder um den Körper schlang, um sich zu wärmen. Man kannte sich vom Sehen, doch nie wurde ein Wort gewechselt.

Marianna schaute auf die Uhr. Trotz des Schnees lag sie gut in ihrer Zeit. Normalerweise traf sie sich vor der Hundewiese im Park mit Sybille. Die beiden joggten dann ein Stück des Weges gemeinsam, bis zum nächsten Parkeingang, wo sie sich verabschiedeten. Sybille lief dann noch ein Stück weiter, während sich Marianna auf den Weg nach Hause machte. Heute war Sybille nicht gekommen. Marianna überlegte noch, ob sie einige Minuten warten und auf der Stelle laufen sollte. Ihr Blick ging erneut zur Uhr, die ihr signalisierte weiterzulaufen. Die Abenteuerlust überkam sie, und sie entschied, heute mal einen anderen Weg zu nehmen. Vielleicht traf sie ja noch auf ihre Joggingbegleitung. Doch heute schien sie kein Glück zu haben.

Als sie den Park verließ, um auf dem Gehweg nach Hause zu laufen, entdeckte sie einige Meter vor sich einen weißen Lieferwagen. Ein hochgewachsener Mann schien gerade damit fertig geworden zu sein, ein Rad zu wechseln. Jetzt packte er seine Sachen zusammen. Nur noch das defekte Rad lag auf dem schmalen Gehweg; sie musste wohl darum herumlaufen. Sie bedauerte ihn … bei diesem Wetter eine Reifenpanne!
Als Marianna an ihm vorbeilief, griff plötzlich eine Hand nach ihrem Arm und packte sie. Sie begann zu taumeln, rutschte aus und stürzte dem Mann ungewollt in die Arme.
»Können Sie nicht auf …« Weiter kam sie nicht. Der Mann schlang seine Arme um sie und drückte ihr seine Hand, die in einem dicken Lederhandschuh verpackt war, fest über den Mund. Marianna wehrte sich, trat und schlug um sich, versuchte zu schreien, doch die riesig wirkende Hand ließ kaum einen Laut durch. Plötzlich tauchte ein weiterer Mann vor ihr auf und sie spürte einen Stich im Hals. Ihre Sinne begannen zu schwinden. Gleichzeitig gaben die Beine unter ihr nach, ohne dass sie etwas dagegen tun konnte. Unsanft wurde sie in den Lieferwagen gehievt. Das Letzte, was sie hörte, bevor eine Schwärze sie umfing, war der Knall einer zugeschobenen Wagentür.

***

Marianna schlug blinzelnd die Augen auf und blickte in ein maskiertes Gesicht. Noch war alles leicht verschwommen und ihr war übel. So übel, dass sie sich übergeben musste. Der Maskierte sprang zur Seite.

»Verdammt. Blöde Kuh, was soll das?«

»Was ist da drüben los?« Eine weitere Stimme, doch sie konnte keine Person ausmachen.

»Sie hätte mir fast auf die Schuhe gekotzt. Du hast zu viel von diesem Zeugs in die Spritze getan, du Idiot!«

»Selber Idiot! Warum stellst du dich auch neben sie, wenn sie aufwacht. Das ist bei jeder anders. Das kann man nicht abmessen.«

»Komm her! Und bring Eimer und Wasser mit, damit du den Dreck wegmachen kannst.«

Sie fiel zurück ins Bett und wollte sich den Mund abwischen, als sie bemerkte, dass sie ihre linke Hand nicht bewegen konnte. Wenigstens war ihre Rechte frei, die langsam zu ihrer Stirn wanderte. Während sie versuchte, einen klaren Gedanken zu fassen musste sie blinzeln. Vorsichtig wandte sie ihren Kopf, bis ihr Blick auf etwas silbernes über ihrem Kopf haften blieb. Um ihre linke Hand hatten sie einen silbernen Metallring gelegt. Daran war eine zehn Zentimeter lange Kette befestigt, die an einem weiteren Metallring angebracht war. Man hatte sie mit Handschellen an das Kopfbrett gekettet. Sie legte die Stirn in Falten, doch sofort meldete sich der stechende Schmerz zurück. Mühevoll tastete ihr Blick die Umgebung ab.

Sie befand sich in einem Raum, der alles andere als gemütlich wirkte. Kahle hellgraue Wände. Eine einsame Leuchtstoffröhre an der Decke sorgte dafür, dass der Raum kalte Atmosphäre ausstrahlte. Das Licht blendete sie, sodass sie den Kopf zur Seite drehen musste: ein Stuhl, ein kleiner quadratischer Holztisch und das Eisenbett an der Wand, in dem sie lag – das war alles. Auf der gegenüberliegenden Seite entdeckte sie eine schwere Tür, die offen stand. Zudem roch es muffig, wie in einem Keller.

Der zweite Entführer – leicht untersetzt und ebenfalls maskiert – trat ein, brachte einen Eimer mit Wasser und reinigte den Fußboden und das Bett. Er würdigte sie keines Blickes. Marianna zog an der Fessel, die ein schrilles Geräusch von sich gab, als Metall über Metall schrammte. Der Ton fuhr durch ihren Kopf, als hätte sie ein Blitz getroffen, und sie ließ sofort davon ab.
»Was wollen Sie von mir? Wo bin ich hier?« Ihre Stimme war nur ein Krächzen, und sie brauchte dringend etwas Wasser, um sich den ekelhaften Geschmack aus dem Mund zu spülen. Keiner der Männer sprach mit ihr.
»Bitte. Bekomme ich etwas Wasser?« Der Kleinere von beiden schaute sie an, nickte dem Großen zu, unterbrach die Säuberungsaktion und kam kurz darauf mit einer kleinen Plastikflasche Wasser zurück. Sie trank und war froh, den ätzenden Geschmack aus der Kehle spülen zu können.
»Danke«, flüsterte sie schüchtern. Misstrauisch blickte sie die Männer an. Beide trugen dunkle Arbeiterhosen und dunkle Wollpullover. Ihre Gesichter verbargen sie unter Motorradmützen, die nur die Augen freiließen. Der eine von ihnen war hochgewachsen, ein Hüne von athletischer Figur. Sie erkannte ihn als denjenigen, der sie überwältigt hatte. Kein Wunder, dass sie keine Chance gegen ihn gehabt hatte, jetzt wo sie ihn in voller Größe vor sich stehen sah. Der andere war viel kleiner. Nur knapp einen Meter siebzig groß und leicht untersetzt. Aber was wollten sie von ihr? Sie war eine einfache Angestellte mit durchschnittlichem Gehalt. Ihre Eltern waren geschieden, und ihr verstorbener Stiefvater hatte ihrer Mutter ebenfalls nichts hinterlassen. Von ihrem leiblichen Vater hatte sie nichts mehr gehört, seit

sie sieben Jahre alt war. Sie wusste noch nicht einmal, ob er überhaupt noch lebte. Ihre Mutter hatte nie darüber gesprochen, nachdem er einfach so verschwunden war.

Der Kleinere verschwand schließlich mit dem Putzzeug. Sie setzte sich auf. Ihr war schummrig, sodass sie auf den grauen Fußboden starrte. Außer ihren Socken hatte sie nichts an den Füßen. Wenigstens hatte man ihr die Jogginghose und das Sweatshirt gelassen, auf denen sie nun Schmutzflecken entdeckte.

»Was haben Sie mit mir vor?« Ihre Stimme war nicht mehr als ein Flüstern.

Der Große stellte sich vor sie und verschränkte die Arme vor der Brust.

»Das wird der Boss entscheiden. Wenn du dich ruhig verhältst, wird dir nichts geschehen.« Sie wagte es nicht, aufzusehen, und starrte die schmutzigen Bundeswehrstiefel des Mannes an. Sie glaubte, einen osteuropäischen Akzent in seiner Stimme zu erkennen, den man nur bemerkte, wenn man genau hinhörte. Anscheinend lebte er schon sehr lange hier oder war sogar in Deutschland aufgewachsen.

Der Kleinere kam zurück und brachte ihr zwei mit Salami belegte Schwarzbrote. Er reichte ihr den Teller, doch sie drehte den Kopf weg. Er zuckte nur mit der Schulter, stellte den Teller in ihre Reichweite auf den Boden und verschwand wieder, ohne ein Wort zu sagen. Der Große folgte ihm und schloss die schwere Eisentür hinter sich ab.

Marianna zerrte erneut an ihrer Fessel, kam aber noch immer nicht frei. Stattdessen schnitt das Metall ihr ein wenig ins Handgelenk.

»Au. So'n Mist!« Sofort ließ sie von einem weiteren Versuch ab. Unentwegt starrte sie auf den Teller, während sie darüber nachdachte, weshalb man sie entführt hatte.

Nach einigen Minuten ging das Licht plötzlich aus und es war stockdunkel im Raum.

»Hallo! Hallo! Bitte! Wo bin ich? Will mir keiner sagen, was hier los ist?« Panik kroch ihre Kehle hinauf und sie hörte, wie ihr Herz unerbittlich gegen die Brust schlug.

»Bitte«, schluchzte sie, doch alles blieb ruhig. Niemand schien sie zu hören und sie selbst vernahm ebenfalls keinerlei Geräusche.

Im Dunkeln tastete sie nach einer der Brotscheiben, entfernte die Wurst und aß sie auf. Danach legte sie sich hin und versuchte zu schlafen. Sie hörte das Blut laut durch ihre Adern rauschen. Angst fuhr ihr in die Knochen.

***

Das Licht ging plötzlich an und Marianna hörte, wie jemand die Tür aufschloss. Mit einem Ruck setzte sie sich auf. Der Große kam herein und befreite ihre Hand von der Fessel. Wortlos packte er ihren Oberarm und zog sie aus dem Bett.

»Wo bringen Sie mich hin?« In ihrer Stimme lagen Angst und Erschöpfung. Sie hatte nicht viel schlafen können. Und als sie endlich eingeschlafen war, wurde sie schon wieder unsanft geweckt. Grob zerrte er sie hinter sich her.

Marianna hatte Gelegenheit, noch weitere Räume zu sehen. Der neben ihrem Gefängnis glich einem Wohnzimmer. Sie sah einen Schreibtisch, ein braunes Sofa aus den Siebzigern mit zwei passenden Sesseln, ein runder Holztisch und ein Röhrenfernseher auf einer kleinen Anrichte, die Wände ebenso kahl wie alle anderen.

Sie stellte fest, dass auch dieser Raum kein Fenster hatte und ebenfalls durch eine schwere Eisentür verschlossen wurde. Das ließ sie vermuten, dass sie sich in einem Keller oder einen Bunker befanden. Doch wo war ein unbewohnter Bunker in ihrer Nähe? Wie lange war sie bewusstlos gewesen? Wo hatte man sie hingebracht und warum? Diese Fragen beschäftigten sie die ganze Zeit und sie suchte noch immer nach einer Antwort. Der Hüne würde sie ihr sicherlich nicht geben.

Sie passierten die Tür, die sie zu einem fensterlosen Korridor führte, gingen ein paar Schritte und hielten vor einer weiteren schweren Tür zu ihrer Rechten, die jedoch etwas schmaler war als die anderen zuvor.

Er öffnete sie und stieß Marianna grob in den Raum hinein.

»Mach dich sauber. Solltest du nach Hilfe rufen wollen..., hier kann dich niemand hören«, erklärte er in einem Ton, der keinen Zweifel aufkommen ließ.

Dann fiel die Tür mit einem lauten Knall ins Schloss.

Sie befand sich in einem Bad. Der Raum maß vielleicht acht Quadratmeter und war im selben trüben Grau gehalten wie die anderen Räume. Vor ihr sah sie ein WC, zu ihrer Linken ein Waschbecken mit einer kleinen viereckigen Spiegelfliese an der Wand; daneben ein kleiner Hängeschrank aus Holzimitat. Sie sah weiter nach links und erblickte die Dusche.

Marianna fand ein zusammengefaltetes Handtuch auf dem Waschbecken und ein kleines Stück Seife sowie eine Zahnbürste nebst Zahnpasta. Sie war sich nicht sicher, ob sie unter die Dusche gehen sollte, und wartete noch einige Minuten ab, während sie versuchte, Geräusche von außen zu vernehmen. Sie beschloss, erst einmal ihre Notdurft zu verrichten. Die Ruhe um sie herum ließ sie erschaudern. Sie hörte nichts. Keine Autos, kein Fluglärm. Nichts.

Es war totenstill.

Obwohl ihr nicht wohl bei der Sache war, zog sie sich aus und duschte. Das Wasser war lauwarm. Keine Temperatur, bei der man länger unter der Dusche verweilen wollte. Sie duschte kurz, putzte sich die Zähne und zog ihre Unterwäsche, Socken, Jogginghose und Sweatshirt wieder an. In ihrer Hosentasche ließ sie das Stück Seife verschwinden und hoffte, dass dies nicht auffiele. Sie fand eine Bürste im Hängeschrank und kämmte ihr langes braunes Haar, als der Hüne wieder hereinkam.

Abrupt drehte sie sich um und blickte in seine dunklen, kalten Augen. Ein Schauer lief ihr den Rücken herunter. Langsam ging sie auf ihn zu. Wieder packte er ihren Arm, sodass die Haarbürste zu Boden fiel, doch er schenkte dem keine Beachtung. Er zerrte die junge Frau zurück ins Zimmer, wo er sie erneut mit der Hand ans Bett fesselte.

Der Kleine kam herein und brachte ihr Wasser und Weißbrot mit Marmelade. Diesmal nahm sie es wortlos entgegen.

Nachdem die Tür verschlossen worden war, wollte sie keine weitere Sekunde mehr verstreichen lassen und startete den Versuch, sich aus den Fesseln zu befreien. Sie zog das Stück Seife aus der Tasche hervor. Die Flasche Wasser vor ihr kam ihr gerade recht. Sie nahm das Wasser und ließ einige Tropfen über die Seife rinnen. Danach verteilte sie die schmierige Flüssigkeit um ihr Handgelenk und ihre Hand. Sie hatte schmale Finger, und wenn sie den Daumen in ihre Handfläche legte und die Finger zusammenpresste, würde sie sich daraus befreien können.

Es dauerte eine Weile, doch dann hatte sie es geschafft, und die Hand rutschte heraus. Den Schmerzensschrei unterdrückte sie, indem sie ihre Lippen zusammenpresste, als der Stahl über ihre Handknöchel scheuerte. Noch hatte sie keinen ausgereiften Fluchtplan entwickelt und würde zum größten Teil improvisieren müssen. Auf jeden Fall musste sie dafür Sorge tragen, dass man sie nicht sofort verfolgen konnte. Sie betete, dass der Schlüssel zu ihrem Gefängnis im Schloss steckte, sodass sie ihre Entführer einsperren konnte, wenn die den Raum betraten, um nach ihr zu sehen. Sobald sie draußen wäre, würde sie die Polizei rufen.

Unruhige Minuten verstrichen. Sie hoffte, dass man bald die Überbleibsel ihres Frühstücks abholen würde. Zumindest glaubte sie, dass es ihr Frühstück war anhand der Mahlzeit, die man ihr brachte. Sicher war sie nicht. Auch wusste sie nicht, welcher Tag es war.

Sie hatte genau eine Chance. Eine zweite würde sie nicht bekommen.

Erleichtert stieß sie den Atem aus, als sie ihre befreite Hand betrachtete. Nebenan hörte sie, wie Geschirr klapperte. Als würde jemand den Abwasch machen. Jedoch vernahm sie keine Stimmen. Noch nicht einmal ein Radio oder Fernseher waren eingeschaltet. Die Sekunden dehnten sich wie Stunden.

Endlich. Als sie das Schloss hörte, hielt sie den Atem an. Sie erblickte einen Schatten auf dem Fußboden. Die Silhouette des Untersetzten, als er den Raum betrat und stehenblieb.

Hektisch schaute er sich um.

Als die Tür kurz davor war, ins Schloss zu fallen, sah sie ihn, mit dem Rücken zu ihr. Marianna nahm all ihren Mut zusammen und verpasste ihm einen kräftigen Tritt in den Rücken. Überrascht stieß er einen Schrei aus, taumelte in Richtung Bett und stürzte, bis er sich mit den Händen auf dem kühlen Boden abfing. Dabei stieß er einen lauten Fluch aus. Sie hielt die Luft an, während sie einen schnellen Blick in den nächsten Raum wagte. Erleichtert stellte sie fest, dass der Hüne nicht da war und atmete heftig aus. Sie waren sich wohl sehr sicher, dass sie nicht fliehen konnte.

In ihrer Aufregung dachte sie nicht mehr daran, hinter sich die Tür abzuschließen. Sie wollte nur noch raus. Weg von diesem schrecklichen Ort. Ein Hoffnungsschimmer. Ihr Herz raste und sie hatte Angst, dass ihre Entführer es schlagen hörten. Um keine Aufmerksamkeit auf sich zu

lenken, öffnete sie vorsichtig die Tür zum Korridor und schlich zügig am Bad vorbei. Auch hier war alles ruhig. Nur ein
kurzes Stöhnen aus dem anderen Raum unterbrach die Stille. Dann schaute sie zur Tür am Ende des Flurs, die sich von den anderen unterschied. Sie war breiter und hatte ein großes Schlüsselloch wie bei einer alten Kellertür. Ihre Nerven waren kurz vor dem Zerreißen. Vor ihr lag die Tür zur Freiheit, und sie betete, dass sie nicht verschlossen war.

Inzwischen hatte der Untersetzte sich wieder gefangen. Seine Hand wanderte zum Kreuz. Er rappelte sich hoch und nahm die Verfolgung auf.

Sie hörte Schritte, wie seine schweren Stiefel über den blanken Boden polterten. Sein Rücken schien aber so zu schmerzen, dass er nur langsam vorankam.
»Dieses Miststück hätte mir fast das Rückgrat gebrochen.« Er hielt sich immer noch den Rücken, als er das Wohnzimmer durchquerte.
Marianna wusste, er war nicht mehr weit weg, schaute sich um und drückte die klobige Türklinke nach unten. Sie zog daran. Es klackte. Die Tür schien nicht verschlossen zu sein. Das Adrenalin in ihren Adern gab ihr Kraft – und mit einem Ruck öffnete sie die Tür. Dabei warf sie einen letzten Blick zurück, um sich zu vergewissern, dass ihr Verfolger noch nicht zu sehen war.
Als seine Schritte immer lauter wurden, zog sie die Tür ganz auf. Ängstlich blickte sie nach vorn, und zuckte erschrocken zusammen. Ihr Körper erstarrte vor Schreck. Mit weit aufgerissenen Augen starrte sie in ein Gesicht, dessen kalten Augen sich abrupt in schmale Schlitze verwandelten. Zeit zum Nachdenken blieb ihr nicht. Sie spürte nur, dass ihr Herz zwei Schläge aussetzte.

Er trug einen langen dicken Wintermantel, der ihn noch gigantischer erscheinen ließ. Der Hüne stand vor ihr. Sofort ließ er die Einkaufstüte fallen und verpasste ihr eine schallende Ohrfeige. Marianna schrie vor Schmerz laut auf. Die Wucht des Schlages traf sie so unerwartet, dass sie zu Boden stürzte und dort schwer atmend liegen blieb. Ihre Hand befühlte die Wange und in ihrem Kopf surrte es. In dem Moment betrat der Untersetzte den Flur.

»Gut, dass du sie aufhalten konntest. Dieses Biest hat mir in den Rücken getreten.« Seine rechte Hand fasste ins Kreuz und er bog den Rücken durch. Dabei schob sich sein Bauch nach vorn, als hätte er gerade eine ganze Kuh verspeist.

Der Hüne packte sie an den Haaren und zog sie daran hoch.

»Au!« Sie griff mit beiden Händen nach seinem Handgelenk und versuchte so, die Schmerzen zu vermindern.

»Komm mit!«

Sie wusste nicht, ob ihr oder dem Untersetzten diese Aufforderung galt. Ihr ließ man keine Wahl und der Untersetzte folgte ihnen ebenfalls.

Er zog sie bis zum Zimmer hinter sich her. Immer wieder schrie sie vor Schmerz auf, hatte das Gefühl, er würde ihr das Haar büschelweise ausreißen, doch er ignorierte sie nur.

»Los, Max. Die Handschellen.«

Der Untersetzte löste die Handschellen vom Bett und reichte sie dem Hünen. Der schmiss Marianna auf die Matratze. Die Heftigkeit überraschte sie erneut, sodass sie kurz die Orientierung verlor und ehe sie sich versah, knallte eine zweite Ohrfeige. Marianna gab ihren Widerstand auf. Ihr Körper befand sich in einem Schockzustand. Sie wusste plötzlich nicht mehr, wie ihr geschah.

»Ich hatte dich gewarnt. Das hast du dir nun selbst zuzuschreiben!«

Seine braunen Augen blitzten vor Zorn, die Lippen waren zu einer schmalen Linie gepresst, als sie durch einen Tränenschleier in sein Gesicht sah.

Er hatte ein spitz zulaufendes Kinn und eine flache breite Nase, wie die eines Boxers, der bereits mehrere Kämpfe im Ring hinter sich gebracht hatte. Sein dunkelblondes Haar war relativ kurz, sodass die Locken nur zu erahnen waren.

Er führte ihre Hände über den Kopf zusammen und fesselte beide ans Kopfende des Bettes, indem er die Handschellen um die Metallstange herumlegte.

Marianna spürte einen Schmerz, als sich die Metallringe fest um ihre Handgelenke legten.

»Bitte. Schlagen Sie mich nicht mehr«, wimmerte sie, als sie seine Hand über ihrem Gesicht erblickte. Sie erwartete eine weitere Ohrfeige, schloss ihre Augen für den nächsten Schlag, der ihr die Sinne rauben würde.

»Nicht, Matt! Wir brauchen sie lebend. Du schlägst sie noch tot.«

Er hielt inne und sein Kiefer mahlte. Sie hörte, wie seine Zähne knirschten.

»Wage es nicht noch einmal, Dummheiten zu machen«, drohte er mit zusammengebissenen Zähnen.

»Komm, Max! Heute bekommt sie nichts zu essen und auch nichts zu trinken. Das sollte ihr zu denken geben.« Max und Matt verließen den Raum. Die Tür knallte ins Schloss und wurde verschlossen.

Marianna lag nur da. Sie wagte es nicht, sich zu bewegen. Er hatte ihr die Handschellen so eng um ihre Gelenke gelegt, dass sie beinahe die Blutzufuhr abschnürten. Seife würde diesmal nicht ausreichen, um sich daraus zu befreien.

Ihre Flucht war brutal vereitelt worden und eine weitere Chance würde es nicht mehr geben. Das wusste sie nun, durch diese schmerzliche Lektion, die ihr gerade erteilt worden war.

Erwachen

26. Januar - Heidekreis Klinikum

»Ich glaube, sie wacht auf. Kommen Sie, Hauptkommissar Held«, forderte Dr. Simms ihn auf.

Beide betraten das Krankenzimmer, und während Dr. Simms sich einen Stuhl ans Bett zog, untersuchte Held das Zimmer. Neben ihrem Bett stand ein Tischchen mit einem leeren Glas und einer Flasche Wasser darauf. Er ging zum schmalen Schrank, fand jedoch nur ein paar Kleidungsstücke, die man ihr ins Regal des Schrankes gelegt hatte; ihre Kleidung befand sich bei der Spurensicherung. Da er nichts Auffälliges daran entdecken konnte, legte er alles fein säuberlich zurück und schloss leise die Schranktür. Er trat an das Fußende des Bettes und beobachtete, wie sie langsam die Augen öffnete. Ihre Lippen sahen aus wie Schmirgelpapier und waren an einigen Stellen mit einer leichten Blutkruste belegt. Er griff nach der Flasche Wasser und füllte etwas in das Glas auf dem kleinen Tischchen.

Die Frau blickte ihn an und schluckte. Zu sprechen war ihr nicht möglich. Der Hals war trocken und überhaupt fühlte sich alles wie ausgedörrt an.

»Wasser?« Fragte er mit einem Lächeln und sie nickte kaum merkbar. Vorsichtig näherte er sich ihr und stärkte ihr den Rücken mit seiner Hand. Er nahm den Trinkhalm und führte ihn an ihren Mund.

»Dr. Zerva sagte, Sie sollen vorsichtig trinken. Also immer nur einen kleinen Schluck nach dem anderen. In Ordnung?«

Sie nickte erneut. Als sie nach dem Glas greifen wollte, zog er es weg. Sofort begann das Überwachungsgerät für ihren Herzschlag auszuschlagen, an dem sie noch immer angeschlossen war.

»Bitte. Lassen Sie mich Ihnen helfen. Langsam trinken. Sie sind in Sicherheit. Hier kann Ihnen nichts mehr geschehen.« Seine Stimme sollte sanft und beruhigend auf sie wirken. Sie starrte ihn an und legte die Hand zurück in den Schoß. Sie versuchte, nicht zu gierig zu trinken, doch ihr Körper brauchte Flüssigkeit. Die Infusion hatte sie zwar mit dem Nötigsten versorgt, doch die Trockenheit in ihrer Kehle konnte sie ihr nicht nehmen. Nachdem sie einige Schlucke zu sich genommen hatte, stellte er das Glas auf dem Tisch ab. Dann setzte er sich an die Bettkante und sah sie an.

»Ich bin Hauptkommissar Francis Held vom LKA Düsseldorf. Ich leite die Sonderkommission für Menschenraub und Erpressung. Und das ist Dr. Vera Simms.« Mit einer Handbewegung deutete er auf die schlanke Frau.

»Sie ist Psychologin und wird Ihnen helfen, das Vergangene besser zu bewältigen. Verraten Sie mir Ihren Namen?«

Die junge Frau sank ins Bett zurück, während sie ihren Blick zum Fenster richtete. Er ahnte, dass sie zu einem Baum schaute, dessen Äste mit Schnee bedeckt waren. Tränen liefen an ihren Wangen herunter.

»Es wäre schön, wenn Sie uns sagen könnten, wie Sie heißen.« Dr. Simms mischte sich nun in das Gespräch ein.

»Können Sie sich an Ihren Namen erinnern?«

Die Frau drehte ihren Kopf und blickte in Dr. Simms Augen. Die nahm ein Tuch aus der Box und reichte es ihr. Als die junge Frau sich das Gesicht getrocknet hatte, öffnete sie den Mund.

»Ma ...« Sofort verstummte sie wieder. Mehr bekam sie nicht heraus. Ihre Kehle schmerzte. Sie fasste sich an den Hals, schluckte und verzog schmerzhaft das Gesicht.

»Verstehe. Der Tubus scheint Ihre Luftröhre ein wenig geschädigt zu haben. Das kann schon mal vorkommen. Es müsste aber bald besser werden«, sagte Dr. Simms im professionellen Ton, bevor sie sich dem Hauptkommissar zuwendete.

»Wir sollten die Befragung um einige Stunden verschieben, bis sich ihr Hals beruhigt hat.«

Held nickte.

»Sollen wir jemanden verständigen?«

Die junge Frau blickte wieder aus dem Fenster und eine weitere Träne lief über ihre Wange. Dr. Simms gab ihm ein Zeichen, dass sie gehen sollten. Hauptkommissar Held folgte ihr nur widerwillig.

»Wie gehen wir weiter vor?« Fragte Dr. Simms, während sie den Korridor herunter gingen.

»Das LKA Hannover hat mir ein Büro zur Verfügung gestellt. Was ist mit Ihnen, Doktor? Wo wohnen Sie?«

»Ich muss in nördlicher Richtung. Mein neues Domizil ist in Hamburg. Doch ich werde mir vorerst ein Zimmer in Hannover suchen. Oder kennen Sie zufällig ein nettes Hotel?«

Held überlegte zwei Sekunden.

»Leider nein. Doch ich kann ...« Er stockte. Dr. Simms legte den Kopf leicht schief und lächelte verführerisch. Held räusperte sich.

»Im Revier wurde mir eine junge Polizistin zugeteilt.« Er rieb sich mit dem Zeigefinger an der Schläfe, als er versuchte, sich an ihren Namen zu erinnern.

»Ihr Name ist Porter«, fiel es ihm wieder ein.

»Ich werde sie darum bitten, dass man Ihnen ein vernünftiges Hotelzimmer bucht.«

»Was ist mit dem Hotel, in dem Sie untergekommen sind?«

»Ich habe dort eine Wohnung. Meine Frau ...«, er verzog kurz das Gesicht, was der Psychologin nicht unbemerkt blieb.

»Sie ist Kostümbildnerin und hat sich eine neue Anstellung in einem Theater in einer anderen Stadt gesucht.

Daher lebe ich allein«, beendete er hastig die Erklärung und beschleunigte seine Schritte. Sie musste ahnen, dass er darüber nicht sprechen wollte, dennoch konnte sie aus ihrer Haut nicht heraus.

»Leben Sie schon länger getrennt?«

»Das tut hier nichts zur Sache, Dr. Simms.«

Die Psychologin hob die Hände in einer abwehrenden Geste. »In Ordnung. Fahren wir ins Revier, damit ich mir ein Hotelzimmer suchen kann. Somit erspare ich mir viel Fahrerei, und wir können unsere Zusammenarbeit besser koordinieren. Wäre Ihnen das Recht?«

»Sicher.«

Beichte

3. Januar - An einem geheimen Ort

Der Hüne nahm das Telefon und wählte eine Nummer.

»Hallo, Boss. Wir haben ein Problem. Die kleine Schlampe wollte abhauen und hat mein Gesicht gesehen.«

»Wie konnte das passieren, Licas?« Es dröhnte aus dem Hörer, doch Licas hielt sich zurück. Ihm war klar, dass sie gerade noch an einer mittleren Katastrophe vorbeigeschlittert waren. Deshalb versuchte er erst gar nicht, nach Ausflüchten und Entschuldigungen zu suchen, um den Ärger vom Boss nicht noch zu schüren.

»Sie konnte Maik überwältigen und hat versucht zu flüchten. Zum Glück kam ich gerade rechtzeitig, um sie aufzuhalten.«

»Wie weit ist sie gekommen?«

»Sie hat die Anlage nicht verlassen. Sie weiß nicht, wo sie ist.« Der Versuch, seinen Boss zu beruhigen, schien zu fruchten.

»Gut. Da habt ihr Idioten diesmal Glück gehabt. Wenn das noch mal passiert, steht ihr dafür grade. Ich verabscheue Patzer. Habe ich mich klar ausgedrückt?«

»Ja, Boss. Es wird nicht wieder vorkommen. Wir kümmern uns.«

»Hoffentlich. Morgen werden wir anrufen. Wenn die Eltern keine Probleme bereiten, ist das Ganze bald vorbei.«

»Und doch bleibt noch das Problem, dass sie mein Gesicht gesehen hat.«

»Darum kümmern wir uns zu einem späteren Zeitpunkt.«

Es klickte.

Er sah Maik neben sich.

»Und? Was sagt er?«

»Besorg das Halsband! Noch so einen Zwischenfall und wir sind geliefert.«

»Er war wohl nicht besonders happy.«

Maik erntete einen zornigen Blick.

»Schon gut. Ich geh es holen.«

***

Ihr Kopf schmerzte. Die Nachwehen von den Ohrfeigen. Noch nie war sie in ihrem Leben so hart geschlagen worden. Sie hatte das Gefühl, als wäre ihre Nase gebrochen. Vorsichtig drehte sie sich auf den Bauch. Ein Unterfangen, das sich, mit den Händen über dem Kopf an dem Kopfbrett gefesselt, als schwieriger erwies, als sie vermutet hatte. Dazu kamen die Schmerzen.

Vorsichtig legte sie den Kopf in den Nacken und wagte den Versuch. Die kurze Kette der Handschellen verdrehte sich und bot ihr nur wenig Spielraum, sodass sie sich nur auf ihren Unterarmen abstützen konnte. Um ihr Gesicht zu befühlen, war sie gezwungen, ihren Oberkörper zu den Händen zu bewegen. Blut tropfte auf das Bett. Zaghaft betastete sie ihren Nasenrücken. Es schmerzte, doch es schien nichts gebrochen zu sein.

Erschrocken drehte sie ihren Kopf, als die Tür aufging und der Hüne eintrat. In der Hand hatte er ein schnurloses Telefon.

»Wir werden jetzt deine Eltern anrufen. Du wirst ihnen sagen, dass es dir gut geht. Mehr nicht. Ansonsten weißt du, was dir blüht.« Er trug wieder eine Maske und seine wild funkelnden Augen starrten sie durch den schmalen Schlitz an.

»Meine Eltern? Was wollen Sie von meinen Eltern?«

»Lösegeld. Was sonst«, raunzte er.

»Meine Eltern sind geschieden. Mein Stiefvater ist

gestorben, als ich zehn war. Meine Mutter ist nicht reich. Wir sind eine ganz einfache Familie.« Sie schluckte trocken und glaubte, einen überraschten Ausdruck in seinen Augen zu erkennen.

Seine Hand packte den Kragen ihres Pullovers. Grob zog er sie zu sich, bis ihre gestreckten Arme ihn stoppten. Sie stieß einen spitzen Schrei aus, als das Metall in ihre Handgelenke schnitt und die Wunden zu schmerzen begannen. Gefolgt von dem Gefühl, dass er ihr gleich den Arm auskugeln oder, noch schlimmer, brechen würde, kam er näher, bis ihre Gesichter nur noch wenige Zentimeter trennten. Sein Atem roch nach Alkohol, obwohl er nicht betrunken wirkte. Vor Wut schnaubend blickte er direkt in ihre vor Angst geweiteten Augen und sah die Panik, die sich in ihren Tränen widerspiegelte. Ihre Unterlippe begann zu zucken.

»Wie heißt du?« Schrie er sie an. Da ihm die Antwort nicht schnell genug kam, schmiss er das Telefon neben ihr auf das Bett, packte ihren Hals und drückte sie gegen die Wand, als würde sie nichts wiegen. Sie schrie kurz auf.

»Wer bist du? Rede endlich!« Seine plötzlich bedrohlich ruhige Tonlage lähmte fast ihren Verstand.

»Bitte«, flehte sie verzweifelt. Die Gedanken überschlugen sich. Würde er sie umzubringen, wenn sie ihm nicht sofort antwortete?

»Bitte. Nicht mehr«, krächzte sie und er ließ endlich ihren Hals los.

Sie keuchte und schnappte nach Luft.

»Ich heiße Marianna.« Sie zitterte.

»Was?« Erneut packte er sie am Kragen und zog sie so nah an sich heran, dass sie seinen beißenden Atem spüren konnte.

»Du heißt Marianna?«

Sie sah, wie sein Unterkiefer mahlte.

»Marianna Lowe. Ich heiße Marianna Lowe«,

wiederholte sie schnell, weil sie sich nicht sicher war, ob er sie wirklich verstanden hatte.

Plötzlich stieß er sie mit einem kräftigen Schubs auf das Bett zurück, ihr Kopf prallte dabei gegen das Bettgestell. Wutschnaubend rannte er aus dem Zimmer. Die Tür knallte mit einem Krachen ins Schloss und Marianna war wieder allein. Die Kopfschmerzen schienen nicht nachlassen zu wollen.

Für ein paar Minuten war es ruhig.

Dann hörte sie dumpf die Stimmen der beiden Männer. Mit einem Mal wurden die Stimmen leiser, zogen sich zurück und verstummten.

***

Licas schritt hastig im Raum auf und ab. Maik sah ihm die Unruhe förmlich aus den Augen springen.

»Was ist los, Licas? Wieso rennst du eine Furche in den Boden?«

Licas sah ihn erbost an, schnappte sich die Flasche Wodka, öffnete sie, nahm einen kräftigen Schluck und dann zwei weitere. Als er zum dritten ansetzte, wurde er von Maik zurückgehalten. Der nahm ihm die Flasche aus der Hand und stellte sie auf dem kleinen Tisch ab.

»Du solltest nicht so viel trinken. Du hast dich dann nicht mehr unter Kontrolle.«

Der Versuch misslang. Licas blickte ihn zornig an, griff Maik am Kragen und zog ihn mit beiden Händen zu sich heran.

»Wir haben das falsche Mädchen entführt.«

Maik öffnete mehrmals hintereinander den Mund wie ein Fisch an Land und seine Augen wurden riesig.

»Was? Aber wie ...? Das verstehe ich nicht! Wieso?« Er stotterte vor sich hin und riss sich von Licas los.

»Das werde ich sofort überprüfen.« Er nahm die Maske

und zog sie über den Kopf.

Marianna sah die Tür aufspringen und den Untersetzten hereinstürmen.

»Dein Name ist nicht Sybille Costello?«

Sie schreckte zusammen. Ängstlich schüttelte sie den Kopf und es dauerte einen Moment, als sie die Bedeutung begriff. Er hatte gerade Sybille Costello gesagt. Die Entführer hielten sie für Sybille! Ihr Puls beschleunigte sich, als sie kapierte, was ihr zugestoßen war. Eine Verwechslung. Sie war einer verdammten Verwechselung zum Opfer gefallen! Die Entführung galt eigentlich ihrer Joggingpartnerin. Die Gedanken in ihrem Kopf überschlugen sich. Was würde nun geschehen? Würden die Entführer sie freilassen? Ein winziges Fünkchen Hoffnung keimte in ihr auf.

Der Untersetzte rannte heraus, ging zum Schreibtisch, öffnete die Schublade und zog einen braunen Umschlag hervor, aus dem er ein Foto beförderte.

Licas folgte ihm. Beide betrachteten das Bild, das nun vor ihnen auf dem Schreibtisch lag.

Eine lange Pause entstand.

»Verdammt! Wir haben tatsächlich die Falsche entführt. Wie konnte uns das passieren?« Maik musste seine Nerven beruhigen. Nun griff auch er zur Wodkaflasche und nahm einen kräftigen Schluck. Er verzog das Gesicht. Er hasste Wodka. Diesen Fusel konnte man seiner Meinung nach nur als Kloreiniger verwenden.

Licas nahm das Foto hoch und betrachtete es erneut.

»Sie sehen sich ziemlich ähnlich. Schlanke Statur, fast gleich groß. Nur die Haare sind etwas anders. Unter einer Mütze versteckt, kann man sie verwechseln. Das wird dem Boss nicht gefallen.«

»Was machen wir?« Maik ließ sich auf das verschlissene Sofa fallen und hoffte, dass sein Kumpel eine Idee hätte.

»Ich rufe den Boss an. Vielleicht hat er 'ne Idee.«

Maik sprang vom Sofa auf und packte Licas am Arm.

»Bist du verrückt! Der schickt gleich ein Erschießungskommando und lässt uns hinrichten. Wir haben heute schon einmal Mist gebaut. Diese Verwechselung ... Oh Mann! Das wird er nicht so ohne Weiteres tolerieren. Wir sind so was von am Arsch!« Erneut nahm er einen Schluck und wieder schüttelte es ihn.

»Bäh!« Maik wischte sich mit den Handrücken über seine Lippen.

»Wie kannst du dieses Zeugs nur trinken. Das schmeckt scheußlich.«

»Ich regle das schon«, gab Licas knurrend von sich und befreite seinen Arm mit einer ruckartigen Bewegung aus Maiks Griff.

»Wenn es dir nicht schmeckt, dann trinke mir nicht alles weg.« Er riss Maik die Flasche aus der Hand, begutachtete das restliche Drittel Inhalt und leerte sie in einem Zug.

»Vielleicht kann man ja doch etwas bei ihren Eltern herausschlagen. Mittellose Eltern leihen sich häufig etwas von Verwandten und Bekannten. Ich spreche mit dem Boss. Mal sehen, was er von der Idee hält.«

Die halbe Wahrheit

26. Januar - Heidekreis Klinikum

Gegen neun Uhr abends besuchten Dr. Simms und Held die junge Frau erneut. Er klopfte dreimal kurz an die offenstehende Tür. Ohne auf die Aufforderung zu warten traten beide ein. Die Psychologin ging auf das Bett zu.

»Geht es Ihnen besser?«

Die junge Frau nickte.

»Das ist schön. Können Sie uns jetzt Ihren Namen verraten?« Obwohl die junge Frau einen klaren Eindruck auf sie machte, formulierte die Psychologin ihre Frage sehr vorsichtig und hoffte, dass die Frau wusste, wer sie war.

»Marianna Lowe«, antwortete sie heiser. Ihre Stimme kratzte, und im Hals waren die Schmerzen noch nicht ganz verklungen.

»Wie alt sind Sie, Frau Lowe?«

»Fünfundzwanzig.«

»Darf ich Marianna zu Ihnen sagen?«

Sie nickte.

»Gut. Ich bin Dr. Vera Simms. Nennen Sie mich Vera, wenn Sie möchten. Und das ist mein Kollege, Hauptkommissar Francis Held. Er ist vom LKA, Sonderkommission für erpresserischen Menschenraub und Entführungen.«

Held trat an das Bett heran und lächelte schmal.

»Hallo, Frau Lowe. Ich hoffe, Sie können mir einige Fragen beantworten, damit wir die Täter finden und festnehmen können.« Er machte eine Pause um zu sehen, wie Marianna reagierte. Er wollte die junge Frau nicht gleich überfordern.

Sie blickte aus dem Fenster.

»Ist der Schnee nicht schön?«

Der Beamte blickte die Psychologin ratlos an. Mit einer kaum wahrnehmbaren Geste deutete sie ihm an weiterzumachen.

»Marianna. Sind Sie bereit einige Fragen zu beantworten?« In seiner Stimme schwang ein nachsichtiger Unterton mit.

Eine Pause entstand.

»Sollen wir lieber morgen wiederkommen?« Dr. Simms' Versuch, sie zum Reden zu bewegen, ohne aufdringlich zu wirken, holte die Patientin aus ihren Gedanken.

Marianna schluckte, zeigte auf die leere Flasche Wasser und fuhr sich mit der Hand über ihren Hals. Held verstand sofort.

»Ich bringe Ihnen noch etwas zu trinken.«

Nachdem er mit einer vollen Flasche Wasser in der Hand zurückgekommen war, füllte er das Glas und Marianna trank erst einmal einen Schluck.

Sie seufzte schwer.

»Wie kann ich Ihnen helfen?«

Held war erleichtert. Sie war bereit ihm einige Fragen zu beantworten. Er holte seinen Notizblock und einen Bleistift aus der Jackentasche und setzte sich auf den Stuhl. Bevor er die erste Frage stellte, versicherte er sich noch mal mit einem Blick zur Psychologin.

»Können Sie mir die Männer beschreiben, die Sie entführt haben?«

Es war offensichtlich, dass sich Marianna nur ungern an ihre Entführer erinnern wollte, denn sie ließ sich mit ihrer Antwort viel Zeit. Verstohlen blickte sie auf ihren Verband und ließ den Zeigefinger der unversehrten Hand, in der noch immer die Infusionsnadel steckte, wieder und wieder über das weiße Material streichen, während der Beamte merklich unruhiger wurde und dabei mit der Bleistiftspitze auf dem Block tippte. Das Warten bereitete ihm Unbehagen, und er hätte sie gern zu einer Antwort aufgefordert, denn je mehr Zeit verstrich, desto unpräziser wurde die Personenbeschreibung. Das wollte er verhindern. Doch er riss sich zusammen und gab der Frau die Zeit, die sie brauchte.

Marianna schloss für einige Sekunden die Augen und atmete tief ein.

»Der mich überwältigt und geschlagen hat, war sehr groß. Bestimmt um die zwei Meter ... sehr kräftig und von athletischer Statur. Seine dunklen Augen waren eiskalt. Seine Stimme war sehr tief und besaß einen leichten osteuropäischen Akzent. Ich vermute, er lebt bereits seit Längerem hier, denn dieser Akzent ist kaum noch zu hören. Der andere ist um die einen Meter siebzig groß und leicht untersetzt. Seine Augen waren von einem helleren Braun. Dann gab es noch einen, den sie immer nur den Boss nannten. Doch den habe ich nie gesehen.«

Mariannas Atmung wurde flacher und ihr Puls begann zu rasen. Sie wollte sich nicht erinnern. Sie wollte nur noch vergessen.

Held machte sich seine Notizen.

»Osteuropäischer Akzent. Wissen Sie, woher er kam?«

Marianna schüttelte den Kopf.

»Ist Ihnen sonst noch etwas an den Männern aufgefallen? Irgendwelche Narben? Eine schiefe Nase? Muttermale? Eine Tätowierung oder etwas Ähnliches?«

Ihr Körper versteifte sich und sie hielt kurz den Atem an, als sie den Blick senkte und schweigend verneinte.

»Beide trugen immer diese Motorradmützen und ihre Kleidung bedeckte den Rest ihrer Körper. Ich konnte nur ihre Augen sehen.« Sie sprach leise und schaute dabei verstohlen auf ihre Hände.

»Haben sie mal irgendwelche Namen erwähnt?«

Erst jetzt bemerkte sie, dass sie vergaß zu atmen. Langsam hob sie den Kopf, öffnete den Mund und ließ hörbar die Luft aus ihrer Lunge entweichen.

»Sie haben sich ständig neue Namen gegeben. Ich vermute, nicht einer davon war ihr richtiger Name.«

»Wie meinen Sie das?«

»Sie suchten sich die Namen nach den Buchstaben im Alphabet aus. Einen Tag hatten sie Namen, die mit dem Buchstaben M. So nannten sie sich Max und Matt. Beim nächsten Mal hatten sie Namen, die mit N begannen wie Norbert und Niels, dann mit O, wie Ollie und Oskar. So wechselten sie häufig ihre Namen.«

»Können Sie sich daran erinnern, wann man Sie zu dem Ort brachte, an dem Sie festgehalten wurden?«

Sie schluckte und ihre Augen begannen feucht zu werden.

»Es war am Freitag, dem 2. Januar. Ich war gerade Joggen und dann ...« Sie wischte sich mit ihrer gesunden Hand über die Augen.

»Ich wurde betäubt.« Die Erinnerung versetzte ihr einen Stich in die Brust.

Als der Beamte ihre Verzweiflung sah, hatte er Schwierigkeiten, seinen Zorn unter Kontrolle zu halten. Er atmete einige Male tief durch, um sich zu sammeln.

»Marianna, wir fanden Sie in einem Keller in der Nähe eines Militärstützpunktes nahe Munster Süd.«

»In Munster Süd?« Wiederholte sie die Worte und starrte ihn mit offenem Mund an. Der Ton, mit der sie ihre Frage stellte, überraschte ihn. Doch nur kurz. Nun wusste er, dass sie nicht aus dieser Gegend kam.

»Ihrer Reaktion nach zu urteilen, sind Sie nicht aus dieser Gegend. Nicht wahr, Marianna?« Meldete sich die Psychologin zu Wort, doch die junge Frau reagierte nicht. Sie schien in Gedanken verloren.

»Marianna? Ist alles in Ordnung mit Ihnen?«

Erst jetzt begriff Marianna, als sie sich dem Beamten zuwandte.

»Deswegen wurden Sie hierher ins Heidekreis-Klinikum

in Soltau gebracht, nachdem wir Sie gefunden hatten«, bestätigte Held ihre Vermutung. Sie starrte ihn mit offenem Mund an.

»Es liegt am nächsten bei Munster. Uns blieb nicht viel Zeit, da Ihr Zustand mehr als bedrohlich war. Doch Sie bekommen hier die beste Versorgung. Das verspreche ich.« Der Beamte bekam endlich eine Reaktion, als die Frau ihn ansah. In ihren Augen glitzerten Tränen.

Kaum merkbar nickte er Dr. Simms zu, die unangenehmen Fragen zu stellen, stand auf und verließ den Raum. Er hielt es für klüger, wenn die beiden Frauen unter sich waren, um diese delikate Angelegenheit zu klären. Leise schloss er die Tür hinter sich.

Die Psychologin nahm Mariannas Unterarm und drückte ihn ein wenig.

»Marianna. Die jetzige Frage fällt mir nicht leicht, doch ich muss sie stellen und hoffe, Sie können mir antworten.« Sie blickte in Mariannas trauriges Antlitz.

»Haben sich die Männer an Ihnen vergriffen?«

Ihre Augen weiteten sich vor Schreck und sie schüttelte vehement den Kopf.

»Nein. Nein!«

»Ist schon gut, Marianna. Beruhigen Sie sich. Der Arzt konnte auch nichts in dieser Hinsicht feststellen. Ich musste diese Frage stellen, da noch nicht alle Spuren ausgewertet wurden. Hatte man Sie sofort dorthin gebracht oder wurden Sie von einem anderen Ort, zu einem anderen Zeitpunkt, dorthin verschleppt?« Ihre Stimme änderte wieder in die sanfte Tonlage.

»Ich wurde die ganze Zeit über nur in einen Raum ...«, sie spürte einen Kloß im Hals, der sich immer mehr verdichtete.

»Es gab dort kein Tageslicht. Ich konnte den Mond nie sehen. Ich weiß nicht.« Erneut wurde der Oberkörper der jungen Frau von Schluchzern geschüttelt. Dr. Simms lehnte sich in ihrem Stuhl zurück. Mit gemischten Gefühlen beobachtete sie Marianna für eine Minute, bevor sie fortfuhr.

»Ich denke, für heute ist es genug. Wir verschieben die weitere Befragung. Ihre Personalien nehmen wir beim nächsten Mal auf. Ist das für Sie in Ordnung, Marianna?«

Ohne der Psychologin ins Gesicht zu schauen, nickte sie.

»Danke für Ihre Hilfe. Wir sehen uns dann morgen.« Bevor sie aus der Tür ging, wandte sie sich noch einmal der Patientin zu.

»Gibt es jemanden, den wir verständigen sollen? Einen Freund, oder Ehemann? Eltern?«

Marianna sah auf und öffnete den Mund, als ob sie etwas sagen wollte, schwieg jedoch.

Die Psychologin wartete noch einen Augenblick, doch Marianna blieb stumm. Sie drehte den Kopf zum Fenster und schaute hinaus.

»Schlafen Sie gut, Marianna.«

Wunden

4. Januar - An einem geheimen Ort

Als Maik am Morgen die Anlage betrat, sah er Licas, wie er das Telefon anstarrte.

»Ich möchte nicht in deiner Haut stecken«, bemerkte Maik beim Vorbeigehen und legte das Halsband auf das Sofa. Die Kette klirrte und Licas sah zufrieden auf.

Keine drei Sekunden später änderte seine Laune sich.

»Wir brauchen neue Namen«, brummte Licas zornig.

»Diesmal denkst du dir was aus. Mir ist es egal«, winkte Maik mit einer knappen Handbewegung ab.

»Mach was mit N, sonst kommen wir bei unserem Spiel irgendwann durcheinander. Ich besuche die Kleine und schau mal, ob sie etwas braucht.«

»Warte, du gehst nicht alleine rein. Beim letzten Mal hast du sie entwischen lassen. Das darf nicht noch einmal passieren.«

»Sie hatte mich überrascht«, protestierte Maik.

»Hättest du ihr die Handschellen vernünftig angelegt, wäre es nicht passiert. Schieb also die Schuld nicht auf mich allein ab«, murrte er.

»Also, Namen«, brummte Licas.

»Du bist diesmal dran«, forderte Maik seinen Partner patzig auf, der ihn düster anstarrte.

»Niels und Norbert.«

»Geht klar, Norbert«, grinste der Untersetzte schelmisch den Freund an.

Er beobachtete wie Licas' düsterer Blick einem verdutzten Ausdruck wich. Immer noch grinsend, drehte Maik sich um und kehrte ihm den Rücken zu. Vor der Tür zog er sich die Maske über und betrat den Raum.

Als er Marianna erblickte, stockte ihm der Atem. Ihr Gesicht war mit Blutergüssen übersät, über der linken Schläfe klaffte eine Platzwunde deren Blut sich über Stirn und Wange verteilt hatte, aber bereits getrocknet war. Auch ihre Handgelenke waren blutverschmiert. Offensichtlich hatte sie wieder versucht, sich zu befreien. Langsam trat er auf sie zu.

»Das hast du dir selbst zuzuschreiben. Und das weißt du.«

Sie blickte ihn aus rot geschwollenen Augen an. Marianna hatte so lange geweint, bis ihr Körper nicht mehr in der Lage war, weiterhin Flüssigkeit zu produzieren. In ihrem Ausdruck konnte er nicht erkennen, ob es Hass oder Resignation war, dazu war ihr Gesicht zu sehr entstellt. Licas hatte ganze Arbeit geleistet. Wo seine Faust hinlangte, wuchs kein Gras mehr.

Bei den Käfigkämpfen in Russland ging er meistens als Sieger hervor. Ob er jemals einen Kampf verloren hatte? Maik wusste es nicht. Doch er war überzeugt, wenn überhaupt, hatte es vielleicht einmal ein Unentschieden gegeben. Es wunderte ihn nur, warum Licas sein Glück nicht im Kampf versuchte, denn er war ein hervorragender Kämpfer, mit den besten körperlichen Voraussetzungen.

Maik verließ den Raum.

Wenig später kam er mit einem feuchtwarmen Handtuch zurück. Vorsichtig wischte er das Blut aus ihrem Gesicht. Ab und zu gab sie ein leises Stöhnen von sich, doch sie versuchte, sich die Schmerzen, so gut es ging, nicht anmerken zu lassen.

»Spielst die Heldin, was?«

Marianna schwieg.

»So ruhig gefällst du uns am besten.« Er grinste unter seiner Maske.

»Es scheint nichts gebrochen zu sein. Da hat er dich ja noch mit Samthandschuhen angefasst.«

Sie schnaubte verächtlich.

»Niels! Komm her«, hörte er seinen Kumpel ihn rufen.

»Bin schon unterwegs.«

Sie war allein und verwirrt. Beim letzten Mal hatten sie Max und Matt bewacht. Sie war sich sicher, dass sie diese Namen verwendet hatten und nun nannte er den Untersetzten Niels. Waren sie zu dritt? Aber die Stimme war dieselbe. Hatte Max vielleicht einen Zwillingsbruder? Sie verstand die Welt nicht mehr und gab ihre Vermutungen auf. Es hatte sowieso keinen Sinn. Früher oder später würde sie es herausfinden.

Ihr Körper schrie nach Bewegung, doch jeder Atemzug tat ihr bereits weh. Ihre Handgelenke schmerzten.

Es war die reinste Folter für sie. Hatte sie noch eine Chance und die Entführer würden ihr die Fesseln wenigstens etwas lockern? Sie würde bestimmt keinen Fluchtversuch mehr unternehmen. Sie würde sogar darauf schwören, wenn man ihr nur die Fesseln ein wenig löste. Ein weiteres Stöhnen entwich ihrem Mund. Doch außer ihr selbst konnte es niemand hören.

Ein plötzlicher Gedanke flammte in ihr auf. Warum ließ man sie nicht einfach gehen? Für sie ergab das alles keinen Sinn. Ein Lösegeld konnte ihre Mutter nicht aufbringen. Sie versuchte, sich ihre Kindheit ins Gedächtnis zu rufen. Irgendetwas, dass ihr half, die konstanten Schmerzen in ihrem Kopf und Handgelenken wenigstens für ein paar Minuten zu vergessen. Das Verschwinden ihres Vaters. Bis heute hat sie nicht verstanden, weshalb er sie und ihre Mutter damals verließ. Es dauerte nicht lange und ihre Mutter lernte Heinz Lowe kennen. Einen Hafenarbeiter. Ein Jahr später heirateten ihre Mutter und Heinz. Marianna mochte ihren Stiefvater und er sie. Um seiner neuen Familie ein gutes Leben zu bieten, arbeitete er sogar an einigen Wochenenden.

An seinen freien Samstagen unternahm die Patchworkfamilie immer etwas zusammen. In den gemeinsamen drei Jahren war Heinz sehr viel mehr Vaterfigur für sie als Joska, ihr leiblicher Vater. Umso mehr traf sie der Verlust, als Heinz bei einem Arbeitsunfall um Leben kam. Da war sie gerade mal zehn Jahre alt. Ein Getreidesilo war verstopft. Keiner der anderen Arbeiter traute sich. Also ging er in den riesigen Trichter hinein. Während er versuchte, die Öffnung freizubekommen, wurde er von Getreide überschüttet. Lebendig begraben.

Marianna schluchzte, als sie an dieses Unglück zurückdachte. Sie hatte zwei Väter innerhalb von drei Jahren verloren. Seitdem vermied sie enge Freundschaften mit Männern.

Der Gedanke an den Verlust versetzte ihr einen Stich in die Brust und die soeben vergessenen Schmerzen wurden wieder zu bitteren Wahrheit.

Der Anruf

5. Januar - An einem geheimen Ort

»Was gibt es?«
»Ich benachrichtige jetzt den Boss und will, dass du dabei bist.« Er wählte die Nummer.
»Ja?«
»Boss, wir haben mächtigen Ärger.«
»Was soll das heißen?«
»Das Mädchen ist nicht die, die wir entführen sollten. Sie heißt Marianna Lowe.«
»Was?«
Das hörte sogar Maik, ohne dass die Lautsprecherfunktion eingeschaltet war.
»Seid ihr denn zu gar nichts zu gebrauchen? Wer ist diese Marianna Lowe? Ich habe noch nie von ihr gehört! Wie konnte das passieren? Ihr hattet ein Foto von unserem Ziel!«
»Sie lief dieselbe Strecke, hat dieselbe Größe und Statur. Nur die Haare sind ein wenig anders. Doch unter einer Mütze konnte man es nicht erkennen.«
»Ihr seid die größten Idioten, die mir je untergekommen sind! Was sollen wir mit ihr anstellen? Lass dir gefälligst was einfallen, wie ihr sie elegant loswerdet! Doch denk daran, auf einen Mord lasse ich mich nicht ein.«
Er war außer sich vor Wut und ließ keinen Zweifel daran, dass er es die beiden auch spüren lassen würde. Spätestens wenn sie ihren Anteil haben wollten.
»Boss, ich habe tatsächlich eine Idee. Nun beruhige dich erst mal.«
»Mich beruhigen? Schaff mir die andere herbei. Dann bin ich beruhigt!«

»Hör mir doch erst einmal zu. Vielleicht können wir doppelt abkassieren?«

»Ach. Wie das?«

»Sie erzählte, dass sie aus einer durchschnittlichen Familie kommt. Viel ist dort wohl nicht zu holen. Aber vielleicht können wir wenigstens unsere Kosten decken und doch noch etwas Profit herausschlagen.«

»Und wie soll das deiner Meinung nach gehen, wenn kein Geld in der Hinterhand ist?«

»Irgendwelche Ersparnisse haben diese Familien immer. Den Rest leihen sie sich. Wir gehen mit unserer Forderung nicht ganz so hoch. Vielleicht so fünfzigtausend Euro. Das sollte ihre Familie aufbringen können. Danach holen wir uns das richtige Mädchen.«

Am anderen Ende des Telefons wurde es ruhig.

»Boss? Bist Du noch da?« Er vernahm ein Räuspern am anderen Ende der Leitung.

»Da ihr die Scheiße verbockt habt, fünfzig für mich und jeweils fünfundzwanzig für euch. Unter einhunderttausend läuft mal gar nichts.«

Er legte auf.

Licas grinste und Maik sah ihn verstört an.

»Was war an dem Gespräch so lustig?«

Licas Grinsen wurde breiter.

»Mir ist da gerade noch eine Idee gekommen.«

»Sag schon!«

»Wie wäre es, wenn wir das Mädchen für uns arbeiten ließen?«

Maiks Kinnlade fiel herunter und seine Augen weiteten sich.

»Wie stellst du dir das vor?«

»Sie ist nicht gerade eine Jennifer Lopez, dennoch ist sie hübsch. Sie würde bestimmt einiges an Geld einbringen, wenn wir sie ...« Weiter kam er nicht.

»Du willst sie verkaufen«, fiel Maik ihm ins Wort und

schüttelte den Kopf.

»Blödsinn«, gnatzte er. »Dafür ist sie zu alt.« Doch in Licas Kopf arbeitete es bereits weiter.

»Wenn wir das Lösegeld haben, nehme ich sie mit nach Russland und schicke sie dort anschaffen. Dafür ist sie nicht zu alt. Sie hat mein Gesicht gesehen, Maik. Ich kann sie nicht lebend zurück zu ihrer Familie gehen lassen. Das Risiko, dass sie mich an die Polizei verrät, ist zu hoch. Und umbringen dürfen wir sie nicht. Entweder verschwindet sie oder ich.«

Maik wusste, dass Licas es ernst meinte.

***

Licas betrat den Raum. Als er sich ihr näherte, wich sie zurück, bis sie die Wand in ihrem Rücken spürte. Sie wusste, dass es vergebens war, doch ihr Körper führte diese Bewegung automatisch aus. Er blickte sie von oben herab an und sah, wie ihre Atmung zu rasen begann.

»Niels, komm her und bring das Halsband mit!«

Ihre Angst stieg ins Unermessliche. Halsband? Was meinte er mit Halsband? Was hatte man jetzt wieder mit ihr vor? Ihre Kehle war trocken und sie hatte Hunger, obwohl ihr momentan nicht nach Essen zumute war.

Der Untersetzte kam dazu. Er trug etwas bei sich, was seltsam rasselnde Geräusche von sich gab. Erst als er an ihr vorbeiging, konnte sie eine Kette erkennen, die er über seiner Schulter trug. Ihr Blick folgte ihm. Dabei musste sie ihren Kopf in den Nacken legen, um ihn nicht aus dem Sichtfeld zu verlieren. Augenblicklich wurde ihr übel. Doch sie konnte sich nicht übergeben, denn sie hatte nichts mehr im Magen, das hätte herauskommen können. Mit verängstigtem Blick beobachtete sie Niels weiter, der die Kette an einem Metallring in der Wand anbrachte. Dann prüfte er, ob die Kette auch festsaß und sich nicht einfach abreißen ließ. Jegliche Farbe wich aus ihrem Gesicht, als sie das andere Ende der Kette sah.

»So, mein Täubchen. Jetzt sorgen wir mal dafür, dass du uns nicht mehr wegfliegen kannst.« Der Hüne grinste.

Sie konnte es, trotz der Maske, die er trug, an seinen Augen erkennen. Dann nahm er die Eisenschelle, öffnete sie und näherte sich ihrem Hals.

Hätte sie noch Tränen ...

»Nein. Bitte nicht. Ich verspreche, ich werde nicht mehr fliehen«, flehte sie mit erstickter Stimme.

Unbeeindruckt sah er sie an.

»Und mein Vater ist der Weihnachtsmann.« Er packte ihren Hals.

Marianna begann, sich zu winden und nach ihm zu treten. Dabei mobilisierte sie ihre letzten Kraftreserven.

Einmal traf ihr Fuß ihn sogar in die Rippen, doch es schien ihm nicht viel auszumachen. Dennoch verhinderten ihre Bewegungen seine Arbeit. Er holte aus.

»Nein, Norbert! Du schlägst sie jetzt nicht. Sie ist bereits übel zugerichtet!« Ermahnte ihn Niels.

»Dann halt verdammt noch mal ihre Beine fest«, herrschte er seinen Kumpel an.

»Lass das, Marianna. Du hast keine Chance«, redete Niels ihr gut zu, während er ihre Beine packte und die auf das Bett drückte. Ihr Herz schlug wie ein Presslufthammer gegen die Brust. Die Panik machte sie taub und sie wehrte sich verzweifelt weiter, bis Norbert die Geduld verlor. Sie hörte es rasseln, gefolgt von einem hellen Klirren, als das Halsband mit der Kette auf den Betonboden fiel. Marianna wand sich mit aller Kraft. Unter keinen Umständen wollte sie sich dieses Ding umlegen lassen. Er umschlang mit seinen riesigen Händen ihren Hals. Dann drückte er zu.

»Halt still«, knurrte er sie an.

Marianna rang verzweifelt nach Luft, als der letzte Atemzug in ihrer Kehle stecken zu bleiben drohte. Sie wollte etwas sagen, doch ihr Körper war damit beschäftigt, ums Überleben zu kämpfen; nur ein Röcheln kam aus ihrer Kehle.

»Norbert. Stopp!«

Niels' Kumpel besann sich und ließ langsam von ihr ab.

Marianna keuchte und drehte sich auf die Seite. Ihre Sinne waren kurz davor, sich zu verabschieden. Während sich ihr Körper langsam erholte, spürte sie, wie ihr Kopf angehoben wurde. Sie hörte, wie das Schloss einrastete. Es war vollbracht. Der klickende Ton übte eine lähmende Wirkung auf sie aus. Man hatte sie wie einen Hund an die Kette gelegt. Ihre Situation hatte sich dermaßen verschlechtert, dass sie nun nicht mehr wusste, wie sie reagieren sollte. Ihr Kopf schien plötzlich leer zu sein. Es war für sie unmöglich, noch einen klaren Gedanken zu fassen. Wie in Trance nahm sie wahr, dass jemand ihr die Handschellen löste. Überrascht starrte sie ihn an. Vorsichtig rieb Marianna sich die geschundenen Handgelenke, während sie mit Erleichterung spürte, wie das Blut in ihren Armen wieder frei zu zirkulieren begann.

Niels folgte Norbert aus dem Raum und brachte ihr zehn Minuten später, etwas zu essen. Er stellte den Plastikteller auf dem Tisch ab. Es war die erste warme Mahlzeit, die sie seit ihrer Gefangennahme bekam. Ravioli aus der Dose. Nicht gerade ein Highlight, doch besser als nichts.

»Hier ist was zu essen für dich. Du solltest langsam anfangen zu akzeptieren, dass du hier nicht rauskommst.« Er war gerade dabei, den Raum zu verlassen, als er sich noch einmal zu ihr umdrehte. »Und hör gefälligst damit auf Norbert zu reizen. Beim nächsten Mal werde ich ihn nicht mehr aufhalten können.«

Nachdem sie wieder allein war, setzte sie sich auf und

wischte sich die Tränen weg. Die Ärmel ihres Sweatshirts waren in der Zwischenzeit von Blutflecken übersät. Sie griff nach dem Eisenring, der um ihren Hals lag, und versuchte ihn wie einen Pullover über den Kopf zu streifen. Doch er war zu eng. Sie hatte keine andere Wahl, als sich ihrem Schicksal zu ergeben.

Beim nächsten Besuch brachte Niels einen Eimer mit und stellte ihn in der Ecke ab.
»Für den Fall, dass du mal auf die Toilette musst.«
Dann war sie wieder allein.

Sie setzte sich auf die Bettkante und blickte zur Wand, an der ihre Kette endete. Langsam ging sie darauf zu, ergriff den Ring und versuchte ihn aus der Wand zu rütteln und zerrte daran. Selbst mit ihrem gesamten Körpergewicht ließ sich der Ring nicht einen Millimeter aus der Wand lösen. Sie wusste nicht, wie lange ihre Versuche andauerten. Irgendwann rutschte sie erschöpft, den Rücken gegen die Wand gelehnt, auf den kalten Boden. Dort blieb sie erst einmal sitzen, legte die Unterarme auf den Knien ab und vergrub ihren Kopf zwischen den Armen. Sie dachte an Jonas, einer ihrer Kollegen. Er schien ihr den Hof machen zu wollen. Immer, wenn sie sich einen Kaffee in der Küche zubereitete, stand er plötzlich neben ihr und sie unterhielten sich über die belanglosesten Dinge wie das Wetter oder was für das Wochenende geplant war. Jonas war nett. Er hatte bereits mehrmals versucht, sie in der Mittagspause zum Essen einzuladen. Obwohl sie ihn mochte, hatte sie immer abgelehnt. Für eine engere Beziehung, so fand sie, war er nicht der Richtige. Sie wollte einen Mann, der das besaß, was sie nicht hatte: Selbstvertrauen. Sie brauchte jemanden, der sie vor dieser grausamen Welt beschützen konnte, die ihr bereits zwei Väter entrissen hatte. All diese Eigenschaften besaß Jonas nicht. Noch nicht einmal einer ihrer anderen Kollegen. Würde man sie bereits vermissen? Oder gar schon nach ihr suchen? Sie schüttelte den Kopf. Woher sollten sie wissen, wo sie suchen mussten. Sie selbst hatte noch nicht einmal eine Ahnung, wohin man sie verschleppt hatte. Wie viel Lösegeld wollten sie von ihrer Mutter fordern? Sie schluckte schwer, als ihr der Gedanke durch den Kopf schoss. Konnte ihre Mutter das Geld überhaupt auftreiben? Was, wenn es so viel war, dass sie ...? Nein! Sie zwang sich, diesen Gedanken nicht zu Ende zu bringen. Die Kälte kroch ihr in die Glieder, sodass ihr Körper zu zittern begann. Das alles war zu viel für sie. Und alles nur, weil sie einer Verwechslung zum Opfer gefallen war. Eigentlich sollte Sybille an ihrer Stelle sein. Nicht dass sie es ihr gewünscht hätte, doch nur liebend gern hätte Marianna jetzt mit ihr getauscht. Sybilles Eltern waren reich. Sie hätten vermutlich weniger Schwierigkeiten gehabt, ein Lösegeld für ihre Tochter zu zahlen.

Niels betrat den Raum und räumte das Geschirr ab. Marianna stand auf, um der kriechenden Kälte zu entfliehen, dabei stützte sie sich mit der Hand an der Wand ab.
»Wie lange werde ich noch hierbleiben müssen?« Sie hielt den Blick gesenkt, denn sie traute sich nicht, ihm ins Gesicht zu schauen.
»Weiß nicht. Kommt darauf an, wie schnell deine Familie das Lösegeld zahlt.«
»Was verlangen Sie?«
»Einhunderttausend.«
Sie schnappte nach Luft. »Das kann meine Mutter nie bezahlen!« Marianna hatte das Gefühl, gleich in Ohnmacht zu fallen. Sie hatte doch erklärt, dass ihre Familie kaum Geld hatte. Wollten diese Kidnapper es denn nicht begreifen?
»Sie ist deine Mutter. Und Mütter finden immer einen Weg, ihre Kinder zu beschützen.«

Es sollte sie trösten, doch stattdessen flammte nun unbändiger Zorn in ihr auf.

»Ihr habt die Falsche entführt! Ich bin nicht Sybille! Meine Mutter hat weder Ersparnisse, noch hat sie reiche Freunde. Ihr verlangt viel zu viel!« Mit geballten Fäusten hastete sie auf Niels zu, der zwei Schritte zurückwich. Ihr war nicht klar, welcher Teufel sie plötzlich geritten hatte, und merkte erst zu spät, dass die Länge der Kette auf knapp zwei Meter begrenzt war. Der Ruck ließ sie einige Schritte rückwärts taumeln, während sie mit der Hand an den Eisenring um ihren Hals griff. Der Druck auf ihrer Kehle erschwerte das Atmen. Marianna sank auf die Knie und trommelte unentwegt mit den Fäusten auf den harten Boden. Sie bemerkte nicht, wie Niels den Raum verließ, bis er die Tür hinter sich verschloss.

»Macht sie wieder Dummheiten?« Licas klang gelangweilt und genehmigte sich ein Glas Wodka.

»Sie hat Angst, dass ihre Familie das Geld nicht aufbringen kann.«

»Darum sollte sich ihre Familie Sorgen machen, nicht sie.«

»Wann rufen wir an?«

»Sie muss sich erst beruhigen. Sonst verdirbt sie noch das Telefonat. Sie benimmt sich wie eine wilde Bestie. Gut, dass wir sie an der Kette haben.«

Ein Grinsen huschte über Licas' Gesicht, als er das Glas nahm und es leerte.

»Okay, dann warten wir noch etwas.«

Schlechte Nachricht

6. Januar - An einem geheimen Ort

Marianna lag im Bett und starrte an die Decke. Sie hatte wieder geweint. Noch immer war ihr Körper erschöpft, dass sie noch nicht einmal mehr aufstehen mochte.
Norbert trat neben sie.
»Hast du dich beruhigt?«
Sie starrte weiterhin an die Decke.
»Gut. Dann kannst du gleich deine Mutter anrufen.«
Bei diesem Satz schienen die Lebensgeister in ihrem Körper wieder erweckt zu werden. Sie setzte sich langsam auf, zog die Beine an ihren Körper und umschlang sie mit ihren Armen.
»Niels, bring das Telefon!«

Der Untersetzte kam auf sie zu und brachte das schnurlose Telefon mit, das er seinem Kumpel überreichte.
»Du rufst jetzt deine Mutter an. Alles, was du ihr sagen wirst, ist, dass es dir gut geht. Mehr nicht.« Seine Augen funkelten boshaft.
»Hast du verstanden?«
Sie blickte ihn trotzig an.
»Hast du ...« Als er sich einen Schritt näherte, wich sie ängstlich zurück.
»Ja«, erwiderte sie schnell, um ihn zu besänftigen. Sie wollte keine weiteren Schläge von diesem Kerl kassieren. Er reichte ihr das Telefon. Mit vor der Brust verschränkten Armen wartete er, dass sie endlich tat, was er ihr aufgetragen hatte.
Marianna tippte mit zittrigen Fingern die Nummer ihrer Mutter ein.

Sie wartete.

Es piepste und eine ihr fremde Frauenstimme erklang:

»Die Nummer, die Sie gewählt haben, ist nicht vergeben.«

Sie starrte das Telefon an. Unweigerlich musste sie schlucken und wählte noch einmal. Erneut meldete sich die Stimme vom Band. Als sie ängstlich aufschaute, sah sie, wie er die Schultern straffte und seine Augen sich zu schmalen Schlitzen verwandelten.

»Was ist«, schnauzte er. Bevor sie sich versah, hatte er ihr Haar gepackt und zog daran. Marianna schrie, bis Niels dazwischen ging.

»Norbert! Lass sie los«, forderte er seinen Kumpel im barschen Ton auf und sie spürte, wie der Schmerz nachließ.

»Du musst die Vorwahl mitwählen«, erklärte Niels und sie wählte ein drittes Mal. Diesmal mit der Hamburger Vorwahl vorweg.

Es klingelte vier Mal, bis abgenommen wurde.

»Hallo?«

Marianna versagte fast die Stimme, als sie ihre Mutter am anderen Ende hörte. Heiße Tränen liefen an ihren Wangen herunter.

»Mama?« Schluchzend wischte sie sich die Tränen mit dem Handrücken aus dem Gesicht.

»Mari, Schatz. Bist du das? Was ist los? Du klingst so traurig.«

Der Hüne stemmte die Hände in die Hüften und Marianna reagierte wie eine Maschine auf Knopfdruck.

»Mir geht es gut, Mama«, beantwortete sie hastig die Frage. Kaum hatte sie den Satz beendet, riss er ihr auch schon das Telefon aus der Hand.

»Frau Lowe. Hören Sie mir gut zu. Wenn Sie Ihre Tochter lebend wiedersehen wollen, besorgen Sie einhunderttausend Euro. Der Übergabeort wird Ihnen später mitgeteilt.

Sollten Sie die Polizei einschalten, stirbt Marianna.«
Er hörte, wie ihre Mutter anfing, nach Luft zu schnappen.
»Oh Gott! Wer sind Sie? Wo ist meine Tochter? Ein ... ein ... einhunderttausend Euro? So eine große Summe?«
»Sie haben drei Tage Zeit.«
»Woher soll ich so viel Geld nehmen? Ich habe doch nichts.« Pure Verzweiflung triefte durch das Telefon. »Nichts Wertvolles, was ich verkaufen könnte.«
»Sie finden einen Weg«, unterbrach er sie barsch. »Wir melden uns Freitag wegen der Übergabe.« Dann brach er die Verbindung ab.
Marianna starrte ihn ungläubig an. Ihr Mund öffnete und schloss sich mehrere Male. Sie wollte etwas sagen, konnte jedoch kein vernünftiges Wort formen, da ihre Lippen zu zittern begannen. Er hatte tatsächlich einhunderttausend Euro von ihrer Mutter verlangt.
»Na, bitte. Geht doch. Du fängst langsam an zu kapieren, wie dieses Spiel läuft.«

Ahnungen

26. Januar - Heidekreis Klinikum

»Hauptkommissar Held.« Sie hielt den Beamten am Unterarm fest, der sich mit zügigen Schritten dem Ende des Korridors näherte. Kurz vor der breiten Tür stoppte er. Sein Augenmerk wanderte zu ihrer Hand.

»Was gibt's?« Er erfasste ihr Handgelenk, nahm ihre Hand und führte sie von sich weg. Sie spürte seinen festen Griff und für ein paar Sekunden beschleunigte sich ihre Atmung.

»Verzeihung. Ich wollte nicht aufdringlich erscheinen. Doch bevor Sie gehen, muss ich Ihnen noch etwas sagen.«

Er runzelte die Stirn. »Um was geht es?«

»Ich glaube, Marianna hat uns nicht die ganze Geschichte über ihre Entführer erzählt.«

Er atmete tief durch. »Wie soll ich das verstehen?«

»Mein Bauchgefühl sagt mir, dass sie mehr über die Kerle weiß. Besonders über diesen Hünen. Etwas macht ihr so große Angst, dass sie sich nicht traut, mehr über die Entführer preiszugeben.«

Er starrte sie an, ihm schienen kurz die Worte zu fehlen. Schließlich besann er sich.

»Ihr Bauchgefühl?« Er schüttelte verständnislos den Kopf und seine Stirn legte sich in Falten.

»Sollten Sie sich nicht eher auf Fakten berufen, Dr. Simms?«

In ihrem Gesicht kam wieder dieses wundervolle Lächeln zum Vorschein, und sie entblößte dabei ihre strahlend weißen Zähne. So etwas kannte er nur aus der Zahnpastawerbung. Ihm war nicht bewusst, dass ein Mensch tatsächlich solch strahlend weiße Zähne besitzen konnte.

»Normalerweise stütze ich mich immer auf Fakten. Doch Marianna hatte zu plötzlich den Blickkontakt unterbrochen, als sie mehr über die Entführer erzählen sollte.«

»Meinen Sie nicht, das könnte an der Gesamtsituation gelegen haben? Das Mädchen ist gerade noch dem Tod von der Schippe gesprungen. Wir können froh sein, dass sie sich überhaupt an etwas erinnert und es uns mitgeteilt hat. Es fällt ihr nicht leicht, über diese brutalen Kerle zu sprechen. Schließlich wurde sie nicht gerade in einem Grand Hotel festgehalten. Und wenn ich mir ihre Blutergüsse ansehe und den Zustand, indem sie gefunden wurde, in mein Gedächtnis rufe …«, er brachte den Satz nicht zu Ende, da er von der Psychologin barsch unterbrochen wurde.

»Hauptkommissar Held, sagen Sie mir, wie sich jemand in ihrer Situation …« Sie erhob die Hand und ihr Zeigefinger deutete in Richtung auf Mariannas Krankenzimmer. »… an einen Akzent erinnert, der nur von einem geschulten Ohr zu erkennen ist? Was ist mit dem anderen Entführer? Wieso hatte sie zu ihm keine Aussage bezüglich eines Akzents gemacht?«

Sie blickten sich an, doch er konnte ihr auf diese Frage keine Antwort geben. Noch nicht. Auf jeden Fall wollte er vermeiden, als Idiot vor ihr zu stehen, und wagte eine Vermutung.

»Wir wissen noch nicht viel über sie. Vielleicht ist sie beruflich in dieser Richtung tätig? Wenn ich sie zu sehr gedrängt hätte, wären wir im hohen Bogen aus ihrem Zimmer geflogen. Dr. Zerva hatte sich zuvor unmissverständlich ausgedrückt. Wir sollten uns aufmachen und erst einmal mehr über Marianna Lowe herausfinden. Immerhin kennen wir nun ihren Namen. Ich werde sehen, ob ich Familienangehörige ausmachen kann.«

»Machen Sie das. Ist Ihnen auch aufgefallen, dass sie bei den anderen Erzählungen Ihnen gegenüber sehr viel offener war? Bei Ihnen schaute Marianna nicht weg.«

»Und Ihr Bauchgefühl sagt Ihnen nun was? Bestimmt, dass sie uns nicht die ganze Geschichte über ihre Entführer erzählen ... wollte?« Er gab dem Wort ›Bauchgefühl‹ eine abwertende Betonung, und dehnte das letzte Wort, sodass es von ihr nicht unbemerkt bleiben konnte.

Sie schürzte die Lippen.

»So würde ich es nicht formulieren.«

»Sie meinen also, ich soll nochmals reingehen und mit ihr sprechen«, unterbrach er sie mit ernster Miene.

Dr. Simms schüttelte den Kopf.

»Davon rate ich für heute ab.« Sie überlegte kurz.

»Ich werde versuchen, beim nächsten Treffen diese Informationen von ihr zu bekommen.«

»Wollten Sie ursprünglich Kriminologin werden und wurden gezwungen ein Psychologiestudium zu absolvieren?«

Sie bemerkte seinen ironischen Unterton, ging aber nicht darauf ein.

»Nein. Das ist mein Traumberuf. Ich mag es, andere Personen zu analysieren.« Sie zwinkerte ihm zu.

»Wir sehen uns morgen, Hauptkommissar Held.«

Er blickte ihr nach und wurde das Gefühl nicht los, dass sie ihn soeben auch analysiert hatte.

Hoffnung

7. Januar - An einem geheimen Ort

›Drei Tage.‹

Diese Zahl ging ihr immer wieder durch den Kopf. In drei Tagen würde man sie frei lassen.

›Drei Tage.‹

Er hatte Freitag erwähnt. Dann wäre heute Dienstag. Wenigstens hatte sie jetzt eine Idee, welcher Tag war. Sie befand sich bereits seit fünf Tagen in der Gewalt ihrer Entführer. Am Freitagmorgen war es passiert.
Sie seufzte. Seitdem hatte sie kein Tageslicht mehr gesehen.
Da sie ihre Mutter über das Festnetz angerufen hatte und sie zu Hause gewesen war, musste es Abend sein. Irgendwann nach neunzehn Uhr, denn vorher kam sie nie von der Arbeit zurück.

›Drei Tage.‹

Plötzlich zuckte sie zusammen und der Hoffnungsschimmer verblasste. Was würde passieren, wenn ihre Mutter das Lösegeld nicht aufbringen konnte? Einhunderttausend Euro waren eine Menge Geld. Ihre Mutter besaß nichts Kostbares. Keinen Schmuck, den sie hätte zu Geld machen können. Dann gab es noch ihre Großmutter Olga. Doch auch sie lebte nur von einer kleinen Rente. Ihr Vater? Der kümmerte sich einen Dreck um seine Familie und war in der Versenkung verschwunden. Seit achtzehn Jahren gab es kein Lebenszeichen von ihm. Es gab niemanden, der ihnen das Geld hätte leihen können. Sie legte den Kopf in die Hände und begann zu weinen. Was würden sie dann mit ihr anstellen? Sie umbringen, weil sie … wertlos war? Sie hatte noch so viel in ihrem Leben vor.

Der Untersetzte betrat den Raum und brachte ihr zwei Scheiben Brot mit Wurst. Eigentlich mochte sie kein Fleisch. Doch sie ließen ihr keine Wahl. Die Essenszeiten erschienen ihr unregelmäßig und die Portionen nicht gerade üppig, und sie hatte bestimmt schon abgenommen. Unter solchen Umständen wollte sie die zwei Kilos aber nicht verlieren.

Sie blickte ihn an, als er den Teller auf dem Tisch abstellte.

»Bitte. Darf ich mal wieder duschen? Ich fühle mich so schmutzig.«

»Wenn Ollie nichts dagegen hat, kannst du duschen. Doch er ist nicht da. Somit musst du warten.«

»Ollie?« Erstaunt schaute sie ihn an und sah, wie seine Augen amüsiert in ihre blickten.

»Marianna. Du bist ein schlaues Mädchen. Also hör auf, dich dumm zu stellen.«

Mit gesenktem Kopf ging sie zum Tisch und setzte sich. Zu dem Brot gab es wieder eine Flasche Wasser. Das Wasser ließ er ihr immer da, wenn er später das Geschirr abräumte. Viel hätte sie damit auch nicht anfangen können. Sie gaben ihr nur Plastikgeschirr und Plastikbesteck. Damit konnte sie keinen großen Schaden anrichten. Nun bereute sie es, keinen Selbstverteidigungskurs gemacht zu haben. Vielleicht hätte sie dann eine Chance gehabt.

Sie hatte Hunger und machte sich an der Mahlzeit zu schaffen. Die Kette um ihren Hals wog schwer und sie hatte das Gefühl, als würde das Metall mit jeder Stunde an Gewicht zunehmen.

»Ich müsste mal auf die Toilette«, flüsterte sie.

»Da hinten steht der Eimer.«

Sie schaute in die Ecke, in der das rote Behältnis aus Plastik stand und schluckte.

»Bekomme ich dann wenigstens etwas Toilettenpapier?«

Er machte einen tiefen Atemzug und holte eine Rolle, die er vor ihr auf dem Tisch ablegte.

»Hier.«

Er ging und ließ sie allein.

Marianna wartete noch einen Moment, bis sie den Schlüssel im Schloss hörte. Es wäre ihr sehr unangenehm gewesen, wenn er ihr dabei zugesehen hätte. Und auch jetzt war ihr nicht wohl dabei, doch sie konnte es nicht länger aushalten.

Behutsam deckte sie alles mit Toilettenpapier ab.

›Drei Tage.‹

Sie hoffte so sehr, dass sie dann diesen Albtraum endlich hinter sich hatte. Langsam begann sie die Einsamkeit zu hassen. Diese ständige Ruhe, die eine Ewigkeit anzudauern schien. Keine Gespräche. Keine Musik. Keine Zeitschriften. Nur ab und zu die maskierten Gesichter und wenige Worte, wenn sie etwas zu essen bekam. Diese Isolation machte ihr mehr zu schaffen, als sie zugeben wollte.

Resignation machte sich in ihr breit und sie spürte, wie sich ihr Herz krampfhaft zusammenzog. Ein tiefer Seufzer sprang aus ihrer Brust. Sie war mürbe. Es schien, als hätten die Entführer es geschafft, sie zu brechen.

Sie legte sich auf das Bett und starrte die Decke an. Das kalte Neonlicht jagte ihr einen Schauder über den Körper. Sie fühlte sich, als hätte man sie lebendig begraben.

Dieser Gedanke ließ sie erzittern.

›Noch drei Tage.‹

Das Licht erlosch.

Alles nur Theorie?

27. Januar - Heidekreis Klinikum

»Guten Morgen, Frau Lowe. Wie fühlen Sie sich? Wie ich sehe, sind Sie früh auf. Konnten Sie die letzte Nacht nicht schlafen?« Dr. Zerva machte seine morgendliche Visite.

Sie blickte den Arzt an.

»Die Schwester hatte mir ein Schlafmittel gegeben.«

»Und? Haben Sie es auch genommen?« Er wusste, dass einige Patienten versuchten, die Einnahme der Medikamente zu vermeiden, ganz besonders die traumatisierten Patienten. Bei ihnen musste man sehr vorsichtig sein, damit sie nicht die falsche oder gar keine Dosis zu sich nahmen. Bei Marianna hatte er das Gefühl, dass sie sich ganz gut hielt. Langsam bekam sie wieder Gesichtsfarbe, doch ihr ausgemergelter Körper zeugte noch von den Entbehrungen der letzten Wochen. Dr. Zerva nahm ihren gesunden Arm und zog an ihrer Haut. Er nickte zufrieden, als er feststellte, dass sie bereits wieder elastisch war. Ihre verkrusteten Lippen begannen ebenfalls zu heilen. Nur die Leere in ihren Augen bereitete ihm ein wenig Sorge. Sie musste dringend mit einem Psychiater sprechen, sonst würden Folgeschäden unvermeidbar sein.

»Wie lange werde ich diese Albträume behalten, Doktor?«

Ein mitleidsvoller Ausdruck überzog sein Gesicht.

»Das ist schwer zu sagen. Hat die Polizeipsychologin denn nicht mit Ihnen gesprochen?« Es wunderte ihn, denn je früher sie mit der Therapie begann, desto besser für die Patientin.

Marianna zuckte mit den Schultern.

»Verstehe.« Der Arzt tat einen tiefen Atemzug.

»Wir haben hier sehr gute Psychotherapeuten. Möchten Sie mit einem Mann sprechen oder wäre Ihnen eine Frau lieber?« Er lächelte leicht, um ihr Mut zu machen.

Sie schwieg und blickte zum Fenster.

»Ist es Ihnen noch zu früh für eine Therapie?«

Sie wusste es nicht. Sie hätte sich gern alles von der Seele geredet, doch das würde bedeuten, dass sie auch alles noch einmal durchmachte. Bei dem Gedanken beschleunigte sich wieder ihr Puls. Das ertrug sie nicht. Die Fragen der Polizei zerrten schon an ihren Nerven. Und dann war da noch ihre Mutter. Marianna fühlte sich so einsam und verlassen. Wie hatte sie ihr das nur antun können?

Es klopfte an der Tür, und ohne eine Antwort abzuwarten betrat Dr. Simms das Zimmer.

»Hallo Marianna.« Als sie den Arzt erblickte, nickte sie ihm zu.

»Guten Morgen, Doktor. Wie geht es ihr?«

Dr. Zerva steckte sein Klemmbrett unter den Arm und ging auf die Psychologin zu.

»Sind Sie so nett und begleiten mich ein wenig den Korridor hinunter.«

Es war keine Bitte. Das hatte sie verstanden.

»Aber gern, Dr. Zerva.«

Beim Verlassen des Zimmers schaute sie noch einmal über ihre Schulter und sah, wie Marianna in Gedanken versunken aus dem Fenster schaute.

Held kam gerade den Gang herunter, als die beiden aus dem Zimmer traten und Dr. Zerva die Tür hinter sich geschlossen hatte. Der Beamte wirkte etwas übermüdet. Unterwegs hielt er noch kurz beim Schwesternzimmer an und stellte dort den leeren Kaffeebecher ab, bevor er dem Arzt und seiner Kollegin die Aufmerksamkeit widmete.

»Ah, der Hauptkommissar Held. Sehr gut. Dann habe ich

gleich Sie beide hier und muss nicht alles zweimal sagen.«

»Guten Morgen, Dr. Zerva, Dr. Simms.« Er nickte ihr kurz zu.

»Was gibt es? Geht es Marianna nicht gut? Ist etwas geschehen?«

Der Arzt sah die Sorgenfalten, die sich auf der Stirn des Beamten ausbreiteten.

»Ich hatte Ihnen gesagt, Sie möchten behutsam mit ihr umgehen. Doch sie scheint heute verwirrter als gestern zu sein. Was um alles in der Welt haben Sie mit ihr angestellt?«

»Dr. Zerva«, mischte sich die Psychologin in das Gespräch ein.

»Wir haben ihr lediglich ein paar Fragen gestellt, die wir stellen mussten. Natürlich waren es keine Fragen über schöne Wiesen und Waldblumen. Wir müssen ihre Entführer finden und aus dem Verkehr ziehen. Noch wissen wir nur, dass es drei Männer sind, von denen sie mit zweien zu tun hatte. Je länger wir warten, desto schwieriger wird es sein, etwas zu unternehmen. Ich bin schon etwas länger in diesem Beruf tätig und weiß, was ich einer Patientin zumuten kann.«

Ihr forsches Auftreten ließ den Hauptkommissar grinsen und den Arzt erröten. So respektlos hatte noch nie jemand mit ihm gesprochen.

»Wenn Sie das so sehen, werte Kollegin, dann möchte ich Sie davon in Kenntnis setzen, dass ich Mariannas behandelnder Arzt bin. Ich habe ihr Hilfe von unserem Krankenhaus angeboten, falls sie sich bei Ihnen nicht gut aufgehoben fühlen sollte.« Der Arzt ließ Dr. Simms spüren, wer am längeren Hebel saß.

Dr. Simms wollte etwas erwidern, doch er winkte energisch ab.

»Und wenn Sie meiner Patientin schaden ...« Dabei betonte er das Wort ›meiner‹ mit Nachdruck.

»... werde ich die Befragungen unverzüglich abbrechen und weitere Vernehmungen untersagen.«

»Dr. Zerva, bitte auf ein Wort!« Held sah seine Felle wegschwimmen.

»Ja.«

»Sie müssen uns noch einmal mit ihr sprechen lassen. Sie wurde von Hamburg nach Munster Süd verschleppt. Vielleicht kann sie sich an einige Einzelheiten erinnern, die wichtig für unsere Aufklärung sind. Uns läuft die Zeit davon, je länger wir warten. Wir versuchen, vorsichtig zu sein, doch manche Fragen lassen sich leider nicht vermeiden. Bitte, helfen Sie uns, dass wir die Schweine finden, die ihr das angetan haben.«

Er machte eine kurze Pause und beobachtete, wie Dr. Zerva überlegte.

»Vielleicht haben sie schon das nächste Mädchen im Visier.«

Dr. Zerva strich sich mit seinen langen Fingern über sein spitzes Kinn.

»Gut. Doch nur noch dieses eine Mal. Und setzen Sie die junge Frau nicht ein weiteres Mal so stark unter Druck.«

»Danke, Doktor.« Erleichtert schüttelte Held dem Arzt die Hand.

Dr. Zerva verschwand ins nächste Zimmer und Held wandte sich Dr. Simms zu.

»Sie haben den Arzt gehört. Wir haben nur noch dieses eine Mal. Machen wir das Beste daraus.«

»Warten Sie. Bevor wir da hineingehen, möchte ich gern wissen, was Sie herausgefunden haben.«

Die beiden setzten sich auf zwei Stühle, die im Korridor an der Wand standen.

»Marianna Lowe ist gebürtige Hamburgerin und lebt dort allein in einer kleinen Mietwohnung in der City Nord. Ihre Eltern sind geschieden. Zu ihrem leiblichen Vater hatte sie seit ihrem siebten Lebensjahr keinen Kontakt. Ihre

Mutter Lene Lowe heiratete erneut, doch ihr Stiefvater Heinz Lowe kam bei einem Arbeitsunfall ums Leben, als sie zehn war. Lene Lowe lebt in Norderstedt und arbeitet in zwei Firmen als Reinigungskraft, um über die Runden zu kommen. Wieso die Entführer gerade sie ausgewählt hatten, ist mir ein Rätsel. Eine Lösegeldforderung macht bei ihren finanziellen Status keinen Sinn. Weder Marianna noch ihre Mutter haben große Besitztümer. Eher ist das Gegenteil der Fall. Lene Lowe ist erst kürzlich in ein Hamburger Krankenhaus mit einem Nervenzusammenbruch eingeliefert worden und wird zurzeit in einer psychiatrischen Klinik behandelt. Dort wird sie von ihrer Mutter, sie heißt Olga Teslov, ab und an mal besucht, sofern es ihr Zustand zulässt. Frau Teslov ist Witwe. Ihr Mann starb vor neun Jahren.« Er bemerkte ein kurzes Zucken ihrer Mundwinkel, als er die Sprache auf Mariannas Großmutter brachte.

»Was kann denn da nur vorgefallen sein? Seit wann, sagten Sie, ist die Mutter in Behandlung?«

»Sie wurde vor sieben Tagen eingewiesen.«

Dr. Simms überlegte. »Der Fall wird immer mysteriöser. Diese Entführung entbehrt jeglicher Logik. Was ist mit dem leiblichen Vater?«

»Wir haben versucht, ihn ausfindig zu machen, doch seine Spur verliert sich im Ausland.«

»Wo genau?« Dr. Simms wurde hellhörig.

»In Rumänien.«

»Wer ist Mariannas leiblicher Vater?« Sie spürte plötzlich, wie eine Hitze in ihr aufwallte.

»Sein Name ist Joska Adonay.«

Die Psychologin holte tief Luft und bohrte weiter. »Meinen Sie, ihr Vater hatte etwas mit der Entführung zu tun?« Fragte sie mit gedämpfter Stimme.

Held schüttelte den Kopf. »Er hatte sich jahrelang nicht um die Familie gekümmert. Wieso sollte er ausgerechnet jetzt seine eigene Tochter entführen?«

»Mädchenhandel«, glitt es monoton über ihre Lippen. Sie wirkte geistesabwesend.

Er wiegte den Kopf. »Seine eigene Tochter?« Irgendwie konnte er ihren Gedanken nicht folgen. »Wohl kaum. Erstens hätte er Marianna sofort ins Ausland verschleppt und sie nicht elendig verrecken lassen. Und zweitens, sie ist fünfundzwanzig, und somit ist sie zu alt.«

»Da haben Sie wohl recht. Und was ist, wenn ihr Vater das Ziel war?«

Held legte die Stirn in Falten. »Wie kommen Sie überhaupt auf Mädchenhandel? Diese Theorie kommt mir ziemlich absurd vor, da der Vater sich seit Langem nicht mehr bei der Familie hat blicken lassen. Niemand weiß, wo er sich zurzeit aufhält. Er ist in der Versenkung verschwunden. Möglicherweise sogar gestorben.« Er musterte die Psychologin, konnte jedoch nichts in ihrer Miene erkennen. Ihr Ausdruck war leer. Ja, schon fast kühl, während sie die gegenüberliegende Wand anstarrte, als würde sich dort jeden Augenblick die Lösung um das Rätsel Marianna Lowe kundtun.

»Weshalb haben sich die Entführer dann überhaupt bei der Mutter gemeldet?« Er wollte wissen, wie sie auf diese Idee gekommen war.

Dr. Simms zuckte mit den Schultern. »Das ist nur eine Vermutung. Doch was wäre, wenn die Entführer ihren Vater ebenfalls nicht finden konnten und versucht haben, über die Mutter an den Vater heranzukommen? Die Mutter konnte die Verbindung nicht herstellen und somit wurde Marianna für sie wertlos.« Sie stützte ihr Kinn auf die Hände und blickte ihn erwartungsvoll an.

»Eine sehr gewagte Theorie, Dr. Simms. Doch wir werden ihr nachgehen. Jeder Strohhalm ist hilfreich.« Er zückte sein Handy, um den Kollegen im LKA Anweisungen zu erteilen. Als er sah, wie Dr. Simms weiterhin versuchte, die Wand zu hypnotisieren, stoppte er und blickte sie an.

Irgendetwas schien sie zu beschäftigen. Seit er die Großmutter ins Spiel gebracht hatte, war Dr. Simms verändert. Er nahm sich vor, sie zu einem späteren Zeitpunkt dazu zu befragen.

»Kommen Sie, Dr. Simms. Wir sprechen mit Marianna.«

Maik will raus

7. Januar - An einem geheimen Ort

»Wann holen wir uns die Richtige?«
Licas sah von seiner Zeitung auf.
»Was meinst du?«
»Du weißt schon. Das andere Mädchen. Diese Sybille Costello. Mit dem Lösegeldanteil könnte ich mich zur Ruhe setzen.«
Er hörte ein verächtliches Schnauben von Licas.
»Du willst in Pension gehen?« Er grinste, doch es erreichte nicht seine eiskalten Augen.
»Du verhöhnst mich, Licas. Nur noch diesen Job. Dann hätte ich erst einmal ausgesorgt.« Er nahm einen Schluck aus der Flasche Bier.
»Sag mal, du bist ein hervorragender Kämpfer. Hast du nie daran gedacht, mal eine Karriere in dieser Branche zu versuchen?«
»Nein.«
»Weshalb nicht?«
»Du gehst mir mit deiner Fragerei auf die Nerven, Maik!«
»Was hast du dann für Pläne, wenn wir diesen Auftrag beendet haben? Ich meine, wir arbeiten bereits seit einigen Jahren zusammen. Wie viele sind es? Vier? Einen Teil des Geldes habe ich mir zurückgelegt. Was ist mit dir? Willst du diesen Job machen, bis die Bullen dich erwischen oder erschießen?«
»Ich habe nicht vor, mich von den Bullen erwischen oder erschießen zu lassen.« Sein Kopf verschwand wieder hinter der Zeitung.
»Komm schon, Licas. Die Bullen sind auch nicht blöd.

Und so lange können wir diesen Job nicht machen, ohne geschnappt zu werden. Je früher wir damit aufhören, desto besser.«

»Das ist deine Meinung. Doch denke daran, so leicht wird dich die Organisation nicht gehen lassen.«

Maik überlegte.

»Hm. Da könntest du recht haben. Kennst du jemanden, der schon mal aus der Organisation ausgetreten ist?«

Erneut blickte Licas hinter der Zeitung auf. Maik bemerkte seine Verärgerung über die ewigen Störungen.

»Du meinst, jemanden der noch nicht das Zeitliche gesegnet hat?«

Maik nickte aufgeregt.

»Nein.« Sein Kopf verschwand erneut hinter der Zeitung.

Maiks Miene fror plötzlich ein. »Würdest du mich verraten?«

»Eher würde ich dich erschießen.« Er grinste schief, doch Maik sah es nicht, und Licas hörte ihn nur schlucken.

»Das würdest du machen?«

»Halt endlich die Klappe. Ich will jetzt Zeitung lesen. Schau nach dem Mädchen. Vielleicht braucht sie noch was. In zwei Tagen ist die Übergabe. Dann können wir uns um das nächste Projekt kümmern.«

»Ach ja. Sie fragte, ob sie duschen könne.«

»Kommt nicht infrage. Sie hat schon zu viel Ärger gemacht. Sie darf erst kurz vor der Übergabe duschen.«

Familienbande

28. Januar - Heidekreis Klinikum

Marianna starrte unentwegt aus dem Fenster und würdigte die beiden keines Blickes, nachdem Hauptkommissar Held und Dr. Simms das Krankenzimmer betreten hatten. Held trat an das Fußbrett, während die Psychologin sich im Hintergrund hielt.

»Hallo Marianna. Wie fühlen Sie sich?«

Marianna ignorierte ihn. Langsam trat Held vor die junge Frau und lächelte sie an.

»Sie sehen heute schon viel besser aus.«

Jetzt löste sie ihren Blick vom Fenster und sah ihre Besucher an.

»Wir würden Ihnen gern noch ein paar Fragen stellen.«

Dr. Simms nahm sich einen Stuhl und setzte sich zu ihr ans Bett, während Held sich wieder ans Fußende stellte, um die Frau besser beobachten zu können.

Ihr Blick wanderte von der Psychologin zum Beamten und verharrte bei ihm.

Ein Schauer lief ihm über den Rücken. Ihre haselnussbraunen Augen, ihr langes, dunkelbraunes Haar, ließen sie wie eine südländische Schönheit erscheinen, wäre da nicht die fahle, graue Haut und die tiefen Ringe unter den Augen. Dennoch erkannte er unter all diesen Beeinträchtigungen ihre natürliche Schönheit. Sein Herz wurde schwer, als die Realität ihn zurückholte. Er las in ihrem Gesicht, dass sie ein wunderschönes Mädchen war, die gerade die Hölle zum zweiten Mal durchmachen würde, sobald sie ihr die Fragen stellten.

»Marianna, können Sie uns etwas über Ihren Vater erzählen?«

Marianna kräuselte die Stirn. »Meinen Vater?« Sie starrte die Psychologin mit fragender Miene an.

»Hatten Sie kürzlich Kontakt zu Ihrem Vater?«

Ihre Lippen öffneten sich leicht, während sie verständnislos den Kopf schüttelte.

»Würden Sie uns verraten, wie der vollständige Name Ihres Vaters lautet?« Held wusste nicht, ob sie die Frage verstehen würde, dennoch stellte er sie ihr.

Sie öffnete überrascht den Mund, doch es kam keine Silbe heraus. Held bemerkte ihre Verunsicherung.

»Marianna, bitte. Helfen Sie uns. Wir wollen die Entführer so schnell wie möglich fassen.« Seine Stimme war ruhig und ein wenig verhalten.

»Was hat mein Vater damit zu tun?« Helds Frage verwirrte sie und der Beamte konnte nur schwer einschätzen, ob Marianna ahnte, worauf er hinaus wollte.

»Wir können noch nicht mit Bestimmtheit sagen, ob Ihr Vater in diese Sache mit verstrickt ist. Doch wir wollen jedem Hinweis nachgehen.«

»Welchem Hinweis?« Die junge Frau verstand die Welt nicht mehr.

»Mein Stiefvater starb bei einem Arbeitsunfall, als ich zehn war. Mein leiblicher Vater hat sich seit meinem siebten Lebensjahr nicht mehr um uns gekümmert.«

»Hatte Ihre Mutter noch Kontakt zu ihm?«

Marianna überlegte kurz, schüttelte dann aber kaum merklich den Kopf.

»Ich denke nicht. Doch seit ich volljährig und von zu Hause ausgezogen bin, hatten auch meine Mutter und ich nur noch wenig Kontakt. Meistens sahen wir uns nur zu Geburtstagen und zu den Feiertagen. Als Reinigungskraft arbeitet sie viel und zu außergewöhnlichen Zeiten, wissen Sie?«

Der Inspektor nickte. »Ja. Das stimmt mit unseren Ermittlungen überein. Also wissen Sie nicht genau, ob Ihre

Mutter noch Kontakt zu ihrem Ex-Mann hatte?«

Jetzt schüttelte sie den Kopf heftiger. »Ich kann es mir nicht vorstellen.«

»Marianna, wissen Sie, warum man Ihre Mutter in die Psychiatrie eingewiesen hat?«

Sie starrte Dr. Simms mit großen Augen an.

»Meine Mutter ist ...?«

»Wussten Sie das nicht?«

»Wieso?« Ihre Atmung wurde heftiger.

»Das wollten wir gern von Ihnen wissen. Ist Ihre Mutter psychisch labil?« Hakte Dr. Simms nach.

»Nein!« Ihr Körper begann zu zittern.

Der Beamte trat an ihre Seite und legte behutsam seine Hand auf ihre Schulter.

»Marianna. Wir versuchen nur, einen logischen Ablauf zu rekonstruieren. Leider haben wir noch keine Anhaltspunkte, was die Entführer anbelangt, und gehen jedem einzelnen Hinweis nach, und sei er noch so klein. Wenn Sie uns noch mehr über diese Männer erzählen können, so wäre jetzt der beste Zeitpunkt.«

Seine Worte schienen sie zu erdrücken. Wieso brachte er plötzlich ihren Vater mit ins Spiel?

Held blickte sie mitleidsvoll an und hoffte inständig, dass sie ihm noch weitere Informationen geben konnte.

»Meine Familie hat damit nichts zu tun!« Ihre Stimme überschlug sich vor Aufregung. All diese Anschuldigungen fegten über sie hinweg wie ein Tornado und drohten sie mit sich zu reißen. Sie verstand nicht, was gerade vor sich ging.

Die Tür sprang auf und Dr. Zerva eilte in das Zimmer.

»Ich hatte Ihnen untersagt, die Patientin unter Druck zu setzen!« Er blickte zu Marianna, die ihren Oberkörper im Bett unruhig vor und zurück wiegte. Ihr gesamter Körper bebte. Dr. Zerva schaute durch die offene Tür und erblickte im Flur eine Schwester.

»Schwester Tina, bitte bringen Sie mir das Benzodiazepin!« Die leicht korpulente Schwester nickte und eilte davon.

Dann wandte er sich Held zu. »Und Sie beide verlassen sofort das Zimmer.« Das klang unmissverständlich.

Dr. Simms wollte noch etwas erwidern, doch der Arzt machte eine energische Kopfbewegung und war nicht mehr bereit für Diskussionen.

Schwester Tina eilte in den Raum und Held konnte im Augenwinkel gerade noch sehen, wie der Arzt Marianna die Beruhigungsspritze verabreichte, bevor die Tür sich hinter ihm schloss.

»Wir haben nichts erreicht.« Er ärgerte sich maßlos über diesen Misserfolg.

»Das würde ich so nicht sagen.«

»Was meinen Sie damit?«

Sein verblüffter Ausdruck ließ sie schmunzeln.

»Die Reaktion auf ihre Mutter. Wir wissen nun, dass mit ihrer Familie etwas nicht stimmt.«

Die Übergabe

9. Januar - An einem geheimen Ort

Marianna saß auf dem Bett. Sie hatte vor Aufregung kein Auge zumachen können. Wenn sie sich nicht getäuscht hatte, war heute Freitag. Das Licht ging an. Sie bedeckte ihre Augen, als es plötzlich hell wurde, während gleichzeitig die Tür aufsprang.

Der Hüne kam hereingeplatzt. Als er vor ihr stand, zog er Marianna grob am Halsband hoch. Ihr Genick schmerzte unter dem plötzlichen Druck und sie riss angsterfüllt die Augen auf. Sie wusste nicht, was los war, und wollte schreien, doch außer einem ächzenden Ton kam kein Wort aus ihrer Kehle.

Wortlos holte er den Schlüssel hervor und öffnete das Schloss. Er packte ihren Oberarm, zog sie aus dem Bett und sie stolperte hinter ihm her. Unsanft schob er sie ins Bad. Als die Tür hinter ihr laut krachend zu fiel, stand sie erst einmal nur da, die Arme fest um ihren Oberkörper geschlungen, wartete und schloss ihre Augen. Langsam beruhigte sich ihr Pulsschlag und sie atmete erleichtert auf. Augenscheinlich gestand er ihr nun die Dusche zu. Sie entledigte sich ihrer Sachen und ging erst einmal auf die Toilette, bevor sie sich die Dusche gönnte.

Wie beim letzten Mal hatte das Wasser eine lauwarme Temperatur. Und wie beim letzten Mal lud es daher nicht zum Verweilen ein. Sie griff nach dem Shampoo und wusch sich gerade die Haare, als der Hüne den Raum betrat.

Er hielt inne und starrte in ihre Richtung. Sie stand mit dem Rücken zu ihm. Da sie ihm keine Aufmerksamkeit schenkte, beobachtete er Marianna im Spiegel, wie sie sich den Schaum aus ihren langen Haaren spülte. Auf seinem

Arm trug er saubere Kleidung, die er auf dem Waschbecken ablegte. Dabei beobachtete er sie weiterhin im Spiegel. Um eine bessere Sicht auf sie zu bekommen, drehte er sich um und ein Grinsen breitete sich unter seiner Maske aus.

Eigentlich stand er eher auf kleine, zierliche Frauen. Doch Marianna gefiel ihm, mit ihrer unbändigen Art. Bei ihr fühlte er sich stark. Sie ließ sich nichts einfach sagen. Hatte ihren eigenen Kopf. Sie schien kein Dummchen zu sein, wie die anderen verwöhnten Gören, um die er sich sonst kümmern musste. Mit ihren einen Meter siebzig war sie so groß wie Maik. Sie hatte eine makellose Haut. Seine Augen wanderten an ihrer Wirbelsäule hinunter. Ihr langes, nasses Haar klebte an ihren Rücken. Über ihrer Pospalte entdeckte er ein Muttermal, so groß wie ein Daumennagel. Es wirkte fast wie ein perfektes Dreieck, und seine Spitze zeigte nach unten. Als hätte jemand sie dort tätowiert, das Kunstwerk jedoch nie zum Ende gebracht.

Sie drehte sich plötzlich um und erschrak. Verschämt huschte ihre linke Hand nach unten an die Scham, während ihre rechter Arm versuchte ihre Brüste zu bedecken. Mit starrem Blick stand sie wie gelähmt da. Ihr Atem stockte und ihr Mund begann zu zittern. Sie hoffte inständig, er würde sie nicht anfassen.

Mit langsamen Schritten näherte er sich ihr, dabei tasteten seine Augen ihren Körper Zentimeter für Zentimeter ab. Sie schluckte und drängte sich in die Ecke, bis sie die kalten Fliesen in ihrem Rücken spürte, die ihr Einhalt geboten. Trotz des immerhin lauwarmen Wassers lief ihr ein eiskalter Schauder den Rücken herunter. Sein Blick schien sie förmlich in sich aufzusaugen, als er seine Hand nach ihr ausstreckte. Marianna starrte sie an.

Am liebsten wäre sie mit der Wand verschmolzen. Sie presste ihren Körper noch fester gegen die Fliesen. Ängstlich beobachtete sie, wie diese riesige Hand sich langsam ihrem Körper näherte und die Furcht streckte ihre langen eisigen Finger nach ihr aus.

»Peter! Der Boss ist am Telefon«, hörte sie die dumpfe Stimme des Untersetzten. Die Hand stoppte nur wenige Zentimeter vor ihrem Körper.

Genervt hielt der Hüne inne. »Du hast noch fünf Minuten. Wenn du dann nicht fertig bist, nehme ich dich so, wie du gerade bist.« Verärgert drehte er sich um und verließ das Bad.

Marianna rutschte mit dem Rücken an der Wand auf den Boden und verharrte dort, die Arme eng um ihre Beine geschlungen, während das Wasser über ihren Körper lief und sie mit einer Gänsehaut überzog.

Was meinte er damit, er nimmt sie so, wie sie gerade ist?

Ihre schlimmsten Befürchtungen flammten auf, gefolgt von einem Gefühl der Übelkeit.

***

Licas nahm das Handy.

»Ja, Boss?«

»Es ist so weit. Ruf die Mutter an. Übergabe heute um sechzehn Uhr. Am besprochenen Treffpunkt. Ich werde vorausfahren und die Lage sondieren, damit wir den Bullen nicht in die Arme laufen.«

»Geht klar, Boss. Was machen wir mit dem Mädchen? Immerhin hat sie einmal mein Gesicht gesehen.«

»Schüchtere sie ein, damit sie bei der Polizei nicht aussagt. Einen Mord können wir uns zurzeit nicht leisten. Das würde zu viel Staub aufwirbeln und könnte meine nächsten Planungen behindern.«

»Verstanden.«

»Das hoffe ich doch sehr. Aber gut. Kontaktiert mich wieder, wenn ihr am Übergabeort angekommen seid. Nach der Übergabe treffen wir uns in der Basis. Dort besprechen wir die weiteren Schritte.«

Maik blickte ihn hoffnungsvoll an. Er wollte endlich aus diesem Keller raus.

»Nun, wann geht es endlich los?«

»Heute um vier ist die Übergabe. Bereite alles vor.«

Mit einem tiefen Seufzer ließ er sich auf das Sofa fallen.

»Sehr schön. Dann können wir hier bald raus. Lange halte ich es hier nämlich nicht mehr aus.«

»Ich hole das Mädchen.«

Nur langsam besann Marianna sich wieder und verließ mit zitternden Knien die Dusche. Sie sah, dass Peter ihr ein paar saubere Kleidungsstücke auf das Waschbecken gelegt hatte. Ein dunkelblaues Sweatshirt, eine hellblaue Jogginghose, ein paar schwarze Socken und einen Slip. Auf dem Boden unter dem Waschbecken fand sie ihre Joggingschuhe. In Windeseile trocknete sie sich ab und zog sich an. Das alles entsprach zwar nicht mehr der aktuellsten Mode, doch sie war froh, nicht wieder ihre schmutzigen Klamotten anziehen zu müssen. Sie stellte sich vor den Spiegel, und blickte erschrocken in ihr entstelltes Gesicht. Einer der Blutergüsse änderte gerade seine Farbe von Lila ins Gelbliche. Ihre Augen wirkten müde. Überhaupt war ihre Gesamterscheinung erbärmlich.

Sie zuckte zusammen, als ihr wieder in den Sinn kam, dass sie nicht viel Zeit hatte. Rasch kämmte sie sich das Haar und sah an sich herunter. Die Sachen waren ihr etwas zu groß, doch sie wollte sich nicht beschweren. Das war besser als nichts.

Als die Tür mit einem Ruck aufgestoßen wurde, drehte sie sich erschrocken um und sah Peter im Türrahmen. An seiner Haltung konnte sie erkennen, wie sehr es ihm nicht passte, dass sie es rechtzeitig geschafft hatte, sich fertigzumachen. Ängstlich blickte sie ihn an. Was hatte er jetzt mit ihr vor? Würde er seine Drohung von vorhin wahr machen?

Sie schluckte, als er mit der Hand in seine Hosentasche griff. Er zog die Handschellen daraus hervor und ließ sie an seinem Zeigefinger vor ihrer Nase baumeln.

»Streck deine Hände nach vorn«, forderte er sie barsch auf.

Zögernd reichte sie ihm die Arme entgegen und konnte ein Zittern nicht unterbinden. Es klickte und ihre Atmung beschleunigte sich plötzlich, als er sie am Unterarm packte und zurück in ihr Gefängnis brachte.

Auf dem Tisch entdeckte sie einen Teller mit Brot und Marmelade sowie eine Flasche Wasser und eine Tasse schwarzen Tee.

»Wenn alles glattgeht, bist du heute Abend wieder bei deiner Mutter.«

Die Tür knallte zu.

Erleichtert schloss sie die Augen, stieß laut den Atem aus, während sie sich auf den Stuhl sinken ließ. Fast mechanisch griff ihre Hand nach dem Teller, zog ihn zu sich; sie aß das Frühstück.

In ihrem Körper machte sich eine Anspannung bemerkbar. Sie wusste nicht, warum. Ob vor Aufregung, dass sie dies bald hinter sich gebracht hatte oder vor Angst, dass Peter ihr in letzter Minute doch noch etwas antun würde. Nachdem sie das Frühstück beendet hatte, legte sie sich auf das Bett und wartete.

***

Peter drückte die Wahlwiederholung auf dem Telefon. Eine gebrochene, geisterhaft hohle Stimme meldete sich.

»Hallo?«

Er hörte schweres Atmen am anderen Ende der Leitung.

»Frau Lowe, hören Sie mir jetzt gut zu. Die Übergabe findet heute um sechzehn Uhr statt. Setzen Sie sich um zwölf Uhr ins Auto und laden Sie vorher Ihr Handy auf. Nähere Anweisungen erhalten Sie von uns, wenn Sie im Wagen sind. Haben Sie mich verstanden?«

»Ja«, schluchzte sie.

»Sollten wir irgendwo Polizei entdecken, ist Ihre Tochter Geschichte.« Er unterbrach die Verbindung und reichte Maik das Handy.

»Hier, informiere du den Boss.«

»Geht klar.«

Die Tür ging auf und Peter kam herein. Vor dem Tisch blieb er stehen.

»Nur dass wir uns richtig verstehen ...« Er beugte sich zu ihr herunter und stemmte seine Fäuste auf den Tisch. Seine Haltung wirkte bedrohlich, und Marianna hatte den Eindruck, als stünde ein wütender Bullterrier vor ihr. Sie presste ihren Rücken gegen die Stuhllehne. Fast hätte sie sich verschluckt, doch sie versuchte diesmal, die Beherrschung nicht zu verlieren. Sie wollte nun kein Risiko mehr eingehen. Nichts sollte die Übergabe irgendwie verzögern oder gar verhindern. Sie presste die Lippen aufeinander, als er fortfuhr.

»Wenn du gegenüber der Polizei auch nur ein einziges Wort über uns verlierst oder irgendeinen Hinweis über unser Aussehen fallen lässt, werde ich dich persönlich aufsuchen. Und dann gibt es keinen Paul, der dich rettet.« Seine Augen verengten sich.

Marianna nickte kaum merklich, während sie ihren Blick senkte und auf ihre gefesselten Hände starrte.

»Ich denke, du weißt, was das bedeutet« Sein warnender Ton machte ihr Angst. Sie hatte keinen Zweifel, dass er seine Drohung wahr machen würde. Ein ersticktes »Ja« besänftigte ihn ein wenig.

»Es ist Zeit. Komm mit!«
Diesmal kam sie der Aufforderung nur zu gern nach und sprang förmlich vom Stuhl auf. Peter nahm ihren Arm und führte sie ins andere Zimmer, wo Paul sie mit einem schwarzen Schal erwartete. Widerstandslos ließ sie sich die Augen verbinden und nach draußen zu einem Wagen führen.

Ihre Schritte waren unsicher, denn sie kannte die Umgebung nicht. Peter hielt sie fest im Griff. Als sie draußen ausrutschte und den Halt verlor, fing er sie auf. Dabei drückten seine Finger sich so heftig in ihren Oberarm, dass es schmerzte. Marianna biss die Zähne zusammen, damit kein Klagelaut aus ihrem Mund entweichen konnte. Sie hörte, wie er eine Tür öffnete. Eine Hand legte sich auf ihren Kopf und drückte ihn ein wenig herunter. Dann schob er sie auf den Rücksitz des Wagens. Sie glaubte sich zu erinnern, dass man sie in einem Lieferwagen entführt hatte, doch dieser Wagen hatte keine Ähnlichkeit mit einem Lieferwagen. Es fühlte sich für sie eher wie ein SUV an.

Sie wusste nicht, wie lange sie fuhren. Da ihre Mutter normalerweise freitags arbeitete, vermutete sie, dass es später am Abend sein musste. Oder hatte ihre Mutter sich freigenommen? Konnte sie es sich überhaupt leisten, nicht auf der Arbeit zu erscheinen? Immerhin musste sie eine Menge Geld auftreiben.

Ein weiterer Hoffnungsschimmer keimte auf, als sie an ihre Mutter dachte. Bald würde alles vorbei sein.

Paul fuhr, als hätte er den Führerschein auf dem Rummelplatz geschossen. Irgendwann merkte Marianna am Holpern, dass sie auf einem unbefestigten Weg fuhren. Dann stoppte der Wagen und sie hörte, wie die Fahrertür geöffnet und wieder zugeschlagen wurde.

»Du wartest hier«, raunte Peter ihr zu.

»Wenn du die Augenbinde ohne meine Erlaubnis entfernst, kannst du dich warm anziehen. Hast du verstanden?«

Marianna schluckte und nickte. Sie wollte die letzten Minuten bis zu ihrer Freilassung nicht gefährden. Sie hörte die Tür zuschlagen. Dann war sie allein im Wagen. Angestrengt versuchte sie mitzubekommen, was draußen gesprochen wurde.

»Bitte! Ich will meine Tochter sehen!«

Marianna wurde flau im Magen, als sie die Stimme ihrer Mutter erkannte.

»Haben Sie das Geld?« Rief Paul, der sich nur wenige Schritte vom Wagen entfernt hatte.

Vor ihnen stand eine hagere Frau von circa fünfzig Jahren. Ihr halb langes, mit grauen Strähnen durchzogenes braunes Haar hing schlaff und formlos herunter. Sie hatte große Augenringe vom vielen Weinen und zitterte am ganzen Körper. Beide Männer wussten, dass sie ihnen nichts anhaben könnte. Peter konnte ihre Furcht förmlich riechen. Er ging hinten herum auf die andere Seite des Wagens und öffnete die Hintertür. Dann nahm er Marianna die Augenbinde ab. Sie blinzelte. Das Herz schlug ihr bis zum Hals. Es dämmerte bereits. Sie befanden sich auf einer Waldlichtung.

Mit einem Ruck zog er Marianna aus dem Wagen.

»Komm mit.« Er führte sie einige Schritte vom SUV weg, bis sie nur wenige Meter vor dem Wagen stehen blieben.

Als sie ihre Mutter erblickte, liefen Tränen ihre Wangen herunter.

»Mama!«

»Mari!«

»Bleiben Sie, wo Sie sind, Frau Lowe«, rief der Untersetzte ihr zu und ihre Mutter verharrte auf der Stelle.

Paul wählte eine Nummer.

»Boss, wir sind am Übergabeort.«

»Sehr gut. Die Mutter scheint sich an die Abmachung gehalten zu haben. Bisher sind keine Bullen aufgetaucht. Macht die Übergabe.«

»Gut Boss.« Er nickte Peter zu, der sofort verstand. Die freie Hand schlang er um ihren Oberkörper. Dann drückte er die junge Frau gegen seine Brust, um zu verhindern, dass sie plötzlich losrannte.

Marianna hatte das Gefühl, er würde ihr die Rippen brechen, als sich sein Arm wie ein Stahlseil um ihren Körper wickelte.

»Bringen Sie das Geld hier her«, rief Paul, der zwischen Marianna und ihrer Mutter stand.

Vorsichtig näherte sie sich dem Untersetzten. Erst als sie kurz vor ihm stand, erblickte sie die Pistole in seiner Hand.

»Bitte. Ich flehe Sie an. Das ist alles, was ich auftreiben konnte.« Mit zitternden Händen überreichte sie ihm einen braunen Umschlag.

Überrascht blickte Paul sie durch die Maske an, öffnete den Umschlag und holte das Geld heraus. Er ließ das Bündel Scheine wie ein Kartenspiel zwischen Daumen und Zeigefinger rutschen, als er abrupt stoppte.

»Wollen Sie uns verarschen?« Schrie er sie an. »Das sind keine Hunderttausend!«

Sie sank auf dem schneebedeckten Boden auf die Knie und faltete ihre Hände, die sie ihm flehend entgegenstreckte.

»Bitte! Geben Sie mir meine Tochter wieder. Ich habe alles versucht, das Geld aufzutreiben. Mehr besitze ich nicht. Es sind fünfundvierzigtausend.« Ihr Körper wurde von tiefen Schluchzern geschüttelt.

Als Marianna das hörte, wollte sich der Boden unter ihren Füßen öffnen und sie verschlingen. Sie versuchte sich loszureißen, doch Peter hatte sie fest im Griff.

»Mama!« Rief sie verzweifelt, doch Ihre Mutter blickte

mit angstverzerrtem Gesicht zu Paul hoch.

»Bitte«, flehte sie leise. »Ich habe nichts mehr außer meiner Tochter«, wimmerte sie.

Paul zog die Pistole und richtete sie auf die Mutter, die schützend ihre Hände über den Kopf legte und nicht mehr wagte, nach oben in die Pistolenmündung zu sehen. Immer wieder riskierte sie einen kurzen Blick hinüber zu ihrer Tochter, ohne dass sie den Kopf hob. Dabei hinterließen ihre Tränen kleine Löcher im Schnee.

Marianna rutschte das Herz in die Hose. Ein erstickter Schrei, mehr war nicht zu hören. Verzweifelt versuchte sie, sich aus der Umklammerung zu winden, doch mit gefesselten Händen hatte sie gegen den Hünen nicht den Hauch einer Chance. Er packte fester zu, sodass sie kaum noch Luft bekam, und schleifte sie zurück zum SUV, während die junge Frau weiterhin zappelte und um sich trat. Kurz vor der Wagentür stellte er sie auf die Beine und versetzte ihr eine Ohrfeige, dass sie halb ohnmächtig zu Boden sackte. Bevor sie auf die Knie sank, wurde sie von dem Hünen am Arm gepackt, hochgezogen und in den Wagen gehievt.

Immer wieder warf Mariannas Mutter einen Blick zum Wagen hinüber, hoffend, dass sie bald aus diesem Albtraum erwachte, der sie bereits seit Tagen gefangen hielt. Hilflos hatte sie mit ansehen müssen, wie der Große mit ihrer Tochter umging. Ihr einen Hieb versetzte, sodass ihre Tochter das Gleichgewicht verlor. Erschüttert schlug sie ihre Hand vor dem Mund, um nicht auch laut loszuschreien.

»Bitte! Ich werde alles tun, was Sie verlangen, aber lassen Sie meine Tochter frei«, presste sie unverständlich hervor. Von den vielen Tränen waren ihre Augen rot und geschwollen. Die Kälte übermannte ihren Körper, der heftig zu zittern begann, doch sie nahm es nicht wahr. Die Angst um ihre einzige Tochter war größer. Ein wahnsinniger

Gedanke schoss ihr durch den Kopf. Sollte sie den Entführern ihr Leben anbieten, anstelle dem ihrer Tochter?

»Du weißt, was wir wollen. Beschaffe uns das Geld! Erst dann siehst du deine Tochter wieder!« Schrie der Kleinere sie an und wollte zu einem Schlag ausholen. Sie warf sich auf den kalten Boden und vergrub das Gesicht in den Händen.

»Verdammte Scheiße«, entfuhr es ihm, während er kopfschüttelnd zum Wagen rannte und sie zurückließ.

Die Autotür knallte.

Der brüllende Motor ließ sie aufschauen.

»Marianna!« Schrie sie klagend hinter dem SUV her, den sie durch einen Tränenschleier davonrasen sah.

Nächtliche Inspektion

28. Januar - Helds Wohnung

Hauptkommissar Francis Held war einen Meter neunundsechzig groß und gehörte somit nicht zu den größeren Männern. Er war sehr schlank und hatte markante Gesichtszüge, in denen seine grauen Augen besonders hervorstachen. Einige silberne Strähnen durchzogen sein dunkles, welliges Haar, und auch an den Schläfen konnte der gute Beobachter eine leichte Aufhellung erkennen. Er war häufig unrasiert, was der unregelmäßigen Arbeitszeit anzukreiden war. Seine wiederholte häusliche Abwesenheit war auch der Grund, weshalb sich seine Frau Isabel von ihm getrennt hatte. Ihre Scheidung artete in einem wahren Rosenkrieg aus. Obwohl er nicht viel auf der hohen Kante und die beiden keine gemeinsamen Kinder hatten, durfte er einen beachtlichen monatlichen Beitrag an seine Ex-Frau leisten. Aus diesem Grund konnte man auch kein einziges Bild seiner Frau in der Wohnung finden.

Hauptkommissar Held mochte Inspektor Columbo, den Kriminalisten der amerikanischen Fernsehserie aus den Siebzigern, und trug wie sein Idol gern einen weiten Trenchcoat. Nur dass er gedeckte Farben bevorzugte und sein Trenchcoat braun war. In seiner siebenunddreißigjährigen Polizeikarriere hatte er schon einiges erlebt und viele hinter Gitter gebracht. Dieser Fall gab ihm eine Menge Rätsel auf.

Weshalb wurde Marianna so weit weg von Hamburg versteckt? Die Entführer hatten ein enormes Zeitrisiko auf sich genommen, was sehr ungewöhnlich war. Er schien diesmal nicht weiterzukommen. Er musste ein paar Mal um den Block fahren, bis er endlich eine Parklücke in einer Seitenstraße fand, in der er seinen Ford Mondeo abstellen konnte.

Es war bereits nach dreiundzwanzig Uhr, als er die Tür zu seiner Wohnung öffnete. Zufrieden schaute er sich um. Ella, seine Putzfrau, hatte wieder Wunder bewirkt. Neben einen guten Whiskey war sie das einzige Luxusgut, das er sich leistete. Trotz des Chaos an herumliegenden Büchern, Akten und Aufzeichnungen schien sie es geschafft zu haben, den Staub zu entfernen.

Er hängte seine Jacke am Garderobenständer auf, legte die Schlüssel auf den kleinen Tisch daneben und ging ins Wohnzimmer. Unter dem Bücherregal befand sich ein kleiner Schrank, in den er seine Dienstwaffe einschloss. Dem gegenüber nahm eine Schrankwand die gesamte Wand ein. Sein größter Stolz war die sich darin befindliche Bar. Er trat an den Schrank, öffnete die Klappe der Bar und holte sich eine Flasche Whiskey sowie einen Whiskey-Tumbler heraus. Heute war ihm nach dem guten Zeugs. Er brauchte etwas, was ihm einen Denkanstoß gab. Er setzte sich auf sein gemütliches Sofa und betrachtete den bernsteinfarbenen Inhalt des Glases, während er es, leicht ins Gegenlicht haltend, schwenkte.

Seine Aufmerksamkeit wanderte zum überfüllten Bücherregal, das bereits in der Mitte etwas durchhing, was entweder vom Gewicht der Bücher oder von der mangelnden Stabilität des Regals zeugte. Unter dem Bücherregal stapelten sich alte Tageszeitungen. Bisher hatte er noch keine Zeit gefunden, das Abonnement zu kündigen. Er hatte Ella angewiesen, die neueste Ausgabe immer quer auf dem Stapel zu legen, wenn er in der Stadt war. Er betrachtete den Stapel und nahm sich vor, bei nächster Gelegenheit die alten Zeitungen endlich zu entsorgen. Obwohl ihn eine wohlige Müdigkeit umarmte, war er nicht in der Lage zu schlafen. Erst einmal musste er herunterkommen. Den Kopf leer kriegen. Vielleicht sollte er ein Buch lesen? Lesen machte ihn immer müde. Er schaffte es kaum, zwei Seiten eines Buches im Bett zu lesen, bevor ihm die Augen zufielen. Lesen im Bett war für ihn das beste Schlafmittel. Also trat er an das Regal und seine Finger glitten die Bücherrücken entlang, als die Türklingel seine Aufmerksamkeit erforderte.

»Um diese Zeit!« Murmelte er verdrossen, leerte das Glas, schob einige ungeöffnete Briefe, die auf dem Wohnzimmertisch lagen, zur Seite und stellte es auf dem freigewordenen Platz ab. Neugierig ging er zur Tür und öffnete, ohne vorher durch den Spion zu schauen. Er blickte in das Gesicht von Dr. Simms.

»Guten Abend, Dr. Simms. Woher wissen Sie, wo ich wohne?«

Sie lächelte wieder bezaubernd.

»Guten Abend. Ich bin auch bei der Polizei. Schon vergessen? Wie ich sehe, können Sie auch nicht schlafen.« Sie straffte die Schultern und legte den Kopf leicht schief.

»Bitten Sie mich nicht herein?«

Er überlegte kurz. Ihre Augen blickten fragend in seine, bis er glaubte, dass sich Enttäuschung in ihrer Miene auszubreiten schien. Schließlich machte er eine einladende Handbewegung. Sie trat lächelnd durch die Tür und sah sich um.

Der Flur war schmal und mit weißer Raufaser beklebt. An der Wand gab es eine kleine Garderobe, sowie einen schmalen Tisch, auf dem eine kleine Keramikschale stand. Daneben sah sie seine Schuhe. Als wären sie in einen Wirbelsturm geraten, lag eine braune Stiefelette neben einem schwarzen Slipper, ein grauer Filzpantoffel lag quer darüber. Sie zählte vier Paar Schuhe in dem Durcheinander.

»Bitte. Geradeaus durch, dort ist das Wohnzimmer. Darf

ich Ihnen vorher noch die Jacke abnehmen?«

»Ganz Gentleman. Das hat man heute selten.« Sie ließ die Jacke an ihren Armen herunter rutschen. Held fing sie ab und hängte sie auf einen Bügel, ein Überbleibsel seiner Frau, neben seinem Trenchcoat an der Garderobe auf, während Dr. Simms ins Wohnzimmer ging.

Kurz darauf folgte Held ihr und sah, wie die Psychologin die Bücher im Regal betrachtete.

»Sie haben einen sehr gemischten Lesegeschmack.«

Der Hauptkommissar stand im Türrahmen und beobachtete sie.

»Ich mag es gern abwechslungsreich.«

Sie zog einen dicken Wälzer heraus und hob eine Augenbraue.

»›Heiß wie der Steppenwind‹?« Ein amüsiertes Lächeln überzog ihre Lippen.

»Gehört meiner Ex«, entgegnete er kühl.

Sie nickte verstehend und legte das Buch wieder an seinen Platz zurück.

»Dr. Simms, Sie sind doch nicht zu so später Stunde bei mir aufgetaucht, um mit mir über meine Lesevorlieben zu sprechen.«

Sie schüttelte den Kopf.

»Da haben Sie recht. Ich wollte mit Ihnen über Marianna Lowe sprechen.«

»Natürlich. Was gibt es?« Der Whiskey begann zu wirken, und er wollte das Gespräch nur schnell hinter sich bringen.

»Ihr Vater.« Sie beobachtete Held, der jedoch keine Miene verzog. »Wissen Sie eigentlich, was ihr Vater ist?«

Nun bedachte er sie mit einem skeptischen Blick. Als pflichtbewusster Beamter hatte er bereits Nachforschungen über ihre Familie angestellt.

»Sie meinen sicherlich ihren leiblichen Vater.«

Sie nickte einmal knapp.

»Laut der Heiratsurkunde ist er Rumäne und, wenn ich Mariannas Aussage Glauben schenke, bereits seit achtzehn Jahren nicht mehr in Deutschland.«

»Kennen Sie seinen Namen?« Sie ging zum Fenster und schaute hinaus.

»Natürlich«, schnaubt er. »Worauf wollen Sie hinaus?«

Sie wendete den Kopf nach links und warf ihm einen listigen Blick zu.

»Verraten Sie mir auch seinen Namen?«

Er hasste es, wenn man ihn für dumm verkaufen wollte. Und ganz besonders hasste er sie in diesem Moment, für diese Theatervorstellung.

»Doktor, ich glaube, wir können diese Spielchen lassen. Wenn ich mir Sie so ansehe, kennen Sie bereits den Namen.« Pokerte er und hoffte, er hätte sein Blatt noch nicht ausgereizt.

Sie lächelte wie ein kleines Kind, das gerade dabei erwischt wurde, wie es einen Keks aus der Dose entwendete.

»Sie haben mich ertappt.« Langsam ging sie auf den Hauptkommissar zu, bis sie sich gegenüberstanden. Ihr Puls beschleunigte sich, als sie ihm tief in die Augen blickte.

Held räusperte sich. »Weshalb suchen Sie mich zu so später Stunde noch auf?« Er war müde und wollte eigentlich nur noch ins Bett.

»Nun, mein lieber Hauptkommissar«, begann sie langsam ihre Antwort zu formulieren und schürzte die Lippen.

»Wir haben nicht gerade einen glücklichen Start gehabt. Ich würde Sie gern besser kennenlernen, damit wir unsere Zusammenarbeit …« Sie machte eine kurze Pause. »Optimieren können.« Mit einem leicht lasziven Blick schaute sie ihm in die Augen. Ihre Hände wollten seinen Hals umfassen, als er einen Schritt zurücktrat. Sie ließ sich nichts anmerken und legte ihre Hände auf der Hüfte ab.

»Ich denke, das können wir auch morgen auf dem

Revier noch erörtern, Frau Doktor Simms«, räusperte er sich, während sich gleichzeitig seine Haltung versteifte.

Diese Frau war ihm entschieden zu aufdringlich und entsprach in keiner Weise seinem Beuteschema.

»Schade. Ich hätte mir eine engere Zusammenarbeit mit Ihnen gewünscht.« Sie schien nicht wirklich enttäuscht, was ihn verwirrte.

Er hatte soeben ihr Jagdfieber entfacht. Sie mochte Männer mit einem starken Willen und liebte die Herausforderung. Wäre er ihr sofort verfallen, hätte sie bereits das Interesse an ihm verloren, noch bevor es überhaupt angefangen hatte.

»Gute Nacht, Dr. Simms. Wir sehen uns morgen früh im Büro.« Er komplementierte die Psychologin charmant aus seiner Wohnung, indem er sie mit einer Handbewegung aufforderte zu gehen.

Sie legte den Kopf leicht schief, kam aber seiner stummen Aufforderung nach. Im Flur nahm er ihre Jacke und hielt sie ihr, sodass die Psychologin nur noch hineinschlüpfen musste. Dr. Simms presste die Lippen zu einem schmalen Streifen zusammen, nahm ihm die Jacke ab und legte sie über ihren Arm. Erwartungsvoll wartete sie darauf, dass er es sich anders überlegte. Für einen kurzen Moment standen sie sich gegenüber, als Held seine Hand an ihrer Hüfte vorbei führte. Er drückte die Türklinke hinunter, öffnete die Tür und schob sich an der Psychologin vorbei. Dann schaltete er das Licht im Treppenhaus an. Simms folgte ihm, unternahm jedoch keinen weiteren Annäherungsversuch.

»Ihnen auch eine Gute Nacht. Wir haben morgen viel zu tun.« Sie zwinkerte ihm mit dem rechten Auge zu und er hörte ihre Absätze auf den Steinstufen klappern, als sie die Treppe hinabging.

Kopfschüttelnd schloss er die Tür hinter sich.

»Was war denn das gerade?«

Er wusste, dass er auf Frauen eine gewisse Wirkung hatte, doch meistens beruhte sie darauf, dass er eine Respektsperson war. Hatte sie ihn gerade angebaggert? Schließlich waren sie beide keine Teenager mehr. Er verbuchte es unter Müdigkeit und Stress, ging ins Schlafzimmer und legte sich aufs Ohr. Der Wecker würde ihn schon bald wieder aus dem Schlaf reißen. Und morgen musste er versuchen herauszufinden, wer Mariannas Vater wirklich war. Die Andeutungen der Psychologin schienen auf etwas Größeres hinzuweisen. War Marianna wirklich ahnungslos, oder spielte sie ihm nur etwas vor?

Das musste er als Erstes in Erfahrung bringen.

Letzte Chance

9. Januar - Unterwegs zum geheimen Ort

»Was machen wir jetzt?« Rief Maik aufgeregt seinen Partner auf dem Rücksitz zu.

»Zurück zum Versteck. Dort überlegen wir weiter«, knurrte er seinen Kumpel an.

Das Handy klingelte und Maik reichte es nach hinten durch.

»Boss.« Licas machte einen tiefen Atemzug.

»Was in drei Teufels Namen ist da gerade passiert? Wieso habt ihr das Mädchen wieder einkassiert?« Bellte es aus dem Telefon.

»Die Mutter hatte nur fünfundvierzigtausend dabei. Wir hatten aber hundert verlangt.«

»Du hattest versprochen, dass es keine Pannen mehr geben wird. Und wo stehen wir jetzt? Nun haben wir immer noch das falsche Mädchen an der Backe. Die Mutter wurde von einem Förster gefunden. Wenn sie zur Polizei geht, seid ihr geliefert!«

Licas hatte das Gefühl, der Boss erleide jeden Moment einen Herzinfarkt. So aufgeregt hatte er ihn noch nie erlebt. Und das verhieß nichts Gutes.

»Sie wird die Polizei nicht einschalten. Wir haben immer noch ihre Tochter.«

»Und du meinst, das wird reichen? Was macht dich da so sicher?« Sein Tonfall wurde gefährlich ruhig.

»Ich habe sie beobachtet. Die Mutter hat zu viel Angst. Sie wird nicht zur Polizei gehen. Vertrau mir. Heute Abend rufe ich sie ein weiteres Mal an und setze ihr eine neue Frist, damit sie den restlichen Betrag auftreibt. Sonst wird sie ihre geliebte Tochter nicht mehr lebend wiedersehen.«

»Sie hat kein Geld, du Vollidiot! Wenn sie es bisher nicht geschafft hat, wird sie es jetzt auch nicht packen.«

»Ich denke, sie hat nun eine gute Motivation. Sie hat ihre Tochter gesehen und mit ein paar Tagen mehr sollte sie es schaffen. Schade nur, dass die Tochter unter diesem Fehlverhalten der Mutter leiden muss.«

»Tu, was du für richtig erachtest. Doch ich sage es noch einmal zum Mitschreiben. Keinen Mord!«

»Verstanden.« Er legte das Handy zur Seite und schloss für einen kurzen Moment die Augen, um nachzudenken.

»Mann, war der Boss sauer. Meinst du, wir packen das noch?«

Maik sah ihn durch den Rückspiegel an.

»Natürlich. Warum denn nicht? Zweifelst du etwa auch?«

»Nein. Neben dir liegt eine Spritze. Du solltest ihr eine Portion verpassen. Sonst wacht sie noch auf und ich möchte nicht mit Skimaske durch die Gegend fahren.«

»Guter Einwand.« Er nahm das Kästchen, öffnete es und presste die Luft durch die Nadel heraus, bevor er sie in den Hals des Mädchens versenkte.

Sie rührte sich kaum und stöhnte nur einmal leicht auf. Dann war sie auch schon wieder in die Traumwelt eingetaucht.

Gedankenaustausch

29. Januar - LKA Hannover

Vera Simms war schon früh auf dem Polizeirevier. Da sie lieber von zu Hause aus arbeitete, hatte sie auf ein eigenes Büro verzichtet und begab sich nun auf direktem Weg in Helds Büro. Sie klopfte nicht, sondern trat einfach ein. Überrascht stellte sie fest, dass das Büro leer war. Auch sein Trenchcoat hing nicht am Garderobenständer. Sie ging hinter den alten Schreibtisch. Er war aus Holz und wies bereits mehrere Gebrauchsspuren auf. Sie setzte sich auf den Stuhl, schaltete den Computer ein und wollte einige Recherchen starten, als sie durch die Eingabeaufforderung eines Passwortes gestoppt wurde. Sie blickte sich um und schaute durch das Fenster. Gerade lief eine junge Beamtin eilig an seinem Büro vorbei. Dr. Simms unterbrach ihr Tun und erhob sich. Sie öffnete die Tür und wollte die Beamtin aufhalten, um sie um Hilfe zu bitten. Dabei rannte sie Held fast um, der gerade um die Ecke bog.

»Oh. Guten Morgen, Hauptkommissar Held!« Sie war bei bester Laune.

»Verzeihen Sie meine überrumpelnde Art. Eigentlich bin ich nicht so gestrickt.« Sie lächelte ihm zu und er hob eine Augenbraue.

»Ach, nicht?« Brummte er aus noch leicht müden Augen.

»Ihnen auch einen guten Morgen, Dr. Simms«, entgegnete er beherrscht.

»Wollen wir loslegen?«

»Ich besorge uns erst einmal einen Kaffee. Oder mögen Sie lieber Tee?« Sie zwinkerte ihm zu.

»Kaffee. Schwarz. Drei Zuckerwürfel. Danke«, bestellte

er im Staccato.

Er betrat sein Büro und begab sich zum Schreibtisch. Stirn runzelnd schaute der den eingeschalteten Monitor an. Unverständliche Worte vor sich her murmelnd gab er das Passwort im Computer ein. Danach zog er den Trenchcoat aus und warf ihn mit meisterlichen Schwung über den Garderobenständer. Auch heute wich er nicht von seiner täglichen Routine ab, schritt auf die andere Seite des Büros, auf den Aktenschrank zu und zog die Akte dieses Falls heraus. In Gedanken verloren lehnte er sich mit dem Rücken gegen die Wand, während er die dünne braune Sammelmappe in der Hand öffnete, in der sich gerade mal fünf Blätter befanden.

»Hier. Bitte. Schwarz wie die Nacht, heiß wie die Hölle und süß wie die Versuchung.« Mit einem süffisanten Lächeln gab sie ihm den Becher Kaffee in die Hand, den er blinzelnd nahm. Dann begab er sich zum Schreibtisch zurück und deutete Simms mit einer Handbewegung an, sich zu setzen.

»Was wollten Sie mir über Marianna Lowes Vater erzählen, Dr. Simms?« Gemächlich lehnte er sich im Stuhl zurück, während er versuchte, den heißen Kaffeedampf mit seinem Atem zu vertreiben.

»Kommen Sie immer so schnell zur Sache, Hauptkommissar Held?« Sie starrte in seine verblüffte Miene und fuhr mit einem einnehmenden Lächeln im Gesicht fort.

»Nennen Sie mich doch Vera. Darf ich Sie im Gegenzug Francis nennen?«

»Nein. Bleiben wir förmlich«, knurrte er, ohne auf ihre erste Frage einzugehen.

Sie spürte, wie ihre Wangen erröteten. Irgendwie mochte sie diesen Mann bereits von der ersten Sekunde an. Je mehr er versuchte, ihre Annäherungsversuche zu ignorieren, umso stärker wurde ihr Verlangen nach ihm.

Sie musste ihn haben. Um jeden Preis.

»Also, Dr. Simms. Sie wissen, wer ihr Vater ist«, riss er die Psychologin aus ihren Gedanken.

Sie blies in ihren Becher und trank einen Schluck, bevor sie mit ihrem Wissen auspackte.

»Bei den Behörden wird er unter den Namen Joska Adonay geführt.«

Ein Grinsen huschte über sein Gesicht, das sie mit einem allwissenden Ausdruck erwiderte.

»Da erzählen Sie mir nichts Neues. Ich dachte, Sie könnten mit etwas Besserem aufwarten als mit Fakten, die sich bereits in dieser Akte befinden.« Er hob demonstrativ die paar mit einer Büroklammer zusammengehaltenen Blätter hoch.

Dr. Simms straffte die Schulter, bevor sie zum Gegenschlag ausholte.

»Das, mein lieber Hauptkommissar, war sein vorheriger, sein richtiger Name, bis er ihn in Cosmin Sujami verwandelte. Wie der sprichwörtliche Phönix aus der Asche tauchte dieser Sujami aus dem Nichts auf. Klingelt da was bei Ihnen?«

Er ignorierte ihr überhebliches Verhalten. Da ihm der Kaffee noch zu heiß war, stellte er den Becher auf dem Schreibtisch ab, während er angestrengt nachdachte. Die Fingerkuppen seiner rechten Hand wanderten über seine Stirn und rieben darüber, als wolle er aufkommende Kopfschmerzen verscheuchen. Irgendwo hatte er den Namen schon einmal gehört, doch es war noch zu früh, um sich an ältere Fälle zu erinnern. Ganz besonders vor dem ersten Kaffee.

»Ich kenne den Namen ...«, dehnte er die Worte und hoffte so, seinem Gehirn die nötige Zeit zu verschaffen, damit ihm die Antwort einfallen würde.

»Er ist einer, wenn nicht sogar der führende Kopf der Liga Marea Neagrăl.« Sie triumphierte.

Held setzte sich gerade auf und verschränkte die Arme vor der Brust. Er hob eine Augenbraue und blickte sie mehrere Sekunden lang an.

Vera Simms verlagerte ihr Gewicht von einem Bein auf das andere. Mit Bedacht legte er die Unterarme auf dem Schreibtisch ab und faltete die Hände, als würde er gerade ein Verhör leiten. Schließlich erbarmte er sich und erlöste sie aus der Anspannung.

»Wie kommen Sie darauf?«

Sie sprang förmlich auf den Schreibtisch zu und zog den davor stehenden Stuhl zurück, setzte sich aber nicht.

»Ich habe ein paar Jahre in Rumänien gearbeitet. Dabei sind mir so einige sonderbare Vögel begegnet und in den Zeitungen gibt es schließlich Bilder.«

»Sie sprechen Rumänisch?« Sein verblüffter Gesichtsausdruck amüsierte sie, doch sie versuchte, es zu überspielen. Ihr brannte etwas ganz anderes unter den Nägeln.

»Nicht besonders gut«, winkte sie gespielt lässig ab.

»Meine Mutter ist Halbrumänin. Als ich noch ein Kind war, brachte sie es mir bei. Sehr viel ist leider nicht hängen geblieben, doch ich komme zurecht.«

Der Beamte konnte einen gewissen Respekt ihr gegenüber nicht abstreiten.

»Und wie kommen Sie darauf, dass Joska Adonay und Cosmin Sujami ein und dieselbe Person sind?« Seine Neugierde war geweckt und der Terrier erwachte in ihm.

Endlich hatte er die Frage gestellt, auf die sie schon gewartet hatte. Nun konnte sie ihm ihre Entdeckung mitteilen.

»Ich habe mir die Freiheit genommen und bin gestern Abend noch mal hier hergekommen, bevor ich Sie aufgesucht hatte, um mir einige Fotos anzusehen.« Sie setzte sich auf den Stuhl ihm gegenüber und und kramte aus ihrer Handtasche, die sie zuvor neben dem Stuhl abgelegt hatte, einen vergilbten Zeitungsartikel heraus.

»Mariannas Vater brauchte ein Bild für die Aufenthaltsgenehmigung. Das habe ich dann mit alten Zeitungsartikeln verglichen. Und siehe da, sie sehen sich zum Verwechseln ähnlich.« Sie legte ihm den Zeitungsausschnitt aus der ›Adevărul‹ hin.

Der Hauptkommissar nahm ihn an sich. Sorgfältig studierte er das Foto. Er überlege, ob er Dr. Simms fragen sollte, ob sie ihm den Artikel übersetzen könnte, wurde jedoch aus seinen Überlegungen gerissen.

»Nun, was sagen Sie?« Dr. Simms rutschte auf dem Stuhl hin und her. Sie war überzeugt, dass sie recht hatte. Warum wollte dieser sture Hauptkommissar es nicht zugeben? Ihre Zuneigung ihm gegenüber wuchs, und ebenso begann sich eine gewisse Erregung in ihr bemerkbar zu machen.

»Auf den ersten Blick bin ich geneigt, Ihnen zuzustimmen. Doch das sollten wir von unseren Experten noch einmal überprüfen lassen. Darf ich das Bild ...«

»Natürlich dürfen Sie!« Unterbrach sie ihn hitzig.

»Doktor, ist mit Ihnen alles in Ordnung?« Er musterte sie misstrauisch.

»Aber sicher. Es ist nur so heiß in diesem Raum.« Sie fächerte sich mit der Hand etwas Luft zu, entledigte sich ihrer Jacke und legte sie über die Stuhllehne. In ihrem engen blutroten Kleid und den hochgeschlossenen weißen Lederstiefeln wirkte sie fast wie eine Dame aus den sechziger Jahren, denn an Eleganz mangelte es ihr nicht.

»Für den Fall, dass sich Ihr Verdacht bestätigen sollte...«

»Müssen wir noch mal mit Marianna oder der Mutter sprechen. Wir müssen alles, aber auch alles über ihren Vater beziehungsweise den Ex-Ehemann von Lene Lowe, in Erfahrung bringen.« Dabei sprang sie auf, stützte sich mit ihren Händen vor Held auf dem Schreibtisch ab, sodass sie ihn von oben herab in die Augen blickte.

Es nervte ihn langsam, dass sie ihn nie aussprechen ließ.

»Dann müssen wir die Kollegen der rumänischen Polizei hinzuziehen, wollte ich eigentlich sagen.«

»Oh.« Sie wurde verlegen und sank resigniert in den Stuhl zurück.

Das wiederum gefiel ihm. Endlich konnte er einmal die Oberhand gewinnen.

»Interpol?« Warf sie knapp in den Raum.

Er dachte kurz nach.

»Eher die Kollegen von Europol.« Er sah, wie sie kurz zusammenzuckte, dachte sich jedoch nichts dabei und fuhr fort. Er wollte sich nicht schon wieder das Ruder aus der Hand nehmen lassen. »Doch nicht zu diesem Zeitpunkt. Wir stehen erst am Anfang. Ich möchte vorerst nicht zu viel Staub aufwirbeln. Das könnte die Ratten vielleicht verscheuchen.« Er sah, wie sie erleichtert ausatmete. Sie trank den Kaffee aus, bevor sie weitere Vermutungen anstellte.

»Vielleicht hängt doch ein Mädchenhändlerring mit drin. Wenn die Liga Marea Neagrăl ihre Finger im Spiel hatte...« Sie überlegte einen Moment. »... vielleicht wollte die Gegenseite Joska Adonay alias Cosmin Sujami doch unter Druck setzen.«

Held stützte sein Kinn auf die Hände und dachte nach.

»Aus Ihnen wäre eine gute Ermittlerin geworden. Vielleicht sollten Sie einmal über diese Möglichkeit nachdenken. So hartnäckig wie Sie sind ...« Er beendete den Satz nicht, sondern wechselte abrupt das Thema.

»Was können Sie mir über diese Liga Marea Neagrăl sagen, Dr. Simms?«

Sie glaubte, ein leichtes Aufblitzen in seinen Augen zu sehen. Lässig schlang sie ihre schlanken Beine übereinander, legte den Oberkörper nach vorn, stützte die Ellenbogen auf den Tisch und legte ihr Kinn in die gefalteten Hände, wie es der Beamte gerade tat.

»Wie viel Zeit haben Sie, werter Hauptkommissar?«

Hauchte sie ihm mit einem jungfräulichen Lächeln ins Gesicht.

Knallharte Lektion

10. Januar - An einem geheimen Ort

Marianna öffnete die Augen. Das Licht blendete sie. Sie blinzelte und ihr war übel. Sie spürte, dass ihre Sinne und ihr Verstand langsam wiederkamen, begleitet von einem fürchterlichen Schmerz im Gesicht. Langsam hob sie ihre Hände. Mit verschleiertem Blick nahm sie wahr, dass ihre Hände immer noch mit Handschellen gefesselt waren. Noch leicht benommen, ließ sie ihre Finger zum Hals empor wandern, als sie plötzlich etwas Kaltes fühlte. Schlagartig wurde sie wach und begann sich zu erinnern. Die Übergabe war schiefgelaufen. Ihre Mutter hatte die geforderte Summe nicht auftreiben können. Was würde nun aus ihr werden?

»Ausgeschlafen?«

Sie erschrak und drehte den Kopf zur Seite. Ihr Mund wurde trocken, als das Grauen vor ihr Gestalt annahm. Da saß er und gab ihr die entsetzliche Gewissheit, dass sie sich nicht in einem Albtraum befand, aus dem sie gleich erwachen würde. Sie war immer noch gefangen und wurde in diesem grässlichen Keller festgehalten, angekettet wie ein nicht geliebtes Tier. Verzweiflung gepaart mit Panik kam in ihr hoch. Sie setzte sich auf und verkroch sich in die Ecke des Bettes, wo sie den größten Abstand zu ihrem Entführer hatte und umschlang ihre Beine. An eine Flucht war nicht zu denken. Unweigerlich traten ihr Tränen in die Augen. Sie konnte es nicht verhindern, obwohl sie sich anstrengte. Sie legte ihren Kopf auf die Knie, heftige Schluchzer ließen ihren Körper erbeben.

»Augenscheinlich bist du deiner Mutter keine Hunderttausend wert.« Er grinste hämisch. »Was sollen wir jetzt mit dir anstellen?« Seine Bassstimme war kaum zu hören und doch erbebte ihr Körper bei jeder Silbe. Jedes Wort führte eine Explosion in ihrer Brust hervor.

Er erhob sich vom Stuhl und ging langsam auf sie zu.

»Hast du eine Ahnung, wie viel Recherchen während der Planung, wie viel Zeit und akribische Vorbereitungen für eine Übergabe nötig sind?« Er sprach noch immer bedrohlich leise.

Sie wusste nicht, ob sie ihm antworten sollte. Noch nicht einmal, ob er überhaupt eine Antwort von ihr erwartete.

»Sieh mich an.«

Sie zögerte und ihr Atem ging heftig.

Plötzlich donnerte seine Stimme durch den Raum.

»Sieh mich an!«

Erschrocken blickte sie auf und sah mit weit aufgerissenen Augen in das verhüllte Gesicht, das nur noch wenige Zentimeter vor ihrem war. In den offenen Sehschlitzen blitzte es. Ihr gesamter Körper bebte vor Angst. Dieser Mann war unberechenbar. Das wusste sie nur zu gut. Der Geruch von Alkohol breitete sich in ihrer Nase aus. Was würde er jetzt mit ihr anstellen?

»Bitte.« Weiter kam sie nicht. Sie spürte seine Hand in ihrem Gesicht, gefolgt von einem heftigen Schmerz. Ihr Kopf wurde zur Seite geschleudert und knallte zusätzlich noch gegen die Wand. Sie schrie einmal kurz auf, ließ sich heulend aufs Bett fallen und blieb einfach liegen. Sollte er sie doch umbringen. Es war ihr egal. Es war besser, als den Launen dieses Kerls ausgeliefert zu sein.

»Quinn! Lass sie in Ruhe! Du bringst sie sonst noch um! Komm her. Das Essen wird kalt.«

Er blickte sie verächtlich an und spürte, wie die Angst nun vollends von ihr Besitz ergriffen hatte. Das gab ihm etwas Genugtuung für die verpatzte Übergabe.

Erst als sie die Tür zufallen hörte, wagte sie es, vorsichtig aufzuschauen. Ihre Nase blutete wieder, rote Tropfen waren auf dem Bett und an der Wand verteilt. Ihre aussichtslose Situation raubte ihr fast den Verstand. Sie zitterte wie Espenlaub und konnte es nicht unter Kontrolle bringen. Ihr Körper reagierte nicht mehr auf sie.

»Nun, Licas. Was hast du mit ihr vor?«

Sein Kumpel schnitt sich ein großes Stück vom Fleisch ab, begutachtete es und steckte es mit einem zufriedenen Lächeln in den Mund.

»Du bist der beste Koch, wenn es um Steaks geht.«

Maik grinste zufrieden. Licas hatte ihm des Öfteren schon wegen seiner Kochkünste gelobt.

»Schon gut. Was machen wir jetzt?«

»Nach dem Essen rufe ich ihre Mutter an. Jetzt ist Wochenende, da kommt sie an kein Geld ran. Also wird die Kleine noch bis mindestens Mittwoch, wenn nicht sogar länger unser Gast sein.« Ein schmutziges Lachen, dann stürzte er ein Glas Wodka hinunter.

»Los Maik, oder sollte ich dich lieber Quentin nennen?« Er blickte den Freund spöttisch an.

»Wie bist du nur auf diese dämlichen Namen gekommen?« Er schüttelte den Kopf.

»Wenn wir aufgegessen haben, bringst du ihr auch eine Kleinigkeit. Schließlich muss sie noch etwas durchhalten.«

Sie hörte das Klicken des Schlüssels, die Tür ging auf. Der Untersetzte brachte einen Teller mit Ravioli und stellte ihn auf dem Tisch ab. Er sah zu ihr hinüber und beobachtete sie für einige Sekunden. Sie hatte sich in die Ecke verkrochen und wagte nicht, ihn anzusehen. Er hörte sie schniefen.

»Ich hatte dich davor gewarnt, ihn auf die Palme zu

bringen.«

Marianna verstand nicht, was er meinte. Sie hatte doch nichts getan. Oder gaben sie ihr die Schuld daran, dass die Übergabe schiefgelaufen war? Sie konnte doch gar nichts dafür.

»Iss«, forderte er sie barsch auf. »Sonst wird es kalt.«

Mit gesenktem Haupt bewegte sie sich im Zeitlupentempo auf den Tisch zu und setzte sich. Sie wartete darauf, dass er ihr die Handschellen abnehmen würde, doch er tat es nicht.

»Meine Hände.« Ohne aufzublicken, hielt sie ihm die Arme hin, um ihn darauf aufmerksam zu machen, doch er schüttelte den Kopf.

»Quinn hat den Schlüssel.« Er ging raus und kam wenig später mit einer Flasche Wasser zurück.

»Ruf mich, wenn du fertig bist.«

Erst jetzt wagte sie aufzuschauen und sah ihm verblüfft nach.

»Und wie soll ich dich rufen?« Ihre Stimme war nur ein Flüstern. Sie wagte kaum noch zu sprechen.

»Ich heiße Quentin.«

Bereits vor einigen Tagen hatte sie aufgegeben, sich über die Namen ihrer Entführer Gedanken zu machen, und nahm es als gegeben hin. Vorsichtig begann sie zu essen. Ihr Kiefer schmerzte noch von Quinns Ohrfeige. Außerdem rang sie immer öfter um Luft, da ihre Nase mit Blut verkrustet war.

»Du hast sie übel zugerichtet«, tadelte er den Kumpel.

»Licas, du bist nicht im Boxring. Und das Mädchen ist kein ebenbürtiger Gegner. Also bitte, schlag beim nächsten Mal nicht wieder so hart zu.«

»Sie hat es versaut.«

»Was? Sie hat nichts versaut. Was redest du da für Unsinn?«

»Sie hätte nicht denselben Weg joggen sollen, wie die andere. Dann wäre sie auch nicht in diese Lage geraten und wir wären jetzt um ein paar Millionen reicher.«

Maik hörte die Enttäuschung heraus. In diesem Punkt stimmte er mit seinem Kumpel überein.

»Ich weiß, aber den Mist haben wir gebaut. Doch bald werden wir es hinter uns gebracht haben. Ruf die Mutter an. Dann können wir die nächsten Schritte planen.«

Er ging und holte das Telefon, das er dem Freund reichte.

Licas tippte die Nummer ein. Es klingelte, doch niemand nahm ab. Er ließ es so lange klingeln, bis die Mailbox ansprang. Erstaunt blickte er Maik an.

»Die Mutter geht nicht ran.«

Maik überlegte.

»Versuch die Handynummer, die wir von ihr noch haben.« Maik stand auf und kramte aus dem braunen Umschlag in der Schreibtischschublade einen Zettel heraus, auf dem Marianna die Handynummer ihrer Mutter hatte notieren müssen und reichte diesen seinen Kumpel.

Licas wählte. Er wartete und die Mailbox sprang an. Überrascht schüttelte er den Kopf. »Geht keiner ran«, erklärte er baff.

Maik hob die Augenbrauen. »Vielleicht hat sie das Handy im Wald verloren.« Auf seiner Stirn bildeten sich Falten.

Licas stand auf, zog sich die Maske über und stampfte auf die Tür zu, die er mit einem so heftigen Ruck aufzog, dass sie gegen die Wand knallte.

Als sie den Hünen mit all seiner Wut in der Tür stehen sah, blickte Marianna erschrocken hoch und sprang fluchtartig vom Stuhl auf. Dabei riss sie den Tisch mit sich, der kippte um und das Essen verteilte sich auf dem Boden. Voller Panik wich sie zurück, kauerte sich in die nächste Ecke beim Bett und hob schützend ihre Hände über den Kopf. Ein Wimmern kam aus ihrem Mund, während er sich ihr näherte und schließlich ganz nah vor ihr stehen blieb. Sie wagte nicht, nach oben zu sehen.

Er trat gegen ihre Beine, um ihre Aufmerksamkeit zu erhalten.

»Deine Mutter geht nicht ans Handy. Gibt es noch eine andere Telefonnummer?« Fauchte er wie ein wild gewordener Löwe.

»Ja.« Es war nur ein Piepsen und kaum hörbar.
»Sie hat noch ein Handy für die Arbeit.«
»Hier.« Er hielt ihr das Telefon vor den Kopf.
»Tippe die Nummer ein.«

Langsam löste sie ihre Hände und sie nahm das Telefon entgegen. Ihre Finger zitterten so heftig, dass sie kaum in der Lage war, das Telefon zu halten, während sie versuchte, die Nummer ihrer Mutter einzugeben. Die Handschellen erschwerten das Vorhaben zusätzlich, und durch das Zittern vertippte sie sich mehrere Male, sodass Quinn die Geduld verlor.

»Wird's bald!« Speicheltropfen flogen in ihr Gesicht. Marianna versuchte, sich noch kleiner zu machen, als sie es schon war.

Endlich hatte sie die richtige Nummer eingegeben und streckte ihm rasch das Telefon entgegen, das er ihr grob aus der Hand riss. Sofort legte sie ihre Arme wieder zum Schutz über den Kopf und verharrte in der Position, bis sie sicher war, dass er nicht mehr vor ihr stand. Die Angst nahm sie in Besitz; sie konnte es nicht verhindern, in die Hose zu pinkeln. Unter heftigen Tränen ließ sie auch ihrer Verzweiflung freien Lauf.

***

»Sie geht immer noch nicht ans Telefon.« Seine Ungeduld stieg an und er wollte gerade wieder die Maske überziehen, doch Maik hielt ihn zurück.

»Nein. Du gehst dort nicht rein. Ich räume das Essen weg und spreche mit ihr. Versuche du in der Zwischenzeit weiter, die Mutter zu erreichen.«

»Was soll das bringen? Weiß der Geier, warum sie nicht abnimmt.« Er ging zum Tisch und schenkte sich ein Glas Wodka ein. Maik seufzte kurz auf; er wusste, dass er seinen Kumpel nicht davon abhalten konnte, zog sich die Maske über und ging zu Marianna.

Als er das Zimmer betrat, erblickte er den umgestoßenen Tisch und das auf dem Boden verteilte Essen.

»Was ist denn das hier für eine Sauerei!«

»Bitte. Es tut mir leid. Das wollte ich nicht. Wirklich.«

Er hörte ihr Schluchzen und ging um das Bett herum. Dort entdeckte er sie: auf dem Boden, zusammengekauert wie ein Häufchen Elend. Er packte ihren Arm.

»Nein. Bitte! Ich ... es tut mir ... leid. Ich mache es auch weg. Bitte!« Sie stotterte mit angsterfüllter Stimme und Tränen liefen ihr wie Sturzbäche über das Gesicht.

Er seufzte kurz auf, nahm sie an beiden Oberarmen und zog sie hoch. Marianna wehrte sich nicht. Nachdem er sie auf das Bett gesetzt hatte, bemerkte er ihre feuchte Hose und schüttelte verständnislos den Kopf. Sie vergrub ihr Gesicht in den Händen und weinte unentwegt, während sie ihren Körper vor und zurück wog.

Quentin stellte sich vor sie. Hätte er keine Maske getragen, wäre ihr aufgefallen, dass sie ihm leidtat.

»Diesmal hat er dich ganz schön hart ran genommen.« Es war mehr eine Feststellung als ein tröstendes Wort.

Er holte einen Eimer und ein paar Tücher.

Als er zurückkam, saß Marianna noch immer auf dem Bett und weinte. Er tauchte ein Tuch in das warme Wasser, nahm ihr Kinn hoch und begann, ihre Wunden behutsam zu säubern. Sie sah fürchterlich aus. Ihre tiefrot geschwollenen Augen hatten, trotz der Tränen, jeden Glanz verloren. Aus der Nase tropfte wieder Blut und an der Stirn hatte sie eine Platzwunde. Ganz zu schweigen von den Blutergüssen und dem Handabdruck auf ihrer Wange. Er spürte, dass sie bald durchdrehen würde.

Nachdem er mit ihrem Gesicht fertig war, beseitigte er die Essensreste vom Boden und stellte das Mobiliar wieder an seinen Platz. Die Flasche Wasser legte er neben dem Bett ab. Bevor er das Zimmer verließ, sah er sich noch einmal um. Dann klickte das Schloss.

Er hörte die Außentür. Licas kam zurück. Er war nach draußen gegangen, um seine Wut herunterzukühlen. Diese Marianna machte ihnen mehr Scherereien, als sie wert war. Er klopfte sich den Schnee von seinem Wollpullover und legte das Telefon auf den Tisch ab. Schweigend beobachtete er Maik, der gerade dabei war ihre Essensreste wegzuräumen.

»Glück gehabt?« Fragte er Licas, nachdem er mit der Säuberungsaktion fertig war.

Sein Kumpel schüttelte den Kopf.

»Die Mutter geht nicht ans Telefon. Ich habe mit dem Boss gesprochen. Er hört sich mal um, ob sie bereits bei der Polizei war und ihre Tochter als vermisst gemeldet hat.«

Maik setzte sich mit sorgenvoller Miene auf das Sofa.

»Was ist?« Herrschte Licas ihn an.

»Das Mädchen hält nicht mehr lange durch. Wir sollten zusehen, dass wir sie bald loswerden.«

Licas konnte dem nur zustimmen.

***

»Ja, Boss. Verstanden.« Licas legte auf.
»Und? Was hat er gesagt?«

»Die Mutter war nicht bei der Polizei. Sie scheint in der Klapse gelandet zu sein. Da ist nichts mehr zu holen. Wir sollen zusehen, dass wir von hier verschwinden.«

»Und das Mädchen?«

»Die lassen wir hier. Vielleicht wird sie gefunden. Auf jeden Fall sollen wir uns nicht die Hände schmutzig machen. So lauten seine Anweisungen.«

»Hältst du das für klug?«

Er zuckte nur mit den Schultern.

»Los, mach das Nest sauber und pack zusammen! Wir hauen von hier ab«, sagte Licas barsch.

Es dauerte fast den gesamten Tag, bis sie alle Beweise beseitigt und die Räume gereinigt hatten.

Maik ging zu Marianna und brachte ihr zwei Flaschen Wasser. Erstaunt blickte sie ihn an und wunderte sich über die zweite Flasche.

»Hier. Teil es dir gut ein.« Er schloss die Tür hinter sich, doch sie hörte nicht, dass sie abgeschlossen wurde.

Eine Ahnung keimte in ihr auf.

»Quentin! Hallo!« Sie lauschte, doch nichts tat sich.

»Hallo! Bitte. Habt ihr meine Mutter erreicht?« Startete sie einen weiteren Versuch.

»Bitte! Sagt mir doch, was ihr mit mir vorhabt.«

Ihre letzten Worte waren kaum zu hören, geschweige denn, dass sie durch eine geschlossene Stahltür zu vernehmen waren.

Es blieb ruhig.

Ihr Körper versteifte sich und begann zu zittern. Panisch versuchte sie, sich von den Handschellen zu befreien, bis das Metall erneut in ihre Handgelenke schnitt.
Sofort unterbrach sie die Aktion und riss stattdessen an der Kette, hoffte, die Wand würde nun endlich nachgeben und

die Kette lösen. Wie lange sie die Versuche unternahm, wusste sie nicht. Nach diversen Fehlversuchen sank sie erschöpft zusammen.

Sie spürte den unbändigen Drang aufsteigen, etwas zu trinken, und leerte eine halbe Flasche. Als sie die Flasche absetzte, kamen ihr wieder Quentins Worte in den Sinn. Sie sollte es sich einteilen. Wie lange sollte sie damit auskommen? Einen Tag? Oder zwei? Man hatte ihr nichts gesagt. Ihr Erschöpfungszustand zwang sie, sich auszuruhen, und sie fiel in einen unruhigen Schlaf.

***

Als sie erwachte, war es immer noch ruhig um sie herum.

»Quentin?«

Ein ungutes Gefühl machte sich in ihrer Magengegend breit. Sie lauschte, doch wieder keine Antwort. Da sie kein Zeitgefühl hatte, konnte sie nicht sagen, wie lange sie geschlafen oder die beiden Männer sie bereits allein gelassen hatten. Das unangenehme Kratzen in ihrer Kehle ließ sie innehalten. Sie hatte Durst. Zu dem Durst gesellte sich Hunger. Wann hatte man ihr zuletzt etwas zu essen gegeben? Es gab weder etwas zu essen, noch fand sie weitere volle Wasserflaschen in ihrer Nähe. Ihre Hand griff zur angebrochenen Flasche, um den aufsteigenden Durst zu löschen. Viel war nicht mehr drin. Sie trank sie leer und versuchte erneut, sich von den Handschellen zu befreien. Ihre Handgelenke zeigten Blutergüsse, rote Striemen und blutende Abschürfungen. Je länger sie es versuchte, umso verzweifelter wurde sie.

Irgendwann brach Marianna die Aktion entmutigt ab und zwang sich zur Ruhe. Sie spürte, wie ihr Puls raste, während sie überlegte, was sie tun würde, wenn sie ihre Handgelenke endlich freibekäme. Das nächste Problem wäre das Halsband. Dies ließe sich nicht ohne Weiteres entfernen, geschweige denn die Kette aus der Wand zu reißen. Sie hatte kein Werkzeug oder Besteck, das sie hätte nutzen können. Dann kam ihr eine Idee. Sie musste versuchen, irgendwie auf sich aufmerksam zu machen. Vielleicht gab es draußen Passanten oder Spaziergänger.

»Hallo! Hallo! Hilfe! Hört mich jemand?« Rief sie so laut wie sie konnte, und wartete.

Es blieb ruhig.

Sie versuchte es erneut. Und noch fünf, zwanzig oder dreißig Mal, doch es erfolgte keine Reaktion.

Die Anstrengung sorgte dafür, dass sie erneut trinken musste. Nachdem sie drei kräftige Schlucke aus der zweiten Flasche genommen hatte, schaute sie die Flasche an und stutzte. Was ist, wenn sie noch einige Tage länger hier aushalten musste? Sie wusste nicht, wann ihre Entführer wiederkommen würden?

Oder hatte man sie hier zum Sterben zurückgelassen?

Scherben

30. Januar - Heidekreis Klinikum

Voller Sorge beobachtete Dr. Zerva, wie jeden Tag ein Stückchen mehr in ihr zerbrach. Er bestärkte Marianna, mit der Therapie zu beginnen, doch sie sperrte sich. Ohne Hilfsmittel konnte sie nicht schlafen. Dennoch schreckte sie nachts mehrmals schreiend auf, da sie regelmäßig von Albträumen geplagt wurde. Sie war allein. Allein mit ihren Ängsten und Sorgen. Außer dem Hauptkommissar und der Psychologin hatte sie nie Besuch bekommen. Und nun hatte er den einzigen Personen, die einen kleinen Zugang zu ihr hatten, das Besuchsrecht verweigert.

Die Ermittlungen gingen nur schleppend voran. Held fuhr noch einmal in die Klinik und versuchte sein Glück.

An der Information zeigte er seine Marke und die Schwester befahl einer Schwesternschülerin, den Beamten zu Dr. Zerva zu begleiten. Als sie dort ankamen, verabschiedete sich das junge Mädchen und ließ ihn allein zurück. Held straffte die Schultern und klopfte vier Mal.

»Ja, bitte!«

Held trat ein, schloss die Tür hinter sich und nickte knapp zur Begrüßung, als der Arzt zu ihm aufschaute.

»Dr. Zerva. Bitte. Ich muss noch einmal mit Marianna sprechen. Unsere Ermittlungen stagnieren. Wir kommen einfach nicht weiter. Ich brauche noch einmal die Unterstützung der Zeugin.« Er hatte sich überlegt, wie er dieses Gespräch beginnen sollte; nun fiel er sprichwörtlich mit der Tür ins Haus. Dieser Fall sorgte dafür, dass sein Geduldsfaden kurz vor dem Reißen war.

Der Arzt blickte ihn vom Sessel hinter seinem

Schreibtisch aus an, legte die schmale Brille auf den Tisch und lehnte sich dann im Sessel zurück.

»Ich bedaure. Das wird leider im Moment nicht möglich sein. Marianna steht unter starken Beruhigungsmitteln. Sie ist kaum in der Lage, einen klaren Gedanken zu fassen.«

Held kratzte sich am Kinn. »Das klingt für mich eher nach einer Verschlechterung als nach einer Verbesserung ihres Zustandes, Doktor.«

»Da gebe ich Ihnen recht. Doch was haben Sie erwartet, Hauptkommissar Held? Solch ein Erlebnis steckt man nicht mal ebenso weg. Hat sie eigentlich Familie? Ich frage nur, weil sie nie jemand besucht, außer Ihnen und Ihrer Kollegin.«

»Sie hat eine Mutter und eine Großmutter. Beide leben in einem Vorort von Hamburg. Die Großmutter kann sich alleine nicht mehr fortbewegen und die Mutter wurde in eine psychiatrische Klinik eingewiesen. Wir vermuten, es hatte etwas mit der Entführung zu tun. Die Kollegen vom zuständigen Dezernat in Hamburg gehen dem bereits nach.«

Dr. Zerva nickte vor sich hin.

»Verstehe. Keine schönen Umstände für das Mädchen. Was ist mit einer Freundin oder einem Freund?«

»Auch da sind wir gerade dran. Außer dass sie sich morgens zum Joggen mit einer anderen jungen Frau traf, konnten uns ihre Arbeitskollegen leider nicht viel mehr mitteilen. Wir wissen nur, dass sie allein lebt. Sie scheint ein ruhiger Typ zu sein und hat kaum etwas über ihr Privatleben preisgegeben.«

»Wir brauchen eine Person, zu der sie Vertrauen hat. Sonst bekommen wir sie aus ihrem Schneckenhaus nicht heraus. Sehen Sie eine Möglichkeit, ihre Großmutter hierher zu bekommen?«

»Die alte Dame ist gerade damit beschäftigt, ihre eigene Tochter aufzubauen. Der behandelnde Arzt meinte, wenn sie sich auch noch um die Enkelin kümmern müsste, könnte sie das vorzeitig ins Grab bringen.«

»Eine vertrackte Situation«, pflichtete der Dr. Zerva dem Hauptkommissar bei.

»Ja.«

Beide schwiegen kurz.

»Sehen Sie keine Möglichkeit, dass ich doch noch einmal mit ihr sprechen kann?«

»Ich kann Ihren Wissensdurst nachvollziehen.« Er atmete einmal tief durch und erhob sich majestätisch vom Sessel.

»Gut. Ich mache eine Ausnahme. Aber ich werde Sie begleiten. Sollte Marianna zu viel Stress ausgesetzt sein, breche ich die Unterhaltung sofort ab.«

Held nickte dankbar.

Hilflosigkeit

18. Januar - An einem geheimen Ort

Sie erwachte und es war schwarz um sie herum. Marianna brauchte etwas Zeit, bis sie registrierte, dass es an der Neonröhre lag, die kein Licht mehr spendete. Etwas Kaltes hielt sie in seinen Klauen gefangen, drückte auf ihren Brustkorb und erschwerte ihr das Atmen. Noch immer trug sie die Handschellen und das Halsband. Das Eisen um ihre Handgelenke verursachte Schmerzen durch die Striemen. Ebenso die Druckpunkte am Hals, hervorgerufen durch das Halsband. Seit geraumer Zeit ließen die Entführer sich nicht mehr bei ihr blicken. Das Bett fühlte sich genauso an wie zuvor. Die Luft zum Atmen war schlechter geworden. Sie spürte den Druck in ihrem Kopf immer mehr ansteigen. Hatte man sie an einen anderen Ort gebracht?

»Hallo! Ist da jemand?« Krächzte sie heiser.

Sie lauschte.

Die Hoffnung, dass einer ihrer Entführer das Licht gelöscht hatte, ließ sie aufstehen, trotz ihrer Müdigkeit und des stärker werdenden Schwächegefühls. Sie wollte zur Tür gehen oder zumindest versuchen die Tür zu erreichen, als die Beine unter ihr nachgaben und sie auf die Knie fiel. Auf allen vieren kroch sie in die Richtung, in der sie die Tür vermutete, bis die Kette sich straffte und ihr Einhalt gebot.

»Bitte!« Sie setzte sich auf die Fersen und streckte ihre Hände nach vorn.

»Ich habe schrecklichen Durst. Könnte mir jemand etwas zu trinken bringen?« Sie versuchte, ihrer Stimme Volumen zu geben, doch sie schaffte es kaum noch in normaler Lautstärke die Worte ins schwarze Nichts zu schicken. Fürchterliche Kopfschmerzen plagten sie, ihr

Mund war ausgetrocknet. Zitternd tasteten sich ihre Hände durch die Dunkelheit.

Es dauerte einige Minuten, als plötzlich ihr Fuß gegen etwas trat. Mit einem dumpfen Geräusch rollte die Plastikflasche über den Boden, bis diese gegen das Bein des Eisenbettes stieß und dort liegen blieb. Marianna kroch dem Geräusch hinterher, ertastete die Flasche und hob sie mit beiden Händen auf. Sie fühlte sich leicht an. Ein wenig Wasser war wohl noch vorhanden, doch sie wusste nicht wie viel. Sie nahm einen Schluck und spürte, wie die letzten Tropfen den Weg in ihren Hals fanden. Erschöpft ließ sie die Arme sinken. Das Geräusch, wenn Plastik auf Beton auftrifft, erfüllte den Raum, als die leere Flasche auf den Boden fiel. Der Lärm schmerzte und ihre Hände bedeckten die Ohren, um diesem quälenden Geräusch zu entfliehen. Das Hämmern in ihrem Kopf verstärkte sich und verhinderte, dass sie klar denken konnte. So gern sie es wollte, doch Konzentration war so gut wie nicht mehr vorhanden. Sie schluckte trocken. Um sie herum rauschte lautstark das Blut durch ihre Adern. Den steten Geruch von Moder, altem Schweiß und Urin bemerkte sie nicht mehr. Sie spürte, wie ihre Atmung sich beschleunigte und ihr im selben Takt schlagendes Herz.

***

Der Boss schaute nicht auf, als die schwere Tür geöffnet wurde und zwei Männer die Bibliothek betraten. Licas ging voran, gefolgt von Maik, die Tür schloss sich hinter ihnen. Es roch nach Vanille. Der Boss hatte gerade einen Zigarillo geraucht.

Der Raum war in dunklem Mahagoni gehalten. Von den Regalen bis hin zum schweren Schreibtisch, an dem der Boss saß. Sie hörten ein klackendes Geräusch. Als würden Finger über eine Computertastatur wirbeln und versuchten, ihr ein Geheimnis zu entlocken. Bisher hatte der Boss seinem Besuch keine Aufmerksamkeit geschenkt. Die beiden Männer blieben vor dem Schreibtisch stehen und warteten geduldig.

Obwohl Maik bereits seit mehreren Jahren mit Licas zusammenarbeitete, war es heute sein erster Besuch in der Villa vom Boss. Während Licas die Pläne schmiedete, war Maik der Laufbursche in diesem eingespielten Duo, der die Handlangerarbeiten erledigte. Er drehte den Kopf in sämtliche Richtungen und bestaunte die vielen Bücher in den Regalen um ihn herum, die bis zur Decke ragten. Ihm fiel auf, dass alle Bücher einen festen Einband hatten. Er konnte kein einziges Taschenbuch dazwischen entdecken.

Nach drei langen Minuten verstummte das Tippgeräusch. Der Boss lehnte sich in seinem opulenten ledernen Sessel zurück und sah auf.

»Ah, Licas und Maik, meine getreuen Helfer«, begrüßte er die beiden trocken.

»Habt ihr alles zu meiner Zufriedenheit erledigt und es diesmal nicht verpatzt?« Knurrte er mit ernster Miene.

Aus dem Computer hörte man ein kurzes Piepen, das seine Aufmerksamkeit auf den Monitor lenkte. Sofort wandte er sich wieder dem Computer zu und seine beiden Zeigefinger hackten auf der Tastatur herum, als würde er auf einer mechanischen Schreibmaschine tippen und dabei einen Roman schreiben. Es war die Nachricht, auf die er bereits gewartet hatte und der er nun seine ganze Aufmerksamkeit widmete.

»Wir haben das Mädchen im Nest zurückgelassen«, begann er seine Ausführung, ohne sich daran zu stören, dass der Boss ihm kein Gehör schenkte.

»Wenn sie Glück hat, dann wird sie vielleicht von jemanden gefunden, doch ehrlich gesagt ... ansonsten stellt sie kein Problem mehr für uns dar«, brachte Licas den Boss auf den aktuellen Stand.

»Den Rest des Nests haben wir gereinigt und desinfiziert. Es sollten somit auch keine Beweise mehr auffindbar sein. Wir haben in den letzten Tagen alles entsorgt«, sagte Maik, der das Bedürfnis verspürte, dem Boss ebenfalls seinen Anteil an der Säuberungsaktion nahebringen zu müssen.

»Kein Problem? Alles gereinigt. Entsorgt. Keine Beweise. Sehr gut.« Der Boss vernahm nur die Worte, die für ihn wichtig waren. Alles andere blendete er einfach aus, während er sich dem großen Auftrag widmete, der ihm gerade per E-Mail angeboten wurde.

»Dann können wir uns jetzt das andere Mädchen holen.« Mit einer Geste deutete er den beiden an, sich ans Werk zu machen.

Licas klopfte Maik auf die Schulter und die beiden verließen die Bibliothek.

Als der Boss allein war, zündete er sich einen Zigarillo an und setzte sich gemütlich zurück.

»Wenn jetzt kein dummer Zufall mehr passiert, steht meinem neuen Geschäftszweig nichts mehr im Wege. Und der Mädchenhandel wird mir einen gut gesicherten Nebenverdienst einbringen. «

Er lächelte zufrieden in sich hinein.

Dunkelheit

19. Januar - An einem geheimen Ort

Die Zunge fühlte sich rissig an; ein borkiger Belag hatte sich gebildet. Die reißenden Schmerzen der aufgeplatzten Lippen wichen Kopfschmerzen, die immer unerträglicher wurden. Obwohl sie sich kaum bewegte, schlug ihr Herz so wild, als hätte sie gerade einen Marathonlauf im untrainierten Zustand hinter sich gebracht. Das Blut jagte durch ihre Adern und schien die Schmerzen im ganzen Körper zu verteilen.

Immer wieder hielt sie sich den Kopf und schrie vor Pein auf. Sie wollte weinen, doch keine Träne floss mehr.

Der Durst war übermächtig und sie hatte das Gefühl wahnsinnig zu werden. Marianna wusste nicht, wie lange sie schon hier war. Um sie herum herrschte absolute Dunkelheit. Stille. Panik. Angst und Durst. Dieser schreckliche Durst! Sie konnte keinen anderen Gedanken mehr fassen. Mit letzter Kraft raffte Marianna sich auf und taumelte in der Dunkelheit durch den Raum. Sie strauchelte und fiel. Dabei schlug sie hart auf dem Boden auf. Sie mobilisierte ihre letzten Kräfte und zog sich an der Kette hoch. Verzweifelt suchten ihre Hände in der Dunkelheit nach dem Ring und fanden ihn. Sie begann daran zu reißen, doch die Kette hielt sie fest in ihren Klauen und wollte sie einfach nicht frei geben.

Ein erstickter Schrei.

Mehr brachte ihre Kehle nicht zustande. Sie sank auf die Knie und hielt sich den Kopf. Diese Qual und diese unerträglichen Schmerzen wollten einfach nicht aufhören.

Immer fester presste sie ihre Hände gegen die Schläfen. Wann würde diese höllische Folter endlich ein Ende haben? Sie begann ihren Kopf gegen die Wand zu schlagen. Wollte so den Schmerz verjagen. Der Wahnsinn hatte von ihr Besitz ergriffen, als nun auch grelle Blitze vor ihren Augen zu tanzen begannen. Ihre Hände presste sie unentwegt gegen die Schläfen.

»Wasser ... Bitte ... Nur einen Tropfen ...« Ihre Stimme war nicht mehr als ein Hauchen, als ihr Körper kraftlos auf den Boden sackte und sie regungslos liegenblieb.

Es waren ihre letzten Worte, bevor sie ins Delirium fiel.

Déjà-Vu

2. Februar - Heidekreis Klinikum

Dr. Zerva und Hauptkommissar Held gingen in Mariannas Zimmer. Mit Überraschung stellten beide fest, dass sie nicht dort war. Hastig lief der Arzt zum Zimmer der Stationsschwester, die gerade genüsslich in ein Salamibrötchen biss.

»Schwester Anna, wo befindet sich die Patientin Marianna Lowe?« Herrschte er sie an.

Die hagere Stationsschwester verschluckte sich fast, als sie dem Arzt mit vollem Mund antwortete.

»Sie wollte in die Cafeteria.«

»Danke.« Er holte den Hauptkommissar ab und sie eilten in die Cafeteria.

Erleichtert atmeten beide Männer auf, als sie Marianna fanden. Sie saß an einem Tisch am Fenster und gönnte sich einen Kaffee.

»Dürfen wir Ihnen Gesellschaft leisten, Marianna.« Dr. Zerva lächelte sie freundlich an, sie nickte.

»Ihr erster Kaffee seit Langem?« Held versuchte, sie in ein Gespräch zu verwickeln.

Sie genoss den Duft der Röstaromen und stellte den Becher vorsichtig ab, so als wolle sie nicht einen Tropfen davon verschütten.

»Hauptkommissar Held hat noch ein paar Fragen an Sie. Wären Sie bereit, ihm zu helfen?«

Sie blickte Held aus erschöpften Augen an. Sie hatte noch keinen Schluck des belebenden Getränkes genommen.

»Wir kommen in Ihrem Fall leider nicht weiter. Vielleicht hätten Sie noch den einen oder anderen Hinweis, den wir verfolgen könnten«, erläuterte er sachlich die Situation der Polizei.

Marianna schaute zum Doktor, der ihr zuversichtlich zunickte, und blickte dann Held an.

»Ich will es versuchen.« Ihre Stimme klang matt.

»Marianna, erinnern Sie sich an den Wagen, den die Entführer benutzt hatten?«

Sie starrte in den Raum hinein, als ob die Bilder sich vor ihr wie in einem Film erneut abspielten.

»Sie fuhren einen weißen Lieferwagen, als sie mich entf... mitnahmen.« Ihr Herzschlag erhöhte sich, und ihre Hand begann leicht zu zittern. Sie legte den verletzten Arm darüber, um ihre Angst zu kaschieren.

Held führte seine Hand über ihre und legte den bandagierten Arm behutsam auf den Tisch ab. Vorsichtig umfasste er ihre andere Hand und drückte sanft zu.

»Haben Sie keine Angst, Marianna. Hier sind Sie sicher. Niemand wird Ihnen etwas antun.«

Sie schloss die Augen und atmete einige Male tief durch.

»Einen weißen Lieferwagen, also. Hm. Können Sie sich vielleicht noch an das Kennzeichen erinnern?«

Sie schüttelte den Kopf. »Ich habe Ihnen doch schon alles gesagt, was ich weiß.« Ihr Geist weigerte sich, diese unliebsame Erfahrung immer wieder neu zu durchleben.

»Bitte, Marianna. Manchmal erinnert man sich erst später an weitere Details. Versuchen Sie es«, bat er sie in einem besänftigendem Ton.

Sie presste die Lippen aufeinander und zwang sich zu einer Antwort.

»Es war früh morgens und es hatte geschneit. Ich dachte, der Wagen hätte eine Reifenpanne, denn das Reserverad lag mitten auf dem Bürgersteig und damit mir im Weg. Ich wollte keinen Bogen machen, als ich drübersprigen ... dann ... er packte mich ... und ...« Immer wieder brach ihr die Stimme weg. Mariannas Blick schweifte ins Nichts, sie schien durch den Arzt hindurchzusehen, während sie sich in die Vergangenheit zurückzuversetzen schien.

»Schon gut, Marianna. Sie machen das sehr gut.« Erleichtert stellte er fest, dass sie sich gut unter Kontrolle hatte. Auch der Doktor schien sie nicht unterbrechen zu wollen. Er war froh, dass sie endlich über ihre Entführung sprach. Je mehr er erfuhr, desto eher konnten sie ihr helfen.

»Also ein weißer Lieferwagen«, wiederholte Held und zog seinen Notizblock und Bleistift hervor, indem er sich alles notierte. Dann schaute er wieder auf.

»Die Marke, vielleicht?«

»Nein. Ich kenne mich damit nicht aus. Bei der Übergabe bin ich in einem dunklen SUV, ich glaube, so nennt man diese hohen Autos, gefahren.«

»Übergabe? Gab es eine Lösegeldforderung?« Er sah sie überrascht an, denn dieses Detail war ihm noch nicht bekannt.

»Meine Mutter hatte nicht die geforderte Summe dabei. Sie hat mich einfach im Stich gelassen.« Sie vergrub den Kopf in den Händen und weinte.

Held lehnte sich zurück und atmete einmal heftig durch den Mund aus, sodass ein leiser Pfiff erklang.

»Wieso besucht meine Mutter mich nicht?« Schluchzte sie in ihre Hand hinein.

»Marianna.« Er legte seine Hand auf ihre Schulter und strich sanft über ihren Oberarm. »Ihre Mutter ist noch immer in der Klinik. Nachdem sie erfahren hat, dass sie leben, begann sich ihr Zustand wieder zu bessern, doch leider konnten die Kollegen bisher nicht mit ihr sprechen. Sie hatte sich geweigert, über die Entführung etwas zu sagen. Ihre Großmutter ist seit zwei Tagen bei ihr und kümmert sich um sie, so gut es geht. Wissen Sie, warum Ihre Mutter die Aussage verweigert?«

Marianna blickte unter Tränen auf.

»Meine Oma ist bei meiner Mutter?« Eine Welt brach für sie zusammen. Wieso hatte Oma Olga sie nicht wenigstens einmal angerufen? Sich nach ihrem Befinden erkundigt?

Held hatte das Gefühl, sie würde ihm gleich wieder entgleiten. »Sie erwähnten eben eine Lösegeldforderung. Jetzt setzt sich wenigstens ein Teil des Puzzles zusammen. Wie hoch war die Lösegeldsumme?«

»Einhunderttausend Euro.« Mariannas Stimme war nur noch ein Flüstern.

Held stutzte. »Wie wollte Ihre Mutter diese hohe Summe aufbringen?«

Sie zuckte mit den Schultern. Der Ausdruck in ihrem Gesicht begann sich in eine Maske zu verwandeln.

Auf Dr. Zervas Stirn bildete sich eine Sorgenfalte.

»Waren das Ihre Fragen?« Ging der Doktor dazwischen.

Held überlegte kurz und presste die Lippen aufeinander.

Immer wieder wiegte Marianna ihren Oberkörper vor und zurück, während ihr Blick in einen Raum ging, den nur sie sehen konnte. In ihrem jetzigen Zustand war es dem Beamten nicht mehr möglich, sie nach ihrem Verhältnis zur Mutter oder Großmutter zu befragen. Dafür würde er nochmals die Kollegen in Hamburg um Hilfe bitten müssen. Sie sollten sich mit der Großmutter kurzschließen und sie über diesen Fall befragen.

»Ja. Vielen Dank, Marianna.«

Er erhob sich. »Dr. Zerva. Danke, dass Sie mir erlaubt haben noch einmal mit Marianna zu sprechen. Und Marianna ...« Ein besorgter Ausdruck huschte über sein Gesicht, während er die junge Frau von oben herab kurz beobachtete, doch sie schenkte ihm keine Aufmerksamkeit. »Vielen Dank, dass ich Sie noch einmal bemühen durfte. Auf Wiedersehen.« Er reichte ihr die Hand zum Abschied, doch sie ergriff sie nicht, sondern starrte nur ins Leere.

»Ich wünsche Ihnen weiterhin viel Kraft, und dass Sie das bald alles hinter sich lassen können.«

Als er die Klinik verließ und zum Parkplatz ging, fuhr eine schwarze Limousine mit dunkel getönten Scheiben vor und parkte nur wenige Meter von ihm entfernt auf einem freien Parkplatz.

Der Beamte verlangsamte seine Schritte und beobachtete, was in der Limousine vor sich ging, doch er konnte aufgrund der dunklen Scheiben nichts erkennen. Auch nach fünf Minuten stieg niemand aus. Er zückte wieder sein kleines ledernes Buch und notierte sich das Kennzeichen, bevor er in seinen Wagen stieg und davonfuhr.

Gefährlicher Besuch

2. Februar - Heidekreis Klinikum

Als Marianna zurück auf ihr Zimmer ging, kamen ihr drei Männer auf dem Korridor entgegen. Zwei von ihnen wirkten wie Personenschützer. Der eine war Hoch gewachsen, der andere nur wenig kleiner. Beide hatten breite Schultern. In steifer Haltung flankierten sie den älteren Mann. Der größere von den beiden war dunkelblond, der andere hatte den Kopf glatt rasiert. Sie trugen dunkle Anzüge mit Sonnenbrillen. Es kam ihr seltsam vor, dass jemand im Winter eine Sonnenbrille trug. Den Mann in ihrer Mitte schätzte sie um die sechzig Jahre. Er war vielleicht einen Meter fünfundsechzig groß, schlank und hatte braunes, kurzgewelltes Haar, das an den Schläfen ergraut war. Seine leicht gebräunte Haut gab ihm ein gesundes Aussehen. Nur die runde Gesichtsform wollte so gar nicht zum Rest seines schlanken Körperbaus passen. Als er Marianna erblickte, lächelte er.

»Marianna! Da bist du ja. Wir haben dich schon überall gesucht.«

Sie bemerkte sofort seinen starken Akzent und blieb abrupt stehen. Ihre Knie begannen zu zittern. Ängstlich drehte sie sich um und wollte davonlaufen, doch die Männer im dunklen Anzug hatten sie bereits eingeholt. Der Blonde ergriff sie am Arm und hinderte sie am Fortlaufen. Sein Griff war fest, doch er tat ihr nicht weh. Es war für ihn ein Leichtes, mit seiner Hand ihren dünnen Oberarm zu umfassen. Sie versuchte verzweifelt, sich aus der Umklammerung zu winden.

»Bitte. Ich habe nichts gesagt. Zu niemanden. Auch nicht zur Polizei. Wirklich! Ich schwöre. Das können Sie mir glauben!« Wimmerte sie, noch immer bemüht, sich loszureißen.

Zwischenzeitlich war auch der andere Bodyguard neben sie getreten und alle drei Männer hatten sie nun eingekreist. Durch ihre ungelenken Befreiungsversuche streifte ihre verbundene Hand das Jackett des dunkelblonden Hünen. Der Verband heftete sich an dem Stoff, sodass sich eine Seite des Jacketts öffnete.

Kurz blitzte der silberne Griff einer Waffe auf. Marianna stoppte ihr Tun und blieb wie erstarrt stehen. Sofort verdeckte er die Waffe, in dem er sich das Jackett wieder ordentlich zurechtrückte. Ihr Blick wanderte zwischen den Fremden hin und her. Sie hoffte, irgendjemand vom Krankenhauspersonal hätte sie gehört, doch es hatte den Anschein, als wäre die diensthabende Schwester gerade mit einem anderen Patienten beschäftigt. Auf jeden Fall war sie nicht in ihrer unmittelbaren Nähe, sonst hätte sie Mariannas Stimme hören müssen.

Der Ältere runzelte die Stirn. Kurz huschte ein besorgter Ausdruck über sein Gesicht, der sich jedoch ebenso schnell wieder verflüchtigte.

»Marianna. Was ist los mit dir? Komm. Gehen wir ins Zimmer. Dort können wir ungestört reden«, forderte er sie in ruhigem Ton auf. Er gab dem blonden Gorilla ein Zeichen, sie loszulassen, und der befolgte den Befehl, ohne zu zögern oder eine Miene zu verziehen. Fassungslos stand sie da, unfähig auch nur einen Schritt zu machen.

Der andere Gorilla hielt die Tür auf und der ältere Herr forderte sie freundlich auf, ins Zimmer zu gehen.

»Bitte, meine Liebe. Nach dir.«

Langsam und ängstlich um sich blickend betrat sie ihr Zimmer. Der ältere Mann schloss die Tür hinter sich und die dunklen Gestalten blieben vor der Tür stehen und beachten den Korridor.

Er führte sie zum Bett und bat sie mit einer

Handbewegung, darauf Platz zu nehmen. Sie kam seiner Aufforderung wortlos nach und setzte sich fast in die Mitte des Bettes, sodass ihre Füße den Boden nicht mehr berührten. Sie wusste, ein Fluchtversuch wäre sinnlos gewesen. Ihr Zimmer lag im vierten Stock des Krankenhauses. Ein Sprung aus dem Fenster wäre nicht nur töricht, sondern hätte schlimme Folgen nach sich gezogen. Die ganze Zeit über schaute sie ihn nicht an. Stattdessen sah sie nur verstohlen auf ihre Hände.

Als er den Stuhl nahm und sich ihr gegenübersetzte, begann ihr Körper zu zittern.

»Kennst du mich denn nicht mehr?« Sein enttäuschter Ton ließ sie kurz aufblicken, doch sie senkte sofort wieder den Kopf und schüttelte ihn kaum merklich.

»Hm«, nickte er bedächtig. »Es ist schon lange her, Marianna. Du warst noch sehr klein, als wir uns begegnet sind. Ich erinnere mich noch genau an dein süßes Lächeln, als du in meinen Armen lagst. Ich bin dein Onkel Boboka, der Bruder deines Vaters. Du darfst mich gern Onkel Bobo nennen.«

Sie blickte überrascht auf und sah ihn sanft lächeln.

»Mein Onkel?« Sie glaubte ihm kein Wort. Ihre Mutter hatte nie etwas von einem Onkel erzählt.

»Richtig.«

Erneut erschauderte ihr Körper; er betrachtete diese Reaktion mit Sorge.

»Wer hat dir das angetan, Marianna? Was haben sie mit dir gemacht?« Er nahm ihre verbundene Hand und drehte sie behutsam herum, während er sie sich genauer begutachtete.

Marianna bekam es mit der Angst zu tun. Würde er ihr Schmerzen bereiten? Erneut wiegte sie ihren Oberkörper vor und zurück, sodass Boboka sich neben sie auf die Bettkante setzte und seinen Arm um ihre Schulter legte. Eine Träne tropfte herunter und traf auf den Verband.

Er zückte ein Taschentuch und legte es in ihren Schoß.

»Erzähl es mir. Du kannst mir vertrauen.«

Sie schluckte mehrmals.

»Mama hat nie etwas von einem Onkel erzählt. Seit mein Vater verschwunden ist, hat sie die Erinnerung an ihn einfach ausgelöscht. Schließlich hat er sich nie bei uns oder bei mir gemeldet. Ich weiß noch nicht einmal, ob er noch lebt.« Sie trocknete sich die Tränen mit ihrem Arm ab.

Boboka seufzte.

»Dein Vater ist ein mächtiger Mann. Entgegen aller Gerüchte ist er am Leben. Er sorgt sich um dich, Marianna. Die vielen Jahre über hat er dich nie ganz aus den Augen verloren. Er wäre gern selbst gekommen ...« Boboka überlegte, wie er fortfahren sollte.

»Doch momentan lassen die Umstände es nicht zu. Er möchte, dass es dir gut geht.«

»Was soll das bedeuten?« Hoffnung keimte auf, Boboka bemerkte die Veränderung in ihr, und seine Mundwinkel umspielte erneut ein Lächeln.

»Erzähl deinem Onkel Bobo, was passiert ist.«

Sie zögerte, da sie noch nicht glauben konnte, dass sie einen Onkel hatte und ihr Vater sich nun nach ihrem Befinden erkundigte. Erst jetzt wurde ihr bewusst, dass er sie von Anfang an bei ihrem Namen gerufen hat. Wenn er kein Bekannter wäre, woher hatte er ihren Namen wissen können? Sie schöpfte etwas Mut.

»Woher weiß mein Vater, dass ich hier bin?«

»Deine Großmutter hat ihn informiert.«

»Oma?« Ihr überraschter Ausdruck ließ ihn auflachen. Es war ein herzliches Lachen, das Marianna verwirrte.

»Wer denn sonst? Schließlich hatte sie damals deinen Vater und deine Mutter verkuppelt.«

Marianna schüttelte den Kopf. Da musste eine Verwechslung vorliegen.

»Woher kannte Oma ...« Sie stockte und blickte in sein

amüsiertes Gesicht.

»Das kann Olga dir selbst erzählen. Jetzt kümmern wir uns erst einmal um dich.« Seine Miene wurde ernst. »Weißt du, wer dich entführt hat?«

Verschämt blickte sie nach unten.

»Ich kannte die Männer nicht. Es war eine Verwechslung.«

»Hm. Eine Verwechslung? Ich denke nicht. Das wollten sie dir nur Glauben machen. Also. Wie sahen sie aus und wie waren ihre Namen?«

Sie zuckte mit den Schultern. »Ich konnte ihre Gesichter nicht sehen, da sie immer maskiert waren. Der eine war riesengroß und stark, mit einem Akzent. Der andere hatte meine Größe und war untersetzt. Und Namen, nun die haben sie fast täglich nach dem Alphabet gewechselt.«

Er nickte allwissend. »Licas und Maik«, zischte er zwischen zusammengepressten Zähnen hervor.

»Sie kennen die Kerle?«

Boboka presste die Lippen aufeinander, was Marianna dazu veranlasste wieder verschüchtert nach unten zu schauen.

»Du darfst mich gern duzen. Ich bin dein Onkel Bobo. Wirklich. Oder glaubst du mir etwa nicht, Marianna?«

Sie saß nur still da. Sie wusste nicht, ob sie ihm trauen oder gar vertrauen sollte. Doch was hatte sie schon zu verlieren? Bis jetzt war er nett zu ihr gewesen. Oder hatten die Entführer jemanden geschickt, um sie zu testen? Damit sie sicher gehen konnten, dass sie wirklich mit niemanden darüber sprach?

»Wer sind Licas und Maik? Woher kennst du sie?« Unsicherheit schwang in ihrer Frage. Sie war sich nicht sicher, ob sie die Antwort hören wollte, doch ihre Neugierde war stärker. Jetzt war es zu spät. Sie hatte sich auf das Gespräch eingelassen. Marianna spürte, wie ihr Herzschlag sich beschleunigte, und musste ihre Nervosität herunterschlucken.

»Sie arbeiten für die Organisation. Meistens entführen sie Mädchen oder junge Frauen und erpressen Lösegeld. Sie sind keine sehr großen Fische, doch Licas ist als äußerst brutal bekannt. Er hatte früher in den Käfigen in Russland gekämpft, und keiner seiner Gegner war nach dem Kampf in der Lage, die Kampffläche ohne fremde Hilfe zu verlassen.«

Marianna erschauderte und fasste sich an die Wange, während sein Gesicht sich in eine besorgte Miene verwandelte. »Und wenn ich mir dich so ansehe, hast du mit ihm näher Bekanntschaft gemacht, als mir lieb ist. Das wird deinem Vater ...« Er beendete diesen Satz nicht.

»Haben sie dich unsittlich angefasst?«

Sie schüttelte heftig den Kopf und ein ängstlicher Ausdruck trat in ihre Augen.

»Nein!«

Ihre Verzweiflung schmerzte ihn in der Seele. Er nahm sie vorsichtig in seinen Arm und tröstete sie, indem er ihr sanft über das Haar strich. Es tat ihr gut, jemanden um sich zu haben, auch wenn er ihr fremd war. Immerhin schien er sich wirklich um sie zu sorgen.

»Wo ist mein Vater jetzt?«

»Er ist noch in Constanţa. Vorläufig kann er nicht herkommen. Er vermisst seine Familie sehr. Als er damals gehen musste, hatte es ihm fast das Herz gebrochen. Er überlegt, ob er dich zu sich holen soll.«

»Wieso hatte er uns einfach so verlassen und sich nie gemeldet?« Sie blickte ihren Onkel traurig an.

Er kniff die Lippen zusammen, als wollte er nicht darüber sprechen, änderte aber seine Meinung.

»Er wollte euch beschützen. Dich und deine Mutter. Dafür musste er ins Ausland fliehen und seine Familie zurücklassen. Joska ...« Er hielt kurz inne, als würde er es sich noch einmal überlegen, fuhr dann jedoch unvermittelt fort. »... konnte keinen Kontakt zu euch aufnehmen, um euch nicht in Gefahr zu bringen. Er hat Lene und dich sehr geliebt. Und tut es immer noch.« Er machte eine Pause um ihre Reaktion abzuwarten, doch sie sah ihn aus ausdruckslosen Augen an.

»Weißt du, was mit deiner Mutter geschehen ist?«

»Sie soll auch in einem Krankenhaus sein«, bemerkte Marianna leise.

»Das haben wir auch schon herausgefunden. Sie ist sogar in einer geschlossenen Abteilung untergebracht. Und wir kommen leider nicht an sie heran. Deine Großmutter ist Tag und Nacht bei ihr. Wir werden deine Oma Olga aufsuchen und so versuchen, mit Lene in Kontakt zu treten.«

Ihre fahle Haut nahm langsam wieder Farbe an. Hoffnung, dass vielleicht bald alles in Ordnung kommen würde, machte sich in ihr breit.

Mariannas Gedanken wurden von einem Telefonklingeln unterbrochen. Boboka ging an sein Handy.

»Ce este? Da!« Er machte eine Handbewegung, die ihr andeutete im Zimmer zu bleiben, während er nach draußen ging, um zu telefonieren.

Das Gespräch dauerte nicht lang, er kam zurück und sah sie an. Sie hatte sich nicht bewegt und saß noch immer wie ein verlorenes Kind auf dem Bett. In Gedanken versunken strich ihre gesunde Hand über den Verband. Sie hatte ihn noch nicht einmal bemerkt.

»Milosh! Vino imediat!«

Marianna zuckte zusammen. Der Gorilla mit dem dunkelblonden Haar betrat das Zimmer.

»Stai cu ea. Ai grijă de ea!« Der Befehlston war unmissverständlich, doch der Gorilla verzog keine Miene und antwortete mit einem knappen »Da.«

Sie wusste nicht, was ihr Onkel gesagt hatte, noch konnte sie die Sprache eindeutig identifizieren, doch sie vermutete, dass es irgendetwas Osteuropäisches war. Boboka wandte sich Marianna zu.

»Milosh wird bei dir bleiben und auf dich aufpassen. Niemand darf zu dir, außer dem Krankenhauspersonal.«

Schüchtern blickte sie auf und schaute den groß gewachsenen Mann verhalten an.

»Versteht er denn unsere Sprache?«

Ein erheitertes Grinsen überzog Bobokas Gesicht.

»Keine Angst. Er spricht sogar mehrere Sprachen.«

Er gab Marianna einen Kuss auf die Stirn.

»Bis bald, micuţa mea.«

Neue Befehle

3. Februar - Das Haus vom Boss

»Schaff mir sofort diese zwei Vollpfosten herbei!« Herrschte der Boss seinen Untergebenen an.

Der hagere junge Mann sah zu, dass er seinen Hintern so schnell wie möglich aus der Bibliothek entfernte.

»Jawohl Boss!« Rief er, noch bevor er die schwere Tür ins Schloss gleiten ließ.

Ungeduldig, die Hände hinter dem Rücken verschränkt, ging der Boss am Fenster auf und ab. Er hasste es zu warten. Und ganz besonders, wenn es um Licas und Maik ging. Diese beiden Idioten hatten in der letzten Zeit einfach zu viel Mist gebaut.

Es klopfte.

»Kommt rein! Ihr wisst ja wohl, wie man eine Tür öffnet«, donnerte es durch den Raum.

Licas öffnete die massive Tür und trat, gefolgt von Maik, ein. Beide sahen den schlanken Mann im maßgeschneiderten Anzug mit Rolex an. Trotz seiner fünfzig Jahre, hatte sich bereits ein dunkler Haarkranz auf seinem Kopf gebildet, der ihn älter aussehen ließ.

»Was gibt es? Ist die Polizei uns auf den Fersen?« Platzte Maik heraus.

»Verdammt. Ihr Hornochsen!« Der Boss schloss die Augen und ballte seine Hände zu Fäusten, als er sich den beiden zuwendete.

»Wir haben ein riesiges Problem!« Er atmete tief ein, und sein Brustkorb plusterte sich kurz auf, bevor er langsam wieder ausatmete.

Licas und Maik sahen, wie der Boss zur Schachtel auf dem Schreibtisch griff, sie öffnete und daraus ein Zigarillo hervorholte. Seine Hand wanderte in die Hosentasche und zog umständlich ein Päckchen Streichhölzer heraus, um den Zigarillo anzuzünden. Er nahm einen tiefen Zug und beim Ausblasen des Rauches blickte er einem nach dem anderen in die Augen. Trotz seiner lässigen Haltung war ihm die Anspannung anzusehen.

»Das Mädchen, diese Marianna ...« Er nahm einen weiteren Zug vom Zigarillo. »Mein Informant bei der Polizei hat mir gerade eine interessante Geschichte erzählt.«

Weder Maik noch Licas sagten etwas. Sie standen in der Mitte der Bibliothek und warteten geduldig, denn den Boss unterbrach man bei seinen Ausführungen nicht. Erneut zog er am Zigarillo.

»Es besteht der Verdacht, dass diese Marianna die Tochter von Cosmin Sujami ist.« Er pustete eine riesige Rauchwolke nach oben aus, die ihn beim Herabsinken zu verhüllen schien.

»Sujami hat eine Tochter?« Licas schüttelte ungläubig den Kopf.

Maik hob die Hand, als wolle er sich in der Schule melden. Fragend hob der Boss die Augenbrauen, während sein Blick Maik ernst musterte.

»Woher sollte er eine Tochter haben?« Maik rümpfte die Nase. »Ist sie aus einem Seitensprung entstanden? Und wer ist die Mutter? Doch nicht etwa die Frau, die nicht genügend Lösegeld auftreiben konnte? Zudem ist dieser Cosmin doch seit vielen Jahren tot.«

Der Boss strich die Asche seines Zigarillos ab. »Angeblich tot«, korrigierte der Boss ihn barsch. »Aktuelle Gerüchte besagen, dass das Oberhaupt der Liga Marea Neagrǎl noch am Leben ist. Die Polizei versucht ebenfalls, ihn zu finden.«

»Die Liga Marea Ne ... Was heißt das?« Wiederholte

Maik mit einem dicken Fragezeichen im Gesicht. »Ich spreche schließlich kein fremdländisch.«

»Die ›Black Sea Liga‹ oder für dich Analphabeten übersetzt die ›Schwarz-Meer-Liga‹, du Blödmann«, klärte Licas ihn auf, während er es sich in dem Ledersessel mit der hohen Rückenlehne bequem machte und sein linkes Bein über das Rechte schlug.

Maik plusterte die Backen auf. »Oh, scheiße!«

»Wie sicher ist die Information, dass Cosmin noch am Leben ist?« Fragte Licas.

»Kann ich noch nicht sagen. Das wird noch untersucht«, entgegnete er gereizt.

»Was machen wir jetzt, Boss?« Licas schien nicht im geringsten beunruhigt über die Möglichkeit, dass sie vielleicht die Tochter eines gefürchteten Feindes in den Fängen hatten. So lange es keine Sicherheit gab, machte er sich keine Gedanken. Es wäre reinste Zeitverschwendung.

Maik wagte es nicht, mehr zu diesem Gespräch beizutragen, und hielt sich erst einmal mit seinen Kommentaren zurück, während er sich unauffällig zum Sessel begab und neben Licas stehen blieb. Er wollte so viel Abstand wie nur möglich zwischen sich und dem Boss wissen.

»Das Mädchen befindet sich in der Klinik in Soltau. Schafft sie mir herbei. Mit ihr hätten wir einen guten Trumpf in der Hand. Boboka wird uns bestimmt einen Geschäftszweig übertragen, im Austausch für diese Marianna. Neueste Informationen besagen, dass er plötzlich Interesse an ihr gezeigt hat. Wer weiß, was da dran ist und wozu das gut sein wird? Womöglich können wir einen Nutzen daraus ziehen.« Er rieb sich die Hände und Licas sah die Gedanken förmlich über die Stirn vom Boss huschen.

»Doch diesmal behandelt sie anständig. Wenn sie tatsächlich Sujamis Tochter ist und ihr irgendwas angetan wird, lässt Boboka seine Wut an dem Verursacher aus. Und glaubt mir, das wollt ihr nicht über euch ergehen lassen. Die Liga Marea Neagräl ist für ihre langsamen Foltermethoden berüchtigt.«

»Was ist mit dem anderen Mädchen?« Fragte Maik.

Der Boss wischte sich mit der Hand über seinen Bartschatten, sodass man das Kratzen hören konnte.

»Die Übergabe soll morgen stattfinden. Bereitet alles vor. Danach kümmert ihr euch um diese Marianna. Wir müssen schneller handeln als sonst. Vermutlich plant Boboka bereits, sie ins Ausland zu bringen.«

»Verstanden«, kam es wie aus einem Mund von Licas und Maik.

Brüder unter sich

4. Februar - Constanţa, Primăria Poarta Albă

Als Boboka auf dem Flughafen in Constanţa ankam und die Treppe des Fliegers hinabstieg, erwarteten ihn bereits seine Begleiter. Er stieg in den schwarzen BMW 760 Li ein. Die gepanzerte Limousine setzte sich in Bewegung und sie verließen das Flughafengelände und Constanţa.

Der Fahrer fuhr einige Umwege, um sicherzugehen, dass ihnen niemand folgte. Heute verlief die Fahrt ohne Zwischenfälle. Noch nicht einmal ein Paparazzi war zu sehen.

Nachdem der Wagen das Eisentor passiert hatte, erreichten sie die gesicherte Primăria Poarta Albă. Von dort aus hatten sie einen guten Überblick über die Straße und die Umgebung. Niemand vermutete, dass sich hier der führende Kopf der Liga Marea Neagrăl versteckt hielt.

Kaum war Boboka durch die Tür, wurde er aufs Herzlichste begrüßt.

»Bobo! Du bist endlich zurück. Hast du gute Neuigkeiten für mich?«

»Joska. Bruder! Lass dich drücken!«

»Du weißt, du sollst mich nicht mehr so nennen. Joska Adonay ist bei dem Anschlag gestorben. Denk daran, wenn du mich das nächste Mal bei meinem Namen nennst!«

Boboka ließ sich jedoch nicht beirren. Die beiden Männer umarmten sich und klopften sich gegenseitig auf die Schulter.

»Komm mit ins Wohnzimmer und erzähle mir alles über Marianna. Ich will jedes noch so kleine Detail wissen.«

Im Wohnzimmer schenkte Cosmin ihnen ein Glas selbst gebrannten Țuică ein.

»Erzähl.« Cosmin war aufgeregt wie ein kleines Kind. Viel zu lange musste er sich wegen seiner Tochter bedeckt halten.

Die letzten fünfzehn Jahre waren nicht spurlos an ihm vorbeigegangen. Gern hätte er seine Frau und seine Tochter um sich gehabt, bei ihnen Halt und Trost gesucht, doch seine Stellung erlaubte es ihm nicht. Die Gefahr war sein ständiger Begleiter und der Tod immer in seiner Nähe, weshalb er seinen Namen in Cosmin Sujami änderte. Nachdem er einen Bombenanschlag knapp überlebte, zog er sich vorerst zurück und täuschte seinen Tod vor. Das gab ihm die Gelegenheit, den Mädchenhandel endgültig unter seine Kontrolle zu bringen. Doch das war auch der Grund, weshalb seine Frau Lene nichts mehr mit ihm zu tun haben wollte. Sie ahnte schon damals etwas und das plötzliche Abtauchen ihres Mannes gab ihr die Gewissheit. Lene brach den Kontakt ab, und untersagte ihm jeglichen Kontakt zu ihrer Tochter. Nach vielen Jahren des Versteckens nahm er den Kontakt mit Olga auf. Seit dem telefonierten sie gelegentlich miteinander, sodass Cosmin über Lene und Marianna im Bilde war. Olga tat dies nur zu gern, ihrer Enkelin zu Liebe. Die Hoffnung, dass Vater und Tochter eines Tages wieder vereint sein würden, ließ die alte Dame darüber hinwegkommen, dass sie ihrer eigenen Tochter nichts erzählen durfte. Sie hoffte, dass die Zeit die Wunden heilen würde.

»Marianna. Sie ist ein sehr hübsches Mädchen geworden. Man sollte sie nicht so ohne Weiteres aus den Augen lassen«, zwinkerte er seinem Bruder zu.

»Sie kommt nach ihrer Mutter. Was konntest du noch in Erfahrung bringen?«

Boboka senkte den Blick. Er überlegte, wie er es seinem Bruder schonend beibringen konnte.

»Nun, das sind jetzt unangenehme Nachrichten. Lene ist in einer psychiatrischen Klinik. Leider konnte ich sie nicht sehen. Man ließ uns nicht zu ihr.«

»Sie will noch immer nichts mit uns tun haben«, sinnierte Cosmin und strich sich dabei mit der Hand durch den Bart.

»Sie hat uns noch nicht verziehen, Bruder. Olga ist die meiste Zeit bei Lene und achtet auf sie. Doch auch sie nimmt das alles ziemlich mit und es nagt an ihrer Gesundheit. Mariannas Entführung hat sie noch gar nicht richtig verarbeiten können, da sie mit Lene viel um die Ohren hat.«

Cosmin wurde ernst. »Wie steht es um Marianna?«

Boboka zog die Stirn in Falten und reichte seinem Bruder das leere Glas, damit er es wieder füllte. Er sah keine Möglichkeit, es ihm schonend beizubringen.

»Sie ist Licas in die Hände gefallen.«

Cosmins Gesichtszüge verhärteten sich. »Hat er ...?«

Boboka schüttelte den Kopf. »Marianna versicherte mir ... nein.« Er schluckte. »Doch er hat ihr auf seine unverkennbare Art übel mitgespielt, sie verprügelt. Die Polizei fand sie in einem Kellerverlies, wie einen räudigen Hund an der Wand angekettet. Sie wollten Marianna elend verhungern und verdursten lassen. Sie wurde gerade noch rechtzeitig gefunden.«

Cosmin schoss vom Sofa hoch, während er seine Fäuste ballte und die Zornesröte ihm ins Gesicht stieg.

»Unchiule, el o sa mă roage sa-l iert!«

»Damit er dich um Gnade anwinseln kann, müssen wir ihn erst einmal haben. Du weißt, er ist nicht so einfach zu fassen. Licas ist nicht dumm.«

Cosmin feuerte sein Glas in die Ecke, sodass es zu Bruch ging.

»Bobo, bring ihn mir. Du hast freie Hand. Aber ich will ihn lebend. Diesen Hund nehme ich mir persönlich vor. El va ispăși!«

»Ich bin froh, dass ich dein Bruder und nicht dein Feind bin.« Er leerte erneut das Glas.

Überraschende Erkenntnis

4. Februar - LKA Hannover

Dr. Vera Simms erzählte Held alles, was sie über die Liga Marea Neagrăl wusste. Held wunderte sich über die tiefschürfenden Kenntnisse, die Dr. Simms im Bezug auf den Mädchenhandel hatte, ging jedoch nicht näher darauf ein. Er wollte den Fokus nicht aus den Augen verlieren und erst einmal herausfinden, welche Rolle Marianna Lowe in diesem Konstrukt spielte. Noch immer ergaben die Aussagen keinen Sinn. Auch die Kollegen der Hamburger Polizei stocherten im Dunkeln. Sowohl Lene Lowe als auch Olga Teslov hielten sich sehr bedeckt. Während Lene Lowe nach dem Nervenzusammenbruch noch immer nicht ansprechbar war, hatten die Beamten den Eindruck, dass Frau Teslov sich mit Altersdemenz heraus redete. Da man ihr dies jedoch nicht nachweisen konnte und sie keine Verdächtige war, waren der Polizei die Hände gebunden.

Zwischenzeitlich hatten die Experten das Foto mit dem Bild aus der rumänischen Zeitung verglichen. Viele Merkmale sprachen dafür, dass beide Personen identisch waren. Nur konnte das Labor es nicht zu einhundert Prozent bestätigen, da die Qualität der Aufnahmen im Laufe der Zeit gelitten hatten.
Die Vermutung, dass Joska Adonay und Cosmin Sujami ein und dieselbe Person war, erhärtete sich dennoch.

»Ach ja, Porter, würden Sie für mich bitte dieses Kennzeichen einmal überprüfen. Sobald Sie die Information haben, wem der Wagen gehört, geben Sie mit bitte umgehend Bescheid.« Er gab der jungen Beamtin den

Zettel, auf dem er das Kennzeichen der Limousine notiert hatte.

»Geht in Ordnung. Wo kann ich Sie erreichen, Hauptkommissar Held?«

»Am besten rufen Sie mich auf dem Handy an, denn ich bin gleich wieder unterwegs.«

Die Beamtin nickte und machte sich ohne Umschweife daran, die geforderten Informationen zu besorgen.

»Ich werde noch einmal zu Marianna fahren, um mit ihr über ihren Vater zu sprechen. Begleiten Sie mich, Dr. Simms?«

»Das lasse ich mir um nichts in der Welt entgehen.«

***

Als sie in den Korridor zu Mariannas Zimmer bogen, fiel ihnen sofort der Mann vor ihrer Tür auf. Sie wollten hineingehen, doch er versperrte ihnen den Zugang.

Der Kommissar zückte seine Marke.

»Ich bin Hauptkommissar Held, und das ist meine Kollegin, die Polizeipsychologin Dr. Simms. Wir möchten zu Marianna Lowe. Also lassen Sie uns bitte durch.«

Der ein Meter neunzig große Türsteher schüttelte den Kopf.

»Tut mir leid. Doch außer dem Krankenhauspersonal hat niemand Zutritt zu diesem Zimmer. Anordnung des Arztes.« Er verschränkte die Arme vor der Brust und wirkte so noch bulliger.

»Darf ich Ihren Personalausweis sehen?« Held wurde langsam ungeduldig. »Wie heißen Sie?«

»Milosh Majoré«, entgegnete er knapp.

»Rumäne?« Der Kommissar wollte ihm gern in die Augen blicken, doch die verspiegelte Sonnenbrille hinderte ihn daran.

Milosh nickte einmal. Er griff in die Innentasche seines

Jacketts, zog eine Brieftasche hervor und entnahm ihr einen Ausweis, den er Held reichte. Held nahm den Ausweis und las den Namen, als das Handy klingelte.

»Held. Ja?« Er gab dem Leibwächter den Ausweis zurück. »Verstehe. Ja. Aha. Wer hat es gemietet? Aha. Und wo ist der Wagen jetzt? In Ordnung. Vielen Dank, Porter.« Er legte auf.

»Was hat sie heraus bekommen?« Dr. Simms war gespannt wie ein Flitzebogen.

»Kommen Sie, Dr. Simms. Gehen wir in die Cafeteria.«

»Sie glauben doch nicht wirklich, dass Dr. Zerva diesen Bodyguard bestellt hat?« Ungläubig blickte sie zurück.

»Nicht hier«, zischte Held.

Sie bestellten sich einen Kaffee, bevor Held sie aufklärte.

»Der Wagen gehört einer Autovermietung. Heute Morgen wurde er wieder zurückgebracht. Gemietet hatte ihn unser besonderer Freund, der uns nicht zu Marianna lässt. Zumindest lief der Mietvertrag auf seinem Namen. Nur gehe ich davon aus, dass unser Freund die letzte Nacht vor Mariannas Tür verbracht hat.«

Dr. Simms hörte aufmerksam zu, dabei verselbstständigten sich ihre Gedanken.

»Da er Rumäne ist, sprechen doch alle Zeichen dafür, dass ihr Vater die Finger mit im Spiel haben könnte«, sprach Dr. Simms ihren Gedanken laut aus.

»Ich schicke die Information an Porter. Vielleicht findet sie mehr über diesen Milosh Majoré heraus.« Er sandte eine SMS an das Polizeirevier.

»Wir sollten trotzdem noch einmal versuchen mit Marianna zu sprechen.« Die Psychologin erhob sich. Auf ihren Weg nach draußen räumte sie das benutzte Geschirr auf dem halbvollen Abstellwagen. »Kommen Sie oder haben Sie bereits aufgegeben?«

Sein Herzschlag beschleunigte sich kurz. Diese Frau konnte mit ihrer spitzen Zunge einen Mann in den Wahnsinn treiben.

»Wenn Sie meinen, dass Sie mehr Glück haben und sich über ärztliche Anordnungen hinwegsetzen können, versuchen wir es. Schließlich haben wir nichts zu verlieren«, presste er hervor und seine Lippen verwandelten sich in einen schmalen Streifen.

Dr. Simms lächelte siegesgewiss. »Oder ich spreche mit dem Arzt. Unter Kollegen lässt sich bestimmt etwas regeln.«

Als sie in der Eingangshalle ankamen, änderte Dr. Simms plötzlich die Richtung und steuerte direkt auf den Informationstresen zu. Es herrschte reges Treiben. Patienten, die ihrem Laster nachgingen und mit anderen draußen vor der Tür standen, um eine zu rauchen, schienen mit Gesprächen über ihre Krankheiten beschäftigt. Wenn man durch den Haupteingang kam, lag zur linken Seite der Informationstresen.

Die diensthabende Schwester telefonierte gerade, als Dr. Simms sich einfach hinter den Tresen begab. Die Psychologin wollte den Terminkalender an sich nehmen, als die magere Schwester den Hörer hastig auflegte und vom Stuhl aufsprang.

»Verzeihen Sie. Aber Sie dürfen sich hier nicht aufhalten!« Die Lippen der Schwester waren von Natur aus so schmal, dass sie komplett verschwanden, als sie diese zusammenpresste.

»Schwester …« Sie las den Namen auf dem Schild über ihrer linken Brust. »… Nina, ich muss mit Dr. Zerva sprechen. Bitte rufen Sie ihn für Dr. Vera Simms aus.«

Der Schwester klappte die Kinnlade herunter.

»Sie sind Ärztin?« Entfuhr es ihr schrill. »Entschuldigen Sie, bitte. Das wusste ich nicht. Dr. Zerva hatte nichts gesagt.« Peinlich berührt durchwühlten ihre dünnen Finger diverse lose Zettel, die vor ihr auf dem Tisch verteilt herumlagen, doch sie fand nicht, wonach sie suchte. Ein Zettel rutschte ihr aus der Hand und fiel herunter. Als sie sich wieder aufrichtete, nachdem sie den Zettel aufgehoben hatte, wurde das Rot auf ihren knochigen Wangen noch dunkler.

»Dr. Zerva weiß nichts von meinem Besuch. Der Hauptkommissar und ich müssen zu einer Patientin. Ihr Name ist Marianna Lowe. Vor ihrer Tür hält ein Gorilla Wache und lässt uns nicht zu ihr. Angeblich auf ärztliche Anordnung hin.«

Schwester Nina sah überrascht auf.

»Sie reden von der speziellen Patientin ...«, entgegnete sie kleinlaut.

»Was ist mit dem diensthabenden Arzt? Kann er uns Einlass gewähren?«

»Soweit mir bekannt ist, lässt der Türsteher nur noch Dr. Zerva hinein. Das Krankenhauspersonal darf auch nur in Ausnahmefällen zu ihr. Jedem anderen ist der Zutritt untersagt. Aber Dr. Zerva ist nicht mehr im Haus.« Sie nahm den Telefonhörer ab. »Soll ich den Doktor anrufen und ihn bitten hierher zu kommen?«

Dr. Simms und Held blickten sich kurz an.

»Wann könnte er denn hier sein?« Meldete sich nun Held zu Wort, während er seinen rechten Arm lässig auf dem Tresen ablegte. Er kannte das Spiel, das Dr. Simms gerade einleitete. Daher ließ er sich darauf ein und unterstützte die Kollegin.

Schwester Nina zuckte mit den Achseln. »Als er sich vorhin verabschiedete, wünschte er allen ein schönes Wochenende. Wenn er mal ein Wochenende frei hat, fährt er immer direkt in sein Ferienhaus. Seine Familie ist meistens schon dort und erwartet ihn. Vermutlich könnte er in ein bis zwei Stunden hier sein. Hätten Sie so lange Zeit?«

»Und es gibt sonst keinen Arzt, der dem Leibwächter

sagt, dass wir hinein dürfen?« Fragte die Psychologin im forschen Ton. Sie konnte nicht glauben, dass man einer Patientin die bestmögliche Behandlung untersagte, und man ihr den Zutritt von Spezialisten verweigerte.

Deprimiert schüttelte die Schwester den Kopf.

Held hob beschwichtigend die Hände, bevor Schwester Nina mit fahrlässigen Entschuldigungen ihre Zeit weiterhin verschwendete.

»Wir werden auch ohne Dr. Zerva zurechtkommen. Danke, Schwester Nina.« Er deutete Dr. Simms mit einem Blick an, mit ihm zu gehen.

Schwester Ninas verstörter Blick folgte ihnen bis hin zum Fahrstuhl.

Sie fuhren mit dem Fahrstuhl nach oben. Im ersten Stock stiegen zwei Patientinnen aus und sie fuhren allein in der Kabine in den vierten Stock.

»Spielen Sie Ihr Ass als Ärztin aus. Damit müssten Sie ihn doch beikommen können. Dr. Simms, wir müssen irgendwie mit Marianna Lowe sprechen.«

Die Psychologin schürzte die Lippen. »Geht klar«, entgegnete sie, als wäre es das Einfachste auf der Welt diesen Gorilla zur Seite zu schieben, um sich Einlass in das Zimmer zu verschaffen.

Milosh Majoré stand noch immer wie eine uneinnehmbare Festung vor der Tür. Dr. Simms ging auf ihn zu und blickte ihn an. Kein Lächeln kam über seine Lippen, den Blick starr an ihr vorbei gerichtet, entging ihm nicht die kleinste Veränderung in seinem Umfeld. Es war, als stelle sie keine Bedrohung dar, als sei sie Luft für ihn.

»Nun passen Sie gut auf, Herr Majoré.« Sie dehnte seinen Namen provokativ in die Länge. »Ich muss mit Marianna sprechen. Dr. Zerva wird in ca. zwei Stunden wieder hier sein. Ich hoffe, Sie haben dann eine gute

Entschuldigung für sein verpatztes Wochenende. Ich habe mir eine Erlaubnis persönlich von ihm am Telefon geben lassen, die Patientin zu besuchen. Ich bin ihre Psychologin und sie benötigt Hilfe. So eine Entführung verkraftet man nicht ohne Probleme. Wenn Sie mich nicht zu ihr lassen können große, irreparable Schäden auftreten. Wie wollen Sie das ihrer Familie erklären?«

Schweigend senkte er den Kopf und sie sah ihr Gesicht, wie es sich in den Gläsern spiegelte. Sie hasste es und hoffte, dass er ihren Bluff nicht durchschaute.

Milosh verzog keine Miene. Wusste sie – und damit auch die Polizei – wirklich etwas über die Familie seines Arbeitgebers? Oder pokerte sie nur hoch?

Dr. Simms hatte das Gefühl, als würde Milosh sie hinter seiner Sonnenbrille abschätzend anstarren, doch es war eher eine Ahnung als Wissen. Seine Miene blieb hart und unberührt. Überlegte er?

Erleichtert atmete sie auf, als er stumm die Tür öffnete, um ihr Einlass zu gewähren.

Der Kommissar wollte ihr folgen, doch Milosh hielt ihn mit der anderen Hand zurück, während er dabei war die Tür zu schließen. Der Koloss stand wieder wie eine schwer zu durchdringende Blockade davor und bewachte den Zugang.

Resigniert winkte Held ab, lehnte sich mit der Schulter gegen die Wand, während er ein Bein vor das andere stellte und wartete.

Marianna stand vor dem Fenster und schaute hinaus. Als sie die Tür hörte, die sich öffnete, drehte sie sich um und sah Dr. Simms eintreten.

»Hallo, Marianna. Erinnern Sie sich noch an mich?«
Sie nickte.
»Ich würde gern mit Ihnen sprechen. Hätten Sie ein paar Minuten für mich?«
»Um was geht es?«

»Wissen Sie, wer Ihnen den Personenschützer, der vor der Tür Wache hält, geschickt hat?«

»Mein Onkel«, entgegnete sie in einem Tonfall, der noch immer Überraschung in sich barg.

Dr. Simms sah sie mit offenem Mund an.

»Ich dachte, Sie hätten keine Familie außer ihrer Mutter und Großmutter?« Die Psychologin war über diese Aussage ebenso überrascht wie Marianna, als sie erfuhr, dass sie einen Onkel hat.

»Das wusste ich bis gestern auch nicht. Mein Vater hat ihn geschickt.« Dr. Simms hatte den Eindruck, dass Marianna erleichtert wirkte.

»Ihr Vater ist noch am Leben?« Innerlich triumphierte die Psychologin, doch äußerlich war es ihr nicht anzumerken.

»Kennen Sie denn meinen Vater?« Sie hoffte auf ein paar Informationen, doch Dr. Simms war vorsichtig.

»Nein. Leider nicht. Ich weiß nur, dass die Polizei versucht, mit ihrer Mutter zu sprechen und sich so weitere Informationen erhofft.«

Enttäuscht ließ Marianna die Schultern hängen.

»Schade. Ich hätte gern mehr über ihn erfahren.«

»Sie erzählten gerade von Ihrem Onkel. Wie heißt er?«

»Ich wusste nicht, dass ich überhaupt einen Onkel habe.« Marianna spielte mit ihren Fingern. »Alles war so verwirrend. Er sagte, ich könne ihn Onkel Bobo nennen.«

»Können Sie ihn mir näher beschreiben?«

Sie blickte die Psychologin verdutzt an.

»Sind Sie hier, um mir zu helfen oder um mich zu verhören?«

Dr. Simms schluckte. Sie fühlte sich ertappt, da sie die letzten Fragen aus ihrem Bauch heraus gestellt hatte, ohne sich ihrer Bedeutung bewusst zu sein. Marianna durfte keinen Verdacht schöpfen. Wer weiß, ob sie der Polizei nur einen Bären aufband.

»Verzeihen Sie, Marianna, wenn es so aussah, als wollte ich Sie verhören. Das lag nicht in meiner Absicht.« Sie überlegte verzweifelt nach einer Ausrede.

»Doch Ihr Gorilla da draußen lässt den Beamten nicht rein. Und ich dachte, ich könnte dann ein paar Fragen für ihn stellen.« Sie setzte wieder ihr einnehmendes Lächeln auf.

»Wir suchen immer noch nach Ihren Entführern.«

»Glauben Sie, dass die Polizei sie überhaupt finden wird?« Ihre Augen wurden wieder traurig, was Dr. Simms veranlasste, auf Marianna zuzugehen und sie an den Schultern zu fassen.

Eindringlich blickte sie der Patientin in die Augen.

»Das wünsche ich mir. Was man Ihnen angetan hat, war menschenunwürdig. So jemand gehört weggesperrt.«

Marianna drehte den Kopf zur Seite und blickte wieder hinaus.

»Ich glaube, die sind schon über alle Berge, oder haben ein anderes Mädchen entführt.«

»Was?« Dr. Simms schluckte.

»Ich wurde verwechselt. Eigentlich wollten Sie mich gar nicht entführen, sondern Sybille.«

»Was sagen Sie da, Marianna?« Das Herz der Psychologin begann plötzlich schneller zu schlagen.

»Sybille Costello. Wir joggen morgens meistens ein Stück gemeinsam durch den Park. An dem Tag war sie nicht gekommen und ich hatte einen anderen Weg genommen. Sie hielten mich für sie. Ich hatte gehört, wie sie darüber sprachen, dass sie Sybille ebenfalls entführen wollten, nachdem meine Übergabe ...« Sie brachte den Satz nicht zu Ende und schluchzte.

»Marianna, alles ist gut. Wir kümmern uns um Ihre Freundin. Danke, dass Sie uns den Hinweis gegeben haben. Wenn Ihnen noch mehr einfällt, was Sie uns erzählen wollen, hier ist meine Karte. Rufen Sie mich an. Zu jeder

Zeit.«

Sie übergab Marianna ihre Visitenkarte und eilte zur Tür heraus.

Die Suche

4. Februar - Heidekreis Klinikum

Das Telefon klingelte, Held nahm ab.
»Held! Hallo, Porter. Was haben Sie herausgefunden?« Er schluckte.
»Verdammt! Geben Sie mir die Adresse, wir fahren sofort dort hin.«
Die Tür sprang auf und die Psychologin kam eilig aus Mariannas Zimmer. Milosh stand noch immer wie eine Statue vor der Tür und hatte sich nicht vom Fleck bewegt, während ihre Augen den Korridor absuchten. Sie blickte nach rechts und sah, wie der Hauptkommissar gerade das Handy in seine Jackentasche rutschen ließ. Erstaunt darüber, mit welcher Wucht die Tür plötzlich aufsprang, hob er hastig den Kopf.
Als Dr. Simms Helds verdrossenen Gesichtsausdruck erblickte, nahm sie das Schlimmste an und eilte auf ihn zu.
»Was ist geschehen?«
»Eine weitere Entführung«, antwortete er trocken.
Dr. Simms entglitten die Gesichtszüge. »Das andere Mädchen, von dem Marianna mir gerade erzählt hat ... sie heißt Sybille Costello. Sie wurde tatsächlich entführt?«
»Marianna hat was?« Held war verwirrt. »Warum erfahre ich erst jetzt davon?« Bellte er sie ungehalten an.
»Ganz ruhig, Hauptkommissar Held. Was genau ist passiert?« Sie hob ihre Hand und wollte seinen Arm greifen, um ihn zu beruhigen. Bevor sie ihn berührte, besann sie sich und ließ die Hand auf halben Weg wieder sinken.
Vor Aufregung legte sich ihre Oberlippe über die Unterlippe und sie kaute mit den Zähnen darauf herum, bis ihre Lippe eine dunkelrote Färbung annahm.

»Die Eltern hatten die Polizei nicht informiert. Sie hofften, dass sich alles in Wohlgefallen auflöst, sobald die Übergabe vorbei wäre. Selbst jetzt sind sie nicht sehr kooperativ«, erklärte Held.

»Wie hat die Polizei dann von der Entführung erfahren?«

»Ihr Freund hatte sich Sorgen gemacht und uns verständigt, nachdem ihre Eltern ihn immer wieder hingehalten hatten. Sie sagten ihm, dass Sybille ihre Tante in Andalusien besuchte, die plötzlich erkrankt sei und Hilfe benötigte.«

»Was für eine dumme Ausrede. Hat sie denn kein Handy?« Sie schüttelte leicht den Kopf.

»Angeblich ist die Verbindung in den Bergen miserabel, sodass sie mobil nicht erreichbar war.« Held schien zu überlegen.

»Kommen Sie, Dr. Simms. Wir haben noch eine längere Fahrt vor uns, wir müssen nach Hamburg. Vielleicht wissen die Eltern mehr. Sie fahren, während ich die Kollegen in Hamburg informiere.«

Sie lächelte amüsiert.

»Weshalb grinsen Sie?«

»Ich sagte ja bereits, ich würde eine engere Zusammenarbeit mit Ihnen begrüßen. Doch damals hatten Sie mich hinaus komplimentiert. Jetzt scheint es mir, dass Sie auf meine Hilfe gar nicht mehr verzichten wollen.« Ihre strahlend weißen Zähne kamen wieder zum Vorschein.

Held blickte sie konsterniert an.

»Für dieses Tête-à-tête haben wir jetzt keine Zeit. Wir müssen ein Mädchen retten.«

***

Zur selben Zeit in Constanţa, Primăria Poarta Albă

»Habt Ihr dieses Schwein endlich gefunden?« Cosmin lief ungeduldig in seinem Büro auf und ab.

»Wir sind an ihm dran, Bruder. Sie haben eine weitere Geisel. Somit wird er vorerst das Land nicht verlassen. Wir müssen nur noch herausfinden, wo sie das Mädchen verstecken. Dann haben wir auch Licas.«

In Cosmins Gesicht machte sich ein zufriedener Ausdruck bemerkbar.

»Sehr gut. Und wehe, irgendjemand tötet ihn!«

Boboka hob abwehrend die Hände.

»Niemand hat vor ihn zu töten. Gabor weiß, dass er auf deiner Speisekarte ganz oben steht.«

»Sehr gut.« Zufrieden rieb er sich die Hände.

Wen das Schicksal liebt

8. Februar - An einem geheimen Ort

»Ja, Boss. Übergabe in drei Tagen. Geht in Ordnung.« Licas legte auf und starrte Maik an, der gerade die Tür hinter sich verschloss.

»Sie ist viel umgänglicher als das letzte Mädchen. Endlich mal eine, die nicht so viel Probleme bereitet.« In der Hand trug Maik das Plastikbesteck und den leeren Pappteller und warf es in den Mülleimer.

»Vermutlich weiß sie, was sie zu erwarten hat, wenn sie nicht gehorcht.«

Erneut klingelte das Handy.

»Ja?«

Maik beobachtete, wie Licas sich während des Gespräches immer mehr verspannte. Sein Ausdruck wurde plötzlich leer. Nach circa fünf Minuten legte er das Handy weg, nahm sich die Flasche Wodka und trank einen kräftigen Schluck daraus.

»Was ist passiert?« Maik beobachtete seinen Kumpel voller Sorge. Wenn Licas seinen geliebten Wodka wie Wasser aus der Flasche trank, konnte es nur Ärger bedeuten.

»Sag schon. Spann mich nicht auf die Folter.«

Nachdem er einen weiteren großen Schluck genommen hatte, setzte Licas sich auf das Sofa, die halb leere Flasche in seiner Hand zwischen den Oberschenkeln eingeklemmt. Langsam blickte er zu Maik auf.

»Ich bin ein toter Mann.«

Maik fiel die Kinnlade herunter.

»Was sagst du da?«

Licas fuhr sich mit der Hand durch sein kurzes lockiges

Haar. »Diese Marianna, sie ist wohl tatsächlich Cosmin Sujamis Tochter. Man lässt nach mir suchen.« Ohne Vorwarnung sprang er vom Sofa auf. »Du musst das hier allein durchziehen.«

»Was soll das heißen? Wer sucht nach dir?« Fassungslos starrte Maik ihn an.

Licas schwieg und zog seine Tasche aus einer Ecke hervor.

»Verdammt! Sag mir endlich, was du erfahren hast? Betrifft es mich auch?« Noch immer stand Maik wie angewurzelt da und beobachtete Licas, der hektisch seinen Blick durch das Zimmer schweifen ließ. Offensichtlich suchte er nach etwas.

Mit schnellen Schritten ging er ins andere Zimmer und kramte seine paar Habseligkeiten zusammen. Mit der Tasche über der Schulter verschwand er durch die Tür, während er einen verdutzten Maik zurückließ.

Maik sah ihm nach und überlegte, was er machen sollte. Selbst nach zehn Minuten wollte kein vernünftiger Gedanke eine Erleuchtung bringen. Sein Blick wanderte zum Tisch und die Hand griff zur Wodkaflasche, aus der er einen kräftigen Schluck nahm.

»Scheiße. Dieses Zeugs schmeckt einfach scheiße.« Er schüttelte sich und war gerade dabei, zum Telefon zu greifen, als die Tür abrupt aufgestoßen wurde und Schüsse fielen.

Licas warf seine Tasche auf den Beifahrersitz des SUV, drehte den Schlüssel, doch nichts passierte. Der Motor gab keinen Laut von sich. Er zog eine Tokarev aus der Tasche, kontrollierte, ob sie ausreichend geladen war, und blicke sich langsam um. Seine Sinne begannen auf Hochtouren zu arbeiten, doch er konnte niemanden entdecken. Licas wusste, dass da jemand gewesen war. Dieser jemand hatte den Wagen manipuliert. Und er hatte auch schon eine

Ahnung, wer das war. Sie kannten sich aus früheren Tagen, hatten gemeinsam trainiert, bis das Angebot der Organisation dafür sorgte, dass sich ihre Wege trennten. Schuld daran war Cosmin selbst. Hätte er Licas' geliebte Schwester aus dem Gulag befreit, so wäre er noch heute ein treuer Untergebener von Cosmin Sujami. Doch der hatte sich nicht um die Familie gekümmert. Also nahm er das Angebot der Organisation dankend an. Sie retteten wenigstens seine geliebte Schwester. Sein damaliger Freund konnte den Wechsel nicht verstehen; er machte ihm Vorhaltungen, weil Cosmin ihn gut behandelt hätte.

Bevor Licas zur Organisation übergelaufen war, hatte Cosmin viel Zeit und Geld in die Ausbildung seiner verbliebenen engsten Vertrauten gesteckt. Er überließ nichts dem Zufall.

Sein Verfolger hatte die Fähigkeit, alles Elektronische binnen kurzer Zeit zu manipulieren. Das brachte ihm Respekt ein. Dazu kam noch, dass auch er gut im Zweikampf ausgebildet wurde. Doch er konnte Licas nicht das Wasser reichen. Niemand konnte etwas gegen ihn ausrichten, gegen Licas, den Unbezwingbaren. Seine Kampferfahrungen und Siege waren legendär. Fast jeder, der es gewagt hatte, sich mit ihm anzulegen, hatte sein Leben ausgehaucht. Die Ausnahmen überlebten nur, weil ein Ringrichter gerade noch rechtzeitig den Kampf beendete.

Langsam stieg er aus dem SUV, die Waffe vor sich im Anschlag.

»Gabor! Komm raus! Ich weiß, dass du hier irgendwo steckst!« Seine Stimme dröhnte durch den Wald. Plötzlich ein Rascheln. Licas wirbelte herum, doch es war nur ein Vogel, der aufschreckte und hastig durch die kahlen Baumkronen in den Himmel flog. Er lauschte, doch nichts geschah. Keine Rückmeldung. Weder das Knacken eines vertrockneten Zweiges durch einen unbedachten Schritt war zu hören, noch die kleinste Atemwolke, die sich in der Kälte niederschlug, konnte er ausmachen. Langsam bewegte er sich um den Wagen herum. Auf Maik konnte er jetzt nicht zählen. Der würde ihn nicht hören.

Nachdem er sich umgeschaut hatte und sicher war, dass sein Verfolger sich nicht in der Nähe aufhielt, begann er, sich durch das Unterholz zu arbeiten. Immer darauf bedacht, nicht gesehen und gehört zu werden. Bei seiner Körpergröße war das Unterfangen alles andere als einfach. Nach einer halben Stunde war er weit genug vom Unterschlupf entfernt und fühlte sich sicher. Er schaute sich um. Niemand schien ihm gefolgt zu sein.

Dann, ein Knacken. Blitzschnell drehte er sich um und sah in das Gesicht seines Feindes, dessen Kopf kahl rasiert war. Er war etwas kleiner und drahtiger als Licas. In der rechten Hand hielt er eine Waffe. Ohne Vorwarnung drückte er den Abzug.

Licas ächzte kurz auf, als er einen stechenden Schmerz in der Brust spürte. Er sah an sich hinunter. Zwei Haken hatten sich durch den Wollpullover in sein Fleisch gebohrt. Plötzlich begann sein Oberkörper zu zittern, die Muskeln verkrampften und entzogen sich seiner Kontrolle. Tausend Volt schossen wie unkontrollierte Blitze durch seinen Körper. Er wollte die Kontakte aus der Brust herausziehen, doch sein Gehirn gab diesen Befehl nicht an die Hände weiter. Unter größten Willen und mit letzter Kraft schaffte er es wenigstens, einen Draht des Tasers aus der Haut zu ziehen und schrie einmal kurz auf. Er hatte sich noch nicht gefangen. Die Wut in ihm schürte sein Handeln und er sprang auf Gabor zu. Der machte einen geschickten Ausweichschritt. Licas war noch immer ungelenk von dem elektrischen Schlag und taumelte, dabei prallte er mit der Schulter gegen einen Baum und sah, wie Gabor auf ihn zu stürmte. Kräftige Arme, seinen vergleichbar, legten sich um ihn, hielten ihn fest und mit einem Ruck wurde er rücklings zu Boden gerissen. Licas lag nun auf Gabor, der um Licas' Kraft wusste und daher schnell handeln musste.

Er klemmte Licas' Beine zwischen seine, damit er sie nicht mehr bewegen konnte. Seine rechte Hand schnellte über die Brust des Hünen, bis er Licas' linkes Handgelenk ergriff. Gleichzeitig legte sich Gabors rechter Oberarm auf Licas Arm und versuchte, ihn daran zu hindern, seinen rechten Arm zu nutzen, um sich zu befreien. Mit dem kräftigen linken Unterarm klemmte er Licas' Kopf an seine Brust. Licas' Körper war nun wie in einem Schraubstock eingezwängt.

Licas fluchte und wehrte sich heftig, doch Gabor hielt ihn fest im Griff.

»Jetzt Chen!« Rief Gabor und ein kleiner Schatten trat hervor. Licas konnte im Augenwinkel einen Mann erkennen, doch er war zu sehr mit sich selbst und seinen Befreiungsversuchen beschäftigt, um der anderen Person seine Aufmerksamkeit zu widmen. Er bäumte sich einmal kurz auf, als er einen stechenden Schmerz in seinem Hals spürte. Seine Halsschlagader trat pochend hervor. Er wehrte sich heftig und schaffte es mit seiner rechten Hand, Gabor einen Faustschlag ins Gesicht zu verpassen, sodass dessen Nase mit einem nicht zu überhörenden Knacken brach.

Gabor schrie kurz auf und verstärkte seinen Griff um Licas' Hals, dessen heftiger Pulsschlag bereits einen Teil des Inhalts der Betäubungsspritze durch seinen Körper gepumpt hatte. Erneut spürte er einen brennenden Schmerz. Er blickte zornig an sich herunter und sah, wie ein Asiate gerade versuchte, ihm den Inhalt einer Spritze in den Oberschenkel zu verabreichen. Licas schlug erneut um sich und schaffte es, ein Bein zu befreien, mit dem er den Asiaten am Kopf traf, als dieser mit einem dumpfen Aufprall bewusstlos auf den Boden fiel.

»Verfluchter Kerl! Gib endlich auf Licas!« Schrie Gabor. »Du hast keine Chance. Mein Boss will dich sehen. Also, verzögere nicht das Unausweichliche«, presste er hervor, während er Licas weiterhin im Schwitzkasten hielt. Gabors Nase blutete heftig; das Blut tropfte auf seinen ehemaligen Freund herunter.

»Dein Boss? Wer zum Teufel ist dein Boss?«

Licas versuchte Gabor zu verunsichern. Ihn in ein Gespräch zu verwickeln und so abzulenken, um eine Chance ausnutzen zu können, sobald diese sich ihm bot. Er war es nicht gewohnt, der Unterlegene zu sein.

»Verdammt, Gabor. Wir waren mal ... Freunde«, keuchte er. Licas spürte, wie das Mittel seine Wirkung entfaltete, doch noch gab er sich nicht geschlagen. Wenn er jetzt aufgab, war er verloren. In einem fairen Zweikampf wäre Gabor kein richtiger Gegner, aber man hatte ihm zuvor gefühlte Tausend Volt durch den Körper gejagt und die Spritze begann nun, seine Sinne zu beeinträchtigen. In diesem Zustand konnte Gabor ihm gefährlich werden. Er versuchte weiterhin, sich aus dem Würgegriff zu befreien, doch seine Kräfte ließen ihn im Stich. Licas atmete schwer. Sein Körper gehorchte ihm nicht mehr. Seine Muskeln versagten ihm den Dienst.

»Deswegen haben sie mich geschickt. Ich kenne dich von allen am besten und weiß, wie man dich ausschalten kann.« Sein Druck um Licas' Hals verstärkte sich noch mehr, bis Licas Körper erschlaffte und bewegungslos am Boden lag. Gabor keuchte, während der den bewusstlosen Körper von sich herunter rollte.

»Du bist leichter zu fassen, als ich dachte. Jetzt muss ich dich nur noch nach Constanţa schaffen.« Sein siegreiches Lachen erfüllte den Wald. Als er sich umdrehte, erblickte er den Asiaten und das Lachen verstummte.

»Mist. Jetzt muss ich auch noch den Quacksalber schleppen!«

***

Held und Dr. Simms waren auf dem Weg nach Hamburg, als ein Anruf den Beamten erreichte.

»Planänderung, Frau Doktor. Wir haben Sybille Costello gefunden.«

Die Polizeipsychologin starrte ihn an.

»Lebt sie?«

Er nickte. »Wir müssen nach Kronsmoor zur stillgelegten Kreidegrube.«

Nach einer Stunde Fahrt kamen sie am Tatort an. Zwei Funkstreifenwagen standen quer vor dem Eingang und das blaue Leuchten der Einsatzlichter ließ die Umgebung unwirklich erscheinen, wenn es auf den weißen Felsen traf. Zwei Kripo-Beamte, sowie drei weitere Beamte der Streifenwagen, waren dabei, die Spuren zu sichern. Sie hatten bereits das Gelände mit Absperrband gesichert. Eine Kripo-Beamtin hatte den Zeugen befragt und sprach nun mit Held.

»Der Zeuge heißt Karsten Liebherr. Ist siebenundfünfzig Jahre alt. Frührentner. Wohnt in Itzehoe. Er kommt öfters hierher, um mit seinem Greyhound hier spazieren zu gehen, da das Tier in dieser Gegend guten Auslauf bekommt. Als er einen lauten Knall hörte, verschwand das Tier plötzlich. Herr Liebherr begab sich auf die Suche, bis er hier eintraf und sah, dass die Tür der Hütte offen stand. Er vermutete seinen Hund darin. Tatsächlich fand er das Tier dort. Und nicht nur sein Hund, der gerade dabei war, an der Leiche zu schnüffeln. Er rief in den Raum, als er ein leises Wimmern hörte. Herr Liebherr verständigte uns über den Notruf mit seinem Handy. Das Opfer ist eine junge Frau. Ihr Name ist Sybille Costello. Sie ist dreiundzwanzig Jahre alt. Chemiestudentin an der Hamburger Universität. Äußerlich trägt sie keine sichtbaren schwerwiegenden Verletzungen. Doch sie ist noch sehr durcheinander. Ihre Eltern haben wir bereits verständigt. Sie müssten bald eintreffen.«

»Danke. Ist das Opfer noch hier?« Held blickte sich um und beobachtete, wie Dr. Simms gerade mit dem Mediziner in ein Gespräch verwickelt war. Die Beamtin deutete mit ihrem Finger in eine Richtung.

»Dort drüben. Im Streifenwagen. Der Arzt hat sie sich bereits angesehen.«

Held ging in die Richtung, die Dr. Simms ihm gezeigt hatte. Als er dort ankam, sah er eine junge Frau auf dem Rücksitz sitzen. Die Wagentür stand offen und sie saß am äußeren Rand der Rückbank, die Beine außerhalb des Wagens, den Blick auf den sandigen Boden gerichtet. Sybille Costello schien unverletzt, und ein Sanitäter kümmerte sich gerade um sie.

Dr. Simms ging ebenfalls auf die Frau zu. Ihr fiel wieder ein, was Marianna ihr erzählt hatte. Eine Verwechselung. Jetzt, wo sie das andere Mädchen sah, wusste sie nicht mehr, was sie sagen oder denken sollte. Die mühsam zusammengesetzten Puzzleteile wollten nicht zueinanderpassen. Marianna war die Tochter von Cosmin Sujami. Das stand für sie fest. Doch war sie tatsächlich verwechselt worden? Sybille Costello sah ihr in der Tat ähnlich. Wussten die Entführer, wen sie zuvor in ihrer Gewalt hatten? Sie schüttelte den Kopf, um die verstaubten Spinnweben darin loszuwerden. Jetzt wollte sie sich erst einmal um das Opfer kümmern.

Die junge Frau fror und war verängstigt. Im Gegensatz zu Marianna schien Sybille nicht an Dehydrierung zu leiden. Kaum hatte sie sich zu ihr gesellt, erblickte sie die Eltern, die an der Polizeiabsperrung mit einem Beamten sprachen. Die Blicke der Mutter huschten verzweifelt über das abgesperrte Gelände. Als sie endlich ihre Tochter sah, begann sie vor Erleichterung zu weinen. Ihre Tochter war am Leben.

Der Vater nahm seine Frau in die Arme und tröstete sie. Held ging auf die Eltern zu.

»Kommen Sie bitte, Herr und Frau Costello. Sybille geht es den Umständen entsprechend gut. Ihr ist nichts angetan worden.«

Sie näherten sich nur zögernd, da sie nicht einschätzen konnten, wie sie ihrer Tochter begegnen sollten. Nadja Costello, eine wunderschöne Frau, die problemlos als Fotomodell durchgehen konnte, seufzte erleichtert auf. Ihr Mann besaß eine gut gehende Restaurantkette. Julio Costello, ein Spanier, dessen Haare bereits einige graue Strähnen durchzogen, reichte ihr sein Taschentuch.

»Sybille. Wie geht es dir?« Vorsichtig schritt sie auf ihre Tochter zu, die sie mit wässrigen Augen ansah.

»Mama!« Sie sprang auf und lief ihrer Mutter in die Arme.

Held war froh drüber, dass dem Mädchen nichts Schlimmes zugestoßen war. Er zog seinen Notizblock und ging zu einem der Kollegen, der gerade den Reißverschluss des Leichensacks schloss.

»Nun, was wissen wir über die Leiche? Kennen wir die Identität des Mannes?«

Der Mediziner blieb stehen, gab den beiden Beamten ein Zeichen, dass die Leiche fertig für den Abtransport sei und blickte ihn an.

»Sie sind Hauptkommissar Held?«

Held nickte.

»Ist Ihnen etwas Besonderes aufgefallen? Wissen Sie, wer die Leiche ist?«

»Das ist Dr. Simon Glanz. Er ist der Pathologe der Mordkommission in Kiel«, stellte die Beamtin den ein Meter sechzig kleinen Mann im weißen Schutzanzug vor, als dieser sich gerade die Papierkapuze vom Kopf streifte.

»Der Name der Leiche ist Maik Bucher«, beantwortete sie Helds Frage, der sie fordernd anschaute. Sie nickte dem

Arzt zu, dass sie alle weiteren Schritte einleiten würde. Dann wandte sich wieder Hauptkommissar Held zu, nachdem der Arzt gegangen war.

»Er wurde mit sieben Schüssen regelrecht durchsiebt. Wie mir der Kollege der Kripo mitteilte, ist dieser Maik Bucher ein kleiner Fisch gewesen. Er arbeitet eigentlich mit Licas, dem Schlächter zusammen. Doch den konnten wir nirgends entdecken. Vermutlich ist der schon über alle Berge.«

»Danke. Ich spreche mal mit der Spurensuche.« Er gab dem Pathologen zum Abschied die Hand.

Dr. Simms beobachtete Held. Sie sah, wie er sich ein paar Schritte vom Geschehen entfernte, sein Handy aus der Jackentasche zückte und telefonierte. Der Beamte, der abgestellt war dafür zu sorgen, dass niemand den Tatort betrat, ging auf ihn zu und beide unterhielten sich.

Schließlich kam der Hauptkommissar zurück.

»Nun, Dr. Simms. Konnten Sie etwas herausfinden?«

»Nicht viel«, seufzte sie.

»Das meiste deckt sich mit dem, was Marianna uns bereits erzählt hatte. Was ist mit Ihnen?«

»Man hat noch Reifenspuren gefunden, die nicht zu einem SUV passen. Die werden gerade untersucht. Der dunkle SUV ist vermutlich derselbe, den Marianna beschrieben hatte. Der Schlüssel steckt zwar, doch der Motor springt nicht an. Augenscheinlich ist dieser Licas abgehauen. Möglicherweise hat er den anderen Kerl, diesen Maik Bucher, selbst umgebracht.«

Dr. Simms schüttelte den Kopf. »Nein. Das denke ich nicht. Die beiden waren ein Team.«

Dem Beamten klappte der Unterkiefer herunter. Diese Psychologin wusste dermaßen viel über diese Verbrecher, was ihn immer mehr verwunderte.

»Woher haben Sie diese Erkenntnis?« Seine Neugierde

war geschürt.

»Licas und Maik kannten sich und arbeiteten bereits seit vier Jahren erfolgreich zusammen. Sie haben sich auf Entführung und Geiselnahme spezialisiert. Sie waren die Besten in ihrem Fach, wenn es darum ging, effektiv und schnell eine Lösegeldforderung zu planen. Nein. Hier hat jemand anderes seine Finger im Spiel.«

Held hob die Augenbrauen. »Sie schaffen es immer wieder, mich zu überraschen, Frau Doktor.«

»Ich? Sie überraschen?« Die Psychologin errötete leicht.

»Woher wissen Sie so viel über diese Männer?«

»In meiner Zeit in Rumänien hatte ich viel Zeitung gelesen. Bevor Licas abtauchte, war er Cosmins Sujamis Leibwächter und sorgte für einige Schlagzeilen. Doch das würde jetzt zu lange dauern. Ich erzähle Ihnen die Story ein anderes Mal. Wir sollten uns auf das Jetzt und Hier konzentrieren.«

Mit einem verdrossenen Nicken stimmte der Beamte ihr zu. »Was ist mit dem Mädchen? Dieser Sybille Costello?«

»Sie wusste nicht viel. Ihre Aussagen sind ähnlich wie die von Marianna. Die beiden hatten die Namen fast täglich geändert. Auch sie wurde beim Joggen entführt. Sie wunderte sich, dass sie Marianna seit mehreren Tagen nicht mehr getroffen hatte. Sybille vermutete, dass Marianna krank sei, daher hatte sie sich nichts dabei gedacht, dass sie sich einige Tage nicht beim Joggen begegneten.«

»Weiß sie, was mit Marianna passiert ist?«

»Nein. Sie sollte zuerst ihre eigenen Dämonen loswerden, bevor wir sie damit konfrontieren. Mit wem haben Sie eben telefoniert?« Fragte sie in einem beiläufigen Tonfall.

»Ein Freund. Wir sind auf ein Bier verabredet gewesen. Ich wollte ihm nur Bescheid geben, dass ich etwas später komme«, beantwortete er ihre Frage mit einem gekünstelten Lächeln.

Der Aufbruch

9. Februar - LKA Hannover

Auf dem Polizeirevier mühte Held sich mit dem Computer ab, als Vera Simms sich zu ihm gesellte.

»Kann ich helfen?« Ihr einnehmendes Lächeln ließ ihn kalt.

»Ich recherchiere gerade. Wissen Sie, wie dieser Licas sich sonst noch nennt?«

»Sein Familienname ist Licas Kerio. Geboren in Bukarest, aber in Deutschland aufgewachsen. Seine Familie ist damals unter dem Ceaușescu-Regime geflohen.«

»Weshalb ist er dann zurückgegangen. Seine Familie wird er wohl nicht besucht haben?«

»Nein.« Sie lachte scherzhaft. »Er wollte nie in seine Heimat zurückkehren. Er ist nach Russland gegangen und kam dort in die falschen Kreise. Da er sehr groß und kräftig gewachsen ist, hatte man ihn in verschiedenen Kampfarten ausgebildet. In den Käfigkämpfen war er sehr erfolgreich, was nicht unbemerkt blieb. Dann warb ihn Sujami an, machte ihm ein Angebot, das er nicht ablehnen konnte und Licas arbeitete einige Jahre für ihn. Wenn ich recht vermute, wurde er wohl von der Organisation abgeworben und trat in ihre Dienste, wie die jüngsten Entführungen zeigen.«

Held schüttelte verständnislos den Kopf.

»Die bösen Jungs können doch nicht einfach so eine Bewerbung abschicken wie für eine Stellung als Lagerarbeiter.«

»Nein, so einfach war es nicht.« Ihr Lachen schien ihn nun anzustecken, sodass sich seine Mundwinkel leicht nach oben bogen.

»Einige Familienmitglieder wurden im Gulag gefangen

gehalten. Man weiß von einer Befreiungsaktion durch die Organisation. Augenscheinlich hatte sie es geschafft, Licas' Familie daraus zu befreien. Seine Schwester war darunter. Vermutlich hatte er aus Dank und Loyalität die Seiten gewechselt.«

»Was ist mit seiner Schwester?« Held wurde hellhörig.

»Sie starb vor gut vier Jahren bei einem Autounfall.«

»War der Unfall fingiert?«

Sie holte tief Luft.

»Das konnte nie geklärt werden. Licas war der Meinung, sein ehemaliger Boss wollte sich an seiner Familie rächen.«

Er hob die Augenbrauen. »Sein ehemaliger Boss?« Unterbrach Held ihre Erzählung.

»Cosmin Sujami«, entgegnete sie besserwisserisch, doch Held ließ sich davon nicht beirren.

»Und? Hat er sich gerächt?«

Dr. Simms zuckte mit den Schultern.

»Wie gesagt, es konnte nie bewiesen werden. Nach was suchen Sie eigentlich?« Fragte sie übertrieben interessiert.

»Ich würde gern mehr über Marianna Lowe herausfinden. Vielleicht spielt sie uns nur etwas vor.«

»Sie machte auf mich nicht den Eindruck, dass sie uns was vormacht. Ihre Verletzungen sind echt.«

»Davon spreche ich nicht. Eher die Tatsache, dass der Vater sie vor langer Zeit verlassen hat und sie keinen Kontakt zu ihm hatte.«

Innerlich triumphierte Dr. Simms. Es schien, als würde sich der Hauptkommissar langsam auf die wichtigen Details dieses Falles konzentrieren. Das musste sie unterstützen.

»Gibt es hier noch einen freien Computer? Ich könnte Ihnen dann besser von Nutzen sein und helfen.« Sie klimperte mit ihren langen Wimpern, doch der Hauptkommissar hatte eine andere Idee.

»Ich schlage vor, Sie versuchen ihr Glück ein weiteres Mal bei Marianna. Der Gorilla hat wohl nichts dagegen, wenn Sie ihr einen Besuch abstatten. Mich lässt er leider nicht mal annähernd in Mariannas Nähe«, knurrte er verbissen.

»In Ordnung, ich fahre noch einmal ins Krankenhaus. Mal sehen, was ich noch herausbekommen kann.«

***

Als Dr. Simms den Korridor des Krankenhauses betrat, sah sie, wie die Tür zu Mariannas Zimmer geöffnet wurde und zwei riesige Kerle mit Marianna in ihrer Mitte herauskamen. Die Psychologin eilte auf sie zu.

»Marianna! Schön zu sehen, dass es Ihnen besser geht.« Sie blickte neugierig an den beiden Männern hoch, die sie keines Blickes würdigten. Einer von ihnen war Milosh. Der andere hatte die Nase bandagiert und sein linkes Auge war blau und mit Blut unterlaufen. Augenscheinlich war er kürzlich einen Kampf verwickelt gewesen.

»Hallo, Dr. Simms«, sagte Marianna, ohne der Psychologin wirklich Aufmerksamkeit zu schenken.

Sie wollte Marianna die Hand geben, doch Milosh drängte sie zur Seite.

Vera schluckte. »Ist alles in Ordnung mit Ihnen?« Während sie neben Milosh herging, musterte sie Marianna eindringlich, die verschämt zum Boden blickte und nickte.

»Meine Herren, dürfte ich kurz noch ein paar Worte mit Marianna sprechen?« Sie blickte zu Milosh, der seine Schritte verlangsamte, bis die kleine Gruppe stehen blieb. Die Psychologin sah es als Zustimmung.

»Vielen Dank. Kommen Sie, Marianna, setzen wir uns in die Cafeteria.« Sie wandte sich Milosh zu.

»Es wird nicht lange dauern.« Mit einem vielsagenden Blick deutete Dr. Simms den beiden Herren in Schwarz an, dass sie ungestört mit Marianna sprechen wollte. Milosh hob die Hand und signalisierte mit einer knappen Geste, dass er ihrem Anliegen fünf Minuten einräumte.

Marianna blickte zu Milosh auf, der ihr knapp zunickte und sie löste sich aus der Mitte. Die Männer folgten ihnen wortlos, hielten jedoch einen gebührenden Abstand zu den beiden Frauen ein.

»Wollen Sie tatsächlich die Klinik verlassen?«

Marianna schlürfte die heiße Flüssigkeit.

»Hier kann man nichts mehr für mich tun.« Sie schenkte Dr. Simms keine Beachtung, sondern achtete darauf, dass sie sich nicht an dem heißen Kaffee verbrühte.

Die Ärztin seufzte schwer. »Ich denke, Sie liegen falsch mit der Einschätzung.« Sie wartete, doch Marianna reagierte noch immer nicht. »Was haben Sie nun vor?«

»Ich glaube, mein Vater möchte, dass ich zu ihm komme.«

Veras Herz begann zu rasen. »Wo ist Ihr Vater jetzt?« Vorsichtig ließ sie ihren Blick durch den Raum schweifen. Marianna sollte es nicht mitbekommen. Sie zählte noch fünf weitere Patienten, die in Bademänteln gekleidet waren und vereinzelt an den Nebentischen saßen. Nur einer von ihnen hatte Besuch. Und der war weiblich. Ansonsten gab es nur noch die Bedienung sowie die beiden Leibwächter.

Marianna zuckte mit den Schultern.

»Was ist mit Ihrer Mutter? Wird sie Sie begleiten?«

Wieder erntete sie nur ein Schulterzucken.

»Marianna, meine Meinung ist …« Sie zögerte eine Sekunde, doch Marianna war noch immer mit ihrem Getränk beschäftigt. Dr. Simms faltete die Hände und legte sie auf dem Tisch ab.

»Ich würde es begrüßen, wenn Sie noch etwas hierbleiben. Diese Wunden hinterlassen sonst fürchterliche Narben, die nicht so schnell verblassen.«

Endlich schenkte ihr die junge Frau Aufmerksamkeit, öffnete den Mund, sagte aber nichts. Vera Simms wusste in diesem Moment, dass sie Marianna nicht mehr zurückhalten konnte, die nun nervös zu den Leibwächtern hinüberblickte.

»Wo werden Sie jetzt hingebracht? Nur für den Fall, dass wir noch ein paar Fragen hätten.«

»Milosh wollte es mir nicht verraten. Er sagte nur, dass er mich an einen sicheren Ort bringt, bis man die Entführer gefunden hat. Wenn ich ehrlich bin …« Marianna zögerte.

»Ja?«

Vera Simms rückte mit ihrem Stuhl etwas näher zu Marianna, da sie das Gefühl hatte, der jungen Frau wurde verboten, über das zu sprechen, was jetzt folgte.

»Sie können mir vertrauen, Marianna«, drängte sie leise. Sie wusste, viel Zeit würde dieser Milosh ihr nicht mehr einräumen.

»Ich hoffe, dass ich meinen Vater sehen werde.«

»Hat man Ihnen das gesagt?« Sie schluckte und sah Marianna skeptisch an.

»Hat Milosh wirklich gesagt, Sie werden Ihren Vater wiedertreffen?« Wiederholte sie so leise, damit außer Marianna, es wirklich niemand mitbekommen konnte.

Marianna verneinte. Die Psychologin ließ die Schultern sinken und besann sich wieder auf ihren Auftrag. Sanft nahm sie Mariannas Hand und drückte sie leicht.

»Wenn etwas sein sollte … Sie haben meine Karte. Rufen Sie mich an. Jederzeit. Das meine ich wirklich ernst, Marianna.«

»Danke.«

Die Psychologin atmete einmal tief aus.

»Viel Glück.«

Ein Schatten baute sich neben ihr auf. Es war Milosh. Sie blickte auf, als Marianna Anstalten machte zu gehen. Innerlich wusste sie, dass sie die Zeugin nicht gehen lassen durfte, doch ihr waren die Hände gebunden. Sofern Dr. Zerva die Entlassungspapiere unterschrieben hatte, gab es keine Möglichkeit mehr, die junge Frau festzuhalten. Ihr fehlten ausreichende Beweise.

Marianna nickte und ging zu Milosh, während Dr. Simms den Hauptkommissar anrief.

»Held hier.«

»Marianna wird gerade weggebracht und vermutlich ihren Vater treffen.«

»Was? Wann? Wissen Sie wo?«

»Leider wollte oder konnte sie es mir nicht verraten. Die beiden Gorillas bringen sie jetzt weg.«

»Doktor, das müssen Sie verhindern! Lassen Sie nichts unversucht!«

»Gegen zwei Gorillas kann ich allein nichts unternehmen«, seufzte sie.

»Sprechen Sie mit Dr. Zerva. Holen sie den Arzt ans Telefon. Oder einen anderen Arzt, der Befugnisse hat«, rief er ungehalten ins Telefon.

»Marianna darf das Land nicht verlassen. Ich bin unterwegs!«

Er legte auf.

Dr. Simms starrte das Telefon an.

»Verdammt!«

Sie rannte zur Ausgangstür und sah nur noch, wie die Limousine davonfuhr.

Verluste

9. Februar - Das Haus vom Boss

»Verdammter Höllenhund!« Die wütende Stimme des Bosses krachte durch die Bibliothek.
»Wie konnte das passieren? Findet den Verräter!«

Nachdem er das Gespräch beendet hatte, feuerte er das schnurlose Telefon auf den Schreibtisch. Doch er hatte seine Wut unterschätzt; das Gerät schlitterte über die Tischplatte und landete mit einem dumpfen Aufprall auf dem Parkettboden. Dabei sprang die Abdeckplatte ab und die beiden Batterien rollten über den Fußboden. Mit einer abfälligen Handbewegung verbuchte er das Missgeschick unter Nichtigkeiten.

Die Nachricht, dass Maik tot und Licas verschwunden war, behagte ihm gar nicht. Unruhig lief er im Zimmer auf und ab, als wollte er eine Furche durch den Parkettboden ziehen. Wie Kugeln beim Anstoß auf einem Billardtisch, schossen die Gedanken in seinem Kopf durcheinander. War Licas tatsächlich ein Verräter? Er hatte einen Treueschwur geleistet, weil die Organisation seine Schwester gerettet hatte. Wieso sollte er sich plötzlich gegen sie stellen? Hinzu kam, dass er mit Maik ein hervorragend eingespieltes Team gebildet hatte. Gut, bei der vorletzten Entführung hatten sie erheblichen Mist gebaut, doch er hatte ihnen verziehen. Schließlich klappte die Entführung des letzten Mädchens reibungslos. Die Eltern waren bereit gewesen, das Lösegeld zu zahlen. Sie waren so kurz vor dem Ziel. Warum sollte er seinen Partner umbringen und verschwinden? Etwas passte hier entschieden nicht zusammen. Er schüttelte den Kopf, um das Durcheinander zu verdrängen, griff in die Schatulle mit den Zigarillos und schnupperte genüsslich an einem, bevor er ihn anzündete. Er nahm einen tiefen Zug, atmete den weißen Rauch aus und ließ den Blick aus dem Fenster schweifen.

Nein. Licas war kein Verräter. Es musste etwas mit dieser Marianna zu tun haben. Sein Informant bei der Polizei hatte ihm verraten, wer diese Marianna tatsächlich war. Cosmin, oder besser gesagt, sein Bruder Boboka, hatte ihre Existenz sehr gut verschleiert.

Ein Gefühl der Hochachtung flammte kurz in ihm auf, wurde aber durch Wut verdrängt, und er presste den Zigarillo im Kristallaschenbecher aus.

»Boboka! Du Hurensohn! Das wirst du mir büßen! Nicht mehr lange, und der Mädchenhandel ist mir allein unterstellt!« Schrie er in den leeren Raum.

»Du glaubst, deine Nichte ist in Sicherheit ... Doch ich habe schon einen Plan«, knurrte er.

»Das Mädchen hole ich mir zurück. Nachdem sie Deutschland verlassen hat, sollte es ein Kinderspiel sein. Dann kann sie auch die Polizei nicht mehr schützen.«

Es klopfte an der Tür.
»Herein!«
Die schwere Tür wurde langsam geöffnet und Held trat ein.

Ankunft in einem neuen Leben

9. Februar - Flughafen Hannover

Marianna starrte durch die getönten Scheiben, als die Limousine das Rollfeld des Flughafens erreichte. Die Tür wurde von außen geöffnet und Milosh reichte ihr die Hand, damit sie bequem aussteigen konnte. Sie quittierte es dankend mit einem Nicken. Sein Finger zeigte auf den Privatjet, der vor ihnen neben der Startbahn stand und dort auf sie wartete. Während Gabor in der Limousine sitzen blieb, schaute Marianna sich auf dem Flugplatz um.

»Dort steht Ihr Flugzeug, Marianna. Bitte steigen Sie ein.«

Sie sah ihn erstaunt an.

»Mein Flugzeug?« Es war seit Langem das erste Mal, dass ein Lächeln über ihre Lippen huschte.

Milosh nickte.

»Wem gehört es denn wirklich?«

Milosh sah sie verdutzt an. Seine Stirn legte sich kurz in Falten, doch er schwieg, während er sie zur Gangway geleitete, die sie hinaufstieg. Dabei blieb er immer zwei Schritte hinter ihr, während seine aufmerksamen Augen die Umgebung absuchten.

Bewunderung trat in Mariannas Gesicht, als sie das Innere der Maschine erreichten. Bequeme, helle Ledersitze, waren um zwei kleine Tische gruppiert, die sich großzügig im Raum verteilten. So etwas hatte sie bisher nur im Fernsehen gesehen. In einem der Sessel erblickte sie ein bekanntes Gesicht.

»Marianna! Meine Liebe. Komm, setz dich zu mir. Der Tower hat uns soeben Startfreigabe erteilt.«

Marianna ging auf den Herrn zu.

»Onkel Bobo.« Sie gab ihm die Hand, doch er stand auf, nahm sie in seinen Arm und küsste sie jeweils einmal auf jede Wange. Im Augenwinkel sah sie, wie Milosh sich in gebührendem Abstand in einen der Sitze der zweiten Sitzgruppe sinken ließ und sich anschnallte.

Boboka wies ihr den Sessel ihm gegenüber zu und sie nahm Platz.

»Schnall dich bitte an. Wir fliegen gleich los.«

Sie nahm den Gurt und verschloss ihn über ihrem Becken. Dabei erfüllte sie ein seltsames Gefühl. Ihr Herz begann zu rasen und ihre Hände wurden schweißnass. Sie rieb ihre Handflächen aneinander und versuchte so, ihre Handfläche trocken zu reiben.

Boboka bemerkte die Veränderung in ihr und runzelte die Stirn.

»Ist alles in Ordnung?«

Sie atmete tief ein und klemmte ihre Hände zwischen den Schenkeln.

»Ich weiß nicht. Muss ich mich anschnallen?«

Besorgt blickte er sie an. Sie hatte das Trauma noch lange nicht überwunden.

»Es ist nur für den Start und bei der Landung. Während des Fluges kannst du den Gurt lösen.« Er machte eine Handbewegung, und eine Stewardess in den Vierzigern eilte herbei, gekleidet in einem dunkelblauen Hosenanzug und mit weißer Bluse. In der Hand trug sie ein Tablett. Die hellblonden Haare hatte sie zu einem Zopf geflochten, den sie zusammengerollt am Hinterkopf hochgesteckt hatte. Einige kleine Fältchen umrandeten ihre Augen, die sie unter Make-up zu verstecken versuchte. Sie stellte Boboka ein Glas mit einer durchsichtigen Flüssigkeit auf den Tisch.

»Darf ich Ihnen ein Glas Champagner anbieten?« Ihr hellrot geschminkter Mund brachte ein aufrichtiges Lächeln hervor.

Marianna nickte. »Danke.« Zögerlich nahm sie das Glas vom Tablett und Boboka prostete ihr zu.

»Auf deine Rettung und deine neue Heimat, liebe Marianna.«

Sie zog die Augenbrauen hoch. »Neue Heimat? Wo fliegen wir hin?« Sie nahm einen Schluck aus dem Glas. Noch nie hatte sie echten Champagner getrunken. Eigentlich mochte sie keinen Sekt. Doch momentan war es genau das richtige Getränk für sie. Wo würde man sie hinbringen? Und was geschieht dann mit ihr?

Nachdem er sein Glas zur Hälfte geleert hatte, lächelte er ihr aufmunternd zu.

»Wir besuchen jetzt deinen Vater. Danach entscheidet er, wo wir dich hinbringen werden.«

Mit gemischten Gefühlen sah sie aus dem Fenster. Zum einen freute sie sich darüber, endlich ihren Vater wiederzusehen. Doch wieso entschied er über ihr weiteres Leben? Sie hatte bereits ein eigenes Leben. Eine Wohnung. Eine Arbeitsstelle. Eine kleine Furche bildete sich über ihrer Nase auf der Stirn. Hatte sie überhaupt noch einen Arbeitsplatz? Der Champagner kribbelte in ihrer Nase und sie musste plötzlich niesen.

»Tschuldigung.«

Boboka lachte laut auf. Er war ein fröhlicher Mensch. Nur wenn es um Geschäfte ging, verwandelte er sich in einen harten Gegner, der stets darauf bedacht war, seine eigenen Interessen durchzusetzen. Kompromisslos und das um jeden Preis.

Hier konnte er ganz er selbst sein. Er genoss die Zeit mit seiner Nichte. Viel würde er von ihr nicht haben, denn sie musste in Sicherheit gebracht werden. Er vermutete, dass die Existenz einer Tochter bereits in seinen Kreisen die Runde gemacht hatte und seine Feinde nicht zögern würden, diesen Schwachpunkt auszunutzen, sobald sie landeten. Auch die Organisation hatte ihre Augen und

Ohren überall. Niemand konnte sicher vor ihnen sein. Besonders jetzt, da im Frachtraum des Flugzeugs noch ein spezielles Paket für seinen Bruder lag.

Boboka bedauerte seine Nichte. Cosmin hatte sie nur achtzehn Jahre schützen können. Nun wurde ihr Leben über Nacht auf den Kopf gestellt – es würde sich drastisch ändern. Wie wird sie darauf reagieren? Er konnte es nicht sagen. Doch er hoffte, dass sein Bruder einen vernünftigen Weg für sie gefunden hatte, und sie nicht einfach wegsperrte. Das hatte Marianna nicht verdient. Und wie er die Situation einschätzte, würde sie, eingesperrt in einem Haus, langsam zugrunde gehen.

Marianna starrte aus dem Fenster und sah, wie die Limousine davonfuhr. Noch konnte sie das alles nicht begreifen, was um sie herum geschah. Zu viele Dinge sind in den letzten Tagen über sie hereingestürzt. Allein das plötzliche Auftauchen eines Onkels hatte sie komplett aus der Bahn geworfen. Was hatte ihre Mutter ihr sonst noch verschwiegen? Wenn sie es richtig einschätzte, hatte ihr Vater Geld. Woher könnte er sich sonst einen Privatjet leisten? Warum hatte ihre Mutter dann keinen Kontakt mit ihm aufgenommen, um das Lösegeld aufzutreiben? Sie wusste schlichtweg keine Antworten auf ihre Fragen. Sollte sie Onkel Bobo fragen?

»Marianna. Ich weiß, du hast viele Fragen ...« Er beendete den Satz nicht und überlegte kurz, bevor er fortfuhr.

»Das ist etwas, das er selbst erledigen möchte. Was die Beantwortung dieser Fragen betrifft, so habe ich einen Maulkorb«, unterbrach er ihre Gedanken.

Marianna öffnete den Mund, sagte aber nichts und starrte stattdessen wieder aus dem Fenster; die Falcon war gerade dabei abzuheben.

Sie sah noch die blauen Lichter einiger Polizeiwagen, die

langsam in der Ferne zu einem Punkt zusammenschmolzen.

***

Der Jet landete in Constanţa. Es regnete in Strömen und sie eilten zu einer Limousine, die bereits auf sie wartete. Boboka und Marianna nahmen auf der bequemen Rückbank Platz. Milosh schloss die Tür und ging mit schnellen Schritten zur Beifahrertür. Es war noch nicht ganz im Wagen, da setzte sich die Limousine auch schon in Bewegung. Durch den Ruck schlug die Beifahrertür zu.

Kaum hatte die Limousine das Gelände verlassen, setzte sich ein dunkelblauer Kleintransporter hinter sie.

Marianna wurde plötzlich stark gegen den Rücksitz gepresst, als ihr Fahrer unvermittelt das Gaspedal nach unten drückte. Sie wunderte sich über die rasante Fahrt.

»Ist was passiert?« Marianna blickte durch das getönte Fenster, konnte aber nichts Auffälliges entdecken.

»Alles in Ordnung. Das ist nur zur Sicherheit.«

Milosh öffnete sein Fenster, löste den Sicherheitsgurt und zog plötzlich seine Waffe aus der Holstertasche. Ein Schuss fiel. Marianna stieß einen spitzen Schrei aus und zuckte zusammen.

»Runter mit dir, Marianna!« Rief Boboka ihr zu und drückte ihren Oberkörper nach unten, während er seine Arme schützend über ihren Rücken legte.

»Halt dich flach auf dem Sitz, dann geschieht dir nichts!«

Vor Schreck erstarrt blieb sie auf Bobokas Schoß liegen und rührte sich nicht.

»Was ist hier los?« Rief sie voller Panik.

Weitere Schüsse fielen. Boboka hielt sich mit einer Hand an dem Haltegriff über der Tür fest. Seine andere Hand tastete unter das Jackett, er zog eine Waffe aus dem

Halfter heraus. Marianna schluckte, als sie kurz den silbernen Lauf vor sich aufblitzen sah. Sie legte die Hände schützend über den Kopf und presste die Unterarme gegen ihre Ohren, um gegen den Lärm gewappnet zu sein.

»Onkel Bobo. Was passiert hier gerade?« In der Aufregung war ihre Stimme kaum zu hören. Durch die heftigen Ausweichmanöver wurde sie heftig auf der Rückbank hin und her geschüttelt. Ihr Körper begann zu zittern.

Milosh rief dem Fahrer hektisch einige Kommandos zu, die Marianna jedoch nicht verstand. Der Wagen legte sich in eine enge Kurve und driftete, während Milosh sich aus dem Fenster lehnte und weitere Schüsse abfeuerte.

»Wir haben es gleich geschafft. Bleib ruhig, Marianna. Bald bist du in Sicherheit. Milosh ist ein sehr guter Schütze und Amadeus ein hervorragender Fahrer.«

Erneut fielen Schüsse. Der Seitenspiegel der Limousine hing plötzlich nur noch an einem Kabel. Bei jedem weiteren Schuss zuckte Marianna zusammen. Dann hörte sie einen dumpfen Knall, als würde ein Wagen gegen einen Widerstand prallen. Milosh wechselte erneut einige Worte mit dem Fahrer und tauschte geschickt das leere Magazin gegen ein volles. Polternd ließ er das leere Magazin auf den Boden fallen.

Obwohl Marianna es noch immer nicht verstand, so erkannte sie anhand der Tonlage, dass er gerade einige Anweisungen an den Fahrer erteilt hatte. Der Wagen raste über unebenes Gelände und setzte schließlich seine Fahrt ohne weitere Störungen fort.

Sie passierten ein großes Eisentor. Zwei Männer, die Waffen im Anschlag, näherten sich dem Wagen und nahmen sie in Empfang. Die Wagentür wurde geöffnete, Marianna schaute mit angsterfüllten Augen auf. Ihr Herz setzte aus, während ihr Oberkörper sich in den Sitz presste, als sie den Lauf einer Waffe erblickte.

»Keine Sorge, Marianna. Die sind hier nur zu deiner Sicherheit«, erklärte Onkel Bobo ruhig, während einer der bewaffneten Männer ihr die Hand reichte und gleichzeitig seinen aufmerksamen Blick durch die Gegend schweifen ließ.

Mit wackligen Knien stieg Marianna aus. Der Regen hatte etwas nachgelassen, doch nicht ganz aufgehört. Ein sehr dünner Mann von großer Statur empfing sie mit einem Schirm und geleitete sie ins Haus. Boboka führte Marianna in ein Wohnzimmer.

Die Farben waren dezent im hellblauen Pastell und das rote Samtsofa passte hervorragend zum Rest der Einrichtung. Alte Buchen-Schränke und Regale, ebenfalls aus Buche, vor denen ein schwerer Schreibtisch thronte, beherrschten das Zimmer. Dahinter befand sich ein Drehsessel. Die moderne Computeranlage mit mehreren Bildschirmen wollte sich so gar nicht in das antiquierte Bild des Raumes einfügen. Auf den Monitoren sah sie Bilder der Umgebung. Die Auffahrt, die Straße, den Garten, es schien, als sei jeder Zentimeter des Gebäudes und des angrenzenden Grundstücks videoüberwacht. Noch nicht einmal eine Maus konnte unbemerkt über den Rasen schleichen.

»Mach es dir bequem, Marianna.« Sie gehorchte. Wortlos setzte sie sich auf das Sofa und schlang ihre Arme um den Oberkörper.

»Ist dir kalt? Brauchst du etwas Warmes? Oder eine Decke vielleicht?« Boboka reichte ihr eine Wolldecke, die er aus dem Schrank hervorgeholt hatte. Sie zitterte noch immer.

Die Tür ging auf; ihr Blick blieb an dem Mann haften, der mit stolz erhobenen Haupt den Raum betrat. Er humpelte leicht mit dem linken Bein und über seine linke

Gesichtshälfte zog sich eine Narbe. Zeuge eines Unfalls und Überbleibsel mehrerer Operationen. Ihr stockte der Atem. Sie erkannte sofort, dass er eine Respektsperson war. Seine gesamte Ausstrahlung sagte dies aus. Er war gut einen Meter achtzig groß. Seine allgemein schlanke Statur wurde nur von einem kleinen Bauchansatz abgerundet. Er trug einen Vollbart, der bereits zu gut zwei Dritteln ergraut war. Stechend graue Augen musterten sie und ließen ihr einen Schauer über den Rücken laufen. Das Gesicht des Mannes erhellte sich und seine gepflegten weißen Zähne kamen zum Vorschein.

»Marianna. Meine Tochter. Ich bin froh, dass wir uns endlich wiedersehen.« Er ging auf sie zu, zog sie hoch und umarmte sie herzlich. Da sie noch in der Decke gehüllt war, konnte sie seine Begrüßung nicht erwidern.

»Papa?«

Unsicher ließ sie die Umarmung über sich ergehen. Seine Hände erfassten ihre Schultern, und er sah sie erst einmal von oben bis unten an. Ihr war es sichtlich unangenehm. Das letzte Mal, als ein Mann sie so anblickte, stand sie nackt unter der Dusche. Eine Erinnerung, die alles andere als willkommen war. Sie wich seinem Blick aus und starrte auf den Boden.

»Was ist mit dir?« Cosmin legte die Stirn in Falten. »Du bist ganz blass. Ist alles in Ordnung?« Sein Blick wanderte zu Boboka, der sich gerade ein Glas einschenkte. Marianna nickte kaum merkbar und schluckte einmal.

»Wir hatten einen Zwischenfall auf der Fahrt. Doch das Problem wurde gelöst. Sie muss es erst noch verdauen. Es ist alles noch sehr ungewohnt für sie«, sagte Boboka.

»Lass Marianna sich erst einmal umsehen und von den Strapazen der Reise erholen.«

»Ihr hattet auf dem Rückweg Schwierigkeiten?« Cosmin klang nun sehr ernst.

»Ja, Bruder. Milosh ist ein sehr guter Mann. Er hat sich

des Problems angenommen. Ich erzähle dir alles später in Ruhe.« Er schlenderte zum Fenster und blickte auf die Straße.

»Milosh ist der Beste«, bestätigte Cosmin. »Er kann die Gefahr förmlich riechen.« Er wandte sich wieder seiner Tochter zu. »Marianna, du wirst müde und hungrig sein. Ich habe dein Zimmer herrichten lassen. Ich hoffe, es wird dir gefallen.« Für eine Sekunde schien Unsicherheit in seinem Gesicht aufzuflackern, die sofort wieder verschwand.

»Wenn du etwas brauchst, musst du nur Bescheid sagen und es wird dir gebracht. Dort findest du auch neue Kleidung.« Er rang sich ein Lächeln ab, denn es war ihm sichtlich unangenehm, über dieses Thema zu sprechen. Ein Mann in seiner Position setzte sich nicht mit diesen Banalitäten auseinander. Dafür hatte er seine Angestellten. Doch für seine Tochter machte er eine Ausnahme.

Marianna wollte etwas fragen. Wollte wissen, weshalb man auf ihren Wagen geschossen hatte, kaum dass sie das Flughafengelände verlassen hatten, doch der Schock saß noch zu tief in ihren Knochen. Erst einmal war sie froh, dass sie ein wenig Zeit hatte, um sich auszuruhen.

Milosh begleitete Marianna in ihr Zimmer. Als sie eintrat, verschlug es ihr die Sprache. Mit gemischten Gefühlen sah sie sich um.

Ein großes, hölzernes Himmelbett mit wunderschönen Schnitzereien an den Pfosten, beherrschte den fast dreißig Quadratmeter großen Raum. Die Decke schmückten längliche, dunkelbraune Holzvertäfelungen. Weinrote Vorhänge aus Brokat und ein königsblauer Teppich rundeten das Bild ab, das ihr das Gefühl gab, eine Prinzessin zu sein. Gegenüber vom Bett stand eine breite Kommode. Darüber prangte ein großer ovaler Spiegel mit einem zierlichen Goldrahmen. Als kleines Mädchen hatte sie immer von solch einem Zimmer geträumt, es aber nie bekommen, da die finanziellen Mittel ihrer Eltern nicht ausreichten. Daher baute sie sich immer ein Himmelbett, indem sie versuchte, das Bettlaken über zwei sich gegenüberliegende Stuhllehnen zu befestigen, die sie jeweils an Kopf und Fußende des Betts stellte. Der Versuch musste misslingen, da die Bettlaken nie lang genug waren und die Konstruktion immer wieder in sich zusammenfiel.

Sie schnappte nach Luft und ergriff Milosh' Unterarm.

Verwundert starrte er erst ihre Hand an seinem Arm, dann sie an.

»Alles in Ordnung?« Seine Stimme war ruhig und gelassen.

»Ich bin mir nicht sicher. Warum wurde auf uns geschossen?« Noch immer saß ihr die Angst im Nacken.

Milosh zuckte mit den Schultern. »Das weiß ich nicht. Ihr Vater und Boboka werden es aber bestimmt herausfinden.«

Mehr würde Milosh ihr im Moment nicht offenbaren. In ihrem Ausdruck erkannte er, dass Marianna nicht wusste, wer oder was ihr Vater war.

»Ist das hier wirklich mein Zimmer?«

Zum ersten Mal, seitdem sie Milosh begegnet war, erblickte sie etwas, das aussah wie ein Lächeln um seinen Mund. In seinen grauen Augen erkannte sie ein sanftes Leuchten, das einige Fältchen an den Seiten hervorbrachte. Behutsam nahm er ihre Hand von seinem Arm und führte sie tiefer ins Zimmer hinein. Dann zeigte er ihr den Kleiderschrank, und wo sich die Klingel befand, mit der sie die Bediensteten rufen konnte.

»Wenn Sie mich brauchen, rufen Sie einfach nach mir.«
»Milosh!«
Er drehte sich zu ihr und sie blickten sich an.
»Was ist?«
»Danke.«

Er nickte kurz und schloss die Tür hinter sich.

Sofort machte sich ein beklemmendes Gefühl in ihr breit. Obwohl der Raum bei Weitem größer als ihr Gefängnis war, konnte sie es kaum ertragen, dass die Tür geschlossen war. Ihr Herz begann zu rasen. In ihrer Brust wuchs ein Druck heran, der sie zu ersticken drohte. Mit schnellen Schritten ging sie zum Fenster und riss den schweren Vorhang zur Seite. Sie wollte das Fenster öffnen, doch es war verschlossen. Ihre Hand griff an die Brust und drückte sie. Dann wanderte ihr Blick zur gegenüberliegenden Seite und sie lief zur Tür. Sie kam ins Straucheln, während die Tür mit einem kräftigen Ruck aufflog.

Milosh war sofort da und fing sie auf.

»Was ist passiert?« Ihr stürmischer Ausbruch bereitete ihm Sorge.

»Ich ... ich mag keine geschlossenen Räume. Im Krankenhaus hatte es mir schon Schwierigkeiten bereitet, sodass die Schwester mir immer Beruhigungsmittel geben musste. Bitte, kann ich die Tür einen Spalt offen lassen?«

»Natürlich.«

Ihre Atmung begann sich langsam zu normalisieren.

»Und du stehst vor meiner Tür und hältst Wache?« Sie schaute ungläubig in sein Gesicht, als er erneut nickte.

»Schläfst du denn nie?«

Hatte sie wieder einen Anflug von einem Lächeln entdeckt?

»Doch. Ich werde in ein paar Stunden abgelöst. Dann passt jemand anderes auf Sie auf. Es sei denn, Sie befehlen, dass ich weiterhin bleiben soll.«

»Ich? Dir befehlen?« Sie schüttelte entsetzt den Kopf.

»Das kommt gar nicht infrage. Und bitte, können wir uns nicht duzen?«

Er sah sie verwundert an.

»Wenn Sie es wünschen.«

Sie lächelte.

»Ja.«

»Wie du befiehlst.«

Sie schürzte die Lippen über seine letzte Bemerkung und wollte zurück ins Zimmer gehen, doch ein Gedanke ging ihr durch den Kopf.

»Hat mein Vater dich als meinen persönlichen Bodyguard abgestellt?«

»Da.«

Innerlich atmete sie auf über diese Antwort. Bei Milosh fühlte sie sich geborgen und – was viel wichtiger war – auch sicher. Im Krankenhaus hatte er sich gut um sie gekümmert, ohne aufdringlich zu sein. War hilfsbereit und nett. Nachts wachte er an ihrem Bett, bis sie eingeschlafen war. Wenn sie morgens erwachte, saß er zusammengesackt im Stuhl und schnarchte leise vor sich hin, bis sie ihn sanft weckte. Ihm war es sichtlich unangenehm, dass er eingeschlafen war. Marianna fand, dass es ihm eine menschliche Note verlieh. Anders als der zweite Leibwächter schien Milosh empfänglicher für ihre Sorgen zu sein. Vielleicht bildete sie es sich auch nur ein. Auf jeden Fall war sie ihm dankbar, dass er diese Psychologin und den Hauptkommissar von ihr ferngehalten hatte, die sie immer wieder mit ihren Fragen löcherten. Fragen, auf die sie keine Antwort hatte. Fragen über ihre Entführer, die sie nicht beantworten konnte, da noch immer in ihrem Hinterkopf die Drohung schwebte und so präsent war, wie eine Solistin auf der Bühne. Milosh hatte heute auf der Autofahrt bewiesen, dass er sehr gut in seinem Handwerk war und hatte sie beschützt. Jetzt konnte dieser Licas ruhig kommen. Sie war überzeugt, gegen Milosh hätte er keine Chance.

In den Fängen des Feindes

10. Februar - Constanţa, Primăria Poarta Albă

In seinem Schädel dröhnte es. Jedes noch so kleine Geräusch von außen klang wie ein detonierender Sprengsatz in seinem Hirn. Er wollte die Hände an den Kopf führen, doch etwas hielt ihn zurück. Stöhnend und im Zeitlupentempo öffnete er die Augen. Wo war er? Langsam flossen die Erinnerungen zurück – wie das Wasser bei der Flut, wenn die Wellen den Strand überrollen.
»Gabor«, knurrte er.
Seine Sinne wurden plötzlich aktiv. Wo zur Hölle hatte man ihn hingebracht? Er befand sich in einem düsteren Raum. So viel konnte er erkennen. Eine kleine Lampe in einer Ecke spendete etwas Licht. Er sah an sich herunter und wusste es nun. Er hatte das Tor zur Hölle durchschritten. Es gab kein Zurück mehr. Der metallene Tisch zu seiner Seite flüsterte ihm seine Geschichten zu. Er schluckte leicht, als er die unterschiedlichen Instrumente darauf erkannte. Und bei dieser Auswahl würden sie nicht zimperlich mit ihm umgehen.

Man hatte ihn auf einem Folterstuhl fixiert. Wobei das Wort ›fixiert‹ eher untertrieben war. Hände und Füße lagen sowohl in Ledermanschetten als auch in Ketten. Um seine Brust wand sich ebenfalls ein festes metallenes Ungetüm. Er war nackt. Sie hatten ihm nicht ein einziges Kleidungsstück gelassen. Immerhin konnte er seinen Kopf etwas bewegen, obwohl er ein eisernes Halsband um seine Kehle herum spürte. Als er den Kopf leicht anhob – viel Spielraum hatte man ihm nicht gelassen – erblickte er das Stativ. Sofort war ihm klar, dass dieses Schauspiel für das Vergnügen eines anderen inszeniert werden würde.

Er versuchte zu ruckeln, doch die Sitzgelegenheit bewegte sich nicht einen Nanometer. Der Stuhl war am Boden fest verankert. Auch die Fesseln gaben nicht nach. Licas hielt inne, als er hinter seinem Rücken knarrende Geräusche hörte, als würde ein Riegel bewegt werden.

Die Tür öffnete sich, ein Lichtkegel von außen hechtete durch die Tür, gefolgt von einem Schatten. Licas Blick wanderte zum Boden. Anhand der Silhouette ahnte er, wer ihm gerade einen Besuch abstattete.

Dem Schatten folgte ein weiterer Schatten, der größer war und sich sofort wieder entfernte. Mit einem knarzenden Geräusch glitt die Tür zu und der Schatten war verschwunden. Mit der Eleganz eines verletzten Raubtiers trat der Mann hinkend vor und kam vor ihm zum Stehen.

»Hallo, Licas. Wir haben uns lange nicht gesehen.« Ein abschätzender Blick aus eiskalten grauen Augen musterte den Gefangenen.

»Cosmin«, seine Stimme klang rau. »Ich kann nicht gerade sagen, dass ich erfreut bin, dich zu sehen«, entgegnete er spöttisch.

Cosmin schwieg und kreuzte die Arme vor der Brust. Seine Miene verriet keine Gefühlsregung.

»Hast du dich all die Jahre über in diesem Loch versteckt?« Provozierte Licas ihn weiter.

»Immer noch aufsässig? Nicht gerade vorteilhaft in deiner Lage, meinst du nicht auch?«

Licas lachte einmal verächtlich auf.

»Oh, deinen Humor wirst du bald verloren haben. Das kann ich dir versichern.« Er ließ keine Zweifel dran, dass dies keine leere Drohung war.

Licas presste die Lippen aufeinander. In seinen Augen funkelten Hass, Zorn und ein wenig Verzweiflung. Zorn auf sich selbst, weil er es nicht hatte verhindern können, in diese Lage zu kommen. Hass auf Cosmin, seinen ehemaligen Boss, der ihn verraten hatte und Verzweiflung über die Erkenntnis, dass ihm ein langes, schmerzvolles Ende bevorstand. Seine Fäuste ballten sich, während er versuchte, sich gegen die Fesseln zu stemmen, um sich zu befreien.

Cosmin sah ihm dabei geduldig zu und verschränkte nur die Arme vor der Brust. Er kannte dieses Schauspiel schon zu Genüge. Die Gefangenen, wie sie verzweifelt versuchen, sich aus den Fesseln zu winden. Bisher hatte er noch keinen Entfesselungskünstler unter ihnen ausmachen können. Vielleicht war Licas ja die Ausnahme? Er wartete noch etwas ab und beobachtete amüsiert die erfolglosen Befreiungsversuche seines Gastes, während er seinen Rücken gemächlich gegen die Steinmauer lehnte.

Nach gut einer viertel Stunde gab Licas auf. Die Manschetten hätte er vielleicht überwinden können, doch gepaart mit den Ketten musste er scheitern. Sein Herz schlug wild und die Halsschlagader trat heraus. Ein Zustand, den er nur vom Kämpfen her kannte, wenn er als Sieger den Käfig verließ. Würde er auch heute siegen?

In seinem Kopf arbeitete es. Konnte er Cosmin, seinem ehemaligen Chef, etwas anbieten. Im Austausch gegen sein Leben? Oder wenigstens für einen schnellen Tod?

Die beiden Männer starrten sich an.

Erneut ging die Tür auf und ein kleiner Mann mit schütterem Haar und dicken Bauch trat ein. Er trug einen grauen Kittel, der ihm bis zu den Knien reichte und somit seine Erscheinung noch gedrungener wirken ließ. Der Kittel war übersät mit Blutflecken und Spritzern. Er hatte sich nie die Mühe gemacht, die Beweise seiner hervorragenden Arbeit zu entfernen, und stellte sie wie Trophäen zur Schau. Als er ein paar weitere Instrumente auf dem Metalltisch aus der ledernen Werkzeugtasche ausrollte, rutschte ihm die Nickelbrille von der kurzen spitzen Nase und er schob sie geübt zurück an ihren Platz.

Licas sah ihm bei seinen Handlungen mit argwöhnischem Blick zu, doch der Folterknecht ließ sich nicht beirren.

Er kannte diesen kleinen, unscheinbaren Mann und wusste, dass sich der ›Maulwurf‹, wie sie ihn immer genannt hatten, an den Schmerzen anderer labte. Er hatte viele Menschen auf dem Gewissen. Die Zahl der Opfer seiner sadistischen Ader, egal ob Frauen oder Männer, ging in die Hunderte. Wenn es eine perfekte Person für diesen Job gab, dann war es der Maulwurf. Ihm blieb kein Geheimnis verborgen. Seine Statistik konnte sich sehen lassen. Er hatte bisher nicht ein einziges Mal versagt.

»Dir ist mein engster Mitarbeiter bekannt?« Cosmins Ausdruck bekam ein diabolisches Lächeln, das durch die schummrige Beleuchtung noch an Dramatik gewann, Licas musste unweigerlich schlucken. Ansonsten zeigte er keine Reaktion.

»Mirče, warte noch einen Moment. Ich möchte Licas die Möglichkeit geben, zu gestehen und seine Taten zu bereuen.«

Der Maulwurf blickte kurz auf, nahm ein paar der Instrumente in die Hand, sowie ein Tuch und zog sich schweigend in die Ecke zurück. Dort begann er die Instrumente zu reinigen.

»Du weißt, warum du hier bist?«

»Ich habe eine Vermutung«, entgegnete er kühl, doch seine Lässigkeit war nur noch gespielt.

»Du hast meine Tochter entführt und misshandelt.« Cosmin riss ein Skalpell vom Tisch und zog es einmal quer über Licas nackten Oberkörper. Der Schnitt ging gerade so tief, dass seine Nervenenden zu singen begannen. Licas kniff die Zähne zusammen, während Cosmin ihn beobachtete.

Mehrere Blutfäden bahnten sich ihren Weg über Licas Brust nach unten. Doch Cosmin schien mit dem Ergebnis nicht zufrieden zu sein, nahm eine Flasche vom Tisch und sah sie lange und intensiv an, bis er sich wieder Licas zuwandte.

»Konzentrierte Natronlauge,« erklärte er, als wäre er ein Chemieprofessor. Er sog mit einer langen Pipette etwas von der Flüssigkeit aus dem braunen Glas.

Licas schluckte und das Blut schoss mit der Geschwindigkeit eines tosenden Wasserfalls durch seine Adern.

Cosmin lächelte zufrieden, als er sah, wie sich der nackte Brustkorb schneller bewegte, und träufelte einige Tropfen entlang der langen Schnittwunde.

Licas hielt den Atem an, ballte die Hände noch fester zu Fäusten, sodass seine Knöchel weiß hervorstachen, und biss verkniffen die Zähne zusammen. Er wollte seinem ehemaligen Boss nicht das Vergnügen bereiten zu schreien, obwohl er das Gefühl hatte, seine Brust würde in Flammen stehen. Cosmin setzte noch vier weitere Schnitte und wiederholte die Prozedur.

Schweißtropfen liefen an der Schläfe des Gefangenen herunter. Der Schmerz wurde so stark, dass selbst ein Mann seines Kalibers ihn nicht mehr aushalten konnte. Er schrie auf. Sein Körper wollte sich winden, und er versuchte erneut, sich loszureißen, doch die Fesseln saßen fest. Erneut schrie er auf und erkannte die nüchterne Realität: Niemand würde ihm zu Hilfe kommen. Speichel floss aus seinen Mundwinkeln, hinab an seinem Hals. Dazu kam das Blut, das an seinem Oberkörper herunterlief und zusammen mit dem Speichel auf den Boden tropfte. Sein Blick ging zum Mirče, der mit enttäuschtem Ausdruck dem Geschehen folgte.

Licas wusste nur zu gut, dass der Folterknecht ungern seine Arbeit an andere abgab. Doch auch der Maulwurf wagte es nicht, gegen den größten Boss der rumänischen

Unterwelt aufzubegehren.

Cosmin kannte seine Vorlieben und wusste, dass er ihn ab und zu mit Versuchspersonen beliefern musste. In diesem Land wunderte es niemanden, wenn jemand spurlos verschwand.

Ein weiterer Schrei erfüllte den Raum.

Cosmin stand mit zufriedenem Gesichtsausdruck daneben und beobachtete Licas bei seinem Leiden.

»Hast du meine Tochter angerührt?« Seine bohrende Stimme forderte eine ehrliche Antwort. Das wusste er.

»Nein!« Presste er aus zusammengekniffenen Zähnen hervor.

»Nein?« Wiederholte Cosmin bedrohlich. »Du hast sie nicht ein einziges Mal angerührt?« Er nahm Licas' Kinn in die Hand. Der versuchte, sich aus dem Griff zu befreien, doch Cosmin ließ nicht mit sich spielen, kniff die Augen zu schmalen Schlitzen zusammen und erwartete die Antwort.

Licas' Brust hob und senkte sich immer schneller. Die Schmerzen waren kaum zu ertragen und sein gesamter Körper begann zu schwitzen.

»Ich weiß nicht, was du meinst«, keuchte er schwer atmend.

»Sie hat Angst vor Berührungen. Also frage ich dich zum letzten Mal. Wenn du dir ein längeres Leid ersparen willst, solltest du mir antworten und die Wahrheit sagen.«

Licas verstand die Drohung und schluckte trocken.

»Wir haben sie nicht vergewaltigt. Keiner von uns.«

Cosmin senkte sein Haupt und führte seinen Mund neben das Ohr von Licas.

»Wieso hatte sie so viele Prellungen und Blutergüsse? Die wird sie sich kaum selbst zugefügt haben!« Schrie er ohne Vorwarnung los und Licas zuckte zusammen, soweit die Fesseln es zuließen. Er spürte, wie eine Hand seinen Hals umklammerte und nach hinten drückte. Sein Genick traf auf einen Bolzen und ein stechender Schmerz durchfuhr seine Wirbelsäule.

»Mirče, hilf mir«, befahl Cosmin dem Folterknecht barsch.

Mirče rückte seine Brille zurecht, trat aus der dunklen Ecke hervor und eilte zu seinem Boss.

»Nein! Warte«, röchelte Licas. »Ich erzähle alles.«

Cosmin hob die Augenbraue und dem Folterknecht ein Zeichen, noch zu warten.

»Ich warte. Doch meine Geduld hat Grenzen«, knurrte er.

Licas kniff vor Schmerz die Zähne zusammen. Schweiß rann ihm die Stirn herunter und das Salz brannte in seinen Augen, sodass er blinzeln musste.

»Es war eine ... sie sollte es nicht sein. Es war eine Verwechslung«, brachte er nur mit Mühe heraus.

Cosmin fuhr herum, stützte sich mit den Händen auf Licas muskulösen Unterarmen ab, bis ihre Gesichter nur noch wenige Zentimeter trennten.

»Eine Verwechslung?« Seine Miene verdüsterte sich zusehends. »Willst du mich verarschen?« Spie er den Gefangenen an.

Licas hätte gern den Kopf geschüttelt, doch die Kopfzwinge ließ es nicht zu.

»Nein. Wirklich. Du musst mir glauben«, versuchte er, Cosmin zu überzeugen.

»Die Mutter ... sie konnte die geforderte Lösegeldsumme nicht auftreiben.«

Cosmin schluckte. Er stand kurz davor, die Beherrschung zu verlieren. Lene hatte ihn noch nicht einmal kontaktiert, als das Leben ihrer gemeinsamen Tochter in Gefahr war.

Vor Wut schäumend griff Cosmins Hand in seine Hosentasche. Mit einer fließenden Bewegung zückte er ein Messer und öffnete es gleichzeitig. Alles ging so schnell, dass weder Licas noch der Maulwurf mitbekamen, als Cosmin mit einem heftigen Stoß das Messer in Licas

Handrücken trieb. Die Messerklinge bohrte sich widerstandslos durch die Hand, bis die Klinge im Holz stecken blieb und die Hand an der Armlehne zusätzlich fixierte. Licas schrie auf. Sein gesamter Körper wollte sich aufbäumen. Das schlecht verarbeitete Eisen schnitt zusätzlich in sein Fleisch, während er die Brust gegen die Fesseln stemmte.

Gleichzeitig entfuhr Cosmin ein gutturaler Schrei, der das Gewölbe durchflutete. Er hatte das Gefühl, jemand hätte ihn gerade mit einer Brechstange auf den Kopf geschlagen.

Mirče wich einige Schritte zurück. Er wollte nicht zwischen seinem Boss und dessen Wutausbruch geraten. In sicherem Abstand beobachtete er, wie Cosmin zu einem Faustschlag in das Gesicht des Gefangenen ansetzte und zuschlug. Es folgte ein weiterer Schlag. Dann noch einer. Es knackte. Blut schoss aus Licas Nase und Mund, verteilte sich auf Cosmins Faust und spritzte auf dessen Anzug. Beim vierten Schlag rutschte er ab, sodass er zu Besinnung kam. Langsam richtete sich Cosmin auf. Eine Minute, die Licas wie eine Stunde vorkam, starrte Cosmin auf ihn herunter. Seinem Ausdruck war alle Menschlichkeit entwichen. Er drehte den Kopf zur Seite, nickte Mirče zu und ging.

Mit einem zufriedenen Ausdruck in seinem runden Gesicht zog er ein in der Länge verstellbares Metallband herunter und legte es Licas um die Stirn. Dann begann er die Schraubzwinge langsam enger zu drehen, bis Licas anfing die Augen vor Schmerzen zuzukneifen.

»Das ist genug.«

Mirče ließ ab und wartete geduldig auf den nächsten Befehl.

»Verdammt. Wir wussten noch nicht einmal, dass du eine Tochter hast«, stöhnte er unter Schmerzen. Er hatte das Gefühl, sein Schädel wäre kurz davor zu platzen. Höllische Kopfschmerzen gesellten sich zu den brennenden Schnitten, die über seinen Oberkörper verteilt waren und der gebrochenen Nase.

»Ihr hättet eure Hausaufgaben besser machen müssen«, knurrte Cosmin. Erneut setzte er einige Schnitte an Armen, Beinen und an den Genitalien an und träufelte die Flüssigkeit darüber.

Licas schrie erneut vor Schmerz auf. Sein Körper begann zu zittern und wollte sich befreien, doch nun war zusätzlich der Kopf in der Schädelpresse eingequetscht, sodass er keine Möglichkeit mehr hatte, sich überhaupt zu bewegen.

»Warum tötest du mich nicht gleich?« Forderte er Cosmin heraus, der gerade im Begriff war zu gehen.

Langsam drehte er sich um und blickte Licas kühl an.

»So einfach werde ich es dir nicht machen.« Sein Blick wurde dunkel, gleichzeitig versteifte sich seine Körperhaltung. Er atmete mehrmals tief ein, sodass sein Brustkorb sich sichtbar aufblähte.

»Du hast mein eigen Fleisch und Blut entführt ...« Es verlangte alles von ihm ab, sich zurückzuhalten, um nicht auszurasten. »... geschlagen und sie wie einen Köter an die Wand gekettet. Ihr wolltet Marianna ...« Sein Körper begann vor Zorn zu beben. »... elendig verrecken lassen.« Bei diesem Gedanken musste er noch einmal tief Luft holen, da er sonst Licas sofort persönlich umgebracht hätte. Nur mit größter Mühe schaffte er es, sich zu beherrschen.

»Marianna musste viel leiden. Jetzt wirst du am eigenen Leib erfahren, was es bedeutet zu leiden.« Seine Stimme klang gefährlich ruhig und die unverhüllte Drohung, dass die kommenden Schmerzen andauern würden, ließ Licas erschaudern und zauberte für den Bruchteil einer Sekunde, ein schiefes Lächeln auf dem Mund des Maulwurfes.

Cosmin wandte sich zum Gehen.

»Mirče, er gehört ganz dir. Geh es langsam an. Nimm dir alle Zeit, die du brauchst.«

Ein kaum merkliches Lächeln, es war eher ein Zucken, das die Mundwinkel des Maulwurfs umspielte, reichte aus, um Licas erneut einen Schrei zu entlocken.

»Das wirst du bereuen! Sie werden dich finden! Du bist ein toter Mann, Cosmin!« Schrie er ihm verzweifelt hinterher, doch Cosmin ignorierte die Drohung des Todgeweihten und ging, ohne sich noch einmal umzudrehen.

Der Maulwurf ging zurück zu seinem Lederkoffer und zog einen Gürtel daraus hervor. Mit jener Sorgfalt, die man seinem Werkzeug entgegenbringt, begutachtete er das Stück und prüfte jede einzelne der zwanzig langen Eisenstacheln auf das Genaueste. Dann legte er Licas den Gürtel um und zog ihn eng zu. Erneut schrie Licas auf, doch Mirče interessierte es nicht. Er zog seinen MP3-Player heraus und lauschte den Klängen von ›Poème roumain Opus1‹ von Georges Enescu, während er den Raum verließ, um wenig später mit einem Behälter aus dunkel getöntem Glas zurückzukommen, den er auf dem Tisch abstellte.

Licas hatte das Gefühl, die Nägel bohrten sich mit jedem Atemzug tiefer in seinen Bauch, und versuchte, so flach wie möglich zu atmen. Doch der Schmerz ließ nicht nach.

Zufrieden sah Mirče, wie sich Licas' Körper vor Pein zu winden versuchte. Der Gesichtsausdruck des Gefolterten verzerrte sich zu einer Fratze.

Licas wünschte sich, ohnmächtig zu werden, doch sein Körper tat ihm den Gefallen nicht. Die vielen Kämpfe hatten ihn abgehärtet und so freute sich der Folterknecht auf das Vergnügen, denn es würde eine ganze Weile so weiter gehen, bis zuerst Licas' Geist und schließlich sein Körper aufgeben würde. Er schnallte den Gürtel noch enger und Licas keuchte erneut auf. Seine Muskeln spannten sich an und das Herz pumpte sein Blut mit Lichtgeschwindigkeit durch die Adern. Würde er ihn langsam ausbluten lassen? Ein neuer Schmerz schoss durch seinen Kopf, denn Mirče hatte die Schraubzwinge enger gezogen. Er hörte, wie sein Schädelknochen langsam nachgab und fühlte, dass er Risse bekam.

Mirče hatte größtes Vergnügen am Foltern. Je mehr Licas schrie, desto heiterer wurde der Ausdruck in seinem Gesicht. Er nahm das Glas, griff nach einer Pinzette und stellte beides auf dem Metalltisch ab. Die Schmerzen wurden noch einmal heftig, als er den Gürtel unsanft entfernte, während die Nägel ein Teil des Fleisches mit herausrissen. Blut rann aus den Löchern und mischte sich mit seinem Schweiß. Doch das war nichts im Vergleich zu den Schmerzen, die ihm die Natronlauge bereitete.

Licas wusste nicht, wie ihm geschah, doch er war sich sicher, dass der Folterknecht noch längst nicht mit ihm fertig war.

Der Deckel quietschte, als Mirče ihn aufschraubte. Licas wollte sehen, was sich in dem Glas befand, doch die Kopfzwinge hinderte ihn daran, und Mirče stand in einem ungünstigen Winkel. Doch er wäre kein guter Folterknecht, wenn er seinem Opfer nicht zeigen würde, was er als Nächstes vorhatte. Die psychische Folter verstärkte die Schmerzen um ein vielfaches, und das galt es in jeden Fall zu erreichen. Er stellte sich mit dem Glas in den Sichtbereich von seinem Opfer und fischte vorsichtig etwas von länglicher Form heraus. Es war klein und von einer hellen Färbung.

Licas schluckte erneut, als er sah, was sich an der Spitze der Pinzette bewegte.

»Ah! Meine Lieblinge. Cochliomyia hominivorax.« Seine Stimme war schrill wie die eines Eunuchen und wollte gar nicht zur Gesamterscheinung des kleinen Mannes passen. Es schien, als hätte Mirče den Stimmbruch in der Pubertät nie durchmachen müssen.

Mit einem zufriedenen Lächeln hielt der Maulwurf die Pinzette ins Licht und begutachtete das sich am Ende windenden Tier: eine fleischfressende Made.

Und nun sah auch Licas, dass das gesamte Glas voll mit diesen Tieren war. Sein Verstand setzte aus, als er spürte, wie Mirče die Tiere in den Bauchwunden platzierte. Alles Drehen und Winden half nicht. Frisches Fleisch und Blut. Ein Festmahl für die Larven, die sich genüsslich an dem Buffet labten. Während die Tiere sich langsam in seinen Unterleib fraßen, öffnete er seinen Koffer, holte einen Camcorder hervor, schraubte diesen auf das Stativ und richtete die Linse direkt auf Licas. Dann betätigte er die Aufnahmetaste und versicherte sich ein weiteres Mal, ob die Kamera auch alles vernünftig aufzeichnete.

Mirče packte gemächlich seine Siebensachen zusammen. Er schaute sich um und stellte fest, dass es keinen Stuhl für ihn gab. Das Schauspiel konnte länger andauern. Je nach Kraft und Ausdauer des Opfers. Mit einem schiefen Lächeln schaute er auf Licas, rieb sich sie kleinen fleischigen Hände und entschied, sich einen Stuhl zu besorgen, um der Vorführung zu folgen.

Im Gang wurde der Maulwurf von den dumpfen Schreien begleitet, die aus dem Tiefen des Kellers erklangen, und durch die leeren Gänge des Untergrunds hallten. Jeder einzelne Laut zauberte ein Lächeln in Mirčes Gesicht, der mit Freude einer aufregenden Vorstellung entgegensah. Und er hatte noch sehr viel mehr Spielzeuge, die er ausprobieren wollte.

Interne Ermittlungen

10. Februar - LKA Hannover

Dr. Simms wartete bereits ungeduldig im Büro, als Held eintrat.

»Und? Haben Sie Marianna noch erreicht?«

»Leider nicht. Das Flugzeug war bereits in der Luft, als wir eintrafen.«

Held holte sein Handy aus der Jackentasche, prüfte, ob verpasste Anrufe oder Nachrichten auf dem Display angezeigt wurden, und legte es gedankenversunken auf den Tisch. Seine gesamte Körperhaltung zeugte von Unzufriedenheit, als er sich mühsam aus seinem Trenchcoat schälte und diesen mit verstimmter Miene an die Garderobe hängte.

»Verdammt!« Sie schürzte die Lippen. »Was machen wir jetzt?«

Er zuckte mit den Achseln. »Nichts. Sie ist weg. Wir hatten unsere Chance. Nun ist sie außer Landes und wir können nichts mehr ausrichten.«

»Wir sollten mit ihrer Mutter sprechen.«

Sie sah wie sein Unterkiefer sich verkrampfte, als er ihr antwortete.

»Ihr behandelnder Arzt hat bisher noch keinem Gespräch und erst recht noch keiner Vernehmung zugestimmt.« Deprimiert ließ er sich in den Stuhl sinken.

Plötzlich landete ihre Faust mit einem lauten Knall auf dem Tisch, sodass Held überrascht die Finger in den Sitzlehnen vergrub.

»Ich gebe mich nicht geschlagen, Held! Das ist Ihnen doch wohl klar?«

Seine Verspannung löste sich abrupt, als er in das leicht

gerötete Gesicht der Psychologin sah. So aufgeregt hatte er sie noch nie erlebt.

»Was ist mit Ihnen, Doktor? Wieso sind Sie so aufgelöst? Was genau hat Ihnen dieser Cosmin Sujami getan, dass Sie hinter ihm her sind, wie der Teufel hinter einer armen Seele?«

Schwermütig setzte sie sich in den Stuhl ihm gegenüber. Es dauerte nicht lange, und sie hatte ihre Fassung zurückerlangt.

»Es geht hier um das Mädchen«, erwiderte sie kühl, ohne eine weitere Erklärung abzugeben.

Held nickte vielsagend.

»Ich hole uns einen Kaffee.«

Als sie allein im Büro war, fiel ihr Augenmerk auf sein Handy. Schnell schaute sie sich um, doch es schien niemand Notiz von ihr zu nehmen. Also rief sie die Liste der letzten Anrufe auf und studierte die Namen und Nummern. Eine der Nummern erregte ihre besondere Aufmerksamkeit; sie notierte die Nummer in ihrem Handy. Schließlich legte sie Helds Gerät zurück auf seinen Platz. Gerade noch rechtzeitig, bevor der Beamte wieder das Büro betrat.

»Hier. Ihr Kaffee.« Er stellte den Becher vor ihr auf dem Tisch ab.

»Also, wie wollen wir als Nächstes vorgehen. Vorschläge Ihrerseits Doktor?«

»Ich fahre nach Hamburg und wende mich an die Großmutter. Ich werde sie in meiner Funktion als Ärztin aufsuchen, und sie wird mir hoffentlich vertrauen und uns helfen.«

»Soll ich Sie begleiten?«

Simms winkte ab. »Nicht nötig. Ich habe alle Informationen, die ich brauche.« Sie drehte sich um und verließ sein Büro.

Nachdenklich blickte er ihr hinter her.

Unterwegs zum Wagen wählte sie die Nummer der Internen Ermittlung.

»Ja?« Meldete sich eine weibliche Stimme.

»Hier Simms. Können Sie für mich eine Nummer überprüfen?«

»Wie lautet sie?«

Sie tippte auf eine App in ihrem Handy, gab die Nummer durch und wartete.

»Die Nummer ist auf einem gewissen Stevo Yayal registriert. Sagt Ihnen der Name etwas, Dr. Simms?«

Sie kniff die Augen zusammen und atmete einmal tief durch.

»Nein. Der sagt mir im Moment leider nichts. Doch werde ich das Gefühl nicht los, dass er in unserem Fall eine große Rolle spielt.«

»Wie weit sind Sie in unserem Fall? Haben Sie Beweise finden können?«

»Die Nummer ist bisher das Einzige, was ich finden konnte. Er ist sehr vorsichtig und nicht dumm.«

»Ich überprüfe mal, wie häufig die Nummer von seinem Handy angerufen wurde. Hm. Er hat sie von seinem Diensthandy nur ein einziges Mal in den letzten drei Monaten gewählt. Und das war ... heute.«

Dr. Simms bemerkte das Stocken in der Stimme.

»Sie meinen ...« Sie dachte nach. Dann sprach sie ihre Gedanken laut aus. »Keine anderen Anrufe zuvor von seinem Handy nach Rumänien?« Ihre Stirn legte sich in Falten.

»Wenn er dorthin telefonierte, dann nicht mit diesem Handy. Hat er ein anderes, das er zusätzlich benutzt?«

Sie überlegte angestrengt.

»Wenn er ein Zweithandy hat, dann hatte er es in

meiner Gegenwart bisher nicht benutzt. Und das Diensthandy trägt er immer in seiner Tasche.«

»Versuchen Sie herauszufinden, ob er ein weiteres Gerät benutzt, von dem wir noch nichts wissen.«

Damit war die Verbindung unterbrochen.

Vera überlegte, wie sie näher an Held herankommen konnte. Er war ein Einzelgänger. Seine Partner wählte er immer mit Bedacht; und sie wechselten häufig. Doch was ihr noch mehr zu schaffen machte, er schien gegen ihren Charme immun zu sein.

Sie wollte noch einige Sachen aus ihrer Wohnung holen, bevor sie sich auf den Weg machte. Es dauerte nicht lang, bis sie in der kürzlich angemieteten eleganten Drei-Zimmer-Wohnung ankam. Kaum hatte sie die Haustür hinter sich geschlossen, trat sie in die steril in Weiß eingerichtete Küche, ging zum Kühlschrank und genehmigte sich ein Glas Weißwein.

Im Arbeitszimmer setzte sie sich an ihren Laptop und rief die Seite von Europol auf.

»Wer bist du, Stevo Yayal?«

Enthüllungen

11. Februar - Constanţa, Primăria Poarta Albă

Marianna erwachte durch ein seltsames Geräusch. Hatte sie jemanden schreien hören? Sie lauschte, doch alles schien ruhig. Ihr Blick wanderte zum Türspalt. Auf dem Flur brannte Licht. Erleichtert atmete sie aus, da sie Milosh hinter dem Schatten vermutete, der diskret neben ihrer Tür Wache hielt. Sie stand auf, ging zum Schrank und suchte sich ein paar Kleidungsstücke zusammen. Eine Jeans, Sweatshirt. Sie stutzte. Hatte man ihr keine Unterwäsche besorgt? Sie schaute sich um und ging zu einer altmodischen Kommode auf der anderen Seite des Zimmers. Die Schublade ließ sich nur schwer öffnen, doch sie war zufrieden, als sie deren Inhalt entdeckte. Sie zog einen weißen Spitzen-BH heraus und betrachtete ihn genauer. Ob der ihr wohl passen würde? Er hatte noch das Preisschild dran und sie sah auf die Größe. 80B. Der sollte ihr passen. Sie fand einen weißen Baumwollslip und zog beides an. In erwartungsvoller Haltung stellte sie sich vor den Standspiegel und sah an sich herunter. Sie war abgemagert. Ihre Beckenknochen stachen hervor. So dürr gefiel sie sich nicht. Sie nahm sich vor, etwas mehr zu essen. Dann schlüpfte sie in die anderen Kleidungsstücke, zog die Sneakers an und wollte hinausgehen, als ein ihr gänzlich unbekannter Gorilla plötzlich vor ihr auftauchte und stehen blieb. Erschrocken wich sie zurück. Ihr Herz pochte wild.

»Milosh!« Rief sie verzweifelt, rannte, wie ein aufgescheuchtes Huhn durch das Zimmer und suchte nach einer Fluchtmöglichkeit. Der Gorilla vor der Tür preschte ihr hinterher und zog dabei seine Waffe aus dem Halfter. Obwohl sie wusste, dass es aussichtslos war, suchte

Marianna Schutz hinter dem riesigen Bett. Sie legte sich flach auf den Bauch und sah die Füße des Mannes. Er trug braunes, festes Schuhwerk.

Auf der gegenüberliegenden Seite des Bettes blieb er stehen.

Der Gorilla blickte sich hastig um. Da er keine Gefahr erkennen konnte, senkte er die Waffe und steckte sie zurück in das Holster.

»Es ist alles in Ordnung. Sie können aus dem Versteck herauskommen«, forderte er sie im gebrochenem Deutsch auf.

Marianna war verwirrt. Erst jetzt begriff sie, dass er ihr nichts antun wollte. Langsam schaute sie auf.

»Wer sind Sie? Wo ist Milosh?« Ihre Lippen bebten. Sie musste sich erst einmal von dem Schrecken erholen. Dabei sah sie dem Mann die ganze Zeit über ins Gesicht.

Seine schmalen dunklen Augen drückten eine verwegene Listigkeit aus. Nur eine gewiefte Person würde diesen Mann zu einem Glücksspiel herausfordern.

Langsam normalisierte sich ihr Pulsschlag, nachdem sie sicher war, dass sie von ihm nichts zu befürchten hatte.

»Mein Name ist Stevo Yayal. Ich bin ein Roma, für den Fall, dass Sie fragen wollten, woher ich stamme. Milosh brauchte mal ein wenig Schlaf. Er übernimmt in einer Stunde wieder.« Er reichte ihr die Hand und zog sie hoch.

»Was hat Sie so erschreckt?«

Stevo bemerkte ihren misstrauischen Ausdruck. Jetzt erklärte sich sein zigeunerhaftes Aussehen. Sie hatte noch nie von den Romas gehört, geschweige denn einen gesehen. Stevo erschien ihr ebenso groß wie Milosh, nur viel dünner. Seine Schultern waren nicht so breit. Er hatte einen leicht braunen Teint und das lange dunkle Haar gepaart mit dem schwarzen Anzug gaben ihm ein eher legeres Erscheinen. Über dem rechten Auge entdeckte sie eine fünf Zentimeter lange Narbe, die jedoch schon älter sein musste.

Seine braunen Augen blickten sie an.

»Ich habe Schreie gehört. Glaube ich.« Ihre Stimme war zaghaft und kaum hörbar. Als sie sich auf den Bettrand setzte, verkrampften ihre Finger sich in der Bettdecke.

»Schreie? Hier in diesem Raum?« Die Beine leicht auseinandergestellt und die Hände lässig auf in der Hüfte abgelegt, wartete er auf ihre Antwort, doch Marianna starrte ihn nur an. Seine Augen verengten sich, als würde er ihren Worten keinen Glauben schenken.

»Wissen Sie, woher die Rufe kamen? Und wann Sie die gehört haben?«

Hielt er sie etwa für verrückt? Marianna dachte angestrengt nach und schüttelte den Kopf.

»Ich bin davon aufgewacht. Wie spät ist es eigentlich? Hier gibt es keine Uhr.«

Er strich den Ärmel seines Jacketts hoch und sah auf seine goldene Armbanduhr.

»Eigentlich ist es noch keine Zeit zum Aufstehen. Gerade mal Viertel nach fünf.«

»Bekommt man in diesem Haus etwas zu essen? Oder wenigstens einen Kaffee?« Sie konnte jetzt nicht mehr schlafen. Nicht nach diesem Zwischenfall. Überhaupt machten ihr die ständigen Schlafstörungen zu schaffen. Bisher gab es keine Nacht, in der sie nicht mindestens einmal schreiend hochgeschreckt war.

Stevo lächelte schmal. »Wenn Sie sich zurechtgemacht haben, zeige ich Ihnen die Küche.«

Sie gingen den langen Korridor entlang und die Treppe hinunter. Von einem weiteren Korridor ging das Arbeitszimmer ihres Vaters ab, dessen Tür offen stand. Marianna riskierte einen Blick hinein, doch es war leer. Am Ende gab es eine weitere Tür, und als Stevo sie öffnete, erblickte sie die Küche.

Eine ältere Frau werkelte am Herd herum und gab etwas Fett in eine Eisenpfanne. Als sie die Besucher bemerkte, drehte sie sich hastig um und ein breites Lächeln hüllte ihr gesamtes Gesicht ein. Sie ging auf Marianna zu und umarmte sie herzlich.

»Endlich. Endlich wir uns lernen kennen.« Sprach sie in abgehacktem Deutsch.

»Marianna. Was Sie möchten? Sie Hunger haben? Durst? Setzen, ich kochen Tee. Oder Kaffee?«

Marianna wollte etwas sagen, doch sie kam nicht zu Wort.

»Oder besser Kakao?«

Endlich schien die Köchin Luft holen zu müssen und Marianna nutzte die Pause.

»Hätten Sie einen Kaffee mit Milch und etwas Brot für mich?«

»Nennen mich Rosa. Sicher, mein Kind. Setzen. Nun sich doch endlich setzen. Sie nicht müssen stehen.«

Sie nahm Marianna am Unterarm und führte sie den langen Holztisch entlang. Vor einem Stuhl blieben sie stehen. Behutsam legte Rosa ihre Hände auf Mariannas Schultern, bis diese einen leichten Druck spürte. Marianna gab nach und setzte sich an den Tisch. Rosa nickte zufrieden und holte eine zierliche Tasse aus feinstem Porzellan aus dem Schrank hinter ihnen. Marianna betrachtete verwundert die Tasse.

»Alles in Ordnung, mein Kind?« Fragte Rosa, die in der Zwischenzeit eine Kanne vom Herd genommen hatte, deren Inhalt einen köstlichen Duft verströmte.

»Haben Sie denn keine größere Tasse?«

Aus Rosas massigem Oberkörper entsprang ein herzhaftes, lautes Lachen, das ansteckend wirkte und Marianna und Stevo ebenfalls zum Lächeln brachte. Sie räumte die kleine Tasse weg und ersetzte sie durch einen Becher. Dann drückte sie Stevo ebenfalls einen Becher in die Hand und schenkte beiden ein.

»Mersi, Rosa.«

»Plăcut întotdeauna, Stevo«, antwortete sie mit einem Augenzwinkern.

Rosa begann für Marianna ein Frühstück herzurichten. Es dauerte nicht lang und der Platz vor ihr ließ keinen Raum mehr für weitere Teller mit nationalen Köstlichkeiten. Marianna erfreute sich erst einmal an einem ausgiebigen Frühstück. So gut hatte sie schon seit Langem nicht mehr gegessen. Rosa bereitete währenddessen das Frühstück für die Belegschaft zu. Danach war es auch schon wieder Zeit, dass sie sich an die Vorbereitungen für das Mittagessen machen musste.

Die Köchin war eine herzliche Frau und bereits im fortgeschrittenen Alter. Mit ihren ein Meter sechzig war sie kleiner, als die meisten Bediensteten, die Marianna kennenlernen durfte. Ihr Kleid, das ein buntes Blumenmuster zierte, wurde durch eine weiße Schürze geschützt, die bereits einige Flecken aufwies. Ihr graues Haar hatte sie zu einem Dutt gebunden, aus dem einige Haarnadeln hervorschauten. Ihre kleinen Augen lagen etwas zu dicht zusammen und ihre Nase war flach, wie bei einer Asiatin. Eine Schönheit war Rosa nicht, doch sie hatte das Herz am rechten Fleck. Zwischendurch kamen einige der Bediensteten und frühstückten ebenfalls. Sie begrüßten Marianna mit einem schüchternen Nicken und unterhielten sich untereinander. Hauptsächlich in Rumänisch.

Rosa erzählte Marianna von ihrem kleinen Sohn, dessen Vater bei einer Schießerei getötet worden war. Cosmins Leute hatten den Mörder sein gerechtes Urteil zukommen lassen. Schließlich nahm er Rosa in seine Dienste. Marianna hörte ihr gespannt zu, und als sie fertig war, bemerkte sie gar nicht, wie viel Zeit sie bereits bei Rosa in der Küche verbracht hatte. Sie machte sich auf, um ihren Vater im Arbeitszimmer zu besuchen.

Cosmin war frisch geduscht. Sein Haar war noch nass und er las eine Zeitung. Er hob den Kopf, als seine Tochter eintrat. Sofort legte er die Zeitung beiseite und lächelte sie an.

»Guten Morgen, mein Kind. Hast du gut geschlafen?« Er ging auf seine Tochter zu und küsste sie auf die Wange.

Marianna kam es seltsam vor. Schließlich hatte sie ihren Vater seit achtzehn Jahren weder gesehen noch gesprochen. Das Geheimnis seines Verschwindens lag noch im Dunkeln. Die ganzen Umstände waren ihr irgendwie fremd, und sie hatte das Gefühl, dass sie ihren Vater nicht wirklich kannte.

»Ja. Doch ich wurde heute früh durch einen Schrei geweckt«, kam ihre Antwort mit einem leichten Zögern. Unsicher blickte sie auf den Boden. Vielleicht hatte sie sich doch getäuscht? War das Opfer einer Sinnestäuschung. Möglicherweise war es wieder ein Traum, aus dem sie unsanft erwachte. Langsam war sie sich nicht mehr sicher, was Wirklichkeit und was Traum war.

Cosmin hob die Augenbrauen. »Schrei?« Er wandte sich von ihr ab und blickte aus dem Fenster. Heute schien die Sonne, kein Wölkchen trübte den blauen Himmel.

»Woher kam der Schrei?« Sie formulierte ihre Frage mit besonderer Vorsicht. Sie wollte nicht als verrückt gelten. Total durchgeknallt durch den Albtraum, den sie durchleben musste.

Ihr Vater versuchte, einen tiefer Seufzer zu unterdrücken.

»Das, mein Kind, würde ich dir gern ersparen.«

In ihrem Gesicht kam ein riesiges Fragezeichen zum Vorschein. Also war es keine Sinnestäuschung gewesen. Was wollte er ihr ersparen? Sie verstand nicht, um was es ging.

»Bitte, Papa. Was war das?« Die Gewissheit, dass sie sich doch nicht getäuscht hatte, ließ neue Hoffnung in ihr aufkeimen.

Cosmin verschränkte seine Arme vor der Brust, legte den Kopf in den Nacken und atmete ein paar Mal tief durch. Es schien, als würde er zögern, ihr ein besonderes Geheimnis zu offenbaren.

»Ich bin nicht sicher, ob du dafür schon bereit bist.« Er trat vor sie.

Marianna straffte die Schultern und versuchte, selbstsicher zu wirken, was ihr anscheinend gelang.

»Gut, wenn du es wirklich wissen willst, dann komm mit.«

Mit zögernden Schritten folgte sie ihrem Vater. Mit einem Mal war sie sich nicht mehr so sicher. Plötzlich schlugen zwei Herzen in ihrer Brust. Das Eine wollte die Wahrheit wissen, während das Andere sich am liebsten in Sicherheit wog. Ihre Kehle fühlte sich für einen Moment wie zugeschnürt an. Dennoch war sie gespannt und wartete darauf, was nun auf sie zukommen würde.

Er führte sie in einen Keller, und sie betraten ein Gewölbe. Der Gang war gut drei Meter hoch und zwei Meter breit. Er bestand aus breiten Sandsteinen und wirkte sehr alt. Sie erblickte zwei große Holztüren an jeder Seite. Halterungen aus Stahl, an denen früher einmal Fackeln hingen, zierten die Wände. Doch sie hatten keinen Nutzen mehr, da sie durch drei elektrische Kellerlampen an der Decke abgelöst worden waren. Marianna spürte, wie sich ein unwohles Gefühl immer stärker in ihrer Magengegend bemerkbar machte. Das gesamte Gewölbe erinnerte sie an einen mittelalterlichen Kerker.

Sie erreichten das Ende des Ganges und blieben vor der letzten sperrigen Holztür zu ihrer Rechten stehen. Der breite Holzriegel war zur Seite geschoben. Die Tür schien nicht verschlossen zu sein.

Cosmin blickte seiner Tochter in die Augen, um sich erneut zu versichern, dass er es ihr zumuten konnte. Marianna hielt die Luft vor Aufregung an, als Cosmin die Tür öffnete und sie einen Blick in das Gewölbe warf. Doch sie konnte kaum etwas erkennen.

»Bitte, nach dir, Marianna.« Seine Haltung war bis aufs Äußerste angespannt.

Als sie den Raum betrat, blieb sie gleich wieder stehen. Sie erblickte als Erstes einen riesigen Holzstuhl. Er sah seltsam aus. Die breite Rückenlehne verwehrte ihr die Sicht, sodass sie nicht erkennen konnte, ob jemand darauf saß. Es war feucht, warm und roch fürchterlich nach Moder. Dem normalen Kellermuff mischten sich noch Schweißgeruch dazu, der Gestank vom verdorrten Fleisch und etwas, das sie nicht einordnen konnte. Das Gefühl der Übelkeit verstärkte sich, und sie musste die Hand vor den Mund legen, um den Ekel zu unterdrücken.

Cosmin ging zu dem Metalltisch und verharrte dort. Er drehte sich zu seiner Tochter die bei der Tür stand und sah in ihre braunen Augen.

Sie erkannte einen argwöhnischen Ausdruck in seinem Gesicht und wartete auf das, was nun auf sie zukommen würde.

»Ich habe deine Entführer gefunden und einen von ihnen konnten wir hier herbringen. Er wird dir nichts mehr antun können.«

Er ging vor und sein Finger zeigte auf den hölzernen Stuhl. Marianna folgte ihm mit ihrem Blick. Mit langsamen Schritten näherte sie sich dem Monstrum von Stuhl. Erst jetzt erblickte sie den leblosen Arm auf der Lehne, der mit einer Kette daran gefesselt war. Die Finger waren zu einer Faust geballt und mit Blut verschmiert, das bereits getrocknet war. Langsam schritt sie darum herum und spürte, wie sich plötzlich ihr Magen zusammenzog. Ihr Herz begann schneller zu schlagen, als sie vor den Stuhl trat und darauf einen nackten, mit Blut überströmten Fleischklumpen erblickte, der einmal ein Mann gewesen war. So viel konnte sie gerade noch erkennen. Er atmete nicht mehr. Sie betrachtete die Leiche genauer, konnte aber durch die Entstellungen nicht erkennen, wer diese Person war. Nur dass diese Person groß und kräftig gewesen sein muss, war noch auszumachen. Der Kopf klemmte deformiert in einem Gestell. Blut, das aus Augen, Nase und Ohren geflossen war, war bereits verkrustet und hatte sich über das Gesicht verteilt. Die Augen weit aufgerissen, der Mund war zu einem Schrei geöffnet. Langsam wanderte ihr Blick an seinen Oberkörper herunter zur Bauchregion. Ihre Hand presste sich vor dem Mund, während sie voller Grausen einige Schritte zurück stolperte. Ein schrilles Klappern erfüllte den Raum, als ihre Hand am Metalltisch nach Halt suchte. Ihr Herz schien einen Schlag auszusetzen. Auf seiner Brust und in seinem Bauch, die mit Schnitten, Wunden und Blut nur so übersät waren, wimmelte es von Tieren. Ekel überkam sie. Ihre Kehle schnürte sich zu und ihr wurde übel, sodass sie einen weiteren Schritt von der Leiche zurückwich, bis sie die felsige Wand im Rücken spürte. Ihre Finger krallten sich in die kalte Steinwand und sie übergab sich.

Ihr Vater sprang auf sie zu, zog sie von der Wand weg und führte sie in die nächstgelegene Ecke des Raumes, während seine Hand ihr langes Haar umfasste und es wie einen Pferdeschwanz aus ihrem Gesicht hielt, als das Frühstück sich den Weg nach oben suchte.

»Ich weiß, es ist kein schöner Anblick und ich hätte ihn dir lieber erspart. Doch als ich in deine Augen sah, wusste ich, dass ich es dir schuldig bin.« Seine Hand strich behutsam über ihren Rücken. Er wartete, bis sie fertig war.

Dann reichte Cosmin ihr sein Taschentuch, nahm sie bei den Schultern und führte sie aus dem Raum.

»Maik haben wir ebenfalls erledigt«, verkündete er stolz.

»Was ist mit ihm geschehen? Wieso ist er nackt und sieht so …?«

Marianna konnte den Rest nicht aussprechen, da sich erneut der Würgereiz ihrem Hals emporschob. Automatisch schob sie die Hand vor ihrem Mund und hoffte, dass nicht noch mehr von dem Frühstück sich auf den Weg nach oben machte. Sie blieben stehen. Mit der freien Hand stützte Marianna sich an der Schulter ihres Vaters ab.

»Das waren fleischfressende Maden. Er sollte spüren, was Leiden bedeutet«, erklärte er ihr in einem sachlichen Ton und in seinen Augen blitzte es kurz auf. Fassungslos starrte sie ihren Vater an, als sich das restliche Essen doch seinen Weg nach oben bahnte. Eilig rannte sie die Kellerstufen hinauf. Sie musste hier weg.

Im langen Korridor rannte sie in Milosh hinein, der sie auffing.

»Alles in Ordnung, Marianna?« Er blickte in ihr leichenblasses Gesicht.

Sie schüttelte den Kopf. »Ich muss mich übergeben«, krächzte sie.

Er nahm ihre Hand und führte sie zum nächstliegenden WC, welches sich gegenüber von Cosmins Arbeitszimmer befand.

Als sie einige Minuten später wieder herauskam, blickte er sie voller Sorge an, bemerkte jedoch erleichtert, dass sie langsam ihre Gesichtsfarbe zurückbekam.

»Danke.« Sie sah ihn schwach lächelnd an.

»Du bist im Keller gewesen?« Er runzelte die Stirn, als sie nickte. »Hat dein Vater dich dazu …« Er holte einmal kurz Luft. »… gezwungen?«

»Nein.« Sie schluckte den üblen Beigeschmack hinunter. »Ich wollte es wissen.« Erneut kamen die schrecklichen Bilder von Licas' entstellter Leiche in ihren Kopf. Verzweifelt schmiss sie sich an die Brust von Milosh und vergrub das Gesicht in seinem Pullover, während ihre Hände sich in dem Stoff krallten.

Cosmin trat ebenfalls aus dem Keller und beobachtete misstrauisch, was gerade am Ende des Korridors vor sich ging.

»Milosh!«

Dieser drehte den Kopf.

»Da?«

Als Cosmin Mariannas verzweifelten Ausdruck sah, besann er sich seines Tonfalls und beorderte Milosh mit einem Kopfnicken ins Arbeitszimmer.

»Marianna, geh ins Wohnzimmer und warte dort«, befahl er seiner Tochter.

»Ja, Vater.« Sie schickte Milosh ein zartes Lächeln hinterher, doch er war bereits im Arbeitszimmer verschwunden. Irgendwie mochte sie Milosh, obwohl er um einiges älter war als sie. Sie konnte nicht genau erklären, was es war. Doch er hatte die Anlage, das ahnte sie, so etwas wie ein guter Freund zu werden.

Sie setzte sich an den gedeckten Tisch und lauschte der Unterhaltung im Nebenraum. Ihr Vater sprach sehr laut, doch von Milosh hörte sie kaum einen Ton. Außer einem »Da« hin und wieder, schien er der Standpauke ihres Vaters nichts entgegenzusetzen. Verärgert stellte sie fest, dass sie kein Wort der Unterhaltung verstand. Doch ihre Intuition sagte ihr, dass Milosh gerade mächtigen Ärger hatte. Weshalb ihr Vater so außer sich war, das konnte sie sich nicht erklären.

Als Cosmin ins Wohnzimmer kam, sah er Marianna am Tisch sitzen. Sie hatte den Frühstücksteller von sich weggeschoben. Obwohl sie das Frühstück auf unbeabsichtigte Weise losgeworden war, hatte sie keinen Hunger und trank nur Kaffee. Er setzte sich ihr gegenüber, damit er sie im Auge hatte.

»Möchtest du nichts frühstücken?« Fragte er mit einem Blick auf ihren sauberen Teller.

»Mir ist der Appetit vergangen, nachdem was ich im Keller gesehen habe.«

Cosmin sah sie verblüfft an.

»Bist du der Ansicht, er hätte es nicht verdient? Nach all dem, was er dir angetan hat?«

Sie zuckte mit den Achseln. Was sollte sie darauf antworten? Dieser grausame Kerl hatte eine Strafe verdient, für das, was er ihr angetan hatte. Nur das, wovon sie gerade Zeugin wurde ... Diese Methoden waren ihr nicht bekannt. Sie hatte mal etwas darüber gelesen. Folter. In einem Punkt hatte ihr Vater recht, ihre Entführer wollten sie ebenfalls elendig zugrunde gehen lassen, wäre die Polizei nicht in letzter Minute gekommen und hätte sie gerettet. Doch so einen qualvollen Tod?

»Warum habt ihr ihn nicht der Polizei überlassen?«

Cosmin schnaubte verächtlich, als hätte sie einen schlechten Witz gemacht.

»Der Polizei? Damit er sich einen guten Anwalt nimmt und nach wenigen Jahren wieder freikommt? Oder einen Deal macht und ins Zeugenschutzprogramm aufgenommen wird und ein feines Leben führen kann?«

Sie sprang erbost auf.

»Und stattdessen übst du einfach Selbstjustiz aus?«

Cosmin erhob sich ebenfalls, jedoch hatte er sich besser unter Kontrolle als seine Tochter.

»Setz dich, Marianna«, forderte er sie im gefährlich ruhigen Tonfall auf. Mit einem flauen Gefühl in der

Magengegend kam sie seiner Aufforderung nach. Sie griff zur Tasse und trank.

»Glaub mir, sie haben ihre verdiente Strafe erhalten.« Seine kühle Haltung machte ihr Angst und sie sahen sich eine Weile schweigend an.

»Was hast du zu Milosh gesagt?« Gespannt wartete sie auf seine Erklärung.

»Er hat dich nicht anzurühren. Es sei denn, er beschützt dich. Er gehört zum Personal, nicht zur Familie. Und du solltest ihn nicht in Versuchung führen.«

Sie wusste, dass er keinen Widerspruch zulassen würde. Die letzten Jahre hatte sich Marianna immer wieder gewünscht, ihren Vater zu treffen. Ihn zu fragen, warum er sie verlassen hatte. Nun saß sie ihm von Angesicht zu Angesicht gegenüber und war sich nicht sicher, wie sie sich verhalten sollte. Die Welt, in der ihr Vater lebte, war ihr fremd. Er hatte einen Menschen getötet. Einfach so. Sie fragte sich, ob er sie wirklich liebte, wie es Onkel Bobo ihr erzählt hatte. Wozu war ihr Vater noch in der Lage? Hatte er mit ihr etwas Besonderes vor? Konnte sie noch ein normales Leben führen? Sie stellte die leere Tasse ab. Der Raum um sie herum drohte, sie einzuengen. Sie konnte kaum noch atmen. Brauchte Luft. Irgendwie musste sie ihren Kopf freibekommen.

»Ich würde mir gern ein paar Kleidungsstücke kaufen.« Sie versuchte, seinem Blick standzuhalten, schaffte es jedoch nicht und starrte auf ihre verschränkten Finger auf dem Schoß.

Sein Blick wurde finster. »Weshalb? Der Schrank ist voll mit Klamotten.«

»Ja. Schon«, druckste sie herum. »Doch es ist nicht ganz mein Geschmack.« Sie nahm ihre Tasse und wollte nachschenken. Dabei zitterten ihre Hände.

Er atmete schwer aus. »Es ist zu gefährlich, Marianna. Meine Feinde warten nur darauf, dich in die Hände zu bekommen. Die Antwort ist Nein.«

»Was?« Marianna glaubte, sich verhört zu haben, sprang hastig auf, stieß sich mit ihren Fäusten so heftig vom Tisch ab, dass es nur so knallte. Sie erschrak selbst über ihren Ausbruch, fasste neuen Mut und fuhr fort.

»Du kannst mich doch nicht für den Rest meines Lebens einsperren! Ich drehe sonst noch durch!« Eine Welle der Panik durchzog ihren Körper und ihr Unterkiefer verkrampfte sich langsam. Ihr gesamter Körper versteifte sich. Wollte ihr Vater sie wirklich einsperren? Für wie lange? Sie kannte hier niemanden. Hatte keine Freunde, noch nicht einmal ihre Mutter war hier. Wenn er sie hier festhielt, würde sie verrückt werden. Das war so sicher, wie das Amen in der Kirche.

Cosmin rieb sich mit seinen Fingern die Augen. Es schien, als würde seine Tochter ihn überfordern. So hatte er es sich nicht vorgestellt. Er überlegte einige Sekunden, die ihr wie Stunden vorkamen.

»Marianna«, holte er gedehnt aus, doch sie unterbrach ihren Vater barsch.

»Nein Vater! Ich will zurück nach Hamburg. Ich gehe meine Sachen packen.« Sie machte Anstalten zu gehen, wurde aber durch ein knurrendes Geräusch zurückgehalten. Sie drehte sich um und sah in das Gesicht ihres Vaters, das eine dunkelrote Farbe angenommen hatte. Sie wollte etwas sagen, doch der Kloß im Hals verhinderte, dass sie überhaupt einen Ton herausbrachte.

»Gar nichts wirst du! Hast du verstanden!« Brüllte er durch den Raum. »Setz dich wieder auf den Stuhl«, befahl er ihr.

Marianna machte einen Satz und setzte sich. Verängstigt schaute sie auf den Boden. Cosmin war aufgestanden und stellte sich nun direkt vor seine Tochter. Jeder Muskel in seinem Körper war angespannt und seine Hände hatte er zu Fäusten geballt. Er rang sichtlich um seine

Beherrschung.

»Du bist meine Tochter«, sprach er langsam und bedrohlich auf sie ein. »Du kannst nicht einfach so auf die Straße gehen wie ein herrenloser Köter.«

Bei diesen Worten zuckte sie zusammen. Bilder der Entführung blitzten vor ihrem inneren Auge wieder auf. Das Halsband. Ihr Oberkörper begann sich leicht vor und zurück zu wiegen, während ihre Hände sich in den Stoff der Hose verkrampften.

Cosmin betrachtete ihr Handeln und war verwirrt. Er hatte es übertrieben. Das war ihm gerade bewusst geworden. Widerworte war er nicht gewohnt. Er tat ein paar tiefe Atemzüge.

»Stevo wird dich beim Einkauf begleiten.« Seine Stimme war fast nur ein Flüstern.

Erleichtert über seinen Sinneswandel, schloss sie kurz die Augen; die kalte Eisenfaust, die ihr Herz fest umklammert hielt, begann sich zu lösen.

»Warum nicht Milosh?« Die Frage stellte sie eher sich selbst, doch Cosmin hatte sie gehört und seine Augen verengten sich zu Schlitzen.

»Marianna. Treib es nicht auf die Spitze! Du weißt nicht, was hier los ist.« Seine Stimme wurde wieder gefährlich ruhig. »Außerdem, was hast du gegen Stevo?« Fragte er argwöhnisch.

Ihre Schneidezähne vergruben sich in der Unterlippe. Ihr Vater war wütend. Sein Ausbruch machte ihr bewusst, wie prekär ihre Situation war. Dennoch hätte sie lieber Milosh als Begleitschutz. Stevo war so unterkühlt und sachlich. Mit Milosh konnte sie wenigstens etwas Lachen, auch wenn er nicht gerade der humorvollste Mensch war, den sie kannte. Wie es schien, war Fröhlichkeit hier nicht gern gesehen.

»Nichts. Doch ich fühle mich bei Milosh sicher«, entgegnete sie leise und blickte verstohlen in die leere Tasse vor ihr auf dem Tisch.

Wie auf ein Stichwort betrat Rosa den Raum. In der Hand hielt sie eine Kaffeekanne und schenkte ihr nach, bevor sie loslegte, um den Tisch abzuräumen. Mit gerunzelter Stirn betrachtete sie kurz Marianna. Dann wanderte ihr Blick zu Cosmin. Kein Ton kam über ihre Lippen, als sie mit den Tellern das Zimmer verließ.

»Gut. Dann eben Stevo und Milosh. Zwei Bodyguards sind sicherer und bei ihnen bist du in guten Händen. Allerdings nicht heute.«

Marianna wollte etwas erwidern, doch ihr Vater hob die Hand.

»Ich brauche ihre Dienste in den nächsten Tagen. Wenn das erledigt ist, können sie dich bei deinem Einkaufsbummel begleiten. Und halte dich mit Milosh zurück. Sollte Gefahr im Verzug sein, hörst du auf die beiden und tust, was von dir verlangt wird. Ohne Widerworte. Haben wir uns verstanden?«

»Ja. Vater.«

Sie wagte es nicht, ihm in die Augen zu schauen.

Hilfe aus der Vergangenheit

14. Februar - Dr. Simms Apartment

Vera Simms durchforstete unendlich viele Internetseiten von Zeitungen, Facebook und Social Media, doch nirgends konnte sie Informationen über diesen Stevo Yayal finden. Es schien, als wäre er ein Geist – oder er war noch nicht auffällig geworden. Es gab nicht ein einziges Foto von ihm im weltweiten Netz. Selbst die Adresse, die er bei der Telefongesellschaft hinterlegt hatte, war falsch. Eine Briefkastenfirma. Sie fuhr sich mit ihren Fingern durch ihr kurzes Haar und lehnte sich im Stuhl zurück. Sie hatte etwas übersehen. Aber was? Und wieso besaß Held eine Nummer von einem Phantom?

Resigniert stand sie auf und beschloss, sich ein weiteres Glas Wein zu genehmigen. Aus dem Kühlschrank zog sie die angebrochene Flasche Weißburgunder und ging damit ins Wohnzimmer.

Auf dem gemütlichen Sofa überlegte sie, wie sie als Nächstes vorgehen sollte. Held hatte etwas auf dem Kerbholz. Dessen war sie sich sicher. Nur die Beweise konnte sie nicht liefern. Noch nicht.

Sie ging zum grauen Aktenschrank, öffnete die mittlere Schublade und zog mit einem sicheren Handgriff die dünne Akte ›Francis Held‹ hervor, die fein säuberlich zwischen anderen Akten und Papieren alphabetisch eingehängt war. Als sie die erste Seite aufschlug, sprang ihr gleich sein Foto entgegen. Sie nahm es in die Hand und betrachtete es, während sie mit ihrer Hüfte der Schublade einen Schubs gab und diese sanft zurückglitt. Schon in jungen Jahren war er ein gut aussehender Mann mit markanten

Gesichtszügen. Und das Altern ließ ihn nur noch an Attraktivität gewinnen. Sie seufzte leise.

Mit langsamen Schritten ging sie zurück zum Sofa und blätterte weiter. Außer seiner Geburtsurkunde nebst dem Werdegang bei der Polizei sowie anderen unwichtigen Papieren fand sie nicht viel. Seine Beamtenlaufbahn verlief normal. Keine herausragenden Leistungen, doch seine Bilanz war über dem Durchschnitt. Und er hatte das Glück, das ihm immer mal wieder ein dicker Fisch ins Netz ging. Glück? Sie runzelte die Stirn. War es tatsächlich Glück? Es hatte den Anschein, dass er mit Fortuna regelrecht verheiratet war. Das war schon zu auffällig. Eine Beförderung lehnte er ab. Er wollte kein Schreibtischhengst werden, sondern lieber im aktiven Dienst bleiben. Obwohl er horrende Unterhaltszahlungen an seine Frau leisten musste. Er hatte nicht viel und dennoch schien er mit dem Wenigen mehr als nur gut zurechtzukommen. Das war ungewöhnlich. Genau aus diesem Grund hatte man sie auf ihn angesetzt. Auch wenn sie nicht gern für die Interne arbeitete, so musste sie den Auftrag annehmen. Man ließ ihr keine Wahl. Sie sah es als ihre große Chance. Ihre letzte Chance, endlich wieder Fuß zu fassen. Sie griff nach ihrer Tasche, die sie auf der breiten Armlehne des Sofas abgelegt hatte, und kramte ihr Handy hervor. Erneut sah sie sich die rumänische Telefonnummer aus Helds Handy an, die sie in ihrem abgespeichert hatte. Hoffend, dass ihr eine Eingebung zuteilwurde. Wieso hatte er eine rumänische Nummer im Handy? Sollte sie dort einmal anrufen? Ein verwegener Gedanke. Da sie keinerlei Informationen über diesen Stevo Yayal besaß, beschloss sie, ihr Vorhaben noch etwas aufzuschieben. Irgendwo musste es doch eine Info oder einen anderen kleinen Hinweis geben. Sie füllte ihr Glas ein weiteres Mal. In der linken Hand das Glas Wein, in der Rechten das Handy, ging sie im Wohnzimmer einige Schritte auf und ab, um besser überlegen zu können.

»Nun gut, Stevo. Wenn du nicht in der Öffentlichkeit aufgetaucht bist, werde ich mal bei Interpol schauen, ob sich dort etwas über dich befindet.« Dann nahm sie auf dem bequemen Sessel neben dem Sofa platz, legte Glas und Handy auf dem Tisch ab und zog den Laptop zu sich. Sie hoffte, dass ein ihr bekanntes Passwort noch Gültigkeit besaß und rief die Homepage von Interpol auf. Ihre Hand zitterte leicht vor Aufregung, als sie den siebenstelligen Code eingab. Entspannt lehnte sie sich zurück und faltete die Hände, wie zu einem Gebet, während sie wartete, den Blick nicht vom Monitor lösend. Sie bemerkte nicht, dass sie plötzlich an den Daumennägeln kaute, während der Monitor sie immer mehr in seinen Bann zog. Sie fast hypnotisierte. Erleichtert seufzte sie auf. Sie war drin und aktivierte die Suchmaschine.

Der Bildschirm erstarrte und sie musste erneut warten. Nach zwei sehr langen Minuten tauchte der Name auf.

»Aha! Wusste ich es doch!« Erfreut klatschte sie in ihre Hände. Endlich einen Sucherfolg! Sie klickte auf den Namen und verdrehte die Augen. Erneutes Warten.

›File deleted‹, sprang es ihr nach dreißig Sekunden in dicken roten Buchstaben ins Gesicht. Sie blies die Wangen auf, ließ die Luft laut daraus entweichen und lehnte sich enttäuscht im Sessel zurück. Dabei heftete sich ihr Blick an die Stuckrosette an der Decke.

»Wer zum Teufel bist du, Stevo Yayal?« Sie griff zum Handy und suchte eine bestimmte Nummer in ihren Kontaktdaten. Es klingelte sieben Mal am anderen Ende, bis abgenommen wurde.

»Tony hier. Wat is het?« Raunzte ihr die Baritonstimme mit einem englischen Akzent entgegen.

»Hallo Tony, hier ist ...«, sie zögerte eine Sekunde.

»... Vera. Bist du nun nach Holland versetzt worden?« Fragte er sie, wartete aber die Antwort nicht ab. »Störe ich gerade?«

»Hallo. Vera. Ich habe ja lange nichts mehr von dir gehört. Verzeih, aber momentan kann ich nicht reden. Kann ich dich später zurückrufen?« Die Stimme klang gehetzt. Außer Atem.

»Sicher. Aber warte bitte nicht zu lange damit. Ich brauche dringend deine Hilfe.«

Am anderen Ende hörte sie ein kehliges Lachen.

»Wieso werde ich das Gefühl nicht los, dass du mir immer noch das eine Mal vorhältst? Das ist nicht fair. Und das weißt du.« Er legte auf, ohne ihre Antwort abzuwarten.

Sie musste unweigerlich schmunzeln, als sie sich daran erinnerte, wie er damals in Bukarest, in einem Stripklub, mit seinen eigenen Handschellen an einer Stange gefesselt war, als er den Kopf eines internationalen Rauschgiftrings hochgehen lassen wollte. Erneut schillerten die Bilder vor ihrem geistigen Auge auf. Tony wurde von einer Pole Tänzerin hereingelegt. Eine Angelegenheit, die seinem Ego nicht gut bekam. Tony Belfast war damals ihr Partner und sie konnte ihm gerade noch mit Unterstützung der Spezialeinheit den Arsch retten, bevor eine Bombe im angrenzenden Restaurant explodierte und ein Teil des elitären Klubs mit sich riss. Er schuldete ihr etwas. Und das in mehrfacher Hinsicht.

Sie schenkte sich gerade etwas Wein nach, als das Telefon klingelte.

»Vera Simms hier.«

»Hi Vera. Ich bin es. Was gibt es Wichtiges, dass du mich beim Trainingsprogramm stören musstest?«

»Tony!« Sie begrüßte ihn verhalten, dennoch erfreut über seinen zügigen Rückruf.

»Ich komme gleich zur Sache, denn mir brennt es unter den Fingernägeln. Cosmin Sujami ist dir ja wohl noch ein Begriff.«

»Machst du Witze? Seinetwegen hätte ich fast das Zeitliche gesegnet, wärst du nicht ...« Er hielt inne und sie hörte ihn schwer ausatmen. Er ahnte bereits, worauf seine ehemalige Partnerin hinaus wollte.

Sie kannte ihn sehr gut und ein zufriedenes Lächeln überzog ihr Gesicht.

»Ich brauche deine Unterstützung. Ich suche nach Informationen über einen Typen namens Stevo Yayal, doch alle Daten im System wurden gelöscht. Hast du eine Ahnung warum?«

Ein Räuspern kroch am anderen Ende durch die Leitung.

»Ähm, ich weiß nicht, ob ich dir da behilflich sein kann.« Seine Stimme klang unterkühlt und ihre Lippen verwandelten sich zu einem schmalen Streifen.

»Tony. Lass mich dich nicht anbetteln. Bitte.«

»Du weißt, ich mag es, wenn du bettelst, Darling«, kam es süffisant in ihre Ohren. Schon damals hatte er dieses übermäßige Selbstbewusstsein an den Tag gelegt. Ihr gefiel es. Sie stand auf sein draufgängerisches Verhalten, bis es zu dem Zwischenfall kam. Danach gingen ihr seine anzüglichen Bemerkungen nur noch auf den Geist. Und wie es schien, hatte er sich in den letzten Jahren nicht geändert.

»Die Sache ist sehr ernst, Tony. Ich stehe kurz vor dem Durchbruch und brauche diese Information. Also, kannst du mir die Daten besorgen?« Sie rollte genervt mit den Augen.

»Sweetheart, ich tue, was ich kann. Doch ich verspreche nichts. Ist das klar?«

»Natürlich.«

»Und du musst Stillschweigen bewahren. Wenn jemand mitbekommt, dass ich mit der Internen, und vor allem mit dir, zusammenarbeite, bin ich geliefert.«

Wer ist Dr. Vera Simms?

14. Februar - LKA Hannover

Held saß in Gedanken versunken vor seinem Computer im Gebäude. Es war bereits spät am Abend und außer ein paar Kollegen von der Spätschicht war kaum noch jemand anzutreffen. Die kriminellen Machenschaften schienen sich, zumindest für den Moment, in Grenzen zu halten.

Er hatte bereits den fünften Becher Kaffee getrunken. Held rieb sich die Augen mit den Fingern, um zu verhindern, dass die Müdigkeit übermächtig wurde. Seit Tagen hatte er kaum geschlafen. Er trank viel Kaffee um tagsüber wachzubleiben und konnte anschließend nicht schlafen. Ein elender Kreislauf! Dieser Fall verlangte ihm alles ab. Zusätzlich musste er vorsichtig sein. Noch nie hatte er mit einer Psychologin so eng zusammengearbeitet. Nicht nur Dr. Simms ... auch er vermutete hinter dem Fall Marianna Lowe eine große Nummer. Er brauchte wieder ein Erfolgserlebnis. Sein letzter großer Fall, den er gelöst hatte, lag bereits drei Jahre zurück. Eine Tatsache, die an seinem Ego nagte. Er brauchte Hilfe. Der Besuch beim Boss der Organisation hatte ihn nicht sehr viel weiter gebracht. Held wollte und musste die Entführer schnappen, und da war ihm jede Hilfe recht. Egal, woher sie kam. Zumindest wusste er nun, dass Cosmin Sujami, besser gesagt Joska Adonay, tatsächlich der Vater von Marianna Lowe war. Dr. Simms hatte recht gehabt. Ein Zustand, der ihm nicht gefiel. Woher wusste eine Polizeipsychologin so viel über die rumänische Unterwelt? Sie hatte ihm bisher viele gute Hinweise gegeben. Hatte einige Zeit in Rumänien verbracht. Wer zum Teufel war diese Frau wirklich? Hatte sie etwas zu verbergen? Und wenn ja, was? Die Gedanken purzelten nur so durch seinen Kopf. Sein Blick fiel auf den Computermonitor vor ihm. Ein tiefer Atemzug und sein Zeigefinger tippte auf die Maustaste, um das Programm aufzurufen. Nachdem der Bildschirm sich aufgebaut hatte, und die Suchmaske vor ihm lag, begannen seine Finger langsam zu tippen.

Dr. Vera Simms.

Er drückte die Maustaste erneut und musste nicht lange warten, als sich ihr Lebenslauf vor seinen Augen auftat. Er runzelte die Stirn, als er ihr Geburtsdatum entdeckte. Sie sah viel jünger aus, als es ihr Geburtstag andeutete. Er grinste müde. Ob das wohl an ihrer eher maskulinen Art lag, dass das Alter an ihr nicht so schnell nagte? Als er sich bei dem Gedanken ertappte, wurde er wieder ernst und scrollte den Bildschirm herunter. Doch außer den Informationen über ihr Studium, ihre Doktorarbeit, und dass sie seit sechs Jahren im Polizeidienst stand, konnte er nichts Außergewöhnliches finden. Ihre Akte war sauber. Zu sauber, wie er fand. Warum wurde ihr Aufenthalt in Rumänen nirgends erwähnt? Und was hatte sie vor ihrem Eintritt bei der Polizei gemacht? War sie selbstständig? Hatte sie eine eigene Praxis gehabt? Er kratzte sich an der Stirn und beschloss, es für heute gut sein zu lassen. Der Tag war lang genug und er musste gähnen. Noch einmal rieb er sich mit Daumen und Zeigefinger über die Augenlider, die bereits zu brennen begannen, und schaltete den Computer aus.

Die Abreise

16. Februar - Hannover

Der Wecker klingelte um vier Uhr. Sie war fit. Fit wie ein Adler auf der Jagd nach einer Maus im Feld. Ihr Flieger ging um sechs. Gegen dreizehn Uhr würde sie in Bukarest landen, wo sie den Mietwagen abholen würde. Von dort aus würde sie gute zwei Stunden nach Constanţa benötigen. Sie war froh darüber, dass sie ihre Reisetasche bereits zuvor gepackt hatte. Viel benötigte sie nicht. Die wichtigsten Sachen waren noch in ihrer Wohnung in Constanţa. Sie hatte die Wohnung nie aufgegeben. Es war der einzige Ort, an dem sie ungestört alles ausarbeiten konnte. Ihr Zufluchtsort. Seit über fünf Jahren war sie nicht mehr dort gewesen.

Sie sprang unter die Dusche, erfrischte sich ein wenig, schlüpfte in eine bequeme Jeans und zog sich eine beigefarbene Bluse über. Danach ging sie in die Küche, stellte einen Becher unter den Kaffeeautomaten und sog den herrlichen Kaffeeduft ein, der sich in der Küche ausbreitete. Sie entnahm den Becher, stellte ihn auf dem Küchentisch ab und gab noch etwas frische Milch hinzu. Genüsslich rührte sie um, setzte sich auf den Stuhl, schlug ihre schlanken Beine übereinander und trank einen Schluck. Dabei schloss sie die Augen und fühlte sich wie im Paradies. Sie wusste, es würde vorerst der letzte Becher Kaffee sein, der ihr so richtig mundete. Das Röstgetränk in Rumänien schmeckte ihr nicht so gut. Es lag am Wasser. Das war ihr bewusst.

Die Türglocke schellte. Es war vier Uhr dreißig. Sie stand

auf, ging zum Fenster und sah aus dem dritten Stockwerk nach unten. Dann ging sie zur Tür und betätigte die Gegensprechanlage.

»Ich komme runter«, entgegnete sie knapp, und bevor der Besucher ein Wort sagen konnte, hatte sie den Kontakt schon unterbrochen.

Sie nahm das ausgedruckte Flugticket vom Wohnzimmertisch und verstaute es in der Handtasche. Dann warf sie sich den Mantel um die Schulter und zog den Teleskopgriff ihres dunkelblauen Reisekoffers heraus. Ihr Blick wanderte durch den Flur, bis sie schließlich den Haustürschlüssel fand, der an dem kleinen Haken neben der Garderobe hing, den sie in der Hosentasche verschwinden ließ. Ein letztes Mal sah sie sich um, schaltete das Licht aus und ließ die Tür ins Schloss fallen.

Vor der Tür erwartete sie das Taxi, das sie zum Flughafen brachte.

In der Mall

21. Februar - Constanţa

Marianna und Stevo stiegen hinten in der Limousine ein, wobei Milosh ihr selbstverständlich die Tür aufhielt. Danach setzte er sich, wie auf der Fahrt vom Flughafen, neben Amadeus auf den Beifahrersitz. Sie fuhren in die City Park Mall, das bekannte Shoppingcenter in Constanţa.

Es war Samstag, reges Treiben herrschte in den breiten Gängen des von Licht durchfluteten Gebäudes. Neben den ihr bekannten Läden wie ›Bijou Brigitte‹, ›Orsay‹ und ›Pandora‹ gab es auch diverse Boutiquen, deren Namen ihr nicht geläufig waren, geschweige denn, dass sie sie aussprechen konnte. Unendlich anmutende Menschenschlangen standen vor den Kassen. Einige Kunden schauten ungeduldig in der Gegend herum, während andere in Ruhe das Geld zum Bezahlen abzählten. Sie hatte das Gefühl, dass man ihr misstrauische Blicke hinterherwarf. Vor der ›Boutique Bizette‹ blieb sie stehen und betrachtete das eigenartige Ensemble, das sich ihr als Spiegelbild im Schaufenster darbot.

Da war sie. Mit einhundertdreiundsiebzig Zentimetern gehörte sie nicht gerade zu den kleineren Frauen. Zu ihrer rechten Seite Milosh und zur linken Stevo. Zwei hochgewachsene Männer, die sie um fast einen Kopf überragten und nie von ihrer Seite wichen, sie ständig in ihrer Mitte hielten, um sie zu schützen. Doch vor wem musste sie überhaupt beschützt werden?

»Möchtest du da rein?«

Sie blickte in Milosh' blaue Augen, die eine fürsorgliche Ruhe ausstrahlten. Ihn schien nichts so schnell aus dem

Gleichgewicht zu bringen. Selbst bei ihrer Fahrt, als sie den Flughafen verließen und verfolgt wurden, war er derjenige, der die größte Beherrschung zeigte. Ihr Vertrauen in Milosh wuchs mit jedem Tag. Sie genoss seine Gesellschaft. Seine Ausgeglichenheit. Er war nicht sehr schwatzhaft und doch empfand sie die gemeinsamen Gespräche als angenehm. Er war gebildet, sprach mehrere Sprachen und war sehr loyal, zumindest ihrem Vater gegenüber. Dazu empfand sie für ihn Gefühle, was sie irgendwie verwirrte. Doch ihr Vater hatte es verboten. Sein Ton war unmissverständlich. Marianna schüttelte den Kopf.

»Ist was?« Hakte Milosh im sanften Ton nach.

Marianna presste die Lippen zu einem schmalen Streifen zusammen. Sie überlegte, ob sie Milosh die Frage stellen sollte.

»Möchten Sie lieber nach Hause fahren, Marianna?« Riss Stevo sie aus den Gedanken heraus.

»Nein«, erwiderte sie etwas zu laut. Sie war froh darüber, endlich einmal aus dem Haus zu kommen, wenngleich sie keine Shoppingqueen war.

Passanten sahen sich um und drei fremde Augenpaare blickten die seltsame kleine Gruppe entgeistert an.

Ein schlaksiger Typ in zerschlissener Kleidung von circa zwanzig Jahren und fettigen, halblangen Haaren kam mit gezielten Schritten auf sie zu, doch er kam nicht weit. Stevo trat ihm mit wenigen Schritten entgegen, baute sich in seiner gesamten Größe vor dem jungen Mann auf, verschränkte die Arme vor der Brust und versperrte ihm den Weg und die Sicht auf Marianna. Sie wechselten einige Worte, die weder Marianna noch Milosh hören konnten, da gerade eine Durchsage aus den Lautsprechern krächzte.

Der junge Mann gestikulierte wild und zeigte dabei mit dem Finger wiederholt in Mariannas Richtung. Stevo hob unschuldig die Hände. Mit den Achseln zuckend verschwand der vermeintliche Helfer schließlich in der Menge.

Marianna beobachtete das Geschehen mit gemischten Gefühlen, bis sie all ihren Mut zusammennahm und die Frage stellte, die ihr die Zunge zu verbrennen schien.

»Milosh. Wer oder was genau ist mein Vater?« Ihr Herz schlug hart gegen die Brust und ihr Gesichtsausdruck forderte eine Antwort, doch Milosh schüttelte den Kopf.

»Nicht hier, Marianna.« Sein Körper versteifte sich und er sah sich kurz um. Er schien angespannt, doch Marianna wusste keine Erklärung dafür.

»Warum nicht hier?«

Seine Stirn legte sich in Falten und er seufzte kurz. »Hier ist es zu gefährlich, über deinen Vater zu sprechen«, erklärte er leise. Die Sorge in seinem Tonfall blieb ihr nicht verborgen.

Sichtlich erleichtert darüber, dass Stevo sich wieder zu ihnen gesellte, wandte sich Milosh seinem Partner zu.

»Wer war das?« Mit dem Kinn deutete in die Richtung in der der junge Mann verschwunden war und blickte Stevo abwartend an.

»Keine Ahnung. Irgend so'n Typ, der dachte, dass wir Marianna belästigen würden«, erklärte er amüsiert und machte eine kurze Pause. Es hatte den Anschein, als wäre Milosh mit der Erklärung zufrieden, und dennoch fuhr er fort. »Dann habe ich ihn gefragt, ob er eine Frau kennen würde, die ein Einkaufszentrum ohne Probleme verlassen würde.« Der abwertende Tonfall gefiel Milosh nicht, doch er ließ es sich nicht anmerken, was wiederum Marianna missfiel. Sie hätte sich mehr Unterstützung von ihm gewünscht.

»Nun? Möchten Sie in die Boutique, Marianna?« Fragte Stevo mit gelangweilter Miene.

Sie blickte den Roma mit offenem Mund an und schüttelte den Kopf.

»Gibt es hier auch einen Laden, in dem man schöne

Unterwäsche bekommen kann?«

Stevo errötete leicht. Es war ersichtlich, dass ihm dieses Gespräch nicht behagte, was ein Grinsen in ihr Gesicht zauberte. Das Gefühl des Triumphs erfüllte sie, und entlockte Milosh ebenfalls ein seichtes Lächeln, während Stevo sich räusperte, den Blick abwendete und die Umgebung nach etwas Verdächtigem absuchte.

»Komm, Marianna. Ich zeige dir das ›Jolidon‹. Vielleicht ist das ja etwas für dich.« Milosh legte ihr sanft seine Hand in den Rücken und schob sie den Gang entlang.

Die Sonne schien durch die gläserne Fassade und erhellte das Shoppingcenter mit ihren Strahlen. Marianna atmete tief durch und genoss das warme Licht, bis sie das Geschäft erreichten. Staunend blieb sie vor dem Schaufenster stehen und nickte zufrieden. Ein Ensemble in schwarzem Satin mit smaragdgrüner Spitze abgesetzt, gefiel ihr besonders gut und sie legte den Kopf leicht schief, um es sich noch genauer zu betrachten. Sie lächelte in sich hinein, als ihre Gedanken abschweiften. Hier würde sie bestimmt etwas finden. Erschrocken wandte sie sich nach rechts, als eine Hand ihre Schulter berührte. Im selben Moment ertönte ein dumpfer Knall. Das Schaufenster zerbrach vor ihren Augen und die Scherben rasten wie ein Wasserfall auf den Boden nieder. Milliarden von Glassplittern verteilten sich um sie herum. Einige Scherben rutschten sogar bis zur Mitte des breiten Ganges.

Marianna wandte sich blitzschnell ab und hob schützend die Arme über den Kopf. Gleichzeitig spürte sie, wie jemand sie packte und mit sich zu Boden zog. Sie schrie vor Schreck auf, während ein schwerer Körper sich über sie legte. Ein Arm versperrte ihr den Blick, als sie versuchte, den Kopf zu drehen. Sie winkelte, so gut es ging, ihren Arm an den Körper. Nun konnte sie wenigstens etwas sehen. Erleichtert stellte sie fest, dass es Milos war, der sie mit seinem Körper schützte. Dann stockte ihr der Atem, weil er sich nicht bewegte.

»Milosh?« Flüsterte sie und spürte plötzlich die Angst in ihr wachsen. War er getroffen worden? Musste er ihretwegen sterben?

»Bleib unten, Marianna!« Hörte sie seinen Befehl.

Erleichtert stieß sie die Luft aus, doch sofort überzog ein Schaudern ihren Rücken. Ihr Hirn konnte nicht begreifen, was gerade passiert war. Vor einer Sekunde noch schauten sie sich die Schaufensterdekorationen an und nun lag sie in Mitten von Millionen von Glassplittern auf dem Boden. Sie spürte, wie Milosh den schützenden Arm von ihr wegbewegte.

Seine Hand griff nach der Waffe. Hektisch suchten seine Augen die Umgebung nach dem Verursacher ab.

Marianna fuhr erneut zusammen. Zuerst hörte sie das Knallen. Dann spürte sie den Luftzug und sie stieß einen spitzen Schrei aus. Zwei weitere Schüsse flogen über ihren Kopf hinweg, die ebenfalls mit zwei Schüssen aus ihrer direkten Nähe beantwortet wurden.

»Bleib in Deckung, Marianna!« Raunte Milosh ihr zu. Sie wollte gerade den Kopf heben, als drei weitere Schüsse sie eines Besseren belehrten und sie seiner Anweisung nachkam.

Chaos

21. Februar - Constanţa

Damit hatte sie nicht gerechnet. Zwei Leibwächter. Ausgerechnet dieser Milosh war einer von ihnen! Hatte er sie entdeckt? Und deswegen nach ihrer Zielperson gegriffen? Marianna stand die ganze Zeit da und binnen eines Bruchteils einer Sekunde hatte sie sich bewegt, was zur Folge hatte, dass die Kugel ihre Zielperson verfehlte und durch das Glas nur die Schaufensterpuppe traf. Der andere, ihr fremde Mann hatte aufgeschaut und sie entdeckt. Sofort zog er seine Waffe und zielte in ihre Richtung, sodass sie schnell in Deckung gehen musste.

Sie hatte versagt. Würde sie eine weitere Chance bekommen?

Viel Zeit, weiter darüber nachzudenken, blieb ihr nicht. Kaum eine Sekunde später feuerte er zwei Schüsse auf sie ab. Einer schlug vor ihr im Geländer ein, der andere verpasste sie nur knapp und versenkte sich in der Säule neben ihr. Glas splitterte und stürzte in die Tiefe. Sofort presste sie ihren Rücken noch fester gegen die Säule, ohne dabei die kleine Gruppe aus den Augen zu lassen. Vorsichtig reckte sie den Kopf hervor und sah, wie der andere Leibwächter losrannte, um sie zu stellen. Sie sah noch, wie er auf die nächstliegende Treppe zulief, um auf das erste Stockwerk zu gelangen. Ohne zu zögern, gab sie zwei weitere Schüsse ab, von denen nur einer erwidert wurde.

Menschen waren in Aufruhr. Die Panik um sie herum wollte sie mit sich reißen, und sie ließ sie gewähren. Im Augenwinkel entdeckte sie den Leibwächter, der sie verfolgte und angestrengt nach ihr Ausschau hielt.

Das Adrenalin pulsierte in ihrem Körper. Erneut gab sie einen Schuss aus der P99 AS 9 ab. Diesmal jedoch nur in die Luft, um die Panik weiter zu schüren. Die Menschen um sie herum gerieten noch mehr in Aufruhr. In diesem Chaos konnte keiner der Flüchtenden ausmachen, woher der Schuss kam. Einige von ihnen gingen in Deckung, während andere verwirrt und laut schreiend die Flucht fortsetzen. Sie passte sich der flüchtenden Masse an und lief teilweise in gebückter Haltung. Immer wieder schubste sie einige Personen zur Seite und wurde so für ihren Verfolger fast unsichtbar.

Ihr Plan ging auf. Wildes Geschrei, weinende Kinder, um sie herum tobte das Chaos und die Welle der Fliehenden trug sie aus der Mall hinaus in die Freiheit. Als sie sich noch einmal umblickte, entdeckte sie den großen Mann, der ebenfalls versuchte, sich durch den Menschenpulk einen Weg zu bahnen. Er war sehr weit entfernt und unter höchsten Anstrengungen versuchte er sein Ziel ausfindig zu machen.

Hatte er sie entdeckt?

***

»Bleib unten und rühr dich nicht von der Stelle!« Forderte er sie barsch auf.

Stevo zog ebenfalls seine Waffe und blickte sich um. Hektisch suchten seine Augen die Umgebung ab.

Menschen liefen schreiend durcheinander. Das gesamte Einkaufszentrum war in Aufruhr. Milosh hielt mit seiner flachen Hand Mariannas Kopf auf den Boden. Glassplitter drückten sich in ihr Gesicht. Sollten sie hier einfach so liegen bleiben? Langsam versuchte Marianna, den Kopf anzuheben, doch Milosh verstärkte den Druck.

»Bleib in Deckung«, raunte er ihr mit mehr Nachdruck zu. Er spürte, wie ihr Körper plötzlich zu beben begann.

Ihr Atem ging schwer und sie wagte es nicht, nach oben zu schauen. Ihre Hände spürten das gesplitterte Glas um sie herum, als zwei weitere Schüsse fielen, die jeweils mit einem dumpfen Knall beantwortet wurden. Einer davon schlug direkt neben ihnen auf dem Boden ein und Milosh stieß einen Fluch aus.

»La Naiba!«

Die zweite Kugel ließ eine weitere Schaufensterpuppe zerbersten. Splitter flogen über ihren Köpfen hinweg. Marianna erschrak und schrie erneut, als ein weiterer Schuss in ihrer unmittelbaren Nähe erklang. Der war so laut, dass ihre Hände zu den Ohren schnellten.

»Schnapp ihn dir, Stevo! Ich passe auf Marianna auf.«

Der Zigeuner rannte los, doch er kam nicht gut voran, da er gegen die vielen Menschen ankämpfen musste, die ihm immer wieder den Weg versperrten. Er pfiff auf jegliche Vorsicht und bahnte sich seinen Weg wie ein Berserker durch die Masse auf die Treppe zu. Ihm war es egal, ob er jemanden wehtat oder umrannte. Er musste herausfinden, wer es auf Marianna abgesehen hatte. Passanten stürzten zu Boden, während er die Treppe hinauf hechtete. Dabei wurden einige der Besucher schwer verletzt. Stevo glaubte sogar, dass er Knochen brechen hörte, als ein Mann mit einem verzweifeltem Schrei die Treppe hinabstürzte.

»Marianna! Bist du verletzt?«

Sie drehte langsam ihren Kopf, doch Milosh verhinderte weiterhin, dass sie ihn zu sehr anheben konnte. Seine Augen wurden starr, als er sie ansah. Ihr Make-up war durch die Tränen verwischt und von ihrer Stirn tropfte Blut.

»Ich weiß nicht«, piepste sie und schluckte einmal.

Er nickte ihr beruhigend zu, hob seinen Kopf und erkundete die Umgebung. Die letzten Schüsse hatten dafür gesorgt, dass die anderen Besucher auseinandergestoben waren, sich verstecken, fluchtartig in die Geschäfte liefen oder dabei waren, das Gebäude zu verlassen. Er blickte den langen Gang entlang und entdeckte Stevo, der nun von der anderen Seite, auf sie zugelaufen kam; er war verärgert. Sein Kopf schwang von einer Seite zur anderen und die Waffe im Anschlag folgte den schnellen Blicken. Sein Kiefer mahlte, als er vor den beiden am Boden liegenden Personen ankam.

»Hast du den Attentäter erwischt?«

Stevo verneinte schweigend. Noch immer suchten seine Blicke konzentriert die Umgebung ab.

»Konntest du wenigstens erkennen, wer er war?«

Endlich schien Stevo beruhigt und reichte Milosh die freie Hand zum Aufstehen und tat dasselbe dann mit Marianna. Die beiden Männer stellten sich schützend vor sie, jeder seine Waffe im Anschlag. Marianna konnte nichts mehr sehen. Sie wollte wegrennen, doch ihre Beine zitterten und versagten ihr den Gehorsam. Ihr blieb nichts anderes übrig, als hinter der menschlichen Mauer zu verharren.

»Es war kein Mann«, knurrte Stevo.

Milosh' Ausdruck wurde hart. »Sie schicken eine Attentäterin?«

Als er bemerkte, dass Marianna Anstalten machte aus der Deckung herauszugehen, um sich neben ihn zu stellen, wanderte sein ausgestreckter Arm nach hinten. Er schob das Mädchen wieder hinter sich, wandte seinen Kopf über die Schulter und blickte sie mit wild funkelnden Augen an.

»Du bleibst gefälligst hinter mir. Verstanden?« Er verlangte nun absoluten Gehorsam von ihr.

Langsam begann ihr Verstand wieder zu arbeiten und Marianna besann sich, dass sie ihrem Vater versprochen hatte, auf ihre beiden Leibwächter zu hören und senkte beschämt den Kopf, als sie Blut an Milosh' Oberarm entdeckte. Doch sie sagte nichts.

Vor dem Gebäude erklangen Sirenen.

Stevo erblickte das rote und blaue Blinken der Signalanlagen, und sie hörten, wie die Polizeiwagen auf den Parkplatz gerast kamen.

»Wir sollten gehen.« Milosh ergriff Mariannas Hand. »Komm. Und bleib dicht bei uns.«

Die Welle der Flüchtenden trug sie aus der Mall. Auf dem Parkplatz erblickte sie die blinkenden Lichter von Polizeiwagen, die bereits Stellung bezogen hatten. Die Waffe musste verschwinden. Sie schob die Pistole in den Hosenbund auf ihrem Rücken und drapierte die Jacke darüber. Der Lauf der Waffe war noch lauwarm vom letzten Schuss. Es kostete sie viel Mühe und Kraft, nicht weiter mit dem Sog der Menge gezogen zu werden, aber nachdem sie einige Male ihre Ellenbogen eingesetzt hatte, war sie endlich frei. Sie hatte den Rand der Traube erreicht. Vorsichtig schaute sie sich immer wieder um und gelangte schließlich zu ihrem Wagen, ohne die Deckung aufgeben zu müssen. Sie betätigte die Fernbedienung des Türöffners und wurde mit einem fröhlichen Quieken begrüßt. Froh darüber, dass der Wagen über getönte Scheiben verfügte, öffnete sie die Hintertür und kroch auf die Rückbank. Dort ging sie erst einmal in Deckung, indem sie sich, so flach wie es ihr möglich war, hinlegte. Langsam beruhigte sich ihr Atem. Ihre Sinne waren geschärft und ihr gesamter Körper angespannt, jederzeit bereit zu handeln, falls es nötig war. Im Wagen vernahm sie nur noch dumpf die Geräusche der Außenwelt. Umständlich zog sie die Waffe aus dem Hosenbund und überprüfte das Magazin. Sie hatte noch fünf Patronen. Das sollte reichen. Fürs Erste. Unter dem Beifahrersitz befand sich ein Ersatzmagazin. Sie zog es hervor, prüfte es und ließ dann Waffe und Magazin unter dem Beifahrersitz verschwinden, bevor sie sich langsam aufsetzte, um sich einen Überblick über die Situation zu verschaffen.

Plötzlich sah sie auf der Hauptstraße eine schwarze Limousine in ganz normalem Tempo vorbeifahren. Verärgert darüber, dass sie nicht erkennen konnte, wer in dem Wagen saß, mahnte sie sich zur Vorsicht und lehnte sich in den Sitz zurück, stetig dabei ihr Umfeld beobachtend.

Ihr Bauchgefühl sagte ihr, dass ihre Zielperson gerade mit der Limousine in ein sicheres Versteck fuhr.

Genervt stellte sie fest, dass die Polizei den Parkplatz abgeriegelt hatte. Sie stieg aus und beobachtete die Gegend. Langsam ging sie den Parkplatz ab und lauschte den Gesprächen der Polizei. Doch sie konnte nichts Neues in Erfahrung bringen.

Es dauerte über zwei Stunden, bis die Polizei den Parkplatz wieder freigab und eine riesige Blechlawine sich langsam in Richtung Hauptstraße schob. Wildes Hupen, Fäuste, die in die Luft gereckt wurden, Beschimpfungen, das alles konnte sie nicht stören. Sie hatte ein anderes Problem. Ein sehr viel Größeres, als diesen Parkplatz zu verlassen.

Das Warten in der Seitenstraße, die anstrengenden Stunden der Beobachtung waren umsonst gewesen.

Das Glück hatte ihr seine Aufwartung gemacht, als sie die Limousine beobachtete, wie sie das Gelände verließ und zur City Park Mall fuhr. Sie konnte ihnen unauffällig folgen. Das Gefühl unbändiger Wut stieg in ihr auf und drohte, sie innerlich zu zerfressen.

Sie hatte es nicht geschafft, Cosmin seinen vermutlich wertvollsten Besitz zu nehmen.

***

Milosh, Stevo und Marianna beschleunigten ihre Schritte, bis sie zum nächstgelegenen Ausgang kamen, und hielten abrupt inne. Die Polizei hatte bereits die meisten

Ausfahrten des Parkplatzes abgeriegelt. In mehreren Unfallwagen wurden Verletzte versorgt.

Vor der Absperrung hatte sich eine riesige Menschenmenge von Schaulustigen versammelt, die ihnen Schutz boten. Doch beide Männer wussten, dass sie sich nicht allein auf das Getümmel verlassen konnten. Sie war hier irgendwo. Das spürten sie in jeder Faser ihres Körpers. Und sie beobachtete sie aus einem sicheren Versteck heraus.

»Wir bringen Marianna von hier weg. Danach kümmern wir uns um die Frau«, befahl Milosh und Stevo folgte schweigend der Anordnung. Er zückte sein Telefon, und sprach eine kurze Anweisung hinein.

Milosh umfasste mit seiner Hand Mariannas Oberarm. So wusste er sie immer dicht bei sich und würde sie nicht in der Menge verlieren.

Es dauerte einige Minuten, bis sie es endlich geschafft hatten, sich einen Weg durch die Masse zu bahnen und die Hauptstraße erreichten, als die Limousine vor ihnen auftauchte und stoppte. Milosh öffnete die Hintertür und schob Marianna auf die Rückbank, sorgsam darauf bedacht, dass sie sich nicht verletzte. Stevo schützte sie von der anderen Seite aus und wartete, bis Marianna und sein Partner eingestiegen waren. Danach ging er zügig um den Wagen herum und nahm auf dem Beifahrersitz Platz. So hatte jeder von ihnen genügend Raum, sollten weitere unvorhersehbare Ereignisse auftauchen.

Sie atmeten erleichtert auf, als sie im Wagen saßen und Amadeo mit der Limousine an der nächsten Kreuzung abbog und das Einkaufszentrum aus ihrem Sichtfeld verschwand. Sollte die Attentäterin ihnen folgen, würde die gepanzerte Limousine ausreichend Schutz gegen Pistolen und Gewehrschüsse bieten. Vier weitere Polizeiwagen, gefolgt von einem Mannschaftswagen, rasten ihnen mit lautem Sirenengeheul entgegen. Erst als sie am Ende der Straße ankamen und erneut abbogen, sodass die Polizei aus ihrem Sichtfeld verschwand, gab Amadeo Gas und der schwere Wagen raste davon.

Marianna zitterte am ganzen Körper. Stevo beugte sich nach vorn und öffnete das Handschuhfach. Er zog ein Päckchen Taschentücher heraus, das er ihr reichte. Sie nahm es dankbar entgegen. Mit zittrigen Händen öffnete sie es, zog ein weißes Tuch heraus, mit dem sie sich die Augen trocknete und gleichzeitig das verschmierte Make-up wegwischte. Als sie Blut neben der Schminke entdeckte, starrte sie verständnislos das Tuch an. Dann fiel ihr Blick auf Milosh' Arm.

»Du bist verwundet«, bemerkte sie leise. Behutsam führte sie die Hand auf den feuchten roten Fleck an seinem Oberarm zu, doch Milosh ergriff ihr Handgelenk und hielt sie davon ab, ihn zu berühren.

»Das ist nur ein Kratzer. Wie geht es dir?« Ein besorgter Klang begleitete seine Stimme, als er in ihre von Tränen glänzenden Augen sah. Er nahm ihr Kinn in seine Hand, drehte den Kopf nach links und rechts, während er die Wunde an ihrer Stirn begutachtete. Ein paar Haarsträhnen klebten am getrockneten Blut, und er schob die Haare vorsichtig zur Seite. Erleichtert stellte er fest, dass sie nur einige kleinere Schnitte hatte, die schnell abheilen würden.

Marianna öffnete ein paar Mal den Mund, doch es kam kein Ton heraus. Der Schock, dass es jemand auf ihr Leben abgesehen hatte, saß noch zu tief.

Stevo klopfte Amadeo auf die Schulter und er nickte knapp. Im Rückspiegel sah er eine verstörte Marianna. Sein rechter Finger deutete in den Fußraum des Beifahrersitzes und Stevo holte von dort eine kleine Flasche Mineralwasser hervor, die er nach hinten zu Marianna reichte.

Sie griff nach der Plastikflasche und wollte den Verschluss öffnen, doch noch immer hatte sie sich nicht beruhigt; Milosh musste ihr helfen. Der Plastikverschluss klackte und er reichte Marianna die geöffnete Flasche, die sie mit beiden Händen ergriff und erst einmal einen hastigen
Schluck nahm.

Sie verschluckte sich und Milosh klopfte ihr auf den Rücken.

»Danke, es geht schon wieder«, entgegnete sie noch immer hustend, während sie die Flasche auf ihrem Schoß absetzte.

»Alles in Ordnung bei Ihnen?« Sie zuckte nur mit den Schultern, nachdem der Hustenreiz verebbt war.

»Warum trachtet mir jemand nach dem Leben?« Jegliche Farbe war aus ihrem Gesicht gewichen. Sie konnte sich den Zwischenfall nicht erklären. Sie war doch niemand von Bedeutung. Weshalb wollte man sie umbringen? Sie verstand die Welt nicht mehr. Nur knapp war sie gerade noch mit dem Leben davon gekommen. Es konnte nur einen Grund geben, doch man ließ sie im Dunkeln. Sie holte einmal tief Luft.

»Wer ist mein Vater?« Überrascht über den festen Klang ihrer Stimme schaute sie erwartungsvoll in die Runde.

Als sie in den Rückspiegel blickte und direkt in Amadeos braune Augen sah, unterbrach der sofort verstohlen den Blickkontakt und konzentrierte sich wieder auf die Straße. Stevo wandte ebenfalls seinen Blick nach vorn und Milosh sah zur Seite aus dem Fenster. Alle Männer schwiegen beharrlich.

Marianna seufzte und legte den Kopf in ihre Hände, als ein Weinkrampf ihren Körper erschütterte.

Porter

21. Februar - LKA Hannover

Seine Hände fuhren wild durchs Haar. Er war bereits seit einigen Stunden damit beschäftigt, sich die Informationen über Maik Bucher und diesem Licas Kerio, dessen Namen hatte er vom Boss in Erfahrung bringen können, aus der Polizeidatenbank zusammenzusuchen. Der durchschlagende Erfolg wollte sich einfach nicht einstellen. Held beschloss, eine Pause einzulegen, und genehmigte sich einen Becher schwarzen Kaffees, bevor er zur nächsten Runde antrat.

Nun versuchte er sich auf der Homepage der Europol. Er wusste, dass die rumänische Sicherheitsbehörde die Leitung dieser Institution mit übernommen hatte, und hoffte auf ihre Unterstützung. Vielleicht könnte Europol ihm einige Auskünfte über diesen Licas geben.

Die Aussagen von Dr. Simms über Cosmin Sujami erhärteten sich immer mehr. Und doch konnte er sich keinen Reim darauf machen, weshalb eine Polizeipsychologin so viel über einen Mogul der rumänischen Unterwelt wusste. Er hatte noch eine Menge Arbeit vor sich. Zu allem Übel wurde sie ihm erschwert, denn seine einzige Zeugin war nicht mehr im Land. Er hätte sie von den rumänischen Kollegen vernehmen lassen können, doch er wollte es selbst machen. Natürlich hätte er darauf bestehen können, dass man sie zur Befragung nach Deutschland holte. Aber er musste Vorsicht walten lassen, denn ihm war noch nicht klar, ob Marianna eine besondere Rolle in diesem Konstrukt spielte oder ob sie nur zufällig in dieses Netz hineingeraten war. Bisher war sie nie auffällig geworden. Marianna Lowe besaß noch nicht einmal einen Führerschein. Sie war eine graue Büromaus. Unauffällig, fast schon introvertiert. Von den Arbeitskollegen war nicht viel über sie in Erfahrung zu bringen. Der einzige Kollege, ein Jonas Stolz, schien sich mitunter mit ihr zu unterhalten. Held hatte den Eindruck, dass dieser Stolz versuchte, mehr als nur eine kollegiale Beziehung mit ihr anzustreben, so wie er über Marianna Lowe sprach. Er war der Einzige, der sich ernsthaft um sie sorgte. Doch Marianna ließ sich nicht auf ihn ein. Er bedauerte es, dass sie seine Einladungen zum Essen immer wieder ablehnte.

Held stützte die Ellenbogen auf den Tisch und versenkte seinen Kopf in den Händen. Schlaf. Er brauchte dringend etwas Ruhe. Dieser Fall bescherte ihm nur noch schlaflose Nächte. Selbst sein Besuch beim Boss hatte nicht viel Verwertbares ergeben. Nur die Gewissheit, dass Marianna tatsächlich Sujamis Tochter war, konnte der Boss ihm geben. Dafür versprach er im Gegenzug die Aufklärung über das Verschwinden des besten Mannes. Licas war unauffindbar und der Boss wollte wissen, weshalb er untergetaucht war. Vorausgesetzt, Licas hatte sich tatsächlich abgesetzt, was der Boss stark anzweifelte. Doch wo sollte er mit der Suche beginnen? Wo ansetzen?

Resigniert stand er auf und ging in die kleine Pantry, um sich mit einem weiteren Becher Kaffee zu versorgen. Dort traf er Porter, die sich gerade einen grünen Tee zubereitete. Er grüßte sie mit einem kurzen Kopfnicken und sie lächelte ihn an.

»Sackgasse?« Begann sie das Gespräch. Sie war meistens kurz angebunden.

»Hm. Ja«, bekam sie murrend die Antwort.

»Warum sprechen Sie nicht mit Dr. Simms? Sie hat Erfahrung in der Angelegenheit.«

Held war gerade dabei, seinen dritten Zuckerwürfel im Becher zu versenken Er sah überrascht auf. Ihre Blicke trafen sich. Porters fast kindliches Lächeln wollte gar nicht zu ihrer burschikosen Art passen.

»Wie meinen Sie das?« Er zog an dem Griff. In der Schublade klimperte es, weil seine Hand nach einem sauberen Kaffeelöffel im Durcheinander des Besteckkastens suchte.

»Kennen Sie denn nicht ihre Geschichte?«

Held stoppte die Suche und drehte sich überhastet um, sodass seine Hand gegen den Becher stieß. Gerade rechtzeitig schaffte er es noch, den Becher aufzufangen, doch er konnte nicht mehr verhindern, dass sich ein Großteil des Kaffees auf der Arbeitsfläche und dem Boden verteilte.

»Mist!«

Porter, die das Unheil hatte kommen sehen, reichte ihm seelenruhig eine Küchenrolle.

»Hier.«

»Danke«, grummelte er und begann, die Pfütze vom Boden zu entfernen.

Die junge Beamtin verschränkte die Arme vor der Brust, lehnte sich mit dem Rücken gegen den schmalen Besenschrank und sah ihm mit schief gelegtem Kopf zu. Nachdem er auch die Arbeitsfläche vom verschütteten Kaffee befreit hatte, füllte Held erneut den Becher.

»Was meinen Sie mit ›ihrer Geschichte?‹« Drei Zuckerwürfel verschwanden blubbernd in der schwarzen Tiefe des Bechers. Held griff nach einem Esslöffel und rührte um.

»Na, sie hat ihre Tochter verloren. Ein Mädchenhändlerring aus Rumänien soll sie entführt haben.«

»Was?«

Ein verschmitztes Lächeln umspielte ihre Mundwinkel.

»Wussten Sie das etwa nicht? Jeder kennt doch ihre Geschichte.«

Ihr vorwurfsvoller Ausdruck in Kombination mit seiner Unkenntnis brachten ihn in Verlegenheit. Nein. Das hatte er nicht gewusst. Er hatte erst am Tatort erfahren, dass man ihm eine Psychologin zur Seite stellte und bisher kaum Zeit gefunden, sich mit ihr intensiver auseinanderzusetzen. Zu seinem größten Leidwesen gab die Akte über die Psychologin, die man ihm gegeben hatte, ebenfalls nicht viel preis.

Resigniert schüttelte er den Kopf. »Leider hatte ich keine Gelegenheit, mich näher mit ihrem Lebenslauf auseinanderzusetzen. Was können Sie mir über Dr. Simms sagen, Porter?« Sein herausforderndes Lächeln blieb von der jungen Beamtin nicht unbemerkt.

»Sie haben Ihre Hausaufgaben nicht gut gemacht, Hauptkommissar Held«, entgegnete sie kess.

Ihm gefielen das Gespräch und dessen Verlauf überhaupt nicht. Er sprach der jungen Beamtin einen Welpen-Bonus zu. Sie konnte noch nicht wissen, wie es auf dem Revier zuging.

Leonie Porter war erst vor drei Monaten dazugestoßen. Sie hatte gerade ihre Ausbildung beendet und als Beste die Prüfung abgelegt. Porter war engagiert, und sie hatte ihm bei seinen Anfragen immer schnell helfen können. Wenn sie nicht weiterkam, wusste sie sich zu helfen, holte sich Unterstützung von anderen Kollegen.

»Mein Freund hatte mir von ihrem Fall berichtet. Er ist bei der Kripo. Es ist circa sechs Jahre her«, sie nippte an ihrem Tee und beobachtete Held aufmerksam, der jedoch keine Regung zeigte.

»Dr. Simms arbeitete damals bei Interpol, war verheiratet und hatte eine Tochter. Das Mädchen war aber nicht von ihrem Ehemann, sondern von dem Typen, mit dem sie davor liiert war. Die Kleine war vierzehn, als sie entführt wurde. Ihre Ehe ging deswegen in die Brüche und sie nahm wieder ihren Mädchennamen an.«

Langsam dämmerte es Held. Deswegen konnte er nicht

viel über sie in der Datenbank finden. Sie hatte nicht nur die Dienststellen gewechselt, sondern auch ihren Namen geändert. Das war nirgends vermerkt worden. Auch nicht, dass sie einmal verheiratet war.

»Sie sagen, ihre Tochter wurde entführt?«

Porter nickte. »Eine hässliche Sache, wenn ich mich recht erinnere. Dr. Simms war gerade im Einsatz, als ihre Tochter auf dem Weg nach Hause entführt wurde. Mein Freund hat damals ihren Fall bearbeitet. Es gab nie einen Anruf oder eine Lösegeldforderung. Das Mädchen ist einfach so in der Versenkung verschwunden.«

»Woher weiß sie dann, dass sie einem Mädchenhändlerring zum Opfer fiel.«

»Zufall und Glück.«

»Wie bitte?« Held verschluckte sich an seinem Kaffee. »Wie soll ich das jetzt wieder verstehen?«

»Ihr damaliges Einsatzgebiet bei Interpol und ihre Kontakte. Eine Verkehrskamera hatte die Entführung gefilmt. Anhand der Nummernschilder recherchierte sie die Besitzer und die Spur führte sie nach Constanța. Dort verbrachte sie einige Zeit und suchte nach ihrer Tochter. Doch sie hatte keinen Erfolg. Sie wechselte zu Europol.«

»Und dann?« Helds Neugierde war geweckt, doch Porter zuckte nur mit den Achseln.

»Danach besann sie sich wohl wieder auf ihr Studium und begann, sich Entführungsopfern zu widmen.«

Held hörte Porter aufmerksam zu. »Woher wissen Sie so viel über Dr. Simms? Das sind Details, die nicht gerade in einem Memo die Runde machen?« Er kniff die Augen zu schmalen Schlitzen zusammen und musterte die junge Beamtin aufmerksam.

Sie wollte gerade antworten, als ein weiterer Kollege die Pantry betrat. Betretendes Schweigen legte sich über die kleine Küche und zwei Augenpaare durchbohrten den Eindringling. Sichtlich verstört, ging er an den Kühlschrank, holte sich daraus eine Brotdose und verschwand sofort wieder.

»Sie schulden mir eine Antwort, Porter«, drängte Held, doch die Beamtin schenkte ihm nur noch ein Lächeln. Während sie sich an ihm vorbeischob, um sich aus der Pantry zu stehlen, drehte sie sich noch einmal um.

»Das sollten Sie den Kriminaldirektor fragen.«

Vater-Tochter-Gespräch

21. Februar - Constanţa, Primăria Poarta Albă

Marianna wurde von ihren sichtlich aufgeregten Onkel Boboka empfangen, als sie aus der Limousine stieg; Boboka schloss seine Nichte in die Arme. Cosmin beobachtete das Geschehen mit gemischten Gefühlen vom Fenster des Arbeitszimmers heraus.

»Marianna! Geht es dir gut?« Bobokas besorgter Ausdruck folgte seiner Hand, die auf die Wunden auf der Stirn zeigte.

»Milosh, was ist geschehen?« Sein Blick verdunkelte sich und pendelte zwischen den beiden Leibwächtern hin und her.

»Eine Attentäterin«, weiter kam Stevo nicht, da Boboka ihn sofort unterbrach.

»Eine Frau? Habe ich es gerade richtig verstanden? Eine Frau hat auf Marianna geschossen?« Ungläubig starrte er in das Gesicht des Roma.

»Da.« Er nickte knapp.

»Lasst uns reingehen. Cosmin will euren Bericht hören.« Boboka ergriff Mariannas Hand und führte sie ins Haus.

Im Arbeitszimmer starrte Cosmin noch immer aus dem Fenster, die Hände hinter dem Rücken verschränkt. Als die Tür sich schloss, drehte er sich um und betrachtete die kleine Gruppe neben dem Sofa, bis er sich schließlich einen Ruck gab, mit zügigen Schritten auf seine Tochter zuging und sie kurz umarmte.

»Mein Kind. Ist dir auch nichts geschehen?« Er nahm ihre Schultern in seine Hände; sie sahen sich an.

Sie holte tief Luft und sammelte allen Mut zusammen.

»Papa. Was geschieht hier? Worin bist du verwickelt?«

Seine Augenbrauen hoben sich, als er ihren verstörten Gesichtsausdruck sah.

»Es ist Zeit, dass du mir sagst, wer du bist und wo ich hier hineingeraten bin.« Ihr Atem beschleunigte sich und ein leichtes Zittern überzog ihren Körper, doch sie zwang sich, ruhig zu bleiben, was ihr jedoch nur kurz gelang.

Cosmin kniff die Augen zusammen und schüttelte den Kopf. Er ließ von ihr ab und wandte sich wieder dem Fenster zu. Er wollte sie beschützen. Nein. Er musste sie in Sicherheit wissen. Sein eigen Fleisch und Blut. Wie vor achtzehn Jahren schien sich das Schicksal wieder gegen ihn zu wenden. Seine Feinde wussten wohl, dass er eine Tochter hatte und man wollte ihn von seinem Thron stoßen. Die Organisation versuchte seit sechs Jahren, Cosmins Geschäfte an sich zu reißen. Bisher hatte er es immer geschafft, es zu unterbinden. Jetzt zogen die Gegner andere Saiten auf und er musste herausfinden, welcher der Köpfe dafür infrage kam. Wer hatte es auf seine Tochter abgesehen? Wer wollte seine Familie auslöschen? Es hatte ihn damals viel Mühe gekostet, Lene und ihre Mutter Olga mit neuen Namen zu versorgen, ihnen neue Identitäten zu geben und dem kleinen Mädchen zu erklären, dass sie, nur weil der Papa nicht mehr da war, andere Namen annehmen mussten. Lene hatte es nicht gut geheißen und den Kontakt zu ihm abgebrochen. Er war froh, dass Olga ihn stets auf dem Laufenden hielt und ihm über seine Kuriere Nachrichten zukommen ließ. Die alte Hexe war nicht auf den Kopf gefallen. Hatte jemand aus der Vergangenheit geplaudert? Er konnte sich nicht erklären wer, denn er hatte alle Zeugen beseitigen lassen. Zumindest hatte er es bis zu diesem Zeitpunkt geglaubt. Nun hatte einer seiner Feinde eine Attentäterin auf seine Tochter angesetzt. Das musste gesühnt werden.

Er ging zur Bar und holte drei Gläser und eine Flasche

Țuică hervor. Großzügig füllte er die Gläser und reichte eines davon seinem Bruder, während er das andere Milosh in die Hand drückte, der es verwirrt anstarrte.

»Wie schlimm ist die Verletzung?« Erkundigte Cosmin sich beiläufig bei Milosh und deutete mit seinem Glas auf die blutige Stelle am Oberarm.

»Nur ein Streifschuss. Nicht von Bedeutung.« Er setzte das Glas an und trank es in einem Zug aus.

»Geh. Und lass dich von Rosa versorgen.«

Milosh nickte knapp, stellte das Glas auf dem Tisch ab und verschwand aus dem Zimmer.

Marianna blickte ihm nach.

»Papa ...«, weiter kam sie nicht.

»Später, mein Kind. Erst möchte ich erfahren, was passiert ist.« Er schritt auf Stevo zu, der neben dem Sofa stand.

»Und lass kein noch so kleines Detail aus!« Er deutete Stevo an, auf dem Sessel Platz zu nehmen. Der Leibwächter gehorchte.

Cosmin und Boboka saßen auf dem Sofa, Marianna zwischen ihnen.

»Papa. Du schuldest mir eine Erklärung.«

Ihre Worte waren wie ein explodierter Sprengsatz in dem Raum. Perplex starrte Cosmin Marianna an. Es war dieser Moment, vor dem er sich immer gefürchtet hatte. Die einzige Furcht, die er überhaupt kannte. Wie würde sie reagieren, wenn sie die Wahrheit erfuhr? Sie war ihrer Mutter so ähnlich. Seine Stirn legte sich in Falten, während ihr Blick ihn durchbohrte.

»Stevo, du kannst gehen.«

Stevo nickte knapp und verließ das Arbeitszimmer.

»Wenn ich dir alles erzähle und du eingeweiht bist, gibt es für dich kein Zurück mehr, meine Tochter.«

Erneut machte sich Stille im Zimmer breit und wog

schwer auf Mariannas Schultern.

Boboka erhob sich. »Ich denke, das ist ein Gespräch zwischen Vater und Tochter. Da habe ich nichts verloren. Wenn du mich brauchst, ich bin in der Küche und sehe mal nach Milosh. Wer weiß, ob die Wunde wirklich so harmlos ist.«

Cosmin nickte seinem Bruder dankbar zu, als dieser das Arbeitszimmer verließ und wartete ihre Reaktion ab. Er beobachtete Marianna genau. Er hatte eine sehr gute Menschenkenntnis, die ihm sagte, dass sie nicht für die Wahrheit gewappnet war.

»Am besten, du ruhst dich erst einmal aus. Wenn dir wirklich daran liegt, die politischen Gegebenheiten dieses Landes kennenzulernen, werde ich sie dir erklären. Doch dafür solltest du ausgeruht sein.«

Marianna ballte die Hände zu Fäusten, sodass ihre Knöchel weiß wurden.

Cosmin entging ihr Gemütswechsel nicht und er holte tief Luft. »Bist du wirklich dazu bereit?« Seine Frage klang fast schon bedrohlich und er schaute dabei in ihre braunen Augen. Sie waren der Spiegel ihrer Seele. Einer zerbrechlichen Seele, die in den letzten Wochen viel durchmachen musste. Doch sie hatte überlebt und war noch nicht zusammengebrochen. Marianna war eine Kämpfernatur. Diese Tatsache erfüllte ihn mit Stolz. Sollte er sie einweihen? Sein Blick wurde hart, als er fortfuhr.

»Bereit, alles aufzugeben, was du bisher kanntest. Willst du das wirklich?«

Marianna öffnete leicht den Mund. Verstand sie, was er da gerade von ihr verlangte? Sie runzelte die Stirn. Die Gedanken wollten sich nicht sortieren, während diffuse Erinnerungen auf sie wie ein schwerer Hagelschauer prasselten, und sie heftig schlucken musste.

»Was genau meinst du mit ›alles aufgeben‹? Definiere das, bitte!« Ihre Stimme war fast nur ein Flüstern, doch er hatte ihre Frage vernommen. Sanft strich er ihr eine Haarsträhne hinter das Ohr.

»Dein Leben, wie du es kennst, wird es dann nicht mehr geben.«

Für immer goldener Käfig?

21. Februar - Constanţa, Primăria Poarta Albă

Mit weit aufgerissenen Augen saß Marianna da. Es war unfassbar, was ihr Vater gerade von sich gegeben hatte. Ungläubig schüttelte sie den Kopf.

Cosmin stand auf, goss sich einen weiteren Ţuică ein und trank das Glas leer.

»Ich hatte dich gewarnt, Kind.« Seine Stimme klang traurig, doch bestimmt. »Du gehst ins Ausland.«

Wie von der Tarantel gestochen, schoss Marianna vom Sofa hoch. »Wo soll ich denn hin?«

Ihr entsetzter Gesichtsausdruck war wie ein Dolchstoß in seiner Brust. Er wollte seine Tochter kein weiteres Mal verlieren.

»Nach Amerika.« Die Entscheidung war gefallen und er ließ keinen Zweifel daran, dass er sich umstimmen ließ.

»In die USA?« Sie war so entsetzt, dass sie ihren Vater zum ersten Mal anschrie.

Seine Miene wurde hart, der Blick eisig. »In Europa kannst du nicht bleiben. Hier bist du nicht sicher.« Er schenkte sich einen weiteren Ţuică ein. Dann blickte er zu seiner Tochter und goss ihr ebenfalls ein Glas ein. Wie in Trance ergriff sie es, trank jedoch nicht, sondern starrte die gelbliche Flüssigkeit an, als würde sie versuchen darin eine andere Zukunft zu finden.

»Marianna.«

Sie reagierte nicht.

»Marianna!« Cosmins Stimme bekam einen energischen Ton, der sie nun aufblicken ließ. Ihre Augen füllten sich mit Tränen. Plötzlich hielt sie es nicht mehr aus. Das Glas fiel auf den Boden und sie verließ fluchtartig das

Arbeitszimmer.

Verblüfft blickte er seiner Tochter nach.

Marianna schmiss sich auf das Bett und vergrub ihr Gesicht in den Händen. Die Tränen liefen in Sturzbächen ihre Wangen herunter. Sie brauchte eine Weile, bis sie sich beruhigt hatte. Dann ging sie ins Bad und wusch sich das Gesicht.

Zurück in ihrem Zimmer, ging sie zum Fenster und starrte hinaus. Draußen stand die gepanzerte Limousine. Augenscheinlich war sie in der Zwischenzeit überholt worden, denn sie wies kaum noch Kratzer auf. Als sie sich umdrehte, entdeckte sie Milosh, der im Türrahmen stand und sie beobachtete.

Sie blickte ihn aus leeren Augen an.

»Hat mein Vater dich geschickt?« Bitterkeit begleitete ihre Worte.

Sie wollte ihn nicht verletzen, doch sie selbst war innerlich so zerrüttet, dass sie ihre Gefühle nicht mehr beherrschen konnte. Ein Schauder zog sich über ihren Körper. Milosh hatte sich noch immer nicht bewegt, sondern sah sie weiterhin an. Seine Miene wurde weich, doch er sagte nichts. Eine Hand klopfte ihm kurz auf die Schulter. Milosh blickt zur Seite und machte einen Schritt zurück.

Boboka betrat das Zimmer. Als er seine Nichte am Fenster stehen sah, wurde er ernst.

»Milosh!«

»Da?«

»Aşteaptă afară şi închide uşa!«

»Da!« Milosh verließ das Zimmer und schloss die Tür hinter sich.

Verstohlen blickte Marianna ihm nach.

»Marianna! Micuţa mea!« Mit ausgebreiteten Armen ging er auf seine Nichte zu und drückte sie fest an seine

Brust. Sie konnte nicht verhindern, dass neue Tränen flossen, und Boboka reichte ihr sein Taschentuch.

»Was ist los? Erzähl Onkel Bobo, was du auf dem Herzen hast.«

Ein Schluchzen durchschüttelte ihren Körper. Seine Hand legte sich auf ihren Rücken und streichelte sie sanft, bis sie sich wieder beruhigt hatte.

»Mein Vater ...« Ihre Stimme versagte und sie räusperte sich.

»Was ist mit ihm?«

Marianna druckste herum. Egal, wie sie es anpackte, sie würde vermutlich auch ihren Onkel wütend machen. Doch sie musste wissen, wie er zu der Sache stand.

»Welche Aufgaben hast du in diesem Familienunternehmen?« Sie wagte nicht, ihm in die Augen zu sehen.

»Nun sagen wir es so, ich bin für den Außenhandel zuständig.« Er legte einen Arm um ihre Schulter und drückte sie an sich. »Was hat dein Vater dir gesagt, Marianna?« Seine sanft klingende Stimme beruhigte sie ein wenig.

»Er will mich wegschicken. Nach Amerika.« Ihre Gefühle waren durcheinandergewirbelt worden. Sie wurde mit der Vergangenheit und dem jetzigen Leben ihres Vaters konfrontiert, von der sie fünfundzwanzig Jahre lang nicht die leiseste Ahnung hatte. Jetzt holte sie eine Vergangenheit ein, die nicht die ihre war.

Boboka nickte.

»Das wäre das Beste für dich. Dort wärst du sicher«, unterstrich er den Entschluss seines Bruders.

Marianna starrte auf das Taschentuch in ihren Händen.

»Sicher? Vor wem?«

»Dein Vater hat dir bestimmt erzählt, dass er viele Feinde hat, die gern seine Position einnehmen würden.«

Sie nickte kaum merklich.

»Ich hatte es von Anfang an nicht gut geheißen, dich hier herzuholen. Doch dein Vater wollte dich unbedingt sehen. Ich konnte es ihm nicht ausreden. Er musste wissen, ob es dir gut geht. Er selbst kann sich draußen kaum blicken lassen. Auf seinem Kopf ist eine hohe Summe ausgesetzt und es gibt so einige, die sich gern eine goldene Nase verdienen würden.«

Sie zerknüllte das Taschentuch in ihren Händen. »Er hat dieses Gebäude noch nie verlassen?« Zweifel überkamen sie.

Boboka lachte einmal heftig auf und sie erschrak kurz.

»Oh doch. Glaubst du etwa, einen Mann wie deinen Vater kann man einsperren?«

»Wie meinst du das?«

»Die Einzigen, die dieses Gebäude durch den Haupteingang verlassen, sind vom Personal. Na ja, und ich. Natürlich nur in der gepanzerten Limo, um den Schein zu wahren. Niemand darf wissen, dass dein Vater noch am Leben ist. Je weniger er sich in der Öffentlichkeit zeigt, desto besser für ihn. Sein Gesicht ist dann nicht so bekannt. Deswegen nehmen Cosmin und seine Leibwächter den Geheimgang. So kann er unbemerkt das Gebäude verlassen.«

Marianna starrte ihn ungläubig an.

»Wenn du hierbleibst Marianna, wirst du dieses Haus nie mehr ohne Sicherheitspersonal verlassen können. Nie mehr in einem Einkaufszentrum herumschlendern können, ohne Angst zu haben. In jeder Ecke könnte eine Person lauern, die nur auf eine Gelegenheit wartet, dich zu entführen, oder gar schlimmer noch, dir eine Kugel zu verpassen.« Seine Augen verengten sich.

»Wieso?«

»Sie kennen dich jetzt und wissen, wie du aussiehst. Ohne größeren Aufwand kannst du nun nicht mehr raus. Wenn dich irgendjemand sieht, wie du den Geheimgang benutzt, dann ist dieses Gebäude auch für deinen Vater nicht mehr sicher.«

Marianna löste sich langsam aus seiner Umarmung. Als stünde sie unter Hypnose, drehte sie sich zum Fenster und starrte hinaus. Die Limousine stand noch immer in der Einfahrt. Amadeo war gerade dabei, die Scheiben zu reinigen.

»Ich habe keine Wahl«, flüsterte sie. Die Erkenntnis hatte sie wie ein schwerer Schlag ins Gesicht getroffen.

Sie wandte sich ihrem Onkel zu.

»Ich habe keine Wahl«, wiederholte sie mit hohl klingender Stimme.

Zum ersten Mal in seinem Leben registrierte Boboka so etwas wie Beklommenheit. Er wurde das Gefühl nicht los, dass Marianna ihm gerade zu entgleiten drohte.

»Marianna?« Er schluckte. »Was ist mit dir? Bitte. Sprich mit deinem Onkel Bobo.« Er ging auf sie zu, blieb neben ihr stehen und beobachtete mit ihr zusammen, wie Amadeo den Eimer mit Wasser in ein Gebüsch entleerte.

»Ich will dir helfen.« Besorgnis lag in seinen Augen, als er sie mit schief gelegtem Kopf von der Seite ansah.

Ihr Atem ging schwer. Sie hatte das Gefühl, ein tonnenschwerer Zementblock läge auf ihrer Brust und drohte sie zu zerdrücken.

»Marianna. Sprich mit mir.«

Marianna schwieg weiterhin.

»Ich bin immer für dich da, wenn du mich brauchst.« Er strich ihr eine widerspenstige Haarsträhne hinter das Ohr, dann strich er mit seiner Rückhand sanft über ihre Wange. Als sie noch immer keine Regung zeigte, verließ Boboka schweigend das Zimmer.

Es klopfte. Marianna reagierte nicht. Es klopfte ein weiteres Mal. Noch immer starrte sie aus dem Fenster, als Milosh das Zimmer betrat. Er sah, wie die junge Frau mit steifem Oberkörper aus dem Fenster starrte. Er hatte das Gefühl, vor ihm stünde nur noch eine leere Hülle. Körperlich

vorhanden, geistig in einer anderen Dimension verloren.
»Marianna?«
Zaghaft drehte sie sich zu ihm.
Er lächelte ihr sanft zu und schloss die Tür hinter sich.

Telefonate

21. Februar - Constanţa

Ungehalten schleuderte sie den Haustürschlüssel von sich weg, sodass der über die Anrichte rutschte und mit einem dumpfen Geräusch auf den Holzboden fiel. Wieso nur hatte sie nicht rücksichtsloser gehandelt? Sie hatte nur diese eine verdammte Chance! Jetzt würde Cosmin seine Tochter nicht mehr so sorglos durch eine Einkaufspassage spazieren lassen. Wütend über sich selbst, fuhr sie durch ihr Haar. Sie wusste, ab jetzt würde Marianna eine Armee an Bodyguards beschützen oder Cosmin würde sie heimlich in ein anderes Land bringen lassen. Sie ließ die Tasche mit der Waffe auf das zerschlissene Sofa fallen.

Ihr Handy klingelte. Sie warf einen Blick auf das Display, doch die Nummer wurde unterdrückt. Sie zog die Stirn in Falten und ging ran.

»Da!« Bellte sie ins Telefon und verstummte sofort.

»Dr. Simms? Sind Sie es? Hier ist Held.«

Ihre Gesichtsfarbe wechselte in Weiß.

»Hauptkommissar Held. Schön, von Ihnen zu hören. Wie geht es Ihnen?« Trällerte sie gespielt frühlingshaft zurück.

»Ich hätte noch einige Fragen, wegen Cosmin Sujami an Sie. Können wir uns treffen?«

Sie schluckte. Er wusste nicht, dass sie Deutschland verlassen hatte. Niemand wusste es.

»Ähm, im Moment ist es nicht sehr günstig. Ich arbeite gerade an einem neuen Fall.«

»Verstehe. Sind Sie wieder in Hamburg? Wenn ich mich gleich in den Wagen setze, könnte ich heute Abend bei Ihnen sein.«

Eine Pause entstand.

So sehr der Gedanke ihr behagte, diesen Mann in ihrer Nähe zu haben, wusste sie, dass sie mit dem Feuer spielen würde. Was sollte sie ihm sagen? Dass sie nach Constanţa gereist war und gerade versucht hatte, die einzige Zeugin in seinem Fall umzubringen?

»Nein. Ich bin …« Sie machte eine Pause und suchte krampfhaft nach einer guten Erklärung.

»Ist etwas mit der Verbindung? Ich habe den letzten Teil eben nicht verstanden. Wo sind Sie, Dr. Simms?«

»Ich habe im Moment viel um die Ohren. Wenn Sie noch zwei Tage warten, dann besuche ich Sie im Revier und kann Ihnen alles erzählen, was ich weiß.« Ihre Antwort kam überhastet und sie wartete gespannt auf seine Antwort. Hatte er einen Verdacht? Wieso antwortete er ihr nicht? Versuchte er gerade, die Verbindung zurückzuverfolgen?

»Hauptkommissar Held?«

»Einen Moment. Porter ist gerade in mein Büro gekommen.«

Sie hörte, wie Held die junge Beamtin bat, sich zu setzen.

»Wenn es nicht anders geht. Nun gut. Sollten Sie es früher schaffen sich freizuschaufeln, lassen Sie es mich bitte umgehend wissen. Es eilt.«

»Geht in Ordnung. Ich melde mich so schnell wie möglich bei Ihnen. Wir sehen uns dann spätestens übermor-gen.« Sie wartete seine Antwort nicht ab und beendete das Gespräch.

Nachdem sie das Handy zur Seite gelegt hatte, klingelte es erneut. Wieder war die Nummer unterdrückt. Hatte Held noch etwas vergessen? Sie tippte die grüne Taste. Bevor sie sich melden konnte, ertönte eine tiefe Männerstimme.

»Vera, meine Teuerste.«

»Tony«, rief sie reserviert.

»Hast du was heraus gefunden?«

»Ja danke, mir geht es gut«, entgegnete ihr ehemaliger

Partner kühl.

»Was?«

»Hast du es so eilig mit den Informationen, dass ich für dich nur noch ein dämlicher Überbringer bin?«

Sie schluckte. »Welche Laus ist dir denn über die Leber gelaufen?« Verdutzt blickte sie den Hörer an und stellte auf Lautsprecher, während sie das Handy auf dem Tisch ablegte. Sie ging auf einen altertümlich wirkenden Standglobus aus Holz zu und öffnete die obere Hälfte. Zwei Flaschen Sherry, eine Flasche Single Malt, eine Flasche Cognac und eine Flasche dunkler Rum: die Ausstattung der Globus-Bar. Ihr Zeigefinger tippte zwei der Flaschen an und legte sie leicht schief, um die Etiketten zu lesen. Sie entschied sich für einen ›Del Douque‹, einen dreißig Jahre alten Sherry, und genehmigte sich ein Glas.

»Eigentlich hatte ich auf eine freundlichere Begrüßung gehofft«, quakte es enttäuscht aus dem Telefon.

»Immerhin hatten wir mal mehr als nur Etwas miteinander.« Das ›Etwas‹ zog er genüsslich in die Länge. »Oder hast du das bereits verdrängt?«

Ihr blieb der Schluck fast im Hals stecken, was einen Hustenreiz verursachte.

»Tony. Bitte«, erwiderte sie, nachdem der Hustenreiz verklungen war und versuchte ihrer Stimme einen neutralen Ton zu geben. »Das liegt bereits lange zurück. Du weißt, dass zwischen uns nichts mehr läuft.« Ihr Ton wurde sachlicher. »Aber wenn es dich beruhigt. Wie geht es dir?« Ihre Stimme triefte nun vor Sarkasmus. Sie hatte nun nicht den Nerv auf seine Spielchen.

»Danke der Nachfrage. Mir geht es gut«, erwiderte Tony überfreundlich. »Und ja, ich habe einige Informationen für dich. Können wir uns treffen?«

Sie zögerte.

»Kannst du es mir nicht am Telefon sagen?«

Pause.

»Wieso habe ich das Gefühl, dass du mich meidest?«

»Weil es so ist.«

»Du gibst mir noch immer die Schuld? Baby, das ist nicht okay, und das weißt du auch. Ich habe Milla wie meine eigene Tochter geliebt. Das weißt du selbst am besten. Außerdem hatte ich versucht, dir zu helfen.«

Sie schnaubte verächtlich.

»Oder hast du vielleicht Angst vor mir?« Frotzelte er.

»Nein. Ganz bestimmt nicht. Aber ich bin nicht in Deutschland.« Sie hörte, wie er die Luft laut ausstieß.

»Verstehe. Wieder diese alte Geschichte.«

Sie räusperte sich.

»Vera. Darling. Die Sache frisst dich auf. Lass die Kollegen das erledigen. Du bist zu sehr eingenommen. Wenn dir ein Fehler unterläuft, kann sich das Ganze zu einem internationalen Konflikt entwickeln. Die Kollegen von Europol wissen, was sie tun, und sie haben die nötigen Mittel ...«

»Ich sehe keine Fortschritte«, unterbrach sie ihn barsch.

»Zudem gehe ich hier gerade einer heißen Spur nach.«

»Wo? In Constanța? Wo genau bist du gerade?«

»Wieso fragst du?«

»Ich komme hin.«

Bevor sie ihn davon abhalten konnte, hatte Tony aufgelegt.

Gewichtige Entscheidungen

21. Februar - Constanța, Primăria Poarta Albă

Jede Minute kam ihm wie eine Stunde vor. Schließlich trat sie einige Schritte auf ihn zu. Ihre Arme hatte sie vor der Brust gekreuzt, den Blick nach unten gesenkt. In der Mitte des Zimmers verharrte sie und blickte auf.

»Bring mir bei, wie man schießt.«

Milosh fiel die Kinnlade herunter. Er starrte sie an und brauchte einige Sekunden, bis er sich wieder gefangen hatte.

»Hat dein Vater oder Boboka gesagt, dass du es lernen sollst?« Unsicherheit schwang in seinem Ton mit.

Marianna schüttelte den Kopf. »Nein. Ich will, dass du mir beibringst, wie man schießt.« Sie betonte jedes einzelne Wort.

Milosh zog die Augenbrauen hoch, überrascht über ihre Entschlossenheit.

»Da.« Er nickte knapp.

Marianna stieß einen lauten Atemzug aus und schloss für einen Moment die Augen.

Der Leibwächter hatte den Eindruck, sie verabschiedete sich gerade von ihrem anderen Leben. Doch er konnte nicht einmal ansatzweise ahnen, für welches Leben sie sich gerade entschieden hatte.

»Ich spreche mit deinem Vater.«

Marianna hörte eine Tür knallen, begleitet von wild durcheinanderschreienden Stimmen, die immer lauter wurden, je näher sie sich auf ihr Zimmer zubewegten. Die Tür sprang krachend auf und Cosmin stand mit hochrotem Gesicht im Türrahmen, gefolgt von Boboka und Milosh.

»Du willst was?« Schrie er quer durch den Raum.
Er schritt auf seine Tochter zu, die einige Schritte zurückwich, bis die Wand im Rücken sie bremste. In seinen Augen blitzte der Zorn. Ihr Vater war aufgebracht. Wütend. Ihr Herz begann wild zu schlagen und jegliche Farbe wich aus ihrem Gesicht. Angst durchfuhr ihren Körper, als sie ihrem erzürnten Vater in die Augen schaute und das Gefühl hatte, eine Hand würde ihren Hals umfassen und zudrücken. Verbissen versuchte sie, nicht die Fassung zu verlieren, während ihre Fingernägel verzweifelt Halt an der Wand suchten. Cosmin atmete einige Male tief durch, verschränkte die Hände hinter dem Rücken und lief unruhig im Zimmer auf und ab. Er dachte nach. Niemand wagte, ein Wort zu sprechen. Der Raum war mit Elektrizität erfüllt, die eine ganze Stadt hätte versorgen können.

Marianna stand noch immer verkrampft an der Wand. Seit ihr Vater sie in diese Situation gebracht hatte, traute sie sich nicht, sich zu bewegen. Cosmin stand mit dem Rücken zu ihr gewandt und ballte die Fäuste. Er rang sichtlich nach Beherrschung.

»Hör sie doch erst einmal an, Bruder.« Boboka ging auf seinen Bruder zu. »Wir alle sorgen uns um ihr Wohl. Es ist vielleicht nicht verkehrt, wenn sie lernt, wie man mit einer Waffe umgeht. In Amerika gibt es viele Verrückte mit Waffen.«

Cosmin kniff die Lippen aufeinander. Sein Kiefer mahlte, sodass man die Zähne knirschen hörte.

Boboka ging zu Marianna und ergriff sie am Handgelenk. Behutsam zog er sie von der Wand weg und platzierte sie auf das Bett.

»Micuţa mea«, beruhigend strich er über ihr Haar.

»Wieso möchtest du lernen, wie man mit einer Waffe umgeht?«

Marianna fasste all ihren Mut zusammen.

»Ich will nicht nur wissen, wie man schießt, ich will auch, dass Milosh mir beibringt, wie man kämpft.«

Boboka sog scharf die Luft ein. Als Cosmin auf seine Tochter zugehen wollte, stellte sein Bruder sich zwischen die beiden und hob abwehrend die Hände. Cosmin durfte nichts tun, was er später bereuen würde.

»Warte. Lass sie aussprechen. Sie ist erwachsen.«

Cosmin winkte wutschnaubend ab und setzte sich auf einen Stuhl. Lange hielt er es nicht aus und stand wieder auf. Die Unruhe zerrte an seinen Nerven. Boboka beobachtete ihn. Erst als Cosmin ruhiger wurde, sprach er weiter.

»Marianna. Für solch eine Ausbildung benötigt man Zeit. Viel Zeit. Doch die hast du nicht. Milosh kann dir mit ein paar Handgriffen beibringen, wie man mit einer Waffe umgeht. Das Schießen kannst du dann in Amerika auf einen Schießstand üben. In Ordnung?« Er blickte zu Cosmin, als wollte er sich seinen Segen holen und atmete erleichtert auf, als sein Bruder mit einem knappen Nicken zustimmte.

»Ich werde nicht nach Amerika gehen.« Sie wunderte sich selbst darüber, wie fest ihre Stimme klang.

»La Naiba!« Ein erneuter Wutausbruch entfuhr Cosmin, der Marianna zusammenschrecken ließ. Er fuhr nervös mit seinen Händen durch die Haare.

»Cosmin. Bruder. Bitte.« Boboka bedachte seinen Bruder mit einem mahnenden Blick.

Der nickte schwer seufzend, setzte sich, nur um kurz darauf wieder aufzuspringen. Doch er sagte nichts. Er stand nur da und starrte seine Tochter an, die verstohlen nach unten auf ihre verschränkten Finger schaute.

Der Boss und sein Spürhund

22. Februar - Das Haus vom Boss

Es klopfte an der schweren Holztür.

»Herein«, rief der Boss. Da er keinen Besuch erwartete, blickte er zur Tür.

»Hauptkommissar Held?«

Während der Bedienstete die Tür hinter dem Beamten schloss, ging Held mit forschen Schritten auf den Boss zu und blieb vor dem imposanten Schreibtisch stehen.

»Was verschafft mir die Ehre?« Mit der Hand deutete er auf einen gemütlichen Sessel. »Bitte. Setzen Sie sich doch.«

Held warf einen kurzen Blick über die linke Schulter, ging auf die Sitzgelegenheit zu und sank in den großen Sessel, während der Boss sich erhob und ein Kästchen aus dem Bücherregal zog. Gelassen ging er auf den Hauptkommissar zu und öffnete das reich verzierte Holzkistchen.

»Zigarillo?«

Der Duft feinen Tabaks entströmte in den Raum. Held griff zu. Der Boss bediente sich ebenfalls. Dann stellte er das Kästchen auf dem Tisch ab. Die Hand wanderte in seine Hosentasche und zauberte eine Packung Streichhölzer hervor.

»Zünde Zigarillos nie mit einem Feuerzeug an«, erklärte er im Plauderton, und gab erst Held und dann sich Feuer.

»Nun, was führt Sie zu mir? Ihr Bonus ist noch nicht fällig.«

»Deswegen bin ich nicht gekommen«, winkte Held ab, lehnte sich in dem Sessel zurück und nahm einen tiefen Zug, bevor er den Boss mit ernster Miene ansah.

»Ich suche Cosmin Sujami. Wo finde ich ihn?« Brachte

er sein Anliegen ohne Umschweife zur Sprache.

Die Mundwinkel des Befragten zuckten belustigt.

»Cosmin ist nicht mehr am Leben.« Er ging zum Fenster und schaute hinaus in den Garten.

»Das glaube ich nicht.«

Abrupt drehte sich der Boss zu Held um. »Haben Sie sich die Daten von Interpol oder Europol noch nicht besorgt? Außerdem hatten die rumänischen Zeitungen darüber berichtet. Er wurde vor vier Jahren erschossen, als er aus einem Restaurant kam. Die Skandalpresse war voll mit Artikeln, da eine bekannte Edelnutte mit ums Leben kam, weil ein Autofahrer sich beim Knall der Explosion erschreckte und sie über den Haufen fuhr.«

Kritisch blickte Held den Boss an.

»Da bin ich anderer Meinung«, erwiderte er entschlossen und beobachtete, wie sich beim Boss die Körperhaltung plötzlich versteifte.

»Wenn Cosmin Sujami noch am Leben sein sollte, dann lebte er in seinem eigenen Gefängnis.«

Held runzelte die Stirn. Im Moment verstand er nicht, worauf der Boss anspielte.

»Erklären Sie mir das näher.« Neugierig beugte er den Oberkörper vor und wartete.

»Cosmin könnte sich auf der Straße nicht sehen lassen. Er ist so bekannt wie Jesus. Zudem wurde in der Unterwelt ein Kopfgeld auf ihn ausgesetzt. Wenn ihn jemand erkennen sollte, würde jeder noch so kleine Ganove sich auf ihn stürzen. Wie Ihre Kollegin.«

Held lehnte sich abrupt in den Sessel zurück während ihm gleichzeitig die Kinnlade heruntersackte, was den Boss zu amüsieren schien.

»Ach. Sie wussten nicht, dass Ihre Psychologin eine Hexenjagd auf Cosmin veranstaltet?«

Verblüfft schüttelte der Hauptkommissar den Kopf.

»Nein. Das habe ich nicht gewusst.« Er überlegte kurz.

»Auch sie glaubt nicht an sein Ableben und jagt bereits seit Jahren einem Phantom nach, wenn ich mir die Bemerkung erlauben darf.«

Held entging der Sarkasmus nicht, dennoch teilte er nicht die Überzeugung vom Boss, dass Cosmin Sujami vor Jahren umgekommen war.

»Was können Sie mir darüber erzählen?«

Mit einem breiten Grinsen sah der Boss ihn an.

»Mein lieber Held. Für diese Information müssten Sie mir schon etwas bieten.« Er pustete den Rauch nach oben, der ihn langsam einhüllte. Nun wirkte der Boss, als wäre er der Teufel persönlich, der gerade dabei war der Hölle zu entsteigen.

»Was wollen Sie?«

»Licas. Mein bester Mann. Wo ist er?« Seine Worte bekamen einen drohenden Unterton und er starrte Held aus grimmigen Augen an.

»Haben Sie schon seine Spur?«

Die Asche des Zigarillos drohte herunterzufallen. Held hielt seine Handfläche darunter, um einen Brandfleck auf seiner Hose zu verhindern, und suchte nach einem Aschenbecher. Der Boss ging zum Schreibtisch und reichte Held ein rundes Kristallgefäß. Mit einem kurzen Nicken nahm Held den Aschenbecher entgegen, der Boss schritt erneut hinüber zum Fenster. Dabei verschränkte er die Arme vor der Brust und blickte nach draußen.

»Nun, Hauptkommissar Held? Was wissen Sie?« Sein Blick schweifte in die Ferne. Held verstand nicht, was es im Garten zu sehen gab. Draußen war es grau. Der Winter war noch weit davon entfernt, sich zurückzuziehen. Zudem war Held es nicht gewohnt, dass man ihm keine Beachtung schenkte. Der Ledersessel gab knautschende Geräusche von sich, als er versuchte, es sich darin gemütlich zu machen. Er zog an seinem Zigarillo und ließ laut den Rauch aus seiner Lunge entweichen, sodass der Boss seinem Gast wieder

Aufmerksamkeit schenkte. Held stützte den Ellenbogen auf der Lehne ab, beide Männer blickten sich lange schweigend an.

»Von ihm haben wir weder eine Leiche finden können, noch ein Lebenszeichen«, nahm Held das Gespräch wieder auf. »Ich kann Ihnen nur so viel sagen, dass wir im Wald Spuren eines Kampfes gefunden haben. Doch ob jemand Licas überwältigen konnte oder er seinen Gegner besiegte, das wird noch untersucht. Bisher laufen die Ermittlungen jedoch ins Leere.«

Der Boss nickte bedächtig.

»Licas ist ein guter Kämpfer. Wenn er besiegt wurde, dann nicht mit fairen Mitteln.«

Der Hauptkommissar lachte einmal auf.

»Ich wusste gar nicht, dass es ihn ihrer Branche auch fair zugehen kann«, entgegnete Held sarkastisch; der Boss presste die Lippen zusammen. »Wir wissen, dass seine Tochter nach Constanţa geflogen ist.«

Verwirrt schüttelte der Boss den Kopf. »Licas hat keine Tochter.«

Helds kritischer Ausdruck verwandelte sich in Ratlosigkeit. Sein Mund öffnete sich leicht und er überlegte, worüber sie gerade geredet hatten.

»Ich spreche nicht von Licas. Ich will Cosmin Sujami«, entgegnete er gereizt. »Sie wissen etwas. Nicht wahr?« Helds Augen verwandelten sich zu schmalen Schlitzen.

Der Boss holte einmal tief Luft.

»Cosmin Sujami ist tot!« Eine Ader am Hals des Bosses trat sichtbar hervor.

»Ist es denn so unmöglich, dass alle Welt glauben sollte, er sei umgebracht worden?«

Der Boss schüttelte den Kopf und blickte für einige Minuten in Gedanken versunken auf den Boden.

»Hat man je seine Leiche gesehen?« Held beobachtete, wie der Boss wütend die Augen zusammenkniff.

»Niemand war zu seiner Beerdigung eingeladen. Nur die engsten Familienangehörigen«, entgegnete er durch zusammengepresste Lippen.

»Dann könnte Cosmin Sujami noch am Leben sein«, entgegnete Held und vermutete, dass der Boss angestrengt nachdachte.

»Vielleicht«, gab er leise zu. »Doch niemand hat Cosmin seit dem Attentat vor vier Jahren zu Gesicht bekommen.« Sein Zeigefinger wischte einige Male über die Stirn, während die Gedanken in seinem Kopf sich überschlugen.

»Dennoch laufen Cosmins Geschäfte ununterbrochen weiter. Wir dachten zuerst, dass sein Bruder sie übernommen hatte, doch der widmete sich anderen Aufgaben. Ich hatte mich schon gefragt, wie er das alles allein bewerkstelligen konnte. Niemand legt sich mit der Liga Marea Neagrăl an. Wenn Cosmin Sujami gestorben wäre, hätte es einen Kampf um den Mädchenhandel gegeben, eine andere ›Firma‹ hätte es übernommen.« Der Boss legte Daumen und Zeigefinger um sein Kinn und grübelte weiter vor sich hin.

»Hm, wie haben sie es dann die ganzen Jahre über geschafft, das Monopol auf den Mädchenhandel in Osteuropa zu behalten?« Schließlich schaute er interessiert zu Held hinüber, als wüsste der die Lösung.

Held zuckte mit den Achseln. Er hatte dieses ewige Hin und Her satt.

»Sagen Sie mir endlich, was ich wissen muss. Nur so kann ich diesen Cosmin Sujami zur Strecke bringen«, drängte er.

Der Boss schüttelte verwirrt den Kopf. Er kam sich vor, als müsste er es einem kleinen Kind erklären. Er seufzte.

»Whiskey?« Fragte er mit erhobenen Augenbrauen,

Held schüttelte den Kopf. »Bin im Dienst.«

»Das hat Sie doch sonst auch nicht gestört.« Er ging zur Bar, holte einen Tumbler und schenkte sich ein Glas ein.

Dann wandte er sich wieder Held zu, und sein Blick fragte noch einmal stumm nach, indem er ihm das Glas zeigte, doch Held winkte erneut ab.

Der Boss trank das Glas leer und füllte sich nach. Gemütlich schlenderte er zu seinem Sessel hinter dem Schreibtisch und nahm Platz.

»Die Psychologin, diese Dr. Simms, wissen Sie, wo sie sich gerade befindet?«

Held schüttelte den Kopf. »Sie wurde abgezogen, da Marianna Lowe nicht mehr in Deutschland ist.«

»Richtig. Marianna ist in Constanţa. Bei ihrem Onkel.« Dabei betonte er das Wort ›Onkel‹, um Held klar zu machen, dass er von der Theorie, Cosmin Sujami sei noch am Leben, noch immer nicht überzeugt war.

»Und Simms wohl auch.«

Held kratzte sich am Kopf. Augenscheinlich hörte er kaum zu, denn der Boss bemerkte, wie es hinter der Stirn des Beamten zu arbeiten begann.

»Simms ist überzeugt davon, dass Cosmin Sujami Marianna Lowes Vater ist«, sprach Held seine Gedanken laut aus und führte sie noch einen Schritt weiter.

»Hat Marianna Kenntnis über die Machenschaften ihrer Familie?«

Der Boss verzog kurz das Gesicht, als dächte er nach.

»Licas sagte, sie hätte nichts gewusst. Sie sprach immer nur von ihrer armen Mutter und erwähnte, dass ihre Mutter geschieden sei. Was mit ihrem Vater war, davon hatte sie ebenfalls keine Kenntnisse. Und ich glaube ihm. Licas kann sehr überzeugend sein, wenn es darum geht, Informationen zu bekommen. Cosmin tauchte vor ungefähr fünfzehn Jahren, wie aus dem Nichts, auf der Bildfläche auf. Wir haben erst kürzlich erfahren, dass er überhaupt eine Familie hier hat. Mit seinen Namensänderungen hat er alle lange Zeit zum Narren gehalten«, schnaubte er abfällig.

»Und wie haben Sie von seiner Tochter erfahren?«,

unterbrach Held den Boss.

»Zufall.« Er nippte an seinem Glas.

»Das würde mich doch sehr wundern.«

Der Boss straffte die Schultern.

»Was ich Ihnen jetzt erzähle...« Er machte eine Pause und trank einen Schluck. »... bleibt unter uns und unter Verschluss. Sie werden meine Männer nicht dafür belangen. Sind wir uns einig?« Er lehnte sich nach vorn und streifte die Asche ab. Dabei löste er nicht eine Sekunde den Blick von dem Beamten.

Held überlegte kurz.

»Ich brauche einen Sündenbock. Wenn ich niemanden einsperre, ist das schlecht für meine Glaubwürdigkeit.«

»Wieso? Licas ist verschwunden und sein Freund Maik ist tot. Tote protestieren nicht und man braucht sie auch nicht mehr einsperren. Ist billiger für den Steuerzahler.« Er lachte über seinen eigenen Witz, doch Held blieb ernst.

»Das hier ist größer, als Sie es sich ausmalen können, Held.« Er machte eine ausladende Geste. »Wenn Sie hinter Cosmin Sujami her sind und ihn kriegen wollen, vorausgesetzt er lebt tatsächlich noch, dann müssen Sie sich hinten anstellen.« Er drückte seinen Zigarillo im Aschenbecher aus.

»Und was die Entführer seiner Tochter anbelangt, nun ja, zumindest einen von ihnen, haben Sie ja bereits. Leider nützt er Ihnen nichts mehr, da er umgebracht wurde. Ich kann da bestimmt etwas organisieren, wenn Sie noch irgendwelche Beweise ...« Er beendete den Satz nicht.

Held rieb sich die Augen.

»Was ist mit Dr. Simms? Welche Rolle spielt sie?«

Der Boss nahm sein Whiskeyglas und hielt es gegen das Fenster, während er den Rest der bernsteinfarbenen Flüssigkeit darin bewunderte.

»Seit diese Marianna auf dem Bildschirm aufgetaucht ist, hat Ihre Psychologin einen privaten Rachefeldzug gegen das Mädchen angezettelt.«

»Moment mal«, unterbrach ihn Held entrüstet. »Dr. Simms ist auf unserer Seite. Sie wollte Marianna helfen!«

Der Boss schüttelte den Kopf. »Das glauben Sie wirklich?«

Helds Überraschung wich Verblüffung, doch er sagte nichts.

»Diese Simms ist überzeugt, dass ihre eigene Tochter dem Mädchenhändlerring der Liga Marea Neagrăl, von der Cosmin Sujami der Kopf war, zum Opfer gefallen ist. Sie hat die Suche nach ihrer Tochter nie aufgegeben. Und das schon seit über sechs Jahren. Bisher fehlt von ihrer Tochter jede Spur.«

»Weshalb hat sie es dann auf Marianna Lowe abgesehen? Sie sagten doch, dass Cosmin schon seit vier Jahren für tot gehalten wird und Marianna ihren Vater kaum kennt. Er hatte seit seiner Ausreise vor achtzehn Jahren nie den Kontakt zu seiner Familie in Hamburg gesucht. Das ergibt doch keinen Sinn.«

Er zuckte mit den Schultern.

»Das, mein lieber Hauptkommissar, sollten sie vielleicht diese Simms selbst fragen. Diese Psychologen haben doch alle einen Knacks. Sie hat den Verlust nie überwunden und sich auch nie in Therapie begeben, obwohl das die Statuten der Polizei ja eigentlich vorschreiben.« Er lehnte sich in seinem Sessel zurück, und seine Fingerspitzen berührten sich, während er Held einen allwissenden Blick schickte.

»Woher wissen Sie so viel darüber und von Dr. Simms?« Fragte Held argwöhnisch.

Der Boss nahm das Glas, trank es in einem Zug leer und stellte es ab. Langsam beugte er sich nach vorn, stützte die Ellenbogen auf der Tischplatte ab und faltete die Hände.

»Informationen sind nun mal mein Geschäft«, grinste er breit. »Deswegen haben wir unseren Deal und deswegen kommen Sie zu mir, wenn Sie in der Sackgasse stecken, mein lieber Hauptkommissar.« Gemächlich lehnte er sich wieder in den Sessel zurück und beobachtete die Reaktion des Beamten, während er die gefalteten Hände auf dem Bauch ablegte. Seine Mundwinkel verzogen sich zu einem überlegenen Lächeln.

Dem Hauptkommissar ging einiges durch den Kopf, worüber er nachdenken musste. Noch gab es zu viele Fragezeichen in seinem Fall.

»Und Sie sagen, Dr. Simms befindet sich gerade in Constanţa«, hakte er nach.

»Sie hat dort ein Apartment. Mein Sekretär Paul wird Ihnen gern die Adresse geben.«

»Sie hat dort ein Apartment?« Wiederholte Held, der Boss nickte belustigt.

Held gefiel es gar nicht. Es hatte den Anschein, dass alle anderen um ihn herum mehr wussten als er selbst. Sogar Porter war über Dr. Simms besser informiert. Diesen Zustand musste er beenden, sonst würde er wie ein Vollidiot dastehen.

»Erzählen Sie mir, was Sie in der letzten Zeit herausgefunden haben. Und vor allem muss ich wissen, welche Rolle Dr. Simms in diesem Spiel spielt«, drängte er.

»Spiel?« Erneut trat die Ader an seinem Hals hervor.

»Sie glauben wirklich, das hier ist ein Spiel, Hauptkommissar Held?«

Held blieb unbeeindruckt.

Blick in die Vergangenheit

23. Februar - Constanţa, Primăria Poarta Albă

Cosmin betrat das Arbeitszimmer und sah Boboka, der im Sessel hinter seinem Schreibtisch saß und das Telefon auf der Tischplatte ablegte. Er zog die buschigen Augenbrauen zusammen und seine Miene wurde traurig. Cosmin legte den Kopf schief. Er ahnte, dass sein älterer Bruder keine gute Nachricht zu verkünden hatte. Als er vor seinem Schreibtisch angekommen war, verschränkte er die Arme vor der Brust und musterte Boboka. Er forderte seinen Bruder auf, mit der Sprache herauszurücken. Dazu brauchte er nicht viel. Er reckte nur das Kinn nach vorn und setzte einen vielsagenden Blick auf. Die Brüder verstanden sich auch ohne viele Worte. Sie waren ein eingespieltes Team.

»Olga.« Boboka seufzte schwer. »Sie ist ...« Er schüttelte den Kopf.

Cosmin stützte sich mit den Fäusten auf dem Schreibtisch ab, was ihm das Aussehen einer Bulldogge bescherte und starrte das Telefon an. Seine Stirn legte sich in Falten, während er überlegte.

»Wie?« War nur seine kurze Frage.

Boboka lehnte sich zurück und schüttelt den Kopf.

»Sie soll gestürzt sein. Man fand Olga im Schlafzimmer auf dem Boden. Sie wollte wohl aufstehen. Augenscheinlich stolperte sie und stieß sich den Kopf am Bettrand. Sie war bereits tot, als ihre Pflegerin sie entdeckte.«

Er atmete schwer aus, lehnte sich zurück und beobachtete Cosmin, der noch immer nachzudenken schien.

Langsam hob er den Blick und die Brüder sahen sich eine Minute an.

»Du hast mir nicht alles erzählt. Richtig?«

Boboka nickte und fuhr mit der Erzählung fort.

»Ihre Pflegerin erzählte noch, dass ihr ein junger Mann im Treppenhaus entgegenkam, als sie zu Olga wollte. Er schien es eilig zu haben. Doch sie konnte sein Gesicht nicht sehen, da er seine Kapuze tief in die Stirn gezogen und den Kopf gesenkt hatte.«

»Du glaubst, ihr Tod war kein Unfall?«

»Was denkst du?«

»Nein.« Cosmins Unterkiefer mahlte. »Was ist mit Lene?«

»Gabor ist in Hamburg und versucht, so viele Informationen zu bekommen wie möglich. Schließlich ist er nicht mit Lene verwandt. Erst nachdem er den Ärzten versichern konnte, dass er im Auftrag ihrer Tochter handelte und ihnen eine beglaubigte Vollmacht vorlegte, war der Arzt bereit, ihm einige Auskünfte zu erteilen. Gabor sagt, ihr Zustand hat sich dermaßen verschlechtert, dass sie nur noch mit starken Beruhigungsmitteln unter Kontrolle zu halten ist. Die Vergangenheit scheint dich einzuholen, Bruder. Dein damaliges Doppelleben ... irgendetwas haben wir damals übersehen. Einen Zeugen vielleicht.« Boboka legte die Stirn in Falten, während er scharf überlegte.

»Du meinst, jemand hat überlebt?« Cosmin musterte seinen Bruder, der ihn mit ausdrucksloser Miene ansah. Schließlich schüttelte er den Kopf. »Ich denke nicht. Nein. Zumindest fällt mir niemand ein, der uns heute noch hätte schaden können.«

»Dennoch, irgendetwas müssen wir übersehen haben. Als du damals den Mädchenhandel übernommen hattest ... bist du dir sicher, dass du nicht doch irgendeine Person übersehen hast? Was ist mit dem Typen, der dir die neuen Namen und ein neues Leben besorgt hat?«

Cosmin wischte sich mit den Fingern über die Stirn. Er tat einen tiefen Atemzug, als müsse er sich konzentrieren und beruhigen. Boboka erkannte, dass er einen Nerv getroffen hatte.

»Dann ...« Er zögerte kurz. »Du hast den Typen am Leben gelassen?«

Das traf Cosmin wie ein Schuldspruch. Seine Lippen verwandelten sich in einen schmalen Streifen.

»Er war so schwer verletzt, er hätte nicht überleben dürfen. Ich musste damals sehr schnell verschwinden und untertauchen ... ich hatte keine Zeit mehr, mich davon zu überzeugen, dass er sich die Radieschen von unten betrachtete. Wäre ich noch eine Minute länger geblieben, hätten sie Lene und Marianna mit mir in Verbindung gebracht. Ich konnte die beiden nicht damit hineinziehen. Marianna war gerade mal sieben. Ein unschuldiges Kind und Lene war kurz davor sich von mir scheiden zu lassen, als sie von meiner kleinen Nebenbeschäftigung erfuhr. Olga hätte sie nicht ins Vertrauen ziehen dürfen. Mein Untertauchen war der einzige Weg. Lene konnte unter einer neuen Identität unsere Tochter aufziehen, ohne befürchten zu müssen, dass ihr jemand nach dem Leben trachtet.«

»In diesem Fall sind wir Lene etwas schuldig. Durch deine Nachlässigkeit kam der Ball ins Rollen. Wir sollten Lene zu uns holen. Hier könnten wir ihr die bestmöglichen Behandlungen zukommen lassen. Und wir haben sie unter Kontrolle.«

»Hältst du es für klug, sie bei uns wohnen zu lassen? Lene wird sich nie darauf einlassen.«

Diesmal brauchte Cosmin wirklich den Rat seines Bruders.

Boboka machte einen tiefen Atemzug. »Wenn ich ehrlich sein soll ...« Er schwieg.

»Ja. Ich habe schon Marianna hier. Es ist schon schwierig genug, all den Dreck von ihr fernzuhalten.«

»Stimmt. Sie ist eine junge Frau, die versucht, ihr Leben wieder in den Griff zu bekommen. Der Tod von Olga wird sie schwer treffen. Wenn sie dann auch noch ihre Mutter in diesem Zustand weiß ...«

Cosmin ging an den Schrank und bediente sich. Er goss sich und seinem Bruder ein Glas ein.

»So schwer es mir fällt, doch ich gebe dir recht.«

Er reichte seinem Bruder das Glas. Sie stießen an.

»Auf Olga und Lene«. Beide Männer leerten ihre Gläser in einem Zug.

»Marianna muss in die USA. Sie ist hier nicht sicher. Zudem kommen noch diese schrecklichen Träume, die sie die Nächte nicht durchschlafen lassen. Mehrmals wacht sie schreiend auf. In Amerika gibt es gute Psychiater, die ihr helfen können.«

Boboka nickte.

»Was ist mit Lene?« Er hielt seinem Bruder das leere Glas hin.

»Lene ist besser in einer Anstalt aufgehoben als hier«, entschied Cosmin, während er nachschenkte.

»Wann willst du es Marianna sagen? Oder soll ich es machen?«

»Ich wäre dir dankbar, wenn du es übernehmen könntest. Die neue Lieferung kommt in wenigen Stunden an und ich will sie mir persönlich ansehen. Die Ware für den Orient muss einwandfrei sein.«

»Wie viele Mädchen sind es?«

»Leider nur drei.« Cosmin grinste. »Doch die sollen exquisit sein.« Er führte Daumen und Zeigefinger zusammen, bildete damit einen Kreis, den er zum Mund führte und schließlich mit einem angedeuteten Kuss und einem zufriedenem Blick wegblies.

***

Boboka klopfte.

Obwohl ihn niemand ins Zimmer gebeten hatte, öffnete

er die Tür und trat ein. Marianna lag auf dem Bett, die Hände unter dem Hinterkopf verschränkt, ihr Blick haftete an der Zimmerdecke. Sie trug einen Kopfhörer und hörte mit einem MP3-Player Musik.

Um sie nicht zu erschrecken, ging Boboka langsam auf das Bett zu.

Als Marianna ihn bemerkte, nahm sie die Kopfhörer ab.

»Hallo, Onkel Bobo.«

»Marianna.« Er stockte und sah, wie Mariannas Lächeln einem ernsten Ausdruck wich.

»Ist etwas passiert?«

Boboka setzte sich zu ihr an die Bettkante und nahm Mariannas beide Hände in seine.

»Es geht um Oma Olga und deine Mutter Lene.«

Boboka erzählte Marianna jede Einzelheit seines Telefonats mit der Pflegerin aus Hamburg. Er verschwieg auch nicht Cosmins Entscheidung. Je tiefer er ins Detail ging, umso mehr Tränen rannen ihre Wangen hinunter. Als er geendet hatte, schwiegen beide für einige Minuten, bis Marianna sich mit dem Ärmel die Tränen wegwischte.

»Du sagst, ich darf nicht zur Beerdigung«, stellte sie mit erstickter Stimme fest.

»Auch werde ich meine Mutter nie mehr wiedersehen?« Sie blickte ihn aus traurigen Rehaugen an.

»Micuța mea!« Er nahm sie in seinen Arm und tröstete sie.

»Bitte versteh deinen Vater. Er kann in der jetzigen Situation nicht anders handeln.«

Die Büchse der Pandora

24. Februar - Constanţa

Vera Simms setzte sich, nur mit einem Morgenmantel bekleidet, auf das Sofa im Wohnzimmer, nahm die Fernbedienung vom Tisch und schaltete den Fernseher ein. In den Nachrichten war der Schusswechsel in der Mall die Meldung der vergangenen Tage gewesen. Inzwischen durften Kaufwütige wieder in die Einkaufspassage hinein, um ihr Geld mit vollen Händen auszugeben. Vera schaltete auf einen anderen Kanal. Wieder einmal sah sie, wie der Reporter die Verkäuferin von der Boutique mit dem zersprungenen Fenster interviewte, doch sie konnte nicht viel sagen. Sie litt sichtlich unter einen Schock und wurde kurz darauf in ein Krankenhaus gebracht. Es war eine Wiederholung. Die hiesige Polizei tappte im Dunkeln und suchte nach Augenzeugen, die den oder die Schützen identifizieren konnten. Vera Simms ließ verächtlich die Luft aus ihrer Lunge entweichen, als sie auf dem Bildschirm die schlecht gezeichneten Phantombilder erblickte, die sie, Stevo, Marianna und Milosh darstellen sollten. Man bat mögliche Zeugen, sich mit der Polizei in Verbindung zu setzen.

Die Maschine in der Küche gluckerte und signalisierte ihr frischen gebrühten Kaffee. Sie schaltete den Fernseher aus. In der Küche öffnete sie die Tür zum Küchenschrank, nahm sich einen Becher, gab ein wenig Milch hinein und füllte schließlich den Kaffee darauf. Danach stellte sie den Becher auf dem Wohnzimmertisch ab, um die Tageszeitung zu holen, die um diese Zeit vor ihrer Haustür liegen sollte. Der Sohn des Kioskverkäufers um die Ecke verdiente sich damit immer etwas Taschengeld, wenn sie in der Stadt war. Jeden Morgen, bevor er zur Schule ging, legte er ihr die Tageszeitung auf die Fußmatte.

Sie öffnete die Tür und erstarrte. Ihre Augen weiteten sich, als sie direkt in das Gesicht eines Mannes blickte.
Er hingegen schien keineswegs überrascht, sie hier anzutreffen.
Sofort schloss sie die Tür mit einem Schwung, doch er war schneller und stellte einfach seinen Fuß zwischen Tür und Rahmen. Vera überlegte nicht lang und mit einem Kopfschütteln öffnete sie die Tür.
»Was machst du denn hier?« Ihre Verwirrung zauberte ein Lächeln in seine bernsteinfarbenen Augen. Er war ebenso groß wie sie. Die kräftige Statur hatte er dem Sport zu verdanken. Er hob seine Hand und wedelte mit einer braunen Papiertüte vor ihrem Gesicht, während er ihr mit der anderen Hand die Zeitung reichte, die sie schweigend entgegennahm.
»Lässt du mich rein? Ich habe uns auch etwas zum Frühstücken mitgebracht.« Ohne auf eine Antwort zu warten, betrat er die Wohnung und sah sich um.
Vera blickte ihm hinterher und schloss die Tür.
»Hier hältst du dich also mal wieder auf.«
Noch immer starrte sie ihn an und fand endlich die Sprache wieder.
»Wie hast du mich gefunden, Tony?«
Nachdem er die Tüte auf dem Tisch gelegt hatte, wandte er sich ihr zu. Sie hatte sich kaum vom Fleck gerührt und stand wie versteinert mit dem Rücken zur Haustür.
Er lächelte.
»Diese Frage stellst du mir nicht im Ernst?«
Vera schluckte.
»Nein. Natürlich nicht.« Sie konnte es sich denken. Er hatte Zugang zu allen möglichen Informationen, wenn es

darum ging, jemanden ausfindig zu machen. Sie schüttelte den Kopf.

»Ich bin nur überrascht, dich hier zu sehen. Ich hatte nicht damit gerechnet, dass du es ernst gemeint hattest, als du sagtest, du würdest kommen. Also, was willst du?«

»Nanu? Bist du heute Morgen mit dem falschen Bein aufgestanden?« Er hob seine linke Augenbraue.

»Hör auf mit den Spielchen, Tony«, erwiderte sie barsch, während er mit lässigen Schritten in die Küche ging und begann, die Hängeschränke zu durchstöbern. Schließlich fand er, nach was er suchte. Er nahm sich einen Becher und füllte ihn mit dem frisch aufgebrühten Kaffee. Danach suchte er weiter die Küchenschränke ab.

Vera beobachtete ihn die ganze Zeit über.

»Im Regal. Hinter dir.«

»Das wäre mein nächster Versuch gewesen«, grinste er und ließ sich von ihrer miesen Laune nicht anstecken.

Nachdem er sich den Kaffee mit zwei Löffeln Zucker versüßt hatte, nahm er noch zwei Frühstücksteller, kam zurück und setzte sich auf den Sessel, der am Kopfende des Tisches stand. Mit einer Geste bat er Vera, die nun in die Mitte des Wohnzimmers stand, sich zu setzen. Sie sah ein, dass sie ihn nicht so einfach loswerden würde. Also machte sie gute Miene zum bösen Spiel und ließ sich in das Sofa sinken.

Tony nahm die Tüte und beförderte zwei Rosinenschnecken daraus hervor, von der er eine Vera auf den Teller legte. Als er ihren verblüfften Gesichtsausdruck bemerkte, räusperte er sich.

»Die habe ich extra am Flughafen für dich gekauft. Ich dachte, die magst du so gern?« Sein fragender Ausdruck rief ein leichtes Unbehagen in ihr hervor.

»Doch. Natürlich. Danke.« Sie nahm zögernd einen Bissen und kippte einen Schluck Kaffee hinterher.

»Zu trocken?« Begann Tony das Gespräch, doch sie

schüttelte den Kopf.

»Nein. Bin nur gerade erst aufgestanden.«

Sie beobachtete ihn, wie er mit wenigen Bissen die Rosinenschnecke ihrer finalen Bestimmung zuführte und einen großen Schluck Kaffee hinterherkippte.

»Das ist nicht zu übersehen«, bemerkte er kauend.

»Was willst du, Tony?«

Gemächlich lehnte er sich in den Sessel zurück. Mit der engen ausgewaschenen Jeans, dem schwarzen Rollkragenpullover, den Springerstiefeln und dem Bartschatten sah er zum Anbeißen aus. Sie mochte es, wenn er leger gekleidet war. Es betonte seine sportliche Figur. Besonders seine muskulösen Oberarme hatten es ihr angetan. Tony liebte es, Gewichte zu stemmen.

»Eigentlich bin ich hier, um dich von einer Dummheit abzuhalten. Allerdings denke ich, dass ich zu spät gekommen bin. Nach den Berichten in der Presse zu urteilen ...« Er beendete den Satz nicht. Sein Blick wurde finster und fixierte sie.

Er kannte sie sehr gut, was nicht verwunderlich war. Schließlich waren die beiden verheiratet, auch wenn Vera die Scheidung eingereicht hatte. Es war Vera Simms' zweite Ehe. Nach ihrer Trennung blieb Tony bei Europol, während sie als Profiler und Psychologin in den Polizeidienst wechselte. Sie wollte ihn nicht mehr um sich haben. Verschanzte sich mehrere Monate in ihrer gemeinsamen Wohnung, doch Tony gab seiner großen Liebe den Freiraum, den sie benötigte. Veras Zustand verschlechterte sich. Sie machte sich immer mehr Vorwürfe und zerbrach fast daran. Sie gab erst sich, dann Tony die Schuld, dass sie nicht da gewesen war, als man ihre Tochter entführt und verschleppt hatte.

Vera kniff kurz die Lippen aufeinander. Tony wusste, der

Schmerz war wieder da. Wie ein Poltergeist, der sie jeden Abend heimsuchte, attackierten sie die Erinnerungen und sorgten für unruhige Nächte. Ihre Blicke trafen sich. Tony lehnte sich vor. Dabei stützte er die Unterarme auf seinen Oberschenkeln ab, faltete die Hände, während er versuchte, ihre Gedanken zu ergründen. Sie hielt dem Druck nicht stand. Blitzartig erhob sie sich. Tonys Blick folgte ihr, als sie zur Globus-Bar ging und eine Flasche hervorholte.

»Glaubst du, das könnte dein Problem lösen?« Sein Ton klang verbittert.

Sie nahm keine Notiz von ihm, öffnete die Flasche und trank einen kräftigen Schluck daraus. Dann stellte sie die Flasche an ihren Platz zurück. Sie nutzte das klirrende Geräusch aneinanderstoßenden Glases, um ein Minifläschchen herauszuholen, das sie unbemerkt in der Tasche ihres Bademantels verschwinden ließ. Anschließend wandte sie sich wieder ihrem Besucher zu.

»Willst du mir nicht sagen, was du hier machst? Oder kannst du es nicht?«, fragte sie genervt.

»Wenn du es genau wissen willst … nun, ich bin gekommen, um dich festzunehmen.«

Schießübungen

24. Februar - Truppenübungsplatz Babadağ

Es war das erste Mal, dass Marianna durch den geheimen Gang nach draußen geführt wurde. Die Luft darin war heiß und stickig. Der Gang war in den Fels gehauen; es gab keine Beleuchtung. Nur eine Taschenlampe, die Milosh vor sich hielt, erleuchte ihnen ein wenig den Weg. Das gesamte Tunnelsystem ähnelte einem Irrgarten. Auf dem Boden verstreut lag Geröll. Sie kamen nur langsam voran, da sie aufpassen mussten, nicht zu stolpern oder die richtigen Abzweigungen nicht zu verpassen. Milosh hielt sie an der Hand, da sie bereits einige Male gestrauchelt war.

»Was ist das für ein Tunnelsystem, Milosh?«

Er stoppte.

»Das ist der Gang, durch den auch dein Vater nach draußen gelangt. Nur wenige von uns kennen den genauen Weg. Am Ausgang wartet unser Wagen.« Ihre freie Hand tastete nach seinen Arm und sie umfasste sein Handgelenk. Um nichts in der Welt wollte sie ihn verlieren. Bei Milosh fühlte sie sich immer sicher. Aber wieso verließen sie das Anwesen diesmal durch einen geheimen Gang?

»Wohin gehen wir?« Angst schwang in ihrer Frage mit, doch er sagte nichts und führte sie um die nächste Biegung. Am Ende der dunklen Röhre erblickte sie ein Licht.

Ein frischer Lufthauch erfasste sie. Als sie kurz vor dem Ausgang standen, umschlang Marianna mit den Armen ihren Oberkörper. Vor ihnen parkte die Limousine. Diesmal saß jedoch nicht Amadeo am Steuer, sondern Stevo. Milosh zog seine Waffe und sah sich um. Dann öffnete er die hintere Wagentür und winkte Marianna zu sich. Zügig schlüpfte sie in den Fond. Als sich die Limousine in

Bewegung setzte, wurde Marianna in den Rücksitz gepresst. Der Wagen nahm rasch an Geschwindigkeit auf und verringerte sie nur, wenn sie an einer Ampel halten mussten. Stevo hatte einen aggressiveren Fahrstil als Amadeo.

»Wohin fahren wir, Milosh?« Wiederholte sie die Frage, die er noch nicht beantwortet hatte. Sie wusste, er sollte ihre Wünsche, soweit möglich, erfüllen. Nur in gefährlichen Situationen hatte er das Sagen und sie sollte zu ihrer eigenen Sicherheit seinen Anweisungen folgen. Das war das Abkommen zwischen ihr, Milosh und ihrem Vater.

»Das ist eine Überraschung.« Mehr Informationen bekam sie nicht aus ihm heraus.

Sie fuhren schon eine ganze Weile, als sie sich einem Flugplatz näherten. Marianna schluckte. Panik überfiel sie plötzlich und sie presste sich in den Sitz. Milosh sah, wie all die Farbe aus ihrem Gesicht wich.

»Was ist Marianna? Ist dir nicht wohl? Du wirst ganz blass.« Seine Hand wanderte zu ihrer Wange und er strich sanft mit dem Daumen darüber.

»Also schickt mein Vater mich jetzt doch weg«, entgegnete sie mit erstickter Stimme.

Milosh runzelte die Stirn und Verwirrung sprach aus seinen Augen. »Wie kommst du darauf?« Er zog die Hand zurück.

Sofort spürte sie, wie Kälte über die Wange kroch, an der Stelle, wo noch zuvor seine Hand gewesen war und ihr tröstend Wärme gespendet hatte.

»Der Flughafen dort.« Sie sah einen Tower in der Ferne aufragen und schluckte. »Also wird dort eine Maschine stehen und mich ins Nirgendwo bringen.« Sie fuhr sich mit der Hand unter die Nase.

Milosh griff in seine Tasche und reichte ihr sein Taschentuch, das sie ohne eine Regung entgegennahm.

Er schüttelte den Kopf. »Nein. Du wirst nicht weggeschickt.«

Überrascht blickte sie auf. Sie konnte nicht glauben, was Milosh da gerade von sich gegeben hatte.

»Nicht?«

Ein schmales Lächeln umspielte seinen Mund.

»Was du dort siehst, ist ein US-Militär-Flugplatz, den man 2005 für den Militärschutz errichtet hatte. Wir fahren nach Babadağ. Dort gibt es einen Schießstand. Dein Vater hat deinem Wunsch stattgegeben. Ich soll dir den Gebrauch einer Waffe beibringen.« Er sah, wie eine ganze Ladung Beton von ihren Schultern fiel.

Sie schloss die Augen und legte den Kopf in den Nacken.

»Danke«, stieß sie erleichtert aus und sah aus dem Fenster. In der Ferne konnte sie die hohen Zäune erkennen. Der Flughafen schien verwaist zu sein. Es war kein einziges Flugzeug zu sehen. Nur ein Schatten huschte im Tower über die Fensterfront. Sie war sich nicht sicher, ob er von einer Person stammt, oder ob sich nur eine vorbeiziehende Wolke gerade darin gespiegelt hatte.

Wenig später passierten sie eine Durchfahrt, bis sie zu einem Wachhäuschen kam. Ursprünglich war die Lücke im hohen Stahlzaun durch eine Schranke und das Wachhäuschen gesichert gewesen. Aber die Schranke war offen und das Wachhäuschen verlassen. Die Natur hatte sich bereits einen Teil der Piste und der betonierten Wege zurückerobert.

Stevo parkte den Wagen vor einem lang gestreckten Gebäude. Während Milosh Marianna die Tür aufhielt, holte Stevo einen schwarzen Plastikkoffer aus dem Kofferraum. Dann traten sie durch eine schwere Tür. Milosh schaltete das Licht ein. Vor ihnen lag die Schießanlage. Es gab vier Bahnen von fünfzig Meter Länge, die jeweils mit einer schmalen Wand voneinander getrennt waren.

»Ich gehe nach draußen und sehe mich mal um«, bemerkte Stevo knapp und war auch schon verschwunden.

Milosh öffnete den Koffer und zog eine Pistole hervor.

»Hier. Nimm.« Er übergab Marianna die Pistole.

Sie griff danach und sofort sackte ihr Arm ein wenig durch.

Milosh, der damit gerechnet hatte, dass sie das Gewicht der Waffe unterschätzte, war schnell und ergriff ihre Hand, damit sie sie nicht fallen ließ.

»Vorsicht!« Ermahnte er sie und Marianna biss sich auf die Unterlippe.

»Die ist aber schwer«, bemerkte sie verblüfft. Zum ersten Mal in ihrem Leben hielt sie eine echte Waffe in den Händen. Neugierig begutachtete sie die Pistole.

»Das ist eine Makarow. Solide russische Arbeit. Sie ist sehr zuverlässig und hat einen Feder-Masse-Verschluss, neun Millimeter Kaliber bei acht Schuss, mit einem leichten Rechtsdrall.«

Marianna zuckte mit den Achseln. Sie verstand kein Wort von dem, was Milosh ihr erzählte und gab ihm die Waffe zurück.

Er zog das Magazin aus dem Griff und füllte es mit Patronen. Dann schob er das geladene Magazin hinein und legte die geladene Pistole auf die Ablage vor ihnen. Erneut wandte er sich dem Koffer zu und holte zwei Sicherheitsbrillen hervor, von denen er eine Marianna reichte.

»Setz die bitte auf.«

Sie tat wie ihr geheißen. Dann hörte sie ein Geräusch. Ein Klicken. Bewundernd sah sie Milosh zu, wie leicht er mit der Waffe hantierte und sie beherrschte. In seinen Händen schien sie federleicht zu sein.

»Jetzt machen wir ein paar Schießübungen. Wenn wir wieder zu Hause sind, bekommst du eine nähere Einführung, wie man eine Pistole handhabt, vorausgesetzt,

du willst es dann noch.« Sein Blick wurde dunkel und Marianna
nickte knapp, zum Zeichen, dass sie einverstanden war.

»Nimm die Ohrenschützer, bevor du loslegst. Ich möchte nicht, dass du hinterher taub bist.«

Eine schmale Holzwand trennte die zwei Schießbahnen voneinander. Auf Augenhöhe war ein Nagel an jeder Seite in das Holz geschlagen, an dem jeweils ein paar Ohrenschützer hingen. Sie folgte seiner Anweisung und auch Milosh setzte den Gehörschutz auf.

»Dort hinten ist eine Zielscheibe. Schieß darauf!« Er reichte ihr die Waffe.

Diesmal war sie auf das Gewicht vorbereitet und stellte sich nicht mehr so ungeschickt an. Marianna nahm die Waffe in ihre linke Hand und zielte. Doch bevor sie abdrücken konnte, nahm Milosh ihr die Pistole aus der Hand.

»Was ist?« Fragte sie leicht verärgert.

»Du bist nicht im Film. Stell dich mit leicht auseinander gestellten Beinen hin. Die Waffe hältst du vor deinem Körper, mit ausgestreckten Armen und mit beiden Händen fest. Dann visierst du das Ziel an und drückst ab.«

Marianna folgte seinen Anweisungen und er stellte sich eine Schrittlänge hinter sie.

Marianna hob die Pistole, drückte das linke Auge zu und zog gebannt den Abzug zu sich. Obwohl sie die Waffe fest in beiden Händen hielt, wurde sie von ihrem Rückstoß dermaßen überrascht, dass ihre Arme beim Schuss nach oben abdrifteten und sie nach hinten gegen Milosh' Brust prallte. Lässig fing er sie auf und stellte sie wieder auf die Beine.

»Danke.« Sie legte die Waffe ab und drehte sich zu ihm. Ihr erhöhter Pulsschlag gab ihr eine rosige Gesichtsfarbe.

Beide nahmen die Ohrenschützer ab.

»Habe ich getroffen?« Aufgeregt bewegte sie ihren Oberkörper seitlich hin und her, doch Milosh schüttelte den Kopf.

Enttäuscht stoppte sie ihre Bewegung.

»Du bist nicht einmal ansatzweise in die Nähe der Scheibe gekommen. Hast du dir etwas an der Schulter getan?« Sein besorgter Blick verwirrte sie.

»Nein. Alles okay. Mir ist nichts passiert«, sagte sie mit einem zaghaften Lächeln.

»Ich zeige dir jetzt, wie man es richtig macht.«

Er nahm die Waffe, legte an, zielte und schoss sechs Mal. Danach betätigte er den Mechanismus, der die Zielscheibe zu ihnen heranholte. Es dauerte einen Moment und je näher der schwarze Kreis kam, umso größer wurden Mariannas Augen. Milosh hatte mitten ins Schwarze getroffen. Er nahm die durchlöcherte Schießscheibe heraus und klemmte eine jungfräuliche Scheibe ein. Dann beförderte er sie wieder ans Ende der Bahn und beide setzten die Ohrenschützer auf.

Marianna nahm die Pistole und legte an. Sie versuchte, das Ziel zu fokussieren, wie Milosh er ihr erklärt hatte. Erst kniff sie das rechte Auge zu. Dann das Linke. Langsam wurde die Waffe schwer. Milosh stellte sich direkt hinter sie.

»Moment.«

Seine starke Brust schmiegte sich an ihren Rücken und sie spürte, wie er ruhig und gleichmäßig atmete. Seine Arme wanderten nach vorn, seine Hände umfassten ihre. Ein warmer Atemzug streifte ihren Hals, während er versuchte, ihre Hände ruhig zu halten und auf das entfernte Ziel zu lenken.

»Wichtig dabei ist, dass du ruhig atmest. Wenn du draußen bist, darfst du dich von den Geräuschen um dich herum nicht ablenken lassen, sondern musst immer das Ziel im Auge behalten.«

Sein Finger presste sich gegen den ihren am Abzug;

gemeinsam gaben sie den Schuss ab. Erneut war sie über die Heftigkeit des Rückschlags überrascht, doch diesmal wurde sie von Milosh gestützt, der sie zwang, drei weitere Schüsse abzugeben. Ihr Oberkörper wurde durchgeschüttelt.

Nachdem sie das Magazin leer geschossen hatten, löste Milosh seine Hand. Mariannas Hände zitterten vor Aufregung, sodass sie die Waffe fast fallen ließ. Erneut fing Milosh die Makarow auf und legte sie zur Seite, während beide sich von den Ohrenschützern befreiten.

»Bist du in Ordnung?«

Marianna lächelte aufgeregt. Sie fühlte sich berauscht. Lebendig, durch den Adrenalinschub.

»Ja. Im Film sieht das alles viel einfacher aus«, bemerkte sie trocken und machte einen enttäuschten Gesichtsausdruck.

Milosh lachte laut. »Da!« Bestätigte er. »Im Film rennen sie auch wie die Verrückten und treffen. Im wirklichen Leben muss man für so etwas schon ziemlich gut und geübt sein. Quasi ein Superheld. Besonders, wenn man selbst in Bewegung ist.«

Marianna liebte es, wenn Milosh so unbeschwert war. Sie packte die Gelegenheit beim Schopf und küsste ihn auf den Mund. Milosh war von ihrem Übergriff so überrascht, dass er die Augen aufriss, während Marianna ihre Arme um seinen Hals schlang und ihn am liebsten nie wieder losgelassen hätte.

In diesem Moment betrat Stevo den Raum.

»Milosh!« Rief er entsetzt.

Sofort packte Milosh Mariannas Hände und schob sie von sich weg.

»Er ... Milosh kann nichts dafür! Ich ... ich ... ihn trifft keine Schuld. Wirklich!« Ihr Erklärungsversuch schien kläglich zu scheitern.

Stevo winkte ab. »In eurer Haut möchte ich nicht stecken, wenn Cosmin es herausfinden sollte.«

Marianna klappte der Kiefer nach unten.

Stevos Blick wurde dunkel. Er wandte sich an Milosh, der sofort begriff, dass etwas nicht stimmte.

»Was gibt es?«

»Ich habe mich draußen umgesehen. Auf dem benachbarten Flugplatz steht ein Helikopter. Den Uniformen nach zu urteilen sind es Polizeibeamte. Doch sie sind nicht von hier.«

»Konntest du herausfinden, zu welcher Behörde sie gehören?«

Stevo schüttelte den Kopf.

»Nur dass sie Englisch sprachen.«

»Wir sollten gehen«, befahl Milosh knapp.

Der Plan in der Hinterhand

24. Februar - Constanţa

Mit weit aufgerissenen Augen starrte sie ihn an und schnappte nach Luft.

»Du willst was?« Rief sie voller Entsetzen. Vera Simms entgleisten alle Gesichtszüge. In ihrem Kopf schossen die Gedanken wie Feuerwerksraketen durcheinander. Sie überlegte, ob sie ihre Waffe holen sollte. Und dann? Ihn erschießen? Wie viel wusste Tony wirklich? War er allein gekommen? Oder warteten draußen bereits einige Kollegen? Sie konnte den Drang, zum Fenster zu laufen, nur mit viel Mühe unterbinden und hoffte, ihre flüchtigen Blicke hinüber würden sie nicht verraten. Ihre Kehle wurde trocken und sie musste schlucken. Noch immer starrte sie Tony mit geöffnetem Mund an. Doch er verzog keine Miene. Saß nur da und beobachtete, was sie als Nächstes tun würde. Vera rieb sich mit Daumen und Zeigefinger den Nasenrücken. Gleichzeitig kniff sie die Augen zusammen. Sie musste sich zwingen, wieder klar zu denken und atmete einmal tief durch, bevor sie sich wieder Tony widmete.

»Wie lautet die Anklage?«

Ihre Haltung versteifte sich, als wäre ihr Körper seit Tagen nackt dem Nordpol ausgeliefert. Mit eiskaltem Blick wartete sie auf seine Antwort.

Tony zögerte. Die Minute verstrich und er beobachtete ihre steife Haltung gepaart mit der flachen Atmung. Ihre Nerven waren kurz vor dem Zerreißen.

Tony leerte den Becher, während er sie dabei immer noch provozierend beobachtete. Erst als er den letzten Schluck Kaffee genommen hatte, fuhr er fort.

»Ich nehme dich mit nach Den Haag. Du sollst uns alles

erzählen, was du über diese Marianna Lowe weißt. Du warst die Einzige, die Zugang zu ihr hatte. Im Gegenzug dazu nehmen wir dich in Schutzhaft.«

Veras Gesichtsfarbe wandelte sich von Weiß in Rot.

»Schutzhaft?« Wiederholte sie und Tony nickte einmal kurz.

»Wie kommst du auf den Bolzen, dass ich Schutzhaft benötige? Und wieso interessiert sich Europol für Marianna?« Sie gewann wieder etwas an Selbstsicherheit.

Er räusperte sich und stand auf. Langsam schritt er auf sie zu, bis er vor ihr stand. Seine Hände umfassten ihre Oberarme und hielten sie fest. Sie spürte die Kraft in seinen Fingern. Sie mochte ihn noch immer, nur ertrug sie seine direkte Nähe nicht mehr. Mit ihm verband sie das Verschwinden ihrer Tochter.

»Die Polizei weiß nicht, wer das Attentat auf Marianna Lowe verübt hat. Doch die ›Schwarze Meer Liga‹ schon. Und ihr Anführer ist nun einmal Cosmin Sujami, der entgegen den Anstrengungen, seine eigene Ermordung zu inszenieren, doch noch am Leben ist. Vera, du bist in Gefahr.«

Vera hatte große Mühe sich nichts anmerken zu lassen. Europol glaubte auch, dass Cosmin Sujami lebte. Das hatte Tony ihr soeben bestätigt. Ob unbeabsichtigt oder nicht, war ihr egal. Nun hatte sie Gewissheit. Die letzten Jahre hatte er ihr gegenüber Stillschweigen geübt. Sie mit ihren Schmerzen und ihrer Rache allein gelassen.

Er musterte sie eindringlich, doch sie sah ihn mit übertriebener Empörung an. Tony wusste, er kam so nicht weiter und zog den nächsten Trumpf aus dem Ärmel.

»Ich vermute, wenn ich durch deine Wohnung streife und genauer hinschaue, werde ich etwas finden, was dich mit dieser Tat in Verbindung bringt.« Sein Griff um ihre Schultern wurde noch fester, sodass es fast schmerzte. Dabei studierte er ihre Reaktion.

Ihr Unterkiefer mahlte und ihr Atem ging schneller als

sonst.

»Hast du einen Durchsuchungsbefehl?« Spie sie ihm im frostigen Ton entgegen.

»Den brauche ich nicht. Und das weißt du. Noch sind wir nicht offiziell geschieden und du hast auch keine Verfügung gegen mich erwogen.«

Sie löste sich ruckartig von ihm, holte seinen und ihren Becher, ging in die Küche und goss Kaffee nach. Dabei zog sie das Minifläschchen aus ihrer Tasche und goss einige Tropfen des Inhalts hinein. Durch den Zucker würde er den leicht bitteren Beigeschmack nicht bemerken. Sie ging zurück ins Wohnzimmer. Tony stand nun am Fenster und sie reichte ihm den vollen Becher.

»Ich vermute, du hattest heute noch nicht deinen üblichen zweiten Kaffee getrunken.«

»Alte Gewohnheiten legt man nur schwer ab.« Er nahm den Becher, pustete hinein und nippte daran. Vera beobachtete ihn dabei, ohne eine Miene zu verziehen. Innerlich triumphierte sie.

»Ich heiße nicht mehr Belfast«, entgegnete sie in einem leicht verstimmten Tonfall.

»Nein.« Tony seufzte. »Das ist wahr. Ich hatte zugestimmt, dass du dir einen anderen Namen zulegen kannst, damit du sicher bist, nachdem du den Dienst in meiner Einheit quittiert hattest.« Sein Blick wanderte zu seiner Armbanduhr. »Ein Hubschrauber wartet am Flughafen. Pack ein paar Sachen zusammen. Du hast fünf Minuten.« Erneut führte er den Becher an seine Lippen. Diesmal nahm er einen ganzen Schluck.

Unbeeindruckt schaute sie zum Fenster. Der Ausdruck in ihrem Gesicht wurde leer und ihr Blick wanderte in die Ferne. Erneut schweiften ihre Gedanken ab.

»Vera? Ist alles in Ordnung?«

Obwohl sie bereits seit vier Jahren getrennt waren und sich ganz wenig gesehen hatten, sorgte er sich um sie. Für ihn war ihre Beziehung noch nicht beendet. Tony hoffte darauf, dass sie sich endlich in Behandlung gab, damit sie ihr Trauma eines Tages überwinden konnte. Solange sie sich immer noch an den kleinsten Strohhalm klammerte und den Gedanken an Selbstjustiz nicht aufgab, war es ihm nicht möglich, ihr zu helfen. Wenigstens hatte er als ihr Ehemann noch einige Rechte und konnte ihr so etwas zur Seite stehen. Wenngleich die räumliche Distanz zwischen ihnen es ihm nicht vereinfachte. Ihm wäre es lieber gewesen, Vera wäre auch weiterhin in seiner Einheit geblieben, dann hätte er immer ein Auge auf sie gehabt. Doch sie hatte sich anders entschieden.

Tony sah sie an und wusste, sie führte etwas im Schilde. Vera wurde immer ruhig, wenn sie einen Plan aushecke. Das war früher schon so, bei ihren gemeinsamen Einsätzen; meist hatten ihre Pläne zum Erfolg der Operation geführt. Er musste auf der Hut sein und ließ sie von nun an nicht mehr aus den Augen. Seine Muskeln spannten sich an, als Vera durch eine Tür verschwand und sie hinter sich schloss. Er vermutete, dass sie ins Schlafzimmer gegangen war, um sich anzuziehen.

»Vera«, rief er ihr hinterher. Sofort sprang er auf und riss die Tür auf.

Sie stand nackt vor dem Kleiderschrank und suchte nach etwas.

»Was zum Teufel willst du?« Keifte sie. »Ich ziehe mir gerade etwas an«, schnaubte sie wütend.

Tonys Herz begann wild zu trommeln, als er sie ansah. Er verschränkte die Arme vor der Brust und lächelte in sich hinein, während er sich mit der Schulter gegen den Türrahmen lehnte und den Kopf leicht schief legte.

»Du bist noch genauso verführerisch wie früher.«
Sie winkte mit einem grimmigen Ausdruck ab.

»Blödsinn«, entgegnete sie gereizt.

Tony löste sich vom Türrahmen und ging auf sie zu, bis

er hinter ihr zum Stehen kam. Sein Finger glitt an ihrer Wirbelsäule herunter, als sie einen Pullover aus dem Schrank zog. Sie verharrte. Ihr Kopf senkte sich und er spürte, wie ein Schauder ihren Körper erzittern ließ. Er hatte noch immer eine Wirkung auf sie.

Vera verfluchte ihren Körper. Sie hatte schon seit längeren keine Beziehung, geschweige denn Sex gehabt. Held hatte sie abblitzen lassen. Ein Umstand, der ihr überhaupt nicht gefiel. Sie spürte, wie ihre Brüste anschwollen, als ihre Atmung sich beschleunigte.

»Ich bin für dich da, wenn du mich brauchst, Vera«, hauchte er ihr ins Ohr. Gleichzeitig umfassten seine Hände ihre Hüfte. Ihre Haut fühlte sich warm an. Er sah, wie sie leicht errötete, als sie sich langsam zu ihm drehte. Tonys Atem wurde heiß und in seinen Augen blitzte Begierde auf. Vera ließ ihre Hand unter seinen Pullover gleiten. Ihre Finger umfassten seine Brustwarze und sie kniff hinein. Tony presste die Lippen zusammen, schloss kurz die Augen und schluckte. Dann wanderte ihre Hand zum Reißverschluss seiner Jeans. Dahinter war es hart und steif. Tony packte Vera und schmiss sie grob auf das Bett. Ein kurzer Schrei entschlüpfte ihrer Kehle.

»Du Biest! Warte. Dir werde ich es zeigen!«

Sie kroch rückwärts auf dem Bett zum Kopfende.

»Ja, Meister. Bitte zeig es mir«, rief sie lachend und bugsierte sich in eine günstige Position, während er sich seiner Kleidung entledigte.

Fasziniert starrte sie auf seinen gestählten Körper, der jeden zwanzigjährigen Spitzensportler das Wasser reichen konnte. Tony kroch zu ihr und sie küssten sich leidenschaftlich. Zwischendurch sah Vera, dass er immer wieder die Augen zukniff. Das Betäubungsmittel im Kaffee entfaltete seine Wirkung. Während sie sich auf dem Bett hin und her wälzten, um ihrer Begierde freien Lauf zu lassen, wanderte Veras Hand zur Schublade des Nachtschränkchens neben dem Bett. Sie saß nun auf ihm. Er keuchte heftig und sein verklärter Blick sagte ihr, dass sein Höhepunkt bald erreicht war. Es war, als wären sie nie getrennt gewesen. Ihr Körper beugte sich über seinen und sie küsste ihn. Knabberte an seinen Brustwarzen. Dabei krallten ihre Finger sich in seine Oberarme. Tony stöhnte auf. Ihre Zunge tastete sich an seinem Hals nach oben. Fordernd steckte sie ihm die Zunge in den Mund. Wild erwiderte er ihren Kuss. Seine Hände legten sich um ihr Gesicht, als es plötzlich klickte. Sofort hielt Tony inne und schob ihr Gesicht von ihm weg, sodass er in ihre Augen schauen konnte.

»Was machst du da?« Seine Stimme begann leicht zu lallen.

Bevor er den Satz beendet hatte, spürte er einen Ruck und es klickte ein weiteres Mal. Sie hatte seine rechte Hand ans Bettgestell gefesselt. Tony wollte hochschnellen, doch Vera drückte ihn laut lachend mit ihrem gesamten Körpergewicht nach unten.

»Mach mich sofort los, Vera«, knurrte er.

Veras Hand öffnete nebenbei die Schublade des Nachttischchens. Sie zeigte Tony den kleinen Schlüssel, der ihn befreien konnte, und legte den Schlüssel behutsam auf den Nachttisch. Sie lächelte ihn sanft an und legte ihren Zeigefinger über seinen Mund.

»Lass uns spielen.« Ihr Ausdruck glich dem eines kleinen unschuldigen Mädchens, als sie ihre Lippen zu einem Schmollen verzog. Tonys Herz machte einen Satz. Er liebte diese Frau. Aufgrund ihrer androgynen Erscheinung konnten viele nicht nachvollziehen, wie sinnlich sie doch in ihrem Innersten war. Misstrauisch nickte er und schluckte.

»Die andere Hand bleibt frei«, gab er ihr unmissverständlich zu verstehen, während Vera weitermachte und ihn mit Küssen auf seinem Bauch verwöhnte. Sie setzte sich auf und betrachtete ihn von oben herab. Das war genau das, was sie jetzt brauchte. Die Macht über einen Mann.

Erneut wanderte ihre Zunge über seine muskulöse Brust. Ihre weichen Lippen liebkosten seine Brustwarze. Dann biss sie zu. Tony stöhnte auf, seine freie Hand wollte sich in ihr Haar vergraben, daran ziehen, doch er fand keinen Halt, da sie nun ihre Haare kurz trug. Er seufzte und hielt sie am Hinterkopf gepackt. Sie nahm seine Hand und legte sie über seinen Kopf ab. Erneut setzte sie sich auf ihn, sank langsam herab und massierte seine Erregung mit ihren inneren Muskeln, während sie dabei ihre Hüfte rhythmisch auf und ab bewegte. Er stimmte sich auf ihren Tanz ein. Sie kam. Heftig. Ihr Schrei löste bei ihm ebenfalls den Orgasmus aus und er rief ihren Namen. Seine freie Hand schlang sich um ihre Hüfte, während die andere Hand eine Faust bildete und kräftig an der Fessel zog.

Wenig später lag Tony erschöpft und mit geschlossenen Augen da. Sein Bewusstsein begann zu schwinden. Sie rollte sich auf die Seite und legte sich neben ihn auf den Rücken, den Blick an die Decke geheftet. Sein Zeigefinger bemühte sich, ihre Brüste zu streicheln, doch seine Hand erreichte ihren Körper nicht mehr. Er kniff die Augen zusammen und spürte, dass etwas mit ihm nicht in Ordnung war. Noch immer schlug sein Puls schnell. Zu schnell, für sein Verständnis. Ihre beiden Körper waren von Schweiß bedeckt. Er startete einen weiteren Versuch.

»Was hast du getan?« Stöhnte er. Doch diesmal nicht vor Begierde. Gerade wollte seine Hand sich um ihren Oberkörper legen, um sie zu sich zu ziehen, als Vera vom Bett aufsprang und ihre Hand dabei den Schlüssel vom Nachttisch fegte, der mit einem klingelnden Geräusch von der Wand abprallte und auf dem Boden landete.

»Hey! Was ist los?« Tony versuchte, sich aufzurappeln, sank aber wieder zurück auf den Rücken. Mit der freien Hand wischte er sich den Schweiß von der Stirn.

»Vera. Du Miststück«, lallte Tony verwirrt und war kurz

davor die Besinnung zu verlieren.

Hektisch griff sie in den Schrank. Holte Unterhose, Strümpfe und Jeans heraus. Dann griff sie sich noch den Pullover und rannte aus dem Schlafzimmer. Unterwegs begann sie sich die Kleidung überzustreifen.

»Vera! Mach mich los«, stöhnte er und zerrte benommen an der Fessel. Doch sie war bereits aus dem Schlafzimmer gerannt.

Dann hörte er nur noch, wie die Haustür zuknallte.

Neuankömmlinge

24. Februar - Truppenübungsplatz Babadağ

»Wo ist der Hubschrauber?« Milosh sah sich um, konnte jedoch nichts sehen. Alles schien ruhig zu sein.

»Er ist auf dem Flughafengelände, hinter dem Tower und wird dort von zwei Männern bewacht.« Stevo sprang hastig in den Wagen und legte den Koffer mit der Waffe auf dem Beifahrersitz.

»Das verstehe ich nicht. Das Gelände sollte eigentlich leer sein. Es standen keine Übungen an.« Milosh öffnete die hintere Tür und Marianna sprang in den Wagen, gefolgt von Milosh. Sie verstand die Aufregung nicht. Der Flughafen war doch einige Autominuten entfernt? Verwirrt blickte sie sich um, doch alles schien ruhig zu sein.

»Es sind auch keine Truppen da. Nur wenige Personen. Ich habe vier gezählt. Plus eine Person im Tower.«

»Im Tower? Erwarten die vielleicht noch ein Flugzeug?«

Stevo hatte keine Antwort darauf, startete den Motor und fuhr los.

»Warum brechen wir so abrupt auf?« Ihr Blick wanderte zwischen Milosh und Stevo hin und her.

»Wohin?« Fragte Stevo, während er die Limousine auf das Tor zusteuerte, durch das sie gekommen waren. Er warf einen Blick in den Rückspiegel und sein Ausdruck wurde ernst, während er auf Milosh' Anweisung wartete.

»Erst einmal weg von hier und außer Sichtweite. Dann versuchen wir herauszufinden, wem der Hubschrauber gehört.«

Nachdenklich schaute Marianna aus dem Fenster, als die Limousine im rasanten Tempo das Gelände verließ. Sie dachte über Stevos Worte nach. Würde er ihrem Vater verraten, dass sie Milosh geküsst hatte? Was genau hatte er überhaupt gesehen? Und wenn ihr Vater es erführe, was würde er mit Milosh machen? Ihn entlassen? Sie wusste, dass ihr Vater eine Beziehung mit ihm nicht billigte. Doch sie konnte ihre Gefühle für diesen Mann nicht leugnen. Aber, hatte er auch Gefühle für sie? Seit ihr Vater ihm den näheren Umgang mit ihr verboten hatte, verhielt er sich ihr gegenüber reservierter. Marianna kaute auf ihrer Unterlippe und blickte durch die getönte Scheibe nach draußen.

Stevo fuhr in den nahe gelegenen Wald, hielt auf einer Lichtung an und stellte den Motor ab.

»Warte hier im Wagen und verhalte dich ruhig«, befahl Milosh ihr.

Marianna sah ihn mit großen Augen an. In seinem Ausdruck erkannte sie, dass er keinen Widerspruch duldete, und nickte kurz.

»Wir sind gleich wieder zurück. Verriegle die Türen. Die Limousine ist gepanzert. Solange du im Wagen bleibst, kann dir nichts geschehen.«

Die beiden Männer stiegen aus und entfernten sich. Marianna sah ihnen nach, bis sie im Dickicht verschwunden waren.

Vorsichtig näherte Stevo sich dem hohen Zaun, dicht gefolgt von Milosh. Ein Busch bot ihnen Sichtschutz, während die beiden Männer ihre Blicke über den Flugplatz gleiten ließen, um die Situation einzuschätzen. Als Milosh den Helikopter erblickte, kroch ein Knurren aus seiner Kehle.

»Was denkst du?« Fragte Stevo ihn neugierig.

»Ein SA 330 Puma«, erklärte er kurz. »Ich vermute, der gehört zu Europol.«

»Europol?« Wiederholte Stevo erstaunt. »Dann kann ich mir denken, wer das Attentat verübt hat.«

»Wer?« Milosh' rechte Hand legte sich auf Stevos Schulter, als wollte er ihn davon abhalten sofort auf die Gruppe loszustürzen.

Stevo antwortete ihm nicht sofort, sodass Milosh sich noch ein wenig gedulden musste. Stevo spürte, wie Milosh' Hand noch fester zudrückte, doch der Roma war ebenso gut durchtrainiert wie Milosh und auch so groß wie er, sodass es ihn nicht störte. Dennoch bemerkte er, wie sich die Finger des Freundes in seiner Schulter verkrampften.

»Vera Simms«, entgegnete er schließlich mit einer Gelassenheit, die Milosh verblüffte.

»Die Ärztin aus dem Krankenhaus in Deutschland? Was will die hier?« Seine Hand löste sich und er fuhr sich über das Kinn, während er nachdachte.

»Sie will Marianna«, unterbrach Stevo ihn bei seinen Überlegungen.

»Wieso?« Milosh schüttelte verständnislos den Kopf und sah Stevo fordernd an.

»Das alles geschah, bevor du zu uns gestoßen bist. Sie gibt Cosmin Sujami die Schuld an dem Verschwinden ihrer Tochter. Seit Jahren schon ist sie hinter ihm her, wie der Teufel hinter der armen Seele. Boboka vermutet sogar, dass sie hinter dem Attentat auf Cosmin stand, doch es konnte nie bewiesen werden. Er wollte sicher gehen, um sich nicht mit den falschen Behörden anzulegen. Um die Sache aufzuklären, verschwand Cosmin von der Bildfläche. Das Attentat gab ihm die Möglichkeit dazu. Wie auch immer, irgendwie muss sie mitbekommen haben, dass Cosmin noch lebt. Vermutlich ist ihr Kollege, dieser Held, daran schuld. Da sie an Cosmin nicht herankommt, will sie sich nun an seiner Tochter rächen.«

»Du nimmst mich auf dem Arm?«

Die beiden Männer blickten sich stumm in die Augen. Schließlich erkannte Milosh, dass es kein Scherz war.

»Verdammt!« Fluchte er in sich hinein. »Was hat sie mit

Europol zu tun?«

»Sie hatte mal für den Verein gearbeitet. Nach ihrem Zusammenbruch hatte sie sich einige Jahre zurückgezogen und sich wieder auf die Psychologie besonnen.«

Milosh zog die Stirn in Falten.

»Wieso durfte sie wieder in den Polizeidienst?«

»Sie ist mit einem Typen von Europol liiert. Er und seine Kontakte haben dafür gesorgt, dass man sie nicht wegsperrte.«

»Wir hätten sie damals im Einkaufszentrum erledigen müssen«, knurrte Milosh.

Stevo nickte zustimmend. »Jetzt ist es zu spät dafür.«

»Aber ich kann die Ärztin nirgends entdecken.« Er kniff die Augen leicht zusammen. Um sich einen besseren Überblick zu verschaffen, reckte er kurz den Hals, ohne dabei zu sehr aus seinem Versteck hervorzukommen.

»Nein. Sie ist nirgends zu sehen. Bist du sicher, dass sie in Constanța ist?« Stevo zuckte mit den Achseln.

»Wer sonst hätte in der Mall auf die Tochter von Cosmin schießen sollen?«

»Da fallen mir so einige Namen ein.«

»Auch Frauennamen?« Beharrte Stevo weiterhin auf seine Theorie.

Sie wurden unterbrochen, als das Geräusch von Rotorblättern sich näherte und wenig später ein weiterer kleinerer Helikopter neben dem Tower landete. Die Männer blieben in Deckung und staunten, als sie sahen, wer aus dem Helikopter ausstieg: Hauptkommissar Francis Held. Er wurde von zwei weiteren Männern begrüßt und in Empfang genommen.

Kaum war das Getöse der Rotorblätter verebbt, begann Held zu telefonieren.

Unliebsame Überraschung

24. Februar - Constanţa

Vera Simms rannte die Treppen hinunter. Ihre Hand wanderte in die hintere Hosentasche der Jeans. Ihre Autoschlüssel befanden sich darin. Das Handy steckte in der Jacke. Sie erreichte die Straße, rannte, so schnell sie konnte, zu ihrem Mietwagen und startete den Motor. Sie hatte kein Ziel. Noch nicht. Während sie, wie von Geisterhand gesteuert, durch die Gegend fuhr, dachte sie an Tony. Wie kam er nur auf diese absurde Idee, dass er sie in Schutzhaft nehmen könnte? Er hätte sie besser kennen sollen und wissen müssen, dass er damit nie bei ihr durchkommen würde. Und nun hatte sie einen Beamten von Europol in ihrer Wohnung festgesetzt. Sie lächelte in sich hinein. Genau genommen, hatte sie ihren Ehemann betäubt, verführt und ans Bett gefesselt. Doch sie wusste, er würde nicht lange brauchen, um sich aus dieser unschicklichen Lage zu befreien, sobald er wieder erwachte. Sie hörte sich selbst hysterisch lachen, als sie plötzlich vom Klingeln ihres Handys unterbrochen wurde. Ihre Hand wanderte zum Beifahrersitz, wo sie die Jacke abgelegt hatte, und suchte nach dem Gerät, welches das störende Geräusch von sich gab. Der Verkehr wurde dichter und sie musste sich noch mehr auf die Straße konzentrieren. Das Handy klingelte unerbittlich weiter. Schließlich schaffte sie es, den Quälgeist aus dem Stück Stoff zu befreien und tippte die grüne Taste.

»Vera Simms«, blaffte sie in den Hörer und betätigte die Freisprecheinrichtung des Telefons, während sie es wieder auf ihrem Schoß legte, um sich auf das Fahren zu konzentrieren. Das Letzte, was sie jetzt brauchte, war ein Unfall.

»Hallo, Dr. Simms. Hier spricht Held. Ich bin in Constanţa und würde Sie gern sehen. Können wir uns treffen?«

Vera Simms war kurz sprachlos. Woher wusste er, dass sie sich ebenfalls in Constanţa befand?

»Wie bitte, Held? Sie sind in Rumänien? Was machen Sie hier?« Ihre Stimme wurde schrill – teils durch den Versuch, die lauten Fahrgeräusche zu übertönen, teils durch ihre Aufregung.

»Es geht um Marianna Lowe und ihre Verbindung zu Cosmin Sujami. Es gibt neue Informationen, die unsere Ermittlungen ein gutes Stück voranbringen könnten. Ich muss Sie dringend sprechen. Hätten Sie eine Stunde für mich?«

Vera presste die Lippen zu einem schmalen Streifen zusammen. Diese Störung konnte sie gar nicht gebrauchen. Nicht jetzt. Aber sie wollte auch keinen Verdacht aufkommen lassen.

»In Ordnung. Ich hätte jetzt Zeit. Wo sind Sie?«

»Auf dem Militärflughafen. Ich bin mit einem Helikopter gekommen.«

Vera Simms war verwirrt.

»Seit wann hat die Polizei diese Mittel zur Verfügung?« Fragte sie leicht verstört, ohne eine Antwort abzuwarten. Irgendwie musste sie ihn loswerden, damit sie in Ruhe ihre nächsten Schritte planen konnte. »Gut. Ich bin gerade mit dem Wagen unterwegs und die Verbindung ist nicht so gut. Ich komme dahin und hole Sie ab. In circa zwanzig Minuten kann ich dort sein.«

»Bestens. Ich erwarte Sie dann beim Tower.«

Sie beendete das Gespräch.

»Verdammt! Verdammt! Verdammt!« Fluchte sie laut.

»Dieser Held vermasselt mir noch alles.« Sie spürte Zorn in sich aufsteigen. Dann Hunger. Ihr Magen begann sich lautstark zu melden. Sie hatte nur die eine Rosinenschnecke gefrühstückt. Zu wenig für ihre normalen Gewohnheiten. Sie frühstückte immer gut und reichlich. Nur so schaffte sie es, einen längeren Arbeitstag ohne weitere Mahlzeit zu überstehen. Doch nun war keine Zeit mehr. Sie war fast schon am Rande der Stadt und fuhr zum Militärflughafen.

Als sie den Tower in der Ferne aufragen sah, fuhr sie an die Seite, stoppte den Wagen und überlegte kurz, wie sie weiter vorgehen wollte. Während sie ausstieg, betätigte sie den Hebel für das Öffnen des Kofferraums. Sie fand eine Tasche, aus der sie ihre Ersatzwaffe hervorholte und überprüfte, wie viel Schuss sie zur Verfügung hatte. Zufrieden stellte sie fest, dass das Magazin voll war und verstaute die Waffe auf dem Beifahrersitz unter ihrer Jacke.

In der Gegend war alles ruhig. Selbst der Wald schien verlassen zu sein. Nur der Wind wischte über die Baumwipfel, die ein beruhigendes Rauschen von sich gaben.

Vera setzte sich wieder in den Wagen und startete den Motor. Sie fuhr gerade mal ein paar Minuten, als sie eine energische Lenkbewegung machte; sie bog ab auf einen kaum erkennbaren Weg in den Wald. Sie wollte sich erst einmal orientieren. Held war mit einem Helikopter gekommen. Wer begleitete ihn? Er war bestimmt nicht allein gekommen. Vielleicht konnte sie aus sicherer Entfernung mehr Informationen bekommen.

Sie fuhr parallel zum Begrenzungszaun des Militärflughafens auf eine kleine Lichtung zu, bis sie dort eine dunkle Limousine entdeckte. Kurz stoppte sie den Wagen, fuhr dann aber mit langsamerer Geschwindigkeit weiter. Sie kannte sich hier aus. Gemeinsam mit Tony war sie dort schon einige Male gelandet, als sie noch zusammengearbeitet hatten. Doch das lag bereits viele Jahre zurück.

Sie reduzierte auf Schrittgeschwindigkeit und lenkte den Wagen vom Zaun weg, tiefer in den Wald hinein, so weit es die Dichte der Bäume noch zuließ. Während sie vorsichtig und in sicherer Entfernung an der Lichtung vorbeifuhr, sah sie sich um. Sie konnte jedoch niemanden entdecken. Dann bremste sie und sah wieder die schwere Limousine.

Sie entschied, sich den Wagen aus der Nähe anzusehen, und suchte sich einen sicheren Platz, an dem sie ihr Fahrzeug abstellen konnte. Kurz bevor die Bäume so dicht wurden, dass ein Wagen nicht mehr ohne Schaden hindurchpasste, stellte sie das Auto hinter einer Baumgruppe ab, nahm ihre Pistole und klemmte sie hinter dem Gürtel am Rücken fest. Büsche und Bäume als Deckung benutzend, schlich sie sich an die Lichtung mit der Limousine. Es rührte sich nichts, noch konnte sie jemanden entdecken und hörte auch keine Stimmen. Plötzlich öffnete sich die Hintertür der Limousine. Es war doch jemand in dem Wagen. Die dunklen Scheiben ließen jedoch nicht erkennen, ob und wie viele Personen sich in dem Wagen befanden. Sie schluckte und ging in Deckung.

Vergangenheit trifft Gegenwart

24. Februar - Truppenübungsplatz Babadağ

Marianna sah den Männern nach, wie sie sich entfernten. Milosh hatte ihr aufgetragen, nicht aus dem Wagen zu steigen und die Türen zu verriegeln. Sie wartete. Langsam begann sie unruhig zu werden.

Die beiden Leibwächter waren nun schon über zwanzig Minuten weg. Dabei hatte Milosh ihr gesagt, es würde nicht lange dauern. Sie wusste nicht, was die beiden vorhatten. Der plötzliche Aufbruch hatte Marianna ein wenig beunruhigt. Milosh hatte sie nicht ins Vertrauen gezogen. Ihr kein Wort erklärt, weshalb sie plötzlich ihre Unterrichtsstunde abbrechen mussten. Enttäuscht rutschte sie mit ihrem Gesäß ein wenig nach vorn, lehnte den Oberkörper zurück und legte den Kopf gegen die lederne Nackenstütze. Ihr Blick wanderte zum Himmel der Limousine. Der Fahrzeughimmel war in einem hellen Grau gehalten und ebenfalls aus Leder. Marianna hob die Hand und fuhr mit ihren Fingern darüber. Sie seufzte. Ihr war langweilig, und sie musste auf die Toilette. Ihre Blase stand kurz vor dem Platzen, und sie verspürte das dringende Bedürfnis, ihre Hand gegen den Unterleib zu pressen. Sie sah durch die getönte Scheibe. Einige Sonnenstrahlen bahnten sich ihren Weg durch das junge Blätterdach und trafen auf dem Boden auf. Alles war ruhig. Durfte sie es wagen? Sie benötigten bestimmt noch eine Stunde, bis sie wieder bei ihrem Vater waren. So lange konnte sie es nicht mehr anhalten. Der innere Druck wurde zu stark. Zudem hatte sie Durst und wollte etwas trinken. Allein der Gedanke daran, ließ sie ihre Oberschenkel zusammenkneifen.

Sie schluckte trocken, setzte sich auf und beugte ihren

Oberkörper über die Rückenlehne des Beifahrersitzes nach vorn. Auf der Suche nach einem Päckchen Taschentücher öffnete sie das Handschuhfach. Die Klappe kippte auf und ein Revolver rutschte ihr entgegen. Marianna erschrak. Gerade noch rechtzeitig konnte sie verhindern, dass die Waffe auf den Boden fiel. Er fühlte sich ganz anders an, als die Pistole, mit der sie zuvor geschossen hatte. Die Rückenlehne des Beifahrersitzes presste sich gegen ihren Unterleib, sodass die Blase sich stärker bemerkbar machte und sie ungnädig an ihr ursprüngliches Vorhaben erinnerte. Es ging nicht mehr anders. Sie musste unbedingt ihrem Bedürfnis nachkommen. Vorsichtig legte sie die Waffe auf den Beifahrersitz. Schweißperlen bildeten sich auf ihrer Stirn, als sie verzweifelt in dem dunklen Fach nach dem Päckchen suchte. Die umliegenden Bäume und die getönten Scheiben ließen kaum Licht in die Limousine, sodass sie etwas Mühe hatte, überhaupt den Inhalt des Handschuhfachs zu erkennen. Da der Motor abgestellt war, funktionierte auch die Beleuchtung des Handschuhfachs nicht. Ihre Hand ertastete weiches Plastik. Es war nicht sehr groß. Endlich! Sie hatte die Taschentücher gefunden. Erleichtert stieß sie die Luft aus der Lunge, als sie zurück in den Sitz sank. Nun gab es kein Halten mehr. Sie öffnete die Wagentür.

Vera Simms traute ihren Augen nicht, als sie sah, wer gerade aus dem Wagen stieg. Sie wartete noch einen Augenblick. Es schien, als wäre das Mädchen allein. Das hoffte sie zumindest. Waren der Fahrer und ihr Aufpasser in der Nähe? Vera sah sich um und lauschte. Immer noch waren weder Stimmen zu hören noch weitere Personen in der Nähe auszumachen. Und doch mussten ihre Aufpasser irgendwo sein. Was nun für sie zählte, war der Augenblick. Außer ihr und Marianna Lowe schien niemand hier zu sein. Sie musste schnell handeln.

Marianna stand mit dem Rücken zu ihr, als sie aus dem Wagen stieg und sich einige Schritte entfernte, bis sie hinter einem dichten Busch verschwunden war.

Die Psychologin hörte ein leises Rascheln und hatte eineAhnung. Sie griff nach ihrer Waffe und näherte sich langsam, noch immer auf Deckung bedacht, der Limousine. Marianna musste bald wieder zurückkommen. Sie hoffte, dass es geschah, bevor die Leibwächter auftauchten. Nachdem sie sich ein weiteres Mal vergewissert hatte, dass niemand sonst in der Nähe war, kam sie aus dem Versteck und ging einige Schritte auf die Limousine zu. Sie war nur noch wenige Meter entfernt, als Marianna aus dem Gebüsch hervortrat und ebenfalls auf den Wagen zuging.

Marianna blieb abrupt stehen.

»Dr. Simms?«

Verwundert sah sie die Frau an. Dann fiel ihr Blick auf die Waffe, deren Mündung direkt auf sie zeigte. Marianna wurde blass und sie spürte Angst.

»Bitte«, flüsterte sie und ihre Lippen begannen zu beben, als sie in die eiskalten Augen der Psychologin sah.

Vera Simms machte noch zwei weitere Schritte auf Marianna zu, damit sie nicht zu laut reden musste.

»Dein Vater ...« Ihr Unterkiefer mahlte und Wut glomm in ihr auf. »Weißt du eigentlich, was er mir angetan hat?«

Die junge Frau bekam kein Wort heraus, sondern starrte nur aus weit aufgerissenen Augen auf die Mündung.

»Nein, vermutlich nicht. Wie? Dein Vater wird dir seine Schandtaten nicht anvertraut haben. Richtig?« Ein drohender Unterton begleitete ihre Worte – bei Marianna schrillten alle Alarmglocken. Wie sollte sie sich verhalten? Was konnte sie gegen eine gezogene Waffe ausrichten? Hätte sie nur auf Milosh gehört und wäre im Wagen geblieben!

Sie konnte sich nicht erklären, wieso die Psychologin überhaupt eine Waffe auf sie richtete. Anfänglich hatte sie doch versprochen, ihr zu helfen? Das alles ergab für sie keinen Sinn. Marianna schluckte und zwang sich zum Reden.

»Mein Vater?« Krächzte sie, da ihr die Stimme nicht gehorchte.

»Cosmin Sujami oder besser gesagt Joska Adonay, wie sein wirklicher Name lautet, ist dein Vater. Richtig?« Ihre Augen wurden düster und schmal, als Marianna es mit einem knappen Nicken bestätigte. Gleichzeitig legte sich ein diabolisches Lächeln über ihre Lippen.

»Dein Vater hat meine Tochter umgebracht.« Sie hob die Waffe und zielte auf Mariannas Kopf. »Jetzt zeige ich ihm, wie es ist, seine Tochter zu verlieren.«

Aus Mariannas Gesicht war alle Farbe gewichen. Panik überrannte ihre Gedanken, sie riss die Hände nach oben und schrie.

»Nein!«

Dann löste sich ein Schuss.

Unterstützung

24. Februar - Truppenübungsplatz Babadağ

Ein Knall, gefolgt von einem Schrei, scheuchte die Vögel aus den Baumwipfeln. Milosh und Stevo erstarrten kurz und blickten sich verwundert an. Abrupt drehten sie die Köpfe und lenkten ihre Aufmerksamkeit dem Tower zu. Auch dort war der Schuss vernommen worden, und Hektik breitete sich unter der Gruppe auf dem Flughafengelände aus.

»Marianna!« Platzte es aus Milosh heraus und er schlug Stevo zwei Mal auf die Schulter. Eilig rannten sie los, ohne sich noch weiter um das Treiben auf dem Flugplatz zu kümmern. Kurz bevor sie die Lichtung erreicht hatten, verminderten die beiden ihr Tempo, bis sie sich vorsichtig ihrem Ziel genähert hatten. Milosh ballte die Hände zu Fäusten, während Stevo seine Waffe zog, doch es war zu spät.

»Kommt mit erhobenen Händen raus, sonst knall ich das Mädchen ab! Sofort!« Schrie Vera in ihre Richtung.

Die Männer wussten nicht wie, doch augenscheinlich wusste die Psychologin, dass die beiden in der Nähe waren. Oder bluffte sie nur? Mit Zeichensprache gab Milosh Stevo zu verstehen, dass er sich zu erkennen geben und Stevo versuchen sollte, die Psychologin zu überwältigen. Stevo nickte, als Zeichen, dass er verstanden hatte.

Milosh trat hinter dem Gebüsch hervor und ging vier Schritte auf die Limousine zu. Dann blieb er stehen. In der rechten Hand hielt er die Waffe am kurzen Lauf hoch. Sein Blick wanderte zu Marianna. Mit schmerzverzerrtem Gesicht stand sie bei der Limousine. Sie hatte den Oberkörper leicht nach vorn gebeugt und hielt sich den linken Oberarm. Zwischen ihren Fingern sickerte Blut. Angsterfüllt wanderte ihr Blick zwischen Vera Simms und Milosh hin und her.

»Auch der andere soll hervorkommen!« Sie wartete, doch ihr Geduldsfaden war dem Zerreißen nahe. »Was ist? Hier irgendwo ist doch wohl noch wenigstens der Fahrer?«

»Ich bin allein. Ich habe den Wagen gefahren«, log Milosh und versuchte, sie in das Gespräch zu verwickeln.

»Was wollen Sie ... Sie haben keine Chance.« Er betete, dass Marianna nichts von Stevo erzählt hatte. In der Zwischenzeit sollte Stevo sich einen Weg überlegen, die Psychologin aus dem Hinterhalt zu überwältigen.

Sehr langsam ging Milosh einige Schritte auf Marianna zu.

»Keinen Schritt weiter! Waffe fallen lassen!« Ihr drohender Ton ließ ihn innehalten. Er musste irgendwie Zeit schinden und verhindern, dass die Psychologin Marianna erschießen würde. Er streckte langsam den Arm mit der Waffe von seinem Körper weg, während er auf sie einredete.

»Dr. Simms ...«, entgegnete er mit einer Gelassenheit, welche die Psychologin kurz verblüffte.

»Bitte. Ihre Tochter wird auch nicht wieder lebendig, wenn sie Marianna umbringen. Marianna hatte keine Ahnung.« Er näherte sich ihr weiterhin und wich erneut einige Schritte zur Seite, damit die Psychologin sich ebenfalls drehen musste und Stevo somit Gelegenheit hatte, sich hinterrücks anzuschleichen, ohne in ihrem Sichtfeld aufzutauchen.

»Schnauze«, keifte sie Milosh entgegen. »Bleib da stehen! Los! Wirf endlich die verdammte Waffe zu mir rüber«, befahl sie; dabei überschlug sich ihre Stimme.

Milosh zögerte. Zu lange. Er sah noch, wie sie die Mündung ihrer Waffe in seine Richtung schwenkte. Dann drückte sie ab.

»Oh Gott! Milosh!« Rief Marianna und schlug sich die Hand vor dem Mund, als sie sah, wie Milosh mit einem unterdrückten Schrei auf die Knie sank. Dabei ließ er die Pistole fallen, die nur einen Meter von ihm entfernt auf dem Boden liegen blieb.

Stevo hatte keine Gelegenheit seine Deckung zu verlassen. Nicht alle Büsche trugen bereits üppiges Blattwerk, damit er ungehindert einen Weg um sie herum fand, der ihm ausreichend Schutz und Deckung bot. Er war gezwungen, hinter dem Busch zu verharren, bis sich eine Gelegenheit bot und er seine Aufgabe ausführen konnte.

»Milosh! Bitte, Dr. Simms. Er braucht einen Arzt«, rief Marianna voller Panik. Als sich ihre Starre zu lösen begann, wollte sie auf Milosh zurennen, doch die Waffe war nun wieder auf die junge Frau gerichtet.

»Nicht doch, Marianna. Du bleibst schön da, wo du bist.«

Tränen der Verzweiflung liefen ihre Wangen hinunter und sie atmete schwer. Milosh fluchte in sich hinein. Die Kugel hatte sich durch seinen Oberschenkel gebohrt, jedoch keine wichtige Arterie verletzt. Dennoch schmerzte es und er hielt beide Hände auf die Wunde gepresst, um nicht zu viel Blut zu verlieren.

»Wirf die Waffe zu mir, Milosh«, forderte Dr. Simms ihn mit drohender Stimme auf. Immer wieder wanderte ihr Blick von Milosh zu Marianna. Sie traute Milosh nicht. Schon gar nicht, als er ihr auftischen wollte, dass er mit Marianna alleine war. Ihr Bauchgefühl sagte ihr, dass sich hier irgendwo noch mindestens ein weiterer Leibwächter oder ein Fahrer herumtrieb.

Zähneknirschend kam er ihrer Aufforderung nach. Er rutschte zu der Stelle, wo seine Pistole gelandet war. Dabei zog er sein verletztes Bein hinter sich her.

Als er die Waffe greifen konnte, schubste er sie zu Vera hinüber.

»Bitte, Dr. Simms. Sie sehen doch … er ist schwer verletzt.« Ihre Stimme war nur ein Flüstern und sie sank verzweifelt auf die Knie.

»Ich weiß, dass du hier irgendwo hinter einem Busch lauerst. Wer immer du bist, komm heraus oder ich töte sie beide auf der Stelle!«

Stevo ballte die Fäuste. Sie hatten einen taktischen Fehler begangen, als sie sich gemeinsam hinter einem Busch verschanzten. Sie hätten sich schon viel früher trennen müssen. Doch der Wald gab kaum Deckungsmöglichkeiten. Er sah keinen anderen Weg, als ihrer Aufforderung nachzukommen. Er hatte Gerüchte gehört. Kannte die Geschichten über ihre Vergangenheit, die man sich erzählte und wusste, dass diese Frau außer Kontrolle geraten war. Die Bestätigung bekam er nun, als er Zeuge wurde, wie sie einfach auf Milosh geschossen hatte. Stevo zweifelte nicht daran, dass sie ihre Drohung wahr machen würde. Ihm blieb nichts anderes übrig. Er trat hervor, die Hände hinter dem Kopf verschränkt, und schaute in das hasserfüllte Antlitz von Dr. Simms.

»Hab ich es doch gewusst, dass ihr mindestens zu zweit seid.«

»Gibt es noch einen Fahrer?« Sie deutete Stevo mit der Waffe an, zu Milosh zu gehen.

Zähneknirschend tat er es und sah, wie Blut aus der Wunde sickerte und langsam den Boden rot färbte.

»Hältst du noch durch?«

Milosh nickte kaum merkbar.

»Klappe!« Schrie Simms die beiden Männer an.

***

Auch Hauptkommissar Held und sein Empfangskomitee hatten den Schuss und den Schrei gehört. Sofort machten sich alle Beteiligten auf den Weg in die Richtung, aus der sie den Schuss gehört hatten. Doch der Zaun versperrte ihnen den Weg.

»Wir brauchen einen Drahtschneider«, rief Held in die Runde. Einer der Beamten, ein Mann um die Mitte Fünfzig im schwarzen Overall, zückte ein Funkgerät.

»Hallo, Jacques! Im Wald wurde geschossen. Wir brauchen dringend Werkzeug, damit wir ein Loch in den Zaun schneiden können. Over.«

Es klickte und rauschte. Dann ein weiteres Klicken und das Rauschen war vorbei.

»Ier ist Jacques«, sprach die Stimme mit einem französischen Akzent.

»Seid ier sischer, das niescht jemand auf der Jagd iest? Over.«

Es klackte und wieder war das Rauschen zu vernehmen.

Held riss dem Mann im Overall das Funkgerät aus der Hand. Erneut erlosch das Rauschen.

»Jetzt ist keine Jagdsaison. Schaffen Sie uns sofort etwas herbei, was uns hilft, diesen Draht zu durchtrennen! Oder ich sorge dafür, dass man Sie als Wild zum Abschuss freigibt!« Herrschte Held ihn an.

Die Männer blickten zuerst Held an und dann nach oben. Sie sahen, wie eine Silhouette im Tower hin und her rannte. Dann war sie verschwunden. Wenig später öffnete sich unten die Tür. Ein Mann setzte sich ins Auto und raste mit quietschenden Reifen los und auf sie zu. Als er bremste, rutschte der Wagen und stellte sich vor den Männern quer. Ein junger Mann, um die Zwanzig, stieg aus. Er trug schwarze, feste Jeans mit breiten aufgesetzten Taschen. Er war sehr schmal und trug einen Gürtel an dem seine Waffe, Handschellen, Schlagstock und noch weitere Utensilien befestigt waren. Sein dichtes braunes Haar trug er modisch kurz mit einem Seitenscheitel und er blickte den Beamten aus grauen Augen respektvoll an.

»Ier Sör. Der Drahdschnöideer.« Er reichte Held das Werkzeug.

Held nickte und nahm die große Zange entgegen. Sofort machte er sich dran, den Zaun durchzutrennen. Es dauerte nicht lange, und er hatte einen Durchgang geschaffen, der gerade groß genug war, damit die Männer unbequem hindurch steigen konnten. Sie teilten sich auf. Held und der ältere Beamte im dunklen Overall gingen nach links, während die anderen beiden Männer den Weg zu ihrer Rechten einschlugen. Sie vereinbarten Schweigen, damit niemand ihr Kommen entdeckte. Dennoch blieben sie immer in Sichtweite.

***

»Wie soll es jetzt weitergehen?« Brummte Milosh, ohne die Psychologin aus den Augen zu lassen. Noch immer hielt er die Hand auf der Wunde gepresst. Er überlegte, wie er Marianna aus dieser Situation retten konnte, doch mit der Verletzung war es schier unmöglich geworden. Er würde nicht schnell genug an die Psychologin herankommen. Selbst mit einem gesunden Bein wäre es ein Wagnis gewesen, doch es hätte Marianna vielleicht eine Chance zur Flucht eröffnet. Er wartete und hoffte auf eine bessere Ausgangssituation, obwohl er wusste, dass ohne äußere Einflüsse keine Chance auf Änderung bestand.

Vera presste die Lippen aufeinander. Sie überlegte. Zeugen konnte sie nicht gebrauchen.

»Dr. Simms, seien Sie vernünftig.« Stevo versuchte, die Situation zu kontrollieren.

»Ich arbeite für Europol. Die Kollegen sind bereits in der Nähe. Sie werden den Schuss gehört haben.« Er sah zu Vera und auf einen verdutzten Milosh, der sprachlos geworden war. Langsam drehte die Psychologin den Kopf in Mariannas Richtung. Ihre Augen bekamen einen traurigen Glanz.

»Dann zu dir.«

Marianna öffnete den Mund, doch es kam kein Wort über ihre Lippen. War dies das Ende? Sollte sie für eine Schuld bezahlen, die ihr Vater vielleicht zu verantworten hatte? Vera Simms hatte ihre Tochter verloren. Vermutlich hatte sie das Mädchen abgöttisch geliebt. Aber ihr Vater hatte seine Familie verlassen. Marianna war sich nicht sicher, wie sehr ihr Vater sie liebte. Immerhin schien er sich für sie verantwortlich zu fühlen. Aber liebte er sie so sehr, wie Vera ihre Tochter einst liebte? Marianna schüttelte leicht den Kopf und Vera Simms sah sie verblüfft an.

»Was ist?« Herrschte sie Marianna barsch an.

»Sie können mich umbringen. Doch ich bin mir nicht sicher, ob Sie meinen Vater damit so ins Herz treffen, dass er daran zerbricht. Ich kenne meinen Vater kaum.« Sie holte kurz Luft. »Ich habe gesehen, wozu er in der Lage ist. Dieser Mann, den Sie bestrafen wollen, ist nicht fähig zu lieben.« Zu ihrer Überraschung kamen die Worte nun fest und überzeugend. Sowohl die Psychologin als auch die beiden Männer starrten sie schweigend an.

***

Held und der Kollege von Europol erreichten als erste die Lichtung. Sie beobachteten das Geschehen aus sicherer Entfernung. Held gab den anderen ein Zeichen, sich in einem Halbkreis hinter der Psychologin zu positionieren. Leise und immer darauf bedacht, nicht auf einen herumliegenden trockenen Ast zu treten, führten die Männer den Befehl aus. Dann gab Held das Zeichen, an die Gruppe heranzurücken. Als Held erkannte, dass Dr. Simms kurz davor war, seine Zeugin ins Jenseits zu befördern, handelte er instinktiv und zog die Waffe. Da er sich hinter Dr. Simms befand, würde sie ihn nicht sehen können. Leise schritt er auf die Lichtung zu. Der Europolbeamte folgte ihm kaum hörbar.

Nervosität stieg in Vera auf. Die Hand, in der sie die Pistole hielt, begann leicht zu zittern, sodass sie die Waffe mit beiden Händen halten musste. Ihr Herzschlag beschleunigte sich.

»Waffe weg, Dr. Simms!« Hörte sie plötzlich eine Stimme hinter sich und sie erstarrte.

Sie erkannte die Stimme und drehte langsam den Kopf zur Seite, ohne die Waffe zu senken.

»Held«, ein verzerrtes Lächeln legte sich in ihr Gesicht.

»Sie sind ja immer noch so förmlich, Herr Hauptkommissar. Wie konnten Sie einen Hubschrauber bekommen, der Sie hierher bringt?« Sarkasmus unterstrich ihre Worte und ihr Gesicht begann sich in eine Fratze zu verwandeln.

»Welchen Kontakt aus der Organisation haben Sie aus dem Bett geklingelt?« Sie hörte ein Knacken und wirbelte einmal herum, um zu sehen, wer das Geräusch verursachte.

Ein ohrenbetäubender Knall hallte durch den Wald.

Schrecken ohne Ende

24. Februar - Truppenübungsplatz Babadağ

Mit weit aufgerissenen Augen starrten die beiden Frauen sich an. Dann begann die Psychologin zu lächeln. Es war ein erleichtertes Lächeln. Als ob sie geradewegs ins Glück blickte. Marianna presste die Hand vor dem Mund, um einen Schrei zu unterdrücken, als sie sah, wie Dr. Simms auf die Knie sackte, bevor ihr Körper mit einem dumpfen Geräusch auf dem Boden aufschlug. Marianna wandte sich ab und musste sich übergeben. Milosh wollte aufstehen und zu ihr rennen, doch Stevo drückte ihm die Hand auf die Schulter, und hinderte ihn so an sein Vorhaben.

Der Mann im Overall eilte auf Marianna zu und kümmerte sich um sie. Er stützte sie und führte sie langsam auf den Boden zu, damit sie sich setzte. Dann kniete er sich neben sie. Bevor er die Wunde an ihrem Oberarm begutachtete, reichte er ihr ein Tuch.

Held trat ebenfalls auf sie zu, während die anderen Männer sich um die am Boden liegende Dr. Simms kümmerten.

Jacques versuchte, ihren Puls zu finden. Er blickte zu Held auf und schüttelte den Kopf. Helds Kehle wurde plötzlich trocken. Dieses Ende hatte er nicht geplant. Und doch war er froh, dass es so gekommen war. Vera Simms war kurz davor gewesen, ihn auffliegen zu lassen. Wären sie nicht unterbrochen worden, hätte sie weiterhin ihre Vermutungen über den Hauptkommissar und seine Verbindung zur Organisation ausgeplaudert. Vielleicht hätten die Männer ihr nicht sofort Glauben geschenkt, doch dieses Risiko konnte er nicht eingehen. Allein die Vermutung, dass er mit der Unterwelt zusammenarbeitete, hätte eine Untersuchung nach sich gezogen. Nun konnte er nur hoffen, dass niemand ihr Geschwätz für bare Münze nehmen würde. Er würde seinen Bericht so formulieren, dass Dr. Vera Simms am Ende als verrückte Attentäterin dastehen würde. Ihre Vergangenheit spielte ihm ein gutes Blatt in die Hände. Niemand würde es anzweifeln.

»Rufen Sie einen Leichenwagen, Jacques«, befahl Held dem jungen Franzosen, der kurz zwei Finger zur Stirn bewegte und so den Befehl bestätigte.

Als Marianna sich wieder etwas besser fühlte, wollte sie aufstehen, um zu Milosh zu gehen.

»Frau Lowe, Sie werden uns begleiten.« Held nahm Mariannas Arm.

»Wie bitte?« Entgegnete sie fassungslos.

»Sie werden mit uns nach Den Haag fliegen. Dort werden Sie uns alles erzählen, was Sie über Ihren Vater wissen.«

»Das können Sie nicht …«, stotterte sie. Hilfe suchend versuchte sie, Milosh' Aufmerksamkeit zu erhaschen.

Kurz trafen sich ihre Blicke, dann versperrte Stevo ihr die Sicht, als er sich an die Erstversorgung der Schusswunde machte.

Held straffte die Schultern. Seine Miene war unergründlich. Schließlich nickte er leicht einige Male.

»Das kann ich und das werde ich, Frau Lowe. Entweder begleiten Sie mich freiwillig, oder ich werde Sie festnehmen.« In seinem Gesicht zeichnete sich eine Entschlossenheit ab, die Marianna so bei dem Beamten noch nie gesehen hatte.

Marianna blickte erneut in Milosh' Richtung und dann wieder zum Hauptkommissar.

»Unter welchem Vorwand wollen Sie Marianna festnehmen«, mischte Milosh sich ein, der das Gespräch aufmerksam verfolgt hatte.

Held drehte sich abrupt zu ihm.

»Sie muss eine Aussage machen. Immerhin ist eine Beamtin erschossen worden.«

»Richtig. Aber nicht von Marianna. Sie ist hier das Opfer. Ihre Aussage können Sie auf einem unserer Reviere aufnehmen. Marianna wird das Land nicht verlassen.« Es bereitete ihm Mühe aufzustehen.

Stevo sah ihm zu. Schließlich half er Milosh. Als der wieder stand, blieb dieser in gebeugter Haltung, um seine Hand weiterhin auf der Wunde zu halten.

»Sie sind ebenfalls ein Zeuge und werden uns begleiten«, bestimmte Held.

»Was Sie hier verlangen, grenzt an Entführung, Hauptkommissar Held.« Milosh rang sich ein müdes Lächeln ab.

»Sie haben hier keine Befugnis.«

Nun war es Held, der lächelte. »Das ist richtig. Doch meine Kollegen von Europol haben diese Befugnis.« Sein Blick wanderte zu Stevo, der Milosh am Oberarm hielt und stützte.

Milosh' Miene wurde finster. »Du warst dabei. Du weißt, dass Marianna keine Schuld trifft«, brachte er zwischen zusammengepressten Lippen hervor.

»Ich befolge nur Befehle«, entgegnete Stevo reserviert.

Der Beamte im Overall nahm Mariannas Arm. Über ihnen hörten sie ein Flugzeug, das gerade zur Landung ansetzte.

»Ah. Unser Taxi ist eingetroffen«, sagte Held und forderte die Kollegen mit einer Geste auf, ihn zum Flugplatz zu begleiten.

Milosh sprach kein Wort. Er konzentrierte sich darauf, auf dem unebenen Waldboden nicht zu stolpern. Durch das Humpeln hörte seine Wunde nicht auf zu bluten. Die beiden Männer stoppten und Stevo begutachtete das Loch, aus dem die dicke Flüssigkeit sickerte.

Der Roma suchte einen geeigneten Platz, an dem sie kurz pausieren konnten. Sein Blick fiel auf einem abgeknickten Baum, circa fünfzehn Meter von ihnen entfernt, der quer auf dem Waldboden lag.

Als sie dort ankamen, deutete er Milosh mit einer Handbewegung an, sich zu setzen. Mit der Hand tastete er vorsichtig den Oberschenkel ab. Milosh biss die Zähne zusammen. Die Wunde brannte, und der Blutverlust machte ihm langsam zu schaffen. Er spürte, wie er kraftloser wurde.

»Die Arterie ist zwar nicht getroffen, doch du verlierst trotzdem viel Blut. Du musst sofort in ein Krankenhaus«, erklärte er, nachdem er sich die Wunde genauer betrachtet hatte. Er hatte keinen neuen Verband, sodass der den mit Blut durchtränkten Verband wiederverwenden musste.

Marianna blickte über ihre Schulter nach hinten. Es behagte ihr gar nicht, dass sowohl Milosh als auch Stevo zurückblieben. Was durfte sie der Polizei erzählen? Konnte sie auf einen Anwalt bestehen? Ihr Vater hatte ihr einiges über die hiesige Polizei erzählt. Wie bestechlich und korrupt die Welt war. Ein Zustand, den sie sonst nur aus Hollywoodfilmen kannte, und nicht glauben konnte, dass die Realität viel schlimmer war.

»Wenn Marianna das Land verlässt, wird das einen Krieg auslösen. Und du weißt das.« Er sah, wie Stevo sich von seinem Gürtel befreite. »Cosmin wird darüber alles andere als erfreut sein, wenn er seine Tochter in Polizeigewahrsam weiß.« Er biss kurz die Zähne zusammen, als Stevo den Gürtel um seinen Oberschenkel legte und ihn enger zog, um das Bein abzubinden.

Die Männer sahen sich einen Augenblick an.

»Wie lange spionierst du schon für Europol?« Milosh musste auf Zeit spielen. Zeit, die er brauchte, um herauszufinden, was Stevo vorhatte.

Stevo setzte sich neben ihm und wischte seine blutigen Hände an den Oberschenkeln ab. Sein Blick sah der Gruppe nach. Nachdenklich spielte er mit einen Stein, den er immer wieder nach oben warf, um ihn mit einer Hand aufzufangen.

»Wenn du mir hilfst, Cosmin Sujami zu schnappen, werde ich alles in meiner Macht Stehende tun, um das Mädchen da rauszuholen.«

Milosh sah ihn ungläubig an. »Du stehst doch …« Er stockte und korrigierte sich. »Nein, du standest selbst in seinem Dienst. Hast du nichts herausfinden können?«

Stevo presste die Lippen zusammen, sagte jedoch nichts.

»Marianna trifft keine Schuld.« Seine blutige Hand fing den Stein ab und er warf ihn vor sich auf den Boden, sodass der Kiesel mit einem dumpfen Geräusch auf dem Waldboden fiel und einige Zentimeter von ihnen wegrollte.

»Halte sie aus der Sache raus. Sie darf nicht in diesen Sündenpfuhl hineingezogen werden.«

Stevo blickte dem Stein hinterher. Er überlegte. Zwei Minuten schwiegen die Männer. Dann atmete Stevo einmal tief durch und straffte die Schultern.

»Die Kleine steht auf dich. Und du magst sie auch, was?«

Milosh beantwortete die Frage mit einem nichtssagenden Ausdruck. Obwohl die beiden Männer charakterlich nicht unterschiedlicher sein konnten, so hatten sie doch viel gemeinsam. Beide hatten sich immer blind auf den anderen verlassen, sodass im Laufe der Zeit eine tiefe Männerfreundschaft entstand.

Stevo passte es gar nicht, dass er Milosh verhaften sollte. Sein Freund hatte sich nichts zuschulden kommen lassen. Er war als Leibwächter engagiert. Und solange dieser Job kein Verbrechen war, missfiel ihm der Befehl, Milosh festzusetzen. Er konnte die Taktik nachvollziehen. Sie wollten

Cosmin aus der Reserve locken, indem sie ihm die Tochter und seinen fähigsten Leibwächter entzogen. Doch er billige es nicht, dass dafür ein anderer in Verruf kam und die Kastanien aus dem Feuer holen musste. Als Roma wusste er, was es bedeutet, ausgenutzt zu werden. Seinem Volk wird auch in der heutigen Zeit noch übel mitgespielt. Milosh hatte ihm gegenüber nie Misstrauen geäußert.

»Was kannst du mir über Cosmin sagen, Milosh. Gib mir irgendetwas, das ich verwenden kann. Das Mädchen mag dich. Ich habe euch gesehen. Sie wird es verknusen, wenn ihr Vater im Gefängnis ist. Und ihr habt freie Bahn.« Der Ton in seiner Stimme war eindringlich, doch Milosh schluckte nur. Stevo schüttelte den Kopf.

»Glaub mir, ich würde dir gern mehr erzählen, doch ich weiß auch nichts. Ich bin wie du, nur Befehlsempfänger. Die meiste Zeit war ich zwar bei ihm, doch ich habe ihn beschützt. Bei seinen außenpolitischen Transaktionen war ich nie direkt vor Ort, sondern habe immer im abseits aufgepasst. Hinterher durfte ich dann den Dreck wegräumen.«

»Was ist mit Licas?« Bohrte Stevo weiter.

»Was soll mit Licas sein?« Milosh schien über den Themenwechsel verwirrt.

»Ich hatte ihn zusammen mit Gabor zu Cosmin gebracht. Ich vermute, dass er im Kellergewölbe zu Tode gefoltert wurde. Wo ist seine Leiche abgeblieben?«

Milosh verzog die Mundwinkel zu einem verständnislosen Ausdruck.

»Warum fragst du mich das und nicht den Maulwurf? Du kennst seine Arbeitsmethoden. Mirče war vermutlich der Letzte, der Licas lebend gesehen hatte.«

»Das bringt uns nicht weiter, Milosh. Das sind alles nur Indizien und Vermutungen. Ohne die Leiche reicht es nicht für eine Festnahme. Außerdem ...« Er stieß hörbar den Atem aus, bevor er weitersprach.

»Der Maulwurf ist wieder unter die Erde gekrochen. Diesem Cosmin ist einfach nicht beizukommen.« Resigniert beugte er sich vorn über, nahm den Stein wieder auf und schleuderte ihn weit in den Wald, bis dieser gegen einen Baumstamm prallte.

»Marianna wird euch da auch keine Hilfe sein.«

Stevo erhob sich und seine Hand ergriff den Oberarm des Freundes. Mit einem festen Griff zog er ihn hoch.

»Komm. Wir müssen los. Sonst werden sie ohne mich losfliegen.«

Opferbilanz

24. Februar - Truppenübungsplatz Babadağ

Die Gruppe versammelte sich beim Hubschrauber, als ein Wagen angerast kam. Vor dem Hubschrauber kam der Geländewagen zum Stehen. Mit wütender Miene stieg Tony aus, ohne die Wagentür zu schließen.

»Sergeant Wolley, wie ist die Sachlage?« Mit schnellen Schritten ging Tony auf den Mann im Overall zu.

»Wir sind noch dabei, die Sachlage zu klären. Aber ... eine Tote ist zu beklagen, Sir.«

»Wer ist es? Jemand von uns?«

Sergeant Wolley sah ihn für ein paar Sekunden an und nickte. »Ja, Sir. Eine Frau.«

Held, der das Gespräch mit angehört hatte, ging auf die beiden zu.

»Es ist Dr. Vera Simms.«

Tony entgleisten alle Gesichtszüge.

»Was?« Seine Arme begannen hektisch durch die Luft zu wirbeln. »Wie ist das passiert?«

»Sie hatte Marianna Lowe mit einer Waffe bedroht und war kurz davor, sie umzubringen. Dr. Simms war unberechenbar geworden. Ich musste handeln. Es gab leider keine andere Möglichkeit.«

Tony rieb sich mit den Fingern über den Nasenrücken. Er versuchte, einen kühlen Kopf zu bewahren, doch irgendwie wollte es ihm nicht gelingen.

»Das ist unmöglich! Vera würde so etwas nie machen«, fauchte er Held ungläubig entgegen.

»Diese Männer waren alle Zeuge. Ich selbst konnte es auch nicht glauben, bis ich sie mit gezogener Waffe sah.

Doch Dr. Simms war besessen davon, die Tochter von Cosmin Sujami umzubringen.«

Tony wurde blass. »Sujamis Tochter? Sie ist hier? Wo?« Abrupt drehte er sich um und erblickte die junge Frau, die gerade von Jacques zum Flugzeug geführt wurde.

»Jacques! Un moment, s'il te plait«, rief Tony ihm hinterher und der junge Beamte blieb stehen.

»Oui, Tony!«

Der Beamte näherte sich ihnen mit raschen Schritten.

»Sie sind die Tochter von Cosmin Sujami?«

Marianna schwieg. Sie hielt es für besser, nichts mehr zu sagen. Ohne einen Anwalt würde sie mit keinem Beamten auch nur noch ein Sterbenswörtchen wechseln.

Tony sah sie eindringlich an. Trotzig starrte sie zurück.

»Wir nehmen sie mit?«

»Oui.«

»Das bedeutet, Sie sind kooperativ und werden uns helfen?« Tony musterte Marianna, die noch immer beharrlich schwieg.

»Verstehe. Sie werden uns nicht helfen, Ihren Vater aus dem Verkehr zu ziehen. Nun denn.« Er wendete sich dem jungen Kollegen zu.

»Ich kümmere mich persönlich um sie. Merci, Jacques. Ich übernehme sie ab hier. Du fliegst mit den Hubschrauber zurück.«

»Au revoir, Tony.« Jacques erhob kurz den Arm zur Verabschiedung und trabte in Richtung Hubschrauber.

Tony packte die junge Frau fest am linken Oberarm, sodass seine Finger gefährlich nah an die Wunde kamen. Marianna schrie auf, als der Schmerz durch ihren Arm fuhr. Dabei fielen ihr die roten Male an seinem Handgelenk auf. Ähnlich denen, wie sie sie einst hatte, als sie versucht hatte, sich von den Handschellen zu befreien. Sie konnte den Blick nicht davon lösen. Plötzlich überkam sie Angst. Angst davor, was er mit ihr vorhatte. Würde er sie wegsperren? Sie wollte nicht ins Gefängnis. In einer dunklen Zelle verrotten. Weit weg von ihrer Familie. Und von Milosh. Sie überlegte fieberhaft, wie sie aus dieser Situation herauskommen sollte. Doch ihr wollte nichts einfallen. Bisher war sie noch nie mit dem Gesetz in Konflikt gekommen. Und nun löste sich ihr Leben gerade in all seine Bestandteile auf.

»Verzeihen Sie. Ich wollte Ihnen nicht wehtun«, heuchelte er eine Entschuldigung.

Sie verachtete diesen Beamten. Wegen seines Tonfalls wusste sie, dass es ihm nicht leidtat, und das Gefühl der Angst begann sich nun auch in ihrem Magen auszubreiten. Würde er ihr weiterhin wehtun? Nur um Informationen über ihrem Vater von ihr zu erfahren?

Milosh und Stevo näherten sich ebenfalls der Gruppe. In der Ferne sah Milosh, dass zwei Beamte und Marianna am Fuß der Gangway standen. Der Jüngere der Beamten verabschiedet sich gerade, und ging auf einen der Hubschrauber zu, während der andere Marianna am Arm hielt und versuchte, sie ins Flugzeug zu führen. Marianna schien zu zaudern. Ein Gefühl sagte ihr, dass sie das Flugzeug unter keinen Umständen betreten sollte.

»Stevo. Seit wann gehört Entführung denn zu eurem Repertoire?« Stichelte Milosh, der sofort erkannt hatte, dass Marianna gegen ihren Willen in den Flieger geführt wurde.

Der Freund blickte ebenfalls zum Flugzeug hinüber.

»Was zum Teufel macht Tony da?«

»Nach was sieht es denn für dich aus? Er will Marianna gegen ihren Willen mitnehmen«, erwiderte Milosh kühl.

Stevo beschleunigte sein Tempo, bis er Tony und das Mädchen in Rufweite hatte.

»Tony! Warte!«

Sie hatten bereits der Hälfte der Gangway erklommen, als Tony herumwirbelte. Noch immer hielt er Marianna am

Arm gepackt. Sie stöhnte unter den Schmerzen.

»Was gibt es?« Seine Halsschlagader trat hervor und sein Unterkiefer begann zu mahlen.

»Was hast du mit ihr vor?« Sein Blick traf Mariannas, die ihn mit erhobenen Augenbrauen ansah. Ein Hoffnungsschimmer blitzte kurz in ihr auf.

»Ich nehme sie mit nach Den Haag. Dort soll sie ihre Aussage zu diesem Vorfall machen.«

»Marianna.« Jetzt war es Stevo, der überrascht schaute. Die junge Frau schüttelte den Kopf. »Ohne einen Anwalt sage ich nichts«, entgegnete sie kühl und verzog sofort wieder das Gesicht, als Tonys Hand erneut zudrückte. Sie wollte ihm die Genugtuung nicht geben zu weinen oder gar zu schreien. Also rang sie sich alles an Beherrschung ab, was sie aufbieten konnte.

»Tony, du siehst doch, dass sie angeschossen wurde. Lass ihren Arm los.« Doch Tony reagierte nicht.

»Ich sagte, du sollst sie loslassen. Das ist ein Befehl. Wenn du es jetzt versaust, haben wir nichts mehr.« Stevos Stimme bekam einen drohenden Unterton, den Marianna so noch nie bei ihm gehört hatte. Eine tiefe Zornesfalte bildete sich auf Tonys Stirn, der schließlich widerwillig von ihr abließ.

Automatisch wanderte ihre Hand zum Arm und legte sich schützend über den provisorischen Verband. Erst jetzt bemerkte sie, wie kalt ihr war und sie begann zu frieren.

»Wurde bereits die örtliche Polizei informiert? Wir dürfen Marianna nicht so ohne Weiteres mitnehmen. Sie ist Zeugin einer Erschießung, die hier stattgefunden hat.«

Tonys Gesichtsfarbe wurde dunkelrot. »Sie ist die einzige Zeugin«, betonte Tony grimmig.

»Der Leibwächter wird wohl kaum gegen Cosmin aussagen«, knurrte er. Tony war kurz davor die Beherrschung zu verlieren.

»Ihretwegen ist Vera erschossen worden. Und ich darf

sie nicht mitnehmen?« Schrie er Stevo an, der jedoch die Ruhe in Person blieb.

»Das hier ist mein Fall und niemand kommt mir in die Quere«, stellte Stevo unmissverständlich dar. »Wir bringen sie hier auf das Polizeirevier und befragen sie dort. Wenn wir den Papierkram erledigt haben, kannst du sie mit nach Den Haag nehmen. Ich möchte keinen Zwischenfall riskieren, Tony. Also, beruhige dich gefälligst.«

Wutschnaubend hob Tony beide Arme und machte eine abwehrende Geste. Er hatte die Schnauze gestrichen voll. Mit polternden Schritten entfernte er sich und ging zurück zum Geländewagen. Er war gerade dabei einzusteigen; doch dann erstarrte er. Sein Blick folgte dem Leichenwagen, der gerade auf dem Flugplatz eintraf, gefolgt von drei Polizeiwagen.

Marianna rannte zu Milosh.

»Ist alles in Ordnung? Was ist mit der Wunde? Tut es sehr weh?« Ihr Blick wanderte an ihm hinunter. Sogleich spürte auch sie den Schmerz in ihrem Oberarm wieder und legte wieder ihre Hand darauf. Diese Art von Schmerz war ihr fremd.

Milosh lächelte schmal. »Nur eine kleine Fleischwunde. Die ist bald wieder verheilt. Wie geht es deinem Arm?« Er sah, dass sie zitterte. Doch er hatte keine Jacke, die er ihr hätte umlegen können.

»Nur eine kleine Fleischwunde. Die heilt schnell wieder«, entgegnete sie mit einem schüchternen Lächeln.

Milosh legte seinen Arm um ihre Schulter und Marianna stützte ihn, so gut sie es konnte.

»Was geschieht jetzt?«

Die Frage war an Hauptkommissar Held gerichtet, der sich ihnen näherte, um Milosh ebenfalls zu helfen.

»Frau Lowe, Sie werden mich auf das Polizeirevier begleiten, wo Sie eine Aussage machen müssen. Den Rest erledigen dann die örtlichen Behörden in Zusammenarbeit mit den Kollegen von Europol. Herr Majoré, Sie steigen in den Helikopter. Man wird Sie in ein Krankenhaus bringen, wo man Ihre Schusswunde versorgt. Herr Yayal wird Sie begleiten.«

Auf dem Revier

24. Februar - Constanţa, Polizeirevier

Der vier Quadratmeter kleine Raum, in den man Marianna gebracht hatte, hatte nichts, was zum Verweilen einlud. Außer einem Metalltisch, an dessen langen Seiten jeweils ein Stuhl platziert war, gab es nichts. Marianna wartete. Sie wusste nicht, wie lange man sie schon warten ließ. Ihre Unterarme, auf denen sie ihren Kopf gebettet hatte, lagen auf der kalten Tischplatte, und sie harrte der Dinge, die noch kommen würden.

Als die Tür sich mit einem quietschenden Geräusch öffnete, schaute sie auf.
»Wie geht es Ihnen?« Fragte Held ganz unverfänglich, der von einem hiesigen Polizeibeamten begleitet wurde.
»Hat man Ihre Wunde versorgt?«
Marianna blickte auf den sauberen Verband an ihrem Oberarm, sagte aber nichts. Held nickte knapp und schürzte die Lippen und ließ eine Akte vor ihnen auf den Tisch rutschen.
»Sie wollen noch immer nicht mit uns sprechen?« Er kannte die Antwort und erwartete nicht, dass Marianna auf seine Frage einging.
Die ganze Zeit über hielt sie die Augen gesenkt und starrte auf die braune Pappe vor ihr.
Held öffnete den Zentimeter dicken Ordner und holte ein paar alte Fotos heraus. Auf einem erkannte sie ihren Vater. Das Foto zeigte ihn, als er noch einige Jahre jünger war. Sie erkannte nicht den Ort, oder den Tag an dem aus aufgenommen wurde. Auf einem anderen Foto erblickte sie einen weiteren Mann, der auf einer Parkbank saß. Es zeigte

ihm beim Füttern der Vögel im Park. Sie vermutete, dass es ihr Onkel Boboka war. Held drehte die Fotos so hin, dass Marianna sie sich besser ansehen konnte ohne dabei den Kopf verrenken zu müssen.

»Kennen Sie diese beiden Männer, Marianna?« Dabei tippte sein rechter Zeigefinger abwechselnd auf die Fotos und blieb auf dem Bild ihres Vaters liegen.

»Warum wollte Dr. Simms mich umbringen?« Ihre Stimme war fest und ihr Ausdruck kalt. Marianna zeigte keine Gefühlsregung.

Held räusperte sich. »Dazu kommen wir später noch.« Er wollte fortfahren, doch Marianna unterbrach ihn.

»Werden Sie ihren Anschlag auf mich vertuschen?«

Der Beamte blickte überrascht auf. Sein Oberkörper versteifte sich, als er sich in dem Stuhl zurücklehnte.

»Wie kommen Sie darauf?«

»Eine Polizistin hat versucht, mich umzubringen. Liegt es da nicht auf der Hand, dass dieser Vorfall unter den Teppich gekehrt wird?« Der Vorwurf, der diesen Satz begleitete, war nicht von der Hand zu weisen. »Und die Presse wird das bestimmt auch interessieren, wenn das alles ans Licht kommt«, fügte sie hastig hinten dran.

»Hier wird gar nichts vertuscht, Frau Lowe. Das kann ich Ihnen versichern. Außerdem war Dr. Simms eine Psychologin. Sie war der Polizei zur Unterstützung zugeteilt. Aber dadurch hat sie, genau wie alle Menschen, kein Recht Selbstjustiz zu üben.«

Marianna hob überrascht die Augenbrauen.

»Wo ist Milosh?«

Held atmete einmal tief durch. »Eigentlich stelle ich hier die Fragen. Je eher Sie mir die Antworten liefern, desto größer ist die Chance, dass Sie ihn noch verabschieden können, bevor Sie nach Den Haag gebracht werden.«

Marianna spürte, wie die Farbe aus ihrem Gesicht wich. Sie sollte weggebracht werden.

»Das dürfen Sie nicht.« Ihre Lippen begannen leicht zu zittern. »Dazu haben Sie kein Recht.«

»Marianna, wir haben jedes Recht und arbeiten mit der hiesigen Polizei eng zusammen, wir ...«

Ein Klopfen unterbrach ihn und er wandte sich dem Beamten an der Tür zu.

Der öffnete die Tür und steckte den Kopf hindurch. Er sprach mit jemanden, doch weder Marianna noch Held verstanden ein Wort Rumänisch.

»Da«, beendete der Beamte das Gespräch und ging zwei Schritte auf Held zu. Seine Miene war ernst und veränderte sich nicht, als er zu Marianna hinüber sah. Mit einer Handbewegung deutete er an, sie möge aufstehen. Marianna zögerte. Ihr Körper fühlte sich plötzlich schwer an. Wie auf der harten Sitzfläche festgeklebt. Angst schnürte ihr die Kehle zu. Wollte man sie jetzt wegbringen? Ihr Körper weigerte sich vehement aufzustehen. Sie wollte nicht von hier weg. Erneut bedeutete ihr der Beamte aufzustehen.

»Was soll das?« Unterbrach Held das Pantomimenspiel. Überrascht blickte Marianna zwischen den beiden Männern hin und her. Erschrocken zuckte sie zusammen, als die Tür aufsprang und ein weiterer Beamter trat hinein.

»Frau Lowe. Sie dürfen gehen«, sagte der Beamte in gebrochenem Deutsch und wies ihr mit einer Handbewegung den Raum zu verlassen.

Ihr fiel die Kinnlade hinunter. Sie konnte nicht glauben, was der Beamte ihr gerade gesagt hatte.

»Was?« Schrie Held aufgeregt und sprang vom Stuhl auf, dessen Beine knirschend über den Boden rieben.

Der Beamte versuchte, den Hauptkommissar zu beruhigen.

»Sie genießt diplomatische Immunität«, erklärte er Held während er seine Hand auf dessen Brust legte.

»Das kann doch nicht wahr sein!« Helds Faust knallte

auf den Tisch, was Marianna aus ihrer Lethargie holte. Hastig stand sie auf und ging zur Tür.

»Wir können sie nicht gehen lassen. Sie muss noch eine Aussage machen.« Held wollte sie am Arm packen, doch der Beamte stellte sich zwischen Held und Marianna. Er drehte den Kopf zu ihr.

»Ihr Fahrer wartet draußen auf Sie.«

Sie wusste nicht, ob es angebracht war, ihm zu danken, daher beschloss sie, es auf später zu verschieben, sollte sie noch einmal die Gelegenheit dazu haben. Hastig schob sie sich hinter den Beamten vorbei und huschte durch die Tür.

Im Gang hörte sie das Brüllen von Held durch die geschlossene Tür. Er war sauer. Marianna beschleunigte ihre Schritte.

Am Ende des Korridors sah sie Amadeo, der sie freundlich anlächelte.

»Wo ist Milosh?« Aufgeregt packte sie seinen Arm und zerrte ihn an die Seite des Korridors.

»Keine Angst. Alles ist in bester Ordnung.« Er lächelte sie aus seinen braunen Augen an. »Der Wagen parkt um die Ecke«, erklärte Amadeo, als dieser die Führung übernahm.

Die Limousine parkte am Straßenrand. Milosh stand gegen die Beifahrertür gelehnt. Zusätzlich hatte er sich auf einer Gehhilfe abgestützt. Sein Bein war bandagiert. Das Hosenbein hatte man ihm bis zum Oberschenkel abgeschnitten, damit man die Wunde versorgen konnte. Sie fiel Milosh in die Arme und er schwankte.

»Vorsicht. Ich bin noch nicht sonderlich standfest«, ermahnte er sie mit einem sanften Lächeln.

»Was ist passiert? Wieso darf ich gehen?« Sie blickte sich um, nur um sich zu vergewissern, dass dies kein Traum war.

»Dein Vater ist ein mächtiger Mann. Er hat dafür

gesorgt, dass wir hier herauskommen. Steig in den Wagen. Wir sollten gehen.«

Amadeo öffnete die hintere Wagentür. Als beide auf dem Rücksitz Platz genommen hatten, schloss er die Tür, setzte sich hinter das Steuer und fuhr los. Marianna sah Milosh an.

»Wie ist das möglich?« Wiederholte sie ihre Frage, doch Milosh zuckte nur mit den Schultern.

»Niemand legt sich mit Cosmin Sujami an.« Man merkte Amadeo den Stolz an, für solch einen mächtigen Mann zu arbeiten.

Marianna lehnte sich in den Sitz zurück. Sie war müde. Die letzten Stunden hatten an ihren Nerven gezerrt. Als sie das Polizeirevier verließen, dämmerte es bereits, und als sie das Haus ihres Vaters erreichten, war es schon dunkel.

Zukunftsgedanken

24. Februar - Constanța, Primăria Poarta Albă

Cosmin erwartete seine Tochter bereits sehnsüchtig. Boboka stand hinter ihm, als der Wagen vor der Tür zum Stehen kam. Amadeo öffnete die Tür und Marianna stieg aus. Sofort kam ihr Vater ihr entgegen.

»Marianna. Mein Schatz. Geht es dir gut?« Er wollte sie in seine Arme schließen, doch Marianna ignorierte ihn. Ohne ihn eines Blickes zu würdigen, ging sie an ihrem Vater vorbei ins Haus.

Boboka beobachtete das Geschehen mit Sorge. Schweigend folgte er Marianna und deutete seinem Bruder mit einer Geste an zu warten. Er würde sich darum kümmern.

Cosmin sah Milosh in die Augen.

»Milosh. În studiul meu!« Befahl er knapp und Milosh nickte.

Marianna setzte sich auf die Bettkante und ließ sich rücklings auf die Matratze fallen. Es klopfte, doch sie schwieg.

Die Tür öffnete sich und Boboka trat herein.

»Marianna, wie geht es dir? Ist alles in Ordnung?« Er ging auf sie zu, zog einen Stuhl zu sich und setzte sich zu ihr ans Bett. »Erzählst du mir, was los ist?« Boboka beobachtete besorgt jede ihrer Bewegungen. Doch Marianna lag nur da und starrte an die Decke.

»Marianna«, fuhr Boboka fordernder fort und hatte nun ihre Aufmerksamkeit.

Die junge Frau stützte sich auf ihren gesunden Unterarm und blickte ihrem Onkel in die Augen.

Er sah ihr die Erschöpfung an, doch er musste wissen, was vorgefallen war.

»Erzähl mir, was passiert ist.« Obwohl ihm nicht zum Lachen zumute war, rang er sich ein schmales Lächeln ab.

Ein tiefer Seufzer kam aus Mariannas Innersten. Sie kaute auf ihrer Unterlippe. Ihr Finger bohrte sich in die Decke. Spielte mit dem Stoff. Zupfte daran. Sie Überlegte. Dachte darüber nach, wieso es passiert war. Sie konnte es noch immer nicht begreifen, weshalb die Psychologin ihr nach dem Leben getrachtet hatte. Sie stieß einen tiefen Seufzer aus.

»Onkel Bobo«, begann sie zögernd das Gespräch und er rückte noch näher an sie heran.

»Was ist?«

»Ist es wahr, dass mein Vater die Tochter von Dr. Simms auf dem Gewissen hat?«

Boboka schnaubte und lehnte sich in dem Stuhl zurück.

»Wie kommst du darauf?« Entrüstete er sich.

»Sie hat gesagt, mein Vater hätte ihre Tochter umgebracht. Aus diesem Grund sollte ich nun sterben. Damit mein Vater weiß, wie es ist, wenn man einen geliebten Menschen verliert.«

Sie blickte ihren Onkel traurig an, doch in dessen Miene zeigte sich keine Regung.

»Sag mir, ist an dieser Geschichte irgendetwas dran? Hat sie die Wahrheit gesagt?« Drängte sie ihn zu einer Antwort.

Boboka schwieg einige Sekunden, bevor er ihr antwortete.

»Dein Vater hat keinem Mädchen je etwas zuleide getan. Diese Frau lügt. Ich habe gehört, sie soll verrückt geworden sein. Der Verlust ihrer Tochter, so tragisch er auch ist ...« Er machte eine kurze Pause und studierte die Wirkung seiner Worte. In ihren Augen las er Ungläubigkeit. Resigniert schüttelte er den Kopf.

»Dein Vater hat das Mädchen nicht umgebracht. Ich habe keine Ahnung, wie diese Psychologin auf so eine Idee gekommen ist.«

Hatte er sie überzeugt? Marianna starrte ihn an. An ihrem Ausdruck erkannte er, dass sie ihm die Geschichte nicht abnahm.

»Warum hat sie es dann behauptet? So etwas erfindet man nicht einfach so«, bohrte sie weiter nach und Boboka zuckte mit den Achseln.

»Was weiß ich. Wenn ein geliebtes Familienmitglied verschwindet, sucht man immer einen Schuldigen«, entgegnete er lapidar.

»Onkel Bobo.«

»Ja?«

»Lügen steht dir nicht.«

Boboka fiel die Kinnlade herunter. Zum ersten Mal sah Marianna, wie er zornig wurde. Seine Hände ballten sich zu Fäusten, als er langsam vom Stuhl aufstand und sich vor Marianna stellte. Sie schluckte. Sie wusste, sie hatte gerade das Fass zum Überlaufen gebracht.

»Niemand nennt mich einen Lügner. Auch du nicht, Marianna.« Sein barscher Ton trieb Marianna die Nackenhaare in die Höhe. Unbewusst rutschte sie auf dem Bett zurück, bis ihr Rücken mit einem dumpfen Laut gegen das Kopfbrett stieß. Bilder von Licas erschienen vor ihrem Auge, wie Gespenster, die sich nicht vertreiben ließen. Seine Schläge in ihr Gesicht. Die Schmerzen, die er ihr zugefügt hatte, obwohl sie wehrlos war.

»Bitte verzeih mir, Onkel Bobo. So hatte ich es nicht gemeint.« Abwehrend hob sie die Hände und drehte den Kopf zur Seite. Sie hoffte, ihn beschwichtigen zu können.

»Wie hattest du es dann gemeint, Marianna?« Zischte er. Dabei klang er genau wie ihr Vater, als der vor wenigen Tagen wutentbrannt in ihrem Zimmer stand.

In diesem Moment erkannte Boboka, dass sie noch

einen weiten Schritt davon entfernt war, geheilt zu sein. Sie benötigte dringend Hilfe. Doch die würde sie in Cosmins Nähe nicht bekommen.

»Bitte Onkel Bobo … bitte …«, flüsterte sie. »Ich bin so durcheinander. Es war alles zu viel. Die Angst vor dem Tod … ich weiß nicht mehr, wo mir der Kopf steht.« Sie hörte, wie ihr Herz laut gegen ihre Brust pochte.

Ihr flehender Blick erweichte sein Herz und er entspannte sich wieder.

»Marianna, genau deswegen möchten wir, dass du weggehst. Hier bist du nicht sicher.«

»Aber Simms ist doch tot. Sie kann mir nichts mehr anhaben.«

»Sie ist nicht die Einzige, die deinem Vater nach dem Leben trachtet.« Er kratzte sich hinter dem Ohr und schaute betrübt auf dem Boden. »Es war ein Fehler, dich hierher zu holen«, sprach er eher zu sich selbst.

»Ein Fehler?« Marianna starrte ihn ungläubig an.

»Micuța mea«, seufzte er. »Mächtige Männer wie dein Vater haben viele Feinde. Die politische Situation in unserem Land ist nicht so stabil, wie es den Anschein hat. Wenn sie nicht direkt an deinen Vater herankommen, werden sie es auf anderen Wegen versuchen. Über dich. Wo ist eigentlich Stevo? Wieso war er nicht mit im Wagen?«

Überrascht über den Themenwechsel starrte sie ihren Onkel mit offenem Mund an.

***

Cosmin deutete Milosh an sich zu setzen. Er überlegte, kurz stehenzubleiben, doch da das Bein schmerzte, kam er der Aufforderung nach.

»Weißt du, was sie mit Stevo gemacht haben?« Cosmin ging zur Bar und wollte sich einen Drink genehmigen. Er wandte sich Milosh zu und bot ihm ebenfalls ein Glas an, doch dieser winkte dankend ab.

»Stevo ...«, er zögerte. »Nun, wie sich herausgestellt hat, ist er ein Agent von Europol. Er hat versucht, uns auszuspionieren.«

Cosmin schwieg, doch Milosh wusste, dass es in seinem Kopf arbeitete.

»Wie konnte uns dieser Fehler unterlaufen?« Er zischte es mehr heraus, als dass er es sagte. Bedächtig setzte er sich auf den Sessel hinter dem Schreibtisch und platzierte Flasche und Glas vor sich. Langsam füllte er das Glas und trank es in einem Schluck leer.

»Was konnte er über mich in Erfahrung bringen?« Sein finsterer Blick blieb an dem leeren Glas haften.

»Soweit ich weiß, nichts Belastendes. Er hat Vermutungen, aber keine Beweise.«

»Bist du sicher?«

Milosh nickte. »Er bat mich um Unterstützung. Ich sollte ihm verraten, wo sich die Leiche von Licas befindet. Im Gegenzug wollte er dafür sorgen, dass Marianna nichts geschieht und sie schnell wieder aus der Sache herauskommt.«

Cosmin runzelte die Stirn. »Er wollte Marianna da raushalten?« Ungläubig starrte er seinen Leibwächter an.

»Sein Versprechen klang aufrichtig. Obwohl mir nicht klar ist, wie er es anstellen würde. Er hat undercover für Europol gearbeitet. Nachdem Marianna und ich aus dem Polizeigewahrsam entlassen worden waren, konnte ich ihn weder sprechen noch sehen. Am Militärflughafen waren wir getrennt worden. Ich kann noch nicht einmal sagen, ob er sich überhaupt auf dem Polizeirevier eingefunden hatte, denn er erwartete ein Flugzeug und deutete an, dass er es nähme.«

Cosmin schenkte sich nach.

»Ein Spion. In meinem Haus.« Es schien, als könnte er es nicht glauben. »Was noch?«

»Er wollte mich überzeugen gegen dich auszusagen.«

»Warum hast du ihn nicht beseitigt, als du wusstest, für welche Seite er arbeitete?«

»Meine oberste Priorität war auf Marianna achtzugeben und sie zu beschützen. Diese verrückte Simms hatte mich entwaffnet und mir einfach so eine Kugel ins Bein verpasst. Sie stand kurz davor, auch Marianna zu erschießen.« Sein Unterkiefer verkrampfte sich, als er daran zurückdachte.

»Die Situation geriet fast außer Kontrolle. Stevo konnte die Katastrophe gerade noch abwenden. Bis dann dieser Held kam und Simms erschoss, während die mit ihrer Waffe auf Marianna zielte. Diese durchgeknallte Psychologin war kurz davor den Abzug zu drücken.«

Cosmin nickte bedächtig. »Dann hat Stevo meine Tochter gerettet?«

»Eher dieser Held.«

»Ich habe gehört, dass Tony Belfast ebenfalls vor Ort war.«

»Das ist richtig. Er tauchte auch plötzlich auf und war derjenige, der Marianna nach Den Haag verschleppen wollte. Doch auf mein Drängen hin hatte Stevo ihn wohl überzeugen können, dass man uns den örtlichen Behörden überstellt.«

»Das hast du gut gemacht, Milosh. Was ich nur nicht verstehe, ist, warum hat Stevo sich so für Marianna eingesetzt?« Die beiden Männer blickten sich ernst an.

»Stevo war hinter dir her. Er hätte alles getan, um dich zu kriegen. Hätte diese Simms nicht seine Tarnung auffliegen lassen ... Nun, deine Dankbarkeit wäre ihm sicher gewesen. Und wer weiß, wohin dich das gebracht hätte.«

Cosmin lehnte sich zurück und überlegte. Dabei öffnete er die oberste Schublade des Schreibtisches, in der er immer seine Zigaretten aufbewahrte.

»Du warst mir immer loyal ergeben, Milosh. Daher schmerzt es mich in der Seele ...« Er beendete den Satz nicht, sondern zog eine Waffe aus der Schublade hervor. Langsam erhob er sich vom Stuhl und richtete diese auf Milosh, der verblüfft in die Mündung starrte.

»Wer garantiert mir, dass du nicht auch ein Verräter bist?«

Die Tür wurde abrupt aufgerissen. Marianna und Boboka kamen herein und die Köpfe der beiden Männer schnellten herum. Marianna starrte entsetzt ihren Vater an. Als er sah, dass alle Farbe aus ihrem Gesicht wich, legte er die Waffe vor sich auf dem Schreibtisch ab. Die Gefahr war zu groß, dass sie in die Schussbahn geriet.

Boboka ging mit schnellen Schritten auf Cosmin zu.

»Bruder! Was soll der Mist, was willst du?«

»Herausfinden, ob hier noch mehr Spione unter uns sind«, entgegnete er kühl, ohne Milosh dabei aus den Augen zu lassen.

»Wer ist ein Spion?« Boboka stellte sich vor Cosmin und somit zwischen seinen Bruder und Milosh. Eine Situation, die Cosmin nicht zusagte, doch er konnte jetzt keine Szene machen. Wenn er Milosh vor den Augen Mariannas etwas antat, würde sie ihn verachten und – was noch viel schlimmer wäre – vielleicht sogar wegzurennen versuchen. Er wollte sich nicht ausmalen, wem sie dann in die Hände fallen könnte.

Cosmin erzählte Boboka, was er von Milosh erfahren hatte. Marianna blieb währenddessen stumm bei der Tür stehen.

»Und nun glaubst du, dass Milosh auch ein Verräter ist?« Entgeistert starrte er Cosmin an, während er sich langsam auf seinen Bruder zubewegte. »Milosh ist zurückgekommen. Wieso sollte er ein Spion sein? Und dazu noch sein Leben riskieren? Du siehst langsam Gespenster.«

Cosmin sackte in den Sessel zurück. Sein Blick suchte den von Marianna, doch sie sah nur zu Milosh.

»Sieh dir deine Tochter an. Du hast sie erschreckt. Hat sie heute nicht schon genug Schlimmes durchmachen müssen?« Der Vorwurf wog schwer und Cosmin stieß hörbar die Luft aus seiner Lunge aus.

Nur Milosh beobachtete das Geschehen, ohne eine Gefühlsregung zu zeigen. Cosmin forderte Marianna mit einer Handbewegung auf, mit ins Arbeitszimmer zu kommen. Sie zögerte, doch als Milosh seinen Kopf zu ihr drehte, ging sie langsam auf ihn zu und setzte sich zu ihm auf das Sofa.

Die Gedanken in ihrem Kopf wollten ausgesprochen werden. Doch sie wusste, dass der jetzige Zeitpunkt dafür äußerst ungünstig war. Ihr Vater hatte gerade Milosh mit einer Waffe bedroht. Hatte er tatsächlich vorgehabt, ihn zu töten?

Vorsichtig wanderte ihr Blick zu Milosh, dann zu ihrem Vater und schließlich zu der Waffe auf dem Schreibtisch. Ihre Welt geriet immer mehr aus den Fugen. Am liebsten hätte sie Milosh am Arm gepackt und ihn mit sich gerissen. Weg von ihrem Vater. An einen sicheren Ort. Aber was wäre ein sicherer Ort? Wieder suchten ihre Augen die seinen, doch er beachtete sie nicht.

Cosmin schüttelte den Kopf. Seine Hand griff nach der Waffe und er zielte.

»Was ist, Bruder? Glaubst du etwa, dass Milosh ...«, weiter kam er nicht.

»Nein!« Brüllte Marianna und sprang im selben Moment auf. Schützend stellte sie sich vor Milosh.

»Milosh hat mich gerettet. Er würde mir nie etwas Böses antun. Sag es ihnen, Milosh!«

Doch Milosh schwieg. Er kannte Cosmin Sujami bereits zu gut. Hatte diesen Mann in den letzten Jahren einzuschätzen gelernt. Als dieser die Waffe auf ihn gerichtet hatte, lag etwas in dessen Augen. Etwas, dass ihm sagte, er müsse Vorsicht walten lassen. Cosmin wusste etwas. Aber wie viel, das vermochte er noch nicht zu sagen.

»Milosh?« Ihre Lippen begannen zu zittern. »Sag es ihm. Bitte«, flehte sie leise.

Er kniff kurz die Augen zusammen. »Dein Vater weiß es, Marianna.«

Mit vor Schreck geweiteten Augen starrte sie Milosh an und sank zurück auf das Sofa.

Auch Boboka sah man die Verwirrung an und er nahm die Flasche und Cosmins Glas und schenkte sich ein. Immer wieder wanderte sein Blick zwischen Milosh und seinem Bruder hin und her. Doch Cosmin wandte den Blick keine Sekunde von Milosh ab.

»Ich bin bei einer Spezialeinheit der Armee. Dein Vater weiß von meiner Spezialausbildung. Deswegen hatte er mich angeheuert. Doch ich habe der Armee nie ganz den Rücken gekehrt. Zu Anfang ... mein General war der Ansicht, dass Waffen illegal geschmuggelt werden. Ich sollte herausfinden, wer der Drahtzieher ist. Doch ich habe so viel Ungerechtigkeit gesehen und mitbekommen, und auch wie gut Cosmin seine loyalen Angestellten behandelt. Was er für sie und ihre Familien tut, sodass ich mich entschlossen hatte, diesen Auftrag nicht weiter zu verfolgen. Dann bekam ich den Auftrag, dich zu beschützen.«

Erst jetzt blickte er sie an und Marianna wurde aus ihrer Erstarrung geholt.

»Immer wieder hat man versucht, dir nach dem Leben zu trachten. Ich gab Held einen anonymen Tipp. Deswegen ist er überhaupt nach Constanța geflogen. Doch ich hatte keine Ahnung davon, dass die verrückte Psychologin auch hier war. Im Wald überschlugen sich dann die Ereignisse.«

Cosmin sprang plötzlich auf, schnappte sich die Waffe und war mit wenigen Schritten bei Milosh, den Lauf der Pistole auf seine Stirn gerichtet. Marianna sprang vor Schreck auf und stieß einen spitzen Schrei aus. Cosmin schubste sie unsanft zur Seite, um sie aus der Schussbahn zu bekommen.

»Du versorgst die Polizei mit Informationen?« Cosmin war außer sich. »Was hast du der Polizei verraten?« Seine Gesichtszüge verhärteten sich und die Ader am Hals trat pulsierend hervor. Der Zorn, der in ihm brodelte, war kaum noch zu bändigen.

Marianna hechtete auf ihren Vater zu und nahm seine freie Hand in ihre beiden Hände.

»Er war nicht bei der Polizei! Sie haben ihn sofort ins Krankenhaus gebracht!«

Doch ihr Vater ließ sich davon nicht beirren.

»Glaubst du etwa, die Polizei hätte ihm dort keinen Besuch abgestattet? Wie naiv bist du eigentlich?«

Noch immer zerrte sie an seinem Arm. Grob schüttelte er ihre Hände ab und versuchte, sie erneut zur Seite zu schieben.

Marianna ließ sich jedoch nicht so leicht abschütteln und packte seine Hand, in der er die Pistole hielt. Sie versuchte Cosmins Arm in die Luft zu reißen. Weg von Milosh. Doch sie hatte die Kraft ihres Vaters falsch eingeschätzt. Er riss seinen Arm zurück. Erschrocken über ihren Einsatz löste sich ein Schuss.

Marianna fiel zu Boden.

»Marianna!« Schrien die beiden Brüder wie aus einem Mund. Voller Entsetzen riss Cosmin die Augen auf.

Boboka eilte ebenfalls dazu. Milosh warf die Gehhilfe zur Seite, um sich mit dem gesunden Bein auf den Boden neben Marianna zu knien, damit er die Hand auf ihre Wunde pressen konnte. Blut quoll aus ihrer Brust und sie stöhnte vor Schmerzen auf, als der Druck zunahm.

»Verzeih mir, Marianna. Bitte!« Cosmins Stimme war nur noch ein Flüstern und er hielt den Kopf gesenkt.

Alle drei Männer knieten nun auf dem Boden um sie herum. Marianna starrte in ihre erschrockenen Gesichter.

Ihr Vater und ihr Onkel redeten wild durcheinander. Sie hob leicht eine Hand und die Männer verstummten für eine Sekunde. Cosmin begann weiter auf sie einzureden, doch sie verstand die Worte nicht.

Alles klang verzerrt und dumpf, als würden sie durch ein Plastikrohr zu ihr sprechen. Mariannas Blick wanderte zur Decke und sie öffnete leicht den Mund.

»Ich hol einen Arzt«, hörte sie Milosh noch sagen. Doch seine und die anderen Stimmen verschwanden immer mehr in der Ferne.

Cosmin öffnete seine Hand, legte sie auf die Brust, um den Blutschwall aus ihrer Wunde zu stoppen. Dabei fiel die Pistole polternd auf den Boden. Unbemerkt nahm Boboka die Waffe.

Ein Knall erfüllte das Arbeitszimmer, doch den hörte Marianna schon nicht mehr.

Um sie herum war es bereits dunkel geworden.

Zwischen zwei Welten

28. Februar - Ovidius Clinical Hospital

Etwas drückte ihre Hand. Es fühlte sich warm an. Mit Mühe versuchte sie, die Augen zu öffnen. Dabei flatterten ihre Lider.

»Doktor! Sie wacht auf«, hörte sie eine männliche Stimme rufen. Sie kannte die Stimme. Langsam drehte sie ihren Kopf zur Seite und blickte in ihr vertraute Augen.

»Wie geht es dir?« Seine Hand strich zärtlich über ihre Wange und sie schloss die Augen, um diesen Moment zu genießen.

»Kannst du mich verstehen? Marianna?«

Die Stimme sprach eindringlicher auf sie ein. Sie wollte etwas erwidern, doch es ging nicht. Ihr Gehirn gab ihrem Mund nicht den Befehl, sich zu öffnen und die Stimme verwandelte sich in ein Rauschen. War sie am Meer? Plötzlich wurde es hell. Die Sonne? Sie glaubte, es wäre ein Traum. Dann blendete sie etwas. Ein grelles weißes Licht traf auf ihre linke Pupille. Dann auf ihre rechte. Marianna wollte den Kopf wegdrehen, doch auch dies war ihr momentan nicht möglich. Irgendetwas hinderte sie, doch sie konnte nicht sagen, was es war. Sie spürte ihren Körper nicht.

»Können Sie mich verstehen, Marianna?« Die Stimme sprach im gebrochenen Deutsch und war ihr gänzlich unbekannt. Wo war sie?

»Sie hat leicht erhöhten Pulsschlag, Doktor«, hörte sie eine ihr ebenfalls unbekannte Frauenstimme sagen. Dann begann die Dunkelheit wieder, sie einzuhüllen.

Ein Flüstern drang an ihre Ohren. Sie wollte sich

bewegen, doch etwas hielt sie zurück. Um sie herum gab es nur eine tiefe Schwärze.

War es Nacht?
Jemand musste in ihrer Nähe sein.

Stimmen.

Die Stimmen kamen immer näher. Sie bewegte ihre Hand. Zumindest hatte sie das Gefühl, sie würde ihre Hand bewegen. Da sie nicht wusste, ob sie überhaupt in der Lage war, ihre Extremitäten zu bewegen, musste sie versuchen, sich auf andere Weise bemerkbar zu machen. Sie öffnete ihren Mund und sagte:
»Hier bin ich. Mir geht es gut.« Doch sie bekam keine Antwort. Hatte man sie gehört? Musste sie lauter rufen? Sie versuchte es erneut.
»Redet gefälligst mit mir. Ich bin doch hier!«
Noch immer bekam sie keine Antwort. Zumindest bemerkte sie keine Reaktion. Niemand antwortete ihr. Augenscheinlich gehorchte ihr Körper noch immer nicht den Befehlen ihres Gehirns. Etwas verhinderte, dass die Impulse weitergeleitet wurden, wie ein Stück Plastik, das man zwischen die Batterie und die Kontakte geklemmt hat. Sie versuchte, den Stimmen zu lauschen. Ihnen zu folgen. Vielleicht konnte sie so in Erfahrung bringen, was mit ihr los war.
»Ist alles für die Beerdigung vorbereitet?«
»Hallo. Ich bin nicht tot! Hört mich denn niemand?« Marianna schrie stumm. Dann wurde die Ruhe um sie herum unterbrochen.

Das Piepen des Gerätes, das ihre Herztöne wiedergab, wurde unregelmäßiger. Schneller. Doch niemand nahm Notiz davon. Sie fühlte nur eine Wärme, die ihre Hand einzuhüllen schien.

»Diesmal wird er wohl nicht mehr von den Toten auferstehen.«

»Er? Wer ist er?« Fragte sie sich selbst. Sie hatte es aufgegeben, die Stimmen auf sich aufmerksam zu machen.

Das Piepen wurde regelmäßiger.

»Sehr gut. Check noch einmal die Sicherheitsvorkehrungen in unserem neuen Unterschlupf. Lange werden wir dort zwar nicht bleiben, doch ich will keine unliebsamen Überraschungen. Ich habe bereits Vorkehrungen für die Reise getroffen. Die Kompetenzen der einzelnen Personen sind neu verteilt. Die Ämter werden in den kommenden Monaten mit unseren Leuten besetzt. Haben wir bereits jemanden in der Organisation?«

»Es hat zwar eine Weile gedauert, doch Paul macht einen guten Job bei der Organisation. Seine Anstellung als Sekretär bei diesem Typen, den alle nur Boss nennen, beginnt langsam, Früchte zu tragen.«

»Du hattest einen guten Riecher bei Paul.«

»Er ist ein Kriegsveteran und hat sich gelangweilt. Gerade weil er nicht mehr der Jüngste ist, vermuten sie in ihm keinen Spion. Er hat Einblicke in die Bücher und wird uns demnächst die ersten Einzelheiten übermitteln.«

»Endlich werden wir expandieren können. Kann ich auch weiterhin auf deine Loyalität zählen?«

»Da.«

Stille umgab sie.

War sie allein?

War sie vielleicht doch tot?

Oder in einer Zwischenwelt gefangen?

Erneut startete sie einen Versuch, sich bemerkbar zu machen.

»Hallo! Hier bin ich! Helft mir doch. Ich bin wach!« Doch kein Laut verließ ihren Mund.

Sie hörte ein Räuspern.

»Wenn sie aus dem Koma erwacht, wird sie außer Landes gebracht. Und du wirst sie begleiten. Ich habe alles für die Abreise vorbereitet. Geld ist bereits auf das Konto transferiert. Das wird euch erst einmal über die Runden bringen. Wirst du klar kommen?«

»Was meinst du?«

»Sie kann ein ziemlicher Starrkopf sein. Wie ihr Vater.«

»Ich weiß. Damit werde ich zurechtkommen.«

»Sie mag dich, Milosh. Pass gut auf sie auf, damit sie nicht wieder solche Dummheiten macht und vor den Lauf einer geladenen Waffe rennt. Was meinen Bruder anbelangt, wenn sie fragt, es war ein Unfall. Sie darf die Wahrheit über Cosmins Tod nie erfahren.«

»Da.«

Die Stimmen verebbten in der Ferne.

Übersetzungen

Kapitel: Gefährlicher Besuch:
Ce este? - Was gib es?
Da! - Ja!
Vino imediat! - Komm sofort her!
Stai cu ea. Ai grijă de ea! - Du bleibst bei ihr. Pass auf sie auf!
Micuţa mea! - Meine Kleine!

Kapitel: Brüder unter sich:
Unchiule, el o sa mă roage sa-l iert! - Er wird mich noch um Gnade anflehen!
El va ispăşi! - Das wird er büßen!

Kapitel: Enthüllungen:
Plăcut întotdeauna - Immer gern.

Kapitel: Für immer Goldener Käfig?
Aşteaptă afară şi închide uşa! - Warte draußen und schließ die Tür!

Kapitel: Gewichtige Entscheidungen:
La Naiba! - Verdammt!

Kapitel: Zukunftsgedanken:
În studiul meu! - In mein Arbeitszimmer!

Weitere Bücher von Kim Rylee:

Thriller: Kalte Gefühle

Viktoria ist zuverlässig, effizient und verschwiegen. Eiskalt geht sie ihrem Job nach: der Beseitigung von Ungeziefer. Und damit sind nicht nur Kakerlaken oder anderes Kleintier gemeint. Gefühle sind für sie nur körperliche Symptome, die sie normalerweise abschüttelt wie lästige Insekten.
Als sie ihren nächsten Auftrag, die Beseitigung eines Drogenbarons in San Francisco, ausführen will, spürt sie, dass sich etwas verändert hat.
Bedroht diese Veränderung nun ihr Leben?

Ebook ISBN: 978-3-7438-0698-6

Taschenbuch ISBN: 9 783738656770

Kalte Gefühle wurde 2016 zum
'Krimi des Jahres'
gewählt und erhielt den
Planet Award 2016

Das Dienstverhältnis

Mia arbeitet in einem Theater in Hamburg. Eines Abends entdeckt sie eine Rose, die hinter dem Scheibenwischer ihres Wagens klemmt.

Anfangs ist sie von dieser Geste des heimlichen Verehrers angetan.

Doch bei der Rose bleibt es nicht ...

Ebook ISBN: 978-3-7438-4131-4
Taschenbuch ISBN: 978-3745072792

Fantasy: Fated Shadow – Die Jagd

Hätte mir jemand diese Geschichte aufgetischt, ich hätte mich genauso verhalten – ich schwör's!

Beginnen wir doch einfach am Anfang.
Mein Name ist Aveline. Ich komme aus Inverness, der kleinen Stadt in Schottland, die durch das Monster von Loch Ness Berühmtheit erlangte.
Ich hatte angenommen, mit meinem Freund David würde sich mein Leben zum Positiven verändern. Und das wäre auch wohl so gekommen...

...wenn da nicht Samael und Azrael gewesen wären. Mit denen geriet meine Welt aus den Fugen.
Denn diese beiden Herren waren nicht das, was sie vorgaben zu sein und sie ließen nichts unversucht, mich in Teufels Küche zu bringen. Warum sie es auf mich abgesehen hatten, war mir indes anfangs nicht klar – bis ich erfuhr, dass sie hinter dem her waren, was ich IN mir trug...

eBook ISBN: 978-3-7396-5929-9
Taschenbuch ISBN: 978-3741225109

Fated Shadow – Pentref Mawre

Schlummert in Aveline noch ein Fünkchen der Dimensionswandlerin Nagual?

Das zumindest vermuten Samael, der Höllendämon, und Azrael, der gefallene Engel.Um Gewissheit zu erlangen, macht sich das ungleiche Trio auf den Weg nach Pentref Mawre, eine andere und magische Dimension.

Doch dort erwartet sie eine Überraschung: Das Reich hat einen neuen Herrscher.

Und der hat seine ganz eigenen Pläne mit ihnen ...

Ebook ISBN: 978-3-7438-4545-9
Taschenbuch ISBN: 978-3745074796

gestatten: Jessy
Schutzengel

Nach ihrem Tod erhält Jessy im Himmel eine Ausbildung zum Schutzengel.

Aber ein Schutzengel, der Angst vor dem Fliegen hat? Das schafft Probleme und setzt Jessy dem Hohn der Mitschüler aus.

Dennoch wird ihr der ungewöhnliche Auftrag erteilt, Wendel auf der Erde zu beschützen.

Keine leichte Aufgabe, denn der unberechenbare Junge ist das Kind übermenschlicher Wesen und lässt sich nicht gern in menschliche Normen zwängen.

Jessys Auftrag wird zur Existenzfrage, als sie Wendels Seele retten muss, da finstere Mächte mit allen Mitteln versuchen, ihren Erfolg zu verhindern.

Ebook ISBN: 978-3-96465-094-8
Taschenbuch ISBN:978-3748190585

Kim Rylee

Kim Rylee erblickte in der wunderschönen Metropole Hamburg das Licht der Welt.
Bereits als Kind träumte sie davon, einmal die Welt zu erobern. Als Teenager schrieb sie ihren ersten Jugendroman sowie diverse Kurzgeschichten und Gedichte für Familienfeiern.

Anfang der 90er zog es sie in ihre Lieblingsstadt London. Dort studierte Kim erst einmal Technical Theatre and Stage Management an der Guildhall School of Music and Drama, um danach an diversen Theatern innerhalb Europas zu arbeiten, bis die Passion zum Schreiben überhandnahm.
Damit begann das Unheil seinen Lauf.

Heute lebt Kim gemeinsam mit ihrem Mann in einem beschaulichen Ort in Schleswig Holstein.
Um den Kopf für neue Inspirationen freizubekommen, fotografiert sie alles, was ihr vor die Linse kommt.

Besuchen Sie mich auch gern auf meiner Homepage:

www.kim-rylee.de

Oder auf meinem Blog:
https://thrillandaction.wordpress.com